DER VERSTÖRTE EROS

DIETER
WELLERSHOFF

Der verstörte Eros

Zur Literatur des Begehrens

Kiepenheuer & Witsch

1. Auflage 2001

Umschlaggestaltung: Rudolf Linn, Köln
Umschlagmotiv: Gustav Klimt
© Albertina, Wien
Gesetzt aus der Walbaum Standard (Berthold)
Satz: Kalle Giese, Overath
Druck und Bindearbeiten: GGP Media, Pößneck
ISBN 3-462-03025-6

Inhalt

Vorbemerkung

Ursprünglich hatte ich geplant, im Anschluß an meinen Roman »Der Liebeswunsch« im Jubiläumsprogramm des inzwischen 50 Jahre bestehenden Verlages, der in der längsten Zeit seines Bestehens auch mein Verlag gewesen ist, einen Sammelband mit verstreuten Aufsätzen zum klassischen literarischen Thema Liebe und Leidenschaft herauszubringen. Er sollte durch einen neuen, um einen weiträumigeren Überblick bemühten Essay eingeleitet werden. Da sich dieser Text aus der Logik der Sache heraus zum Umfang eines eigenständigen Buches ausgeweitet hat, scheint es mir nun sinnvoll, ihn gesondert zu veröffentlichen und auf die Beigabe älterer Aufsätze zu verzichten.

Ich habe das Thema aus den jeweiligen Zusammenhängen von Werk, individueller Lebensgeschichte und Zeitgeschichte entwickelt und bin bei der Auswahl der Autoren eigenen Vorlieben gefolgt, um mich nicht in der Ödnis eines vergeblichen Bemühens um Vollständigkeit zu verlaufen. Dabei habe ich mich entschieden, dem essayistisch improvisierenden Text keinen schwerfälligen wissenschaftlichen Apparat aufzubürden und die Informationen auf die im Text erwähnten Namen, Titel und Jahreszahlen zu beschränken.

Dieter Wellershoff
Frühjahr 2001

Der verstörte Eros

Die dunklen Schriftsteller des Bürgertums
haben nicht wie seine Apologeten
die Konsequenzen der Aufklärung durch
harmonistische Doktrinen
abzubiegen getrachtet.

Max Horkheimer / Theodor W. Adorno
Die Dialektik der Aufklärung

1. *Eine plötzliche Enthüllung*

Unversehens, als sei man hineingestolpert, steht man vor der lebensgroßen Szene, gebannt und peinlich berührt, als ein entlarvter Voyeur. Die Szene ist hinter Glas, doch zum Greifen nah in ihrer unwahrscheinlichen Drastik oder drastischen Unwahrscheinlichkeit: eine nackte Frau in schwarzer Unterwäsche und schwarzen Strümpfen mit breiter Schmuckborte liegt rückwärts hingebreitet auf einem schön gedeckten Eßtisch, umgeben von edlem Porzellan, geschliffenen Weingläsern, Sektkelchen und Kerzenleuchtern, als sei sie die eigentliche Mahlzeit, zu der hier geladen wurde. Unter ihr ist eine Tischdecke gebreitet, die mit dem braunroten Streifenmuster eines Tigerfells bedruckt ist. Das Muster wiederholt sich in den Papierservietten, die wie kegelförmige Flammen gefaltet in den Rotweingläsern stehen. Die zwischen den Gedecken liegende Frau hat die Ordnung des festlich gedeckten Tisches, auf dem sie wie gewaltsam niedergeworfen liegt, nicht gestört. Noch als ihr äußerster Gegensatz ist sie ein Teil dieser Ordnung. Vor allem die beiden mehrarmigen Leuchter neben ihrer Schulter und über ihrem Kopf machen den Tisch, auf dem sie liegt, zum Bild eines Opferaltars. Die Gewalt, die ihr angetan wurde, bleibt unsichtbar, wenn sie nicht verkörpert ist im rituellen Arrangement eines Festmahls, zu dem die Gäste noch nicht erschienen sind. Bin ich einer dieser Gäste? Schaut sie mich an? Ihr Kopf ist zur Seite gedreht. Ein Bein ist ausgestreckt und berührt noch den Boden, das andere, im Knie gebeugt, ist in obszöner Preisgabe an den Leib gezogen: gefrorener Augenblick mit vielfachen Richtungswechseln eines in unauflösbarer Zweideutigkeit sich windenden und sich darbietenden Körpers, der im Kontrast zu der schwarzen Wäsche gleichmäßig elfenbeinweiß ist – der nach aktuellem Ideal typisierte Kunststoffleib einer Puppe.

Ist das eine nachgestellte Szene aus der imaginären Folterkammer des Sexus, die der berühmte Marquis de Sade, »eingesperrt hinter 19 eisernen Türen«, wie er aus dem Staatsgefängnis Vincennes an seine Frau schreibt, mit den Regieeinfällen seiner ausschweifenden, aber immer zeremoniell geordneten Phantasie erfüllt hat, um während seiner endlosen Haft seelisch am Leben zu bleiben? Heißt die auf dem Tisch hingestreckte Puppenfrau Justine oder Juliette? Werden gleich die vier adeligen Lüstlinge aus den »120 Tagen von Sodom« auf dieser Bühne auftreten und nach der strengen Hausordnung des Marquis ihre Orgien beginnen? Aber vielleicht ist es auch der abenteuerliche Kavalier Giacomo Casanova, den wir in dieser Szene erwarten können? Das wäre mir jedenfalls sympathischer.

Ich stehe vor einem Schaufenster des Kaufhofes in der Kölner Schildergasse. Auch in den anderen Schaufenstern der breiten Straßenfront des Gebäudes präsentieren weibliche Schaufensterpuppen Unterwäsche in szenischen Arrangements, die ein beträchtliches Maß an erotischer Phantasie verraten. Es sieht aus, als habe der Dekorateur Varianten zum Thema der modellierbaren Sexualität dargestellt, über die es bei Bertolt Brecht in einem Mackie-Messer-Song heißt: »Es geht auch anders, doch so geht es auch.« Doch das bezog sich bei Brecht auf unterschiedliche Stellungen bei der geschlechtlichen Vereinigung. Dies hier ist etwas ganz anderes. Das Interesse hat sich von der Urszene auf die szenischen Voraussetzungen und Begleitumstände verlagert, die mit großem Phantasieaufwand erfunden wurden. Es sind oft geradezu surreale Reizmuster, die im Unterschied zu den Grobschlächtigkeiten trivialer Pornographie Spielräume freihalten für eine unbegrenzte Vielfalt individueller Phantasien. Ihre Wunschenergie soll auf die Ware übertragen werden, die von den posierenden Puppenleibern präsentiert wird. Alles ist möglich, suggeriert die Inszenierung. Und es kostet nicht viel, sagen die Preisschilder. Dazu fällt mir ein Satz von de Sade ein, der die Libertinage als Natur verteidigt hat, um daraus ein Bürgerrecht abzuleiten: »Wir müssen uns bemühen, es den Bürgern zu ermöglichen, sich völlig sicher den Gegenständen ihres Begehrens hinzugeben.« Da spricht der Marquis aus dem Ancien régime, den die Französische Revolution aus der Bastille befreit hat, als frisch überzeugter Republikaner. Doch bevor er in Gefahr geriet, zum beflissenen Ideologen der Revolution zu werden, wurde er unter der jakobinischen Schreckensherrschaft wieder ergriffen und zum Tode verurteilt.

Nur durch Zufall entging er der Guillotine. Unter Napoleon sperrte man ihn wieder ein: zunächst in eine Strafanstalt und dann zur Sicherheitsverwahrung in die Irrenanstalt Charenton-Saint-Maurice in Paris. Dort inszenierte er mit den Insassen der Anstalt Theateraufführungen meist eigener Stücke, die auch von einem prominenten Pariser Publikum besucht wurden. De Sade war ein geborener Regisseur; nicht einer von der einfühlsamen, sondern von der herrscherlichen Sorte. Auch seine Prosawerke kann man als ausgedehnte Regieanweisungen für ein totales Theater der Lust lesen. Ihm hätte dieses Schaufenster, bei dem Regieeinfall und Werbeidee nicht zu unterscheiden sind, sicher gefallen. Und die Botschaft ohnehin: Hab keine Angst, entwickle Phantasie, folge deiner Phantasie. Jeder kann sich dieses Traumzubehör leisten, sagen die Preisschilder. Habe keine Angst. Aber etwas untergründig Bedrohliches und Skandalöses ist in der Szene aufbewahrt, ein von weit her aus anderen Zusammenhängen abgeleiteter, in die Gegenwart reichender Schock. Wer weiß, ob die Werbeleute gut beraten waren. Es ist zwei Tage vor dem Sommerschlußverkauf, und eine dichtgedrängte Menschenmenge schiebt sich an den Schaufenstern vorbei. Die Leute gehen durch das Spalier der Reize und Appelle, als seien sie immunisiert.

2. Der Verführer und die Tugend

Goethe: Die Leiden des jungen Werthers. Gedichte · de Laclos: Gefährliche Liebschaften · Schiller: Das Lied von der Glocke

Noch vor zwei Tagen war ich an einem völlig anderen Ort und in einer völlig anderen Zeitstimmung. Ich besuchte das Lottehaus in Wetzlar, das seit 1922 ein Museum ist. Das Haus, das einstmals dem Deutschen Orden gehörte und Sitz seines Wetzlarer Amtmanns war, wurde 1653 erbaut und rund hundert Jahre später anläßlich der Heirat des neuen Amtmanns Heinrich Adam Buff durch einen Anbau erweitert, in dem sich das sogenannte Staatszimmer befindet. Es ist, wie auch die bescheideneren Wohnräume, geschmackvoll im Stil der Zeit renoviert und mit einigen wenigen Möbelstücken aus dem Besitz der Familien Buff und Kestner, zum Beispiel einem Prunksekretär, einem Tafelklavier, einem kleinen Intarsientisch und drei schlanken Stühlen, sozusagen zitathaft ausgestattet. Der in einem quadratischen Muster gelegte Dielenboden und die graue Dekorationsmalerei – Götterbilder und Architekturvasen – in aufgemalten Kassetten an den Längswänden des Raums zeigen den gediegenen, schon klassizistisch geprägten Geschmack der bürgerlichen Wohnkultur des 18. Jahrhunderts zum Ausklang des Rokoko, aber auch, schon in den geringen Ausmaßen der Wohnstuben, den einfachen Möbeln und dem Plumpsklo am Ende eines Ganges, die Schlichtheit und Kargheit des damaligen Lebens. Ein gußeiserner Ofen und ein Keramikofen standen im Staatszimmer und dessen Vorraum. Die meisten Wohnstuben waren wohl unbeheizt. Es gab Handwärmer aus Keramik oder Metall, in die glühende Holzkohle aus dem Küchenherd gefüllt wurde. Wasser mußte man vom Brunnen holen.

Goethe war in den Sommermonaten des Jahres 1772 oft im Haus der Familie Buff zu Gast, weil er die Bekanntschaft von Charlotte, der zweitältesten Tochter der Familie, gemacht und sich heftig in sie verliebt hatte, zunächst ungeachtet der Tatsache, daß sie bereits verlobt war. Nach einigen Wochen bald leidenschaftlich werdender Schwärmerei und wachsenden inneren Konflikten mußte er hinnehmen, daß seine angebetete Lotte, der Moral und dem Realitätsprinzip folgend, ihren Verlobten Johann Christian Kestner heiratete.

Goethe war nach Wetzlar gekommen, um am dortigen Reichskammergericht seine juristische Ausbildung abzuschließen. Dort war auch Lottes Verlobter Kestner beschäftigt und außerdem Karl Wilhelm Jerusalem, ein ehemaliger Kommilitone Goethes aus der gemeinsamen Leipziger Studienzeit. Jerusalem, eine labile Problempersönlichkeit, geriet in der Juristengesellschaft des Reichskammergerichts ins gesellschaftliche Abseits, weil er sich an die Frau eines Vorgesetzten herangemacht hatte und abgewiesen worden war. Tief gekränkt und dem Gespött seiner Umgebung ausgesetzt, lieh er sich unter dem Vorwand einer bevorstehenden gefahrvollen Reise von Kestner eine Pistole und erschoß sich. Für Goethe wurde Jerusalems Selbstmord zum Anlaß, seinen Roman »Die Leiden des jungen Werthers« zu schreiben, ein Briefroman über eine scheiternde und im Selbstmord des Briefschreibers endende Liebe, der durch die reiche Palette der dargestellten Emotionen zu einem exemplarischen Dokument einer neuen Gefühlskultur wurde.

Werthers schwärmerische, überströmende Emotionalität entsprach einer vor allem in der Jugend weitverbreiteten Stimmung sentimentaler Individualisierung, die ihre Grundgedanken und emotionalen Impulse vor allem aus Rousseaus Briefroman »La Nouvelle Héloise« und den englischen Brief- und Erbauungsromanen von Richardson und Goldsmith bezog, die auch der junge Goethe begeistert gelesen hatte. Hier fand er viele Motive seines Romans schon vorgebildet und im Brief- und Tagebuchroman auch eine geeignete Form zur zwanglosen Darstellung des menschlichen Innenlebens in seiner sprunghaften Unmittelbarkeit und Intimität, die die Grenzen zwischen Fiktion und Realität verwischte und den Leser zum Zeugen bisher unerhörter privater Geständnisse machte. Goethe schrieb seinen Roman in fast völliger Abgeschiedenheit nach eigenem Zeugnis in etwa vier Wochen und wurde von dem rasch einsetzenden gewaltigen

Erfolg überrascht, der europäische Ausmaße hatte. Allein in Frankreich, wo der Roman 1776 veröffentlicht wurde, erschienen bis zur Französischen Revolution rasch nacheinander fünfzehn Auflagen. Werthers blauer Frack und gelbe Weste wurden zur Kultkleidung der empfindsamen Jugend, und von überhitzten Gemütern wurde sogar sein Selbstmord nachgeahmt. Goethe hatte den Nerv der Zeit getroffen.

Das lag, wie immer bei epochalen Werken, nicht allein an der literarischen Qualität des Textes, sondern hatte weitverzweigte zeitgeschichtliche Ursachen. Im 18. Jahrhundert war das wirtschaftlich erstarkte Bürgertum neben Geistlichkeit und Adel zum anerkannten dritten Stand aufgestiegen. Es hatte zwar noch längst nicht alle Privilegien des Adels egalisiert, aber durch seine wachsende Finanzmacht zunehmend gesellschaftlichen Einfluß gewonnen. So wurden bürgerliche Bankiers und Unternehmer zu unentbehrlichen Stützen der Krone gegenüber der Hauspolitik des Hochadels, der durchaus nicht immer uneingeschränkt im Dienst der zentralen Königsmacht handelte. Aber noch bedeutsamer als solche neu errungenen Machtpositionen war für den Aufstieg des Bürgertums zur künftigen gesellschaftlichen Dominanz, daß im 18. Jahrhundert immer größere Bevölkerungsgruppen Zugang zur Bildung fanden und sich an der Kulturproduktion beteiligten. In der zweiten Jahrhunderthälfte stellte das Bürgertum das bei weitem größte und noch ständig wachsende Lesepublikum, so daß es zuerst in England und mit geringer Zeitverschiebung in Frankreich und Deutschland immer mehr Autoren gelang, sich aus der Abhängigkeit von adeligen Mäzenen zu lösen und direkt für dieses neue Publikum zu schreiben. Die meisten von ihnen waren ohnehin bürgerlicher Herkunft. So wurden in dieser sich festigenden Allianz zwischen den Schriftstellern und ihrer neuen Leserschaft bürgerliche Lebensart und bürgerliche Werte wie Redlichkeit, Einfachheit, Sittsamkeit und Empfindsamkeit, ursprünglich ein Kontraststil, mit dem sich das Bürgertum von der Frivolität und Verschwendungssucht des Adels abgrenzte, allmählich zur herrschenden Lebensauffassung der Zeit. Auch in Teilen der Adelsgesellschaft wurde es Mode, sittsam und empfindsam zu sein.

Gleichzeitig entstand in den fortgeschrittenen Schichten des Bürgertums das neue Eheideal der Liebesehe. Während im Adel die Ehen traditionellerweise noch nach standespolitischen und machtpolitischen Gesichtspunkten geschlossen wurden und daneben eine außereheliche amour passion ihren anerkannten Platz hatte, setzte sich im Bürgertum in dem Maße, wie Lebensplanung und Berufswahl sich aus dem engen Rahmen von Familientradition und Familienbesitz lösten, Liebe als Hauptgrund für die Wahl des Ehepartners durch. Damit vermehrten sich die Wahlmöglichkeiten und die Zufälle, was im Gegenzug dazu führte, Liebe als einen Zustand untrüglicher Gewißheit zu interpretieren. Von Liebe ergriffen zu werden, idealerweise auf den ersten Blick, bedeutete, daß einem die Augen für eine einzigartige, intime Wahrheit geöffnet wurden, die im Unterschied zu den als frivol und unaufrichtig empfundenen Liebesbeteuerungen adeliger Galanterie als reine Wahrheit des Herzens galt. Sie konnte auch sprachlos bleiben und sich statt dessen in lauter körperlichen Exaltationen wie Erröten und Erblassen, Stammeln und Schluchzen und heftigen Tränenergüssen äußern, vor allem wenn das verinnerlichte Tugendgebot und das Begehren miteinander in Konflikt gerieten. Das sind klassische Symptome der Hysterie, die Freud in den Gründungsjahren der Psychoanalyse als Indizien erregter, aber abgewehrter Sexualität entschlüsselt hat. Adelige Kavaliere des 18. Jahrhunderts, in der Phantasie der Bürger die Verfolger ihrer Frauen und Töchter, kannten diese Symptome als Zeichen beginnender weiblicher Selbstpreisgabe ganz genau.

Die bürgerliche Kultur des 18. Jahrhunderts hatte keine Sprache für Sexualität, jedenfalls keine direkte. Sexualität war im Begriff der Liebe aufgehoben und moralisch überformt worden, und leidenschaftliches Begehren, Liebe genannt, wurde mit den Tugenden der geliebten Person begründet. Auch körperliche Anmut wurde wahrgenommen als Ausdruck von Tugenden, die eine junge Frau als ehetauglich erscheinen ließen. Die Verschmelzung beider Qualitäten wurde Liebreiz genannt. Reizend in diesem Sinne erscheint auch Lotte in Goethes Roman. Als Werther sie zum ersten Male sieht, ist sie umringt von ihren kleinen Geschwistern, bei denen sie selbstverständlich und mit leichter Hand die Mutterrolle versieht. Kaulbach hat diese Szene in einem Kupferstich zu einer populären Ikone weiblicher Häuslichkeit gestaltet, ganz so wie Goethe sie beschrieben hat:

»Ich war ausgestiegen, und eine Magd, die ans Tor kam, bat uns, einen Augenblick zu verziehen, Mamsell Lottchen würde gleich kommen. Ich ging durch den Hof nach dem wohlgebauten Hause, und da ich die vorliegenden Treppen hinaufgestiegen war und in die Tür trat, fiel mir das reizendste Schauspiel in die Augen, das ich je gesehen habe. In dem Vorsaale wimmelten sechs Kinder von elf zu zwei Jahren um ein Mädchen von schöner Gestalt, mittlerer Größe, die ein simples weißes Kleid, mit blaßroten Schleifen an Arm und Brust, anhatte. Sie hielt ein schwarzes Brot und schnitt ihren Kleinen rings herum jedem sein Stück nach Proportionen ihres Alters und Appetits ab, gab's jedem mit solcher Freundlichkeit, und jedes rief so ungekünstelt sein ›Danke‹, indem es mit den kleinen Händen lange in die Höhe gereicht hatte, ehe es noch abgeschnitten war, und nun mit seinem Abendbrote vergnügt entweder wegsprang, oder nach seinem stillern Charakter gelassen davonging nach dem Hoftore zu, um die Fremden und die Kutsche zu sehen, darin ihre Lotte wegfahren sollte. – ›Ich bitte um Vergebung‹, sagte sie, ›daß ich Sie hereinbemühe und die Frauenzimmer warten lasse. Über dem Anziehen und allerlei Bestellungen fürs Haus in meiner Abwesenheit habe ich vergessen, meinen Kindern ihr Vesperbrot zu geben, und die wollen von niemandem Brot geschnitten haben als von mir.‹«

Diese rührende Idylle hat einen düsteren Hintergrund in einem für die damalige Zeit typischen Frauenschicksal: Lottes Mutter war kurz zuvor nach der Geburt ihres sechzehnten Kindes an Erschöpfung gestorben. Lotte selbst bekam in der Ehe mit Kestner zwölf Kinder und war danach ebenfalls eine verbrauchte, früh gealterte Frau, in der man das anmutige Mädchen, das Goethe im Werther schilderte, kaum wiedererkennen konnte. Als sie nach dem Tod ihres Mannes nach Weimar reiste, wurde sie von ihm mit kühler Reserviertheit empfangen. Thomas Mann, der diese Episode in seinem Roman »Lotte in Weimar« dargestellt hat, schildert sie als eine Frau, die zwar noch zur gepflegten Konversation fähig war, aber ständig unkontrollierbar mit dem Kopf wackelte.

Der emphatische Begriff der Liebesehe darf also nicht darüber hinwegtäuschen, daß die Ehe damals nicht als glückselige Paarbeziehung geträumt wurde, sondern selbstverständlich eine familiäre Sozial- und Wirtschaftsgemeinschaft und vor allem ein Institut zur Aufzucht von vielen Kindern blieb. Liebe war zwar als das edelste Motiv der Partnerwahl anerkannt, wurde aber – obwohl sie als untrügliche Wahrheit des Herzens galt – durch strenge Tugend- und Treuegebote kontrolliert und der unumstößlichen Ordnung einer lebenslangen Ehe eingefügt. Vorehelicher Geschlechtsverkehr war verfemt, denn Liebe und die damit vielleicht verbundene Leidenschaft sollten keine eigenen, immer unabsehbaren Wege gehen, sondern nur, kirchlich lizensiert, im Ehebett einen damals in der Regel äußerst unbequemen Platz finden. Im Lottehaus in Wetzlar ist eines dieser kleinen zweischläfrigen Betten zu sehen, in denen auch die Menschen der damaligen Zeit nur in halb sitzender Stellung dicht aneinandergedrängt die Nacht verbringen konnten, für heutige Augen ein Folterinstrument, das die Entfaltung sinnlicher Lust auf ein Minimalmaß reduzieren mußte.

Angesichts solcher Verhältnisse ist es nicht falsch, wenn auch von biederer Vernünftigkeit, wenn Schiller in seinem Lehrgedicht »Die Glocke« aus dem Jahre 1800 die im Ideal der Liebesehe miteinander versöhnten Gegensätze von Leidenschaft und Pflicht, Spontaneität und Dauer oder von Lust- und Realitätsprinzip als eine brüchige Synthese begreift, die nach den Glücksgefühlen des Anfangs notwendig in einem Ernüchterungsprozeß an die praktischen Forderungen und Zwänge des Ehealltags angepaßt werden muß. Das modellhaft gezeichnete Bild der bürgerlichen Ehe wird dann allerdings, entsprechend der Erziehungsabsicht des Textes, wiederum verklärt.

Schillers Lehrgedicht gehörte bis zur Mitte des 20. Jahrhunderts zum klassischen Bildungsgut der deutschen Gymnasien, hat aber wegen seiner gravitätischen Zeigefingerdidaktik und altbackenen Normativität den Spott der Romantiker des Jenaer Kreises auf sich gezogen. Caroline von Schlegel berichtete, sie seien bei seiner Lektüre vor Lachen fast von den Stühlen gefallen.

Das Gedicht, das in unerschrockener Typisierung Grundsituationen des menschlichen Lebens darstellt und moralisch reflektiert, wirkt heute vollends als Antiquität. Aber es ist ein sprechendes Zeugnis für die Anstrengungen, die die bürgerliche Kultur unternommen hat, um dem gesellschaftlichen Leben angesichts des sich vor allem in der Intelligenzschicht ausbreitenden Individualismus und Subjektivismus eine gediegene sittliche Ordnung zu erhalten.

Ein zentrales Thema des Gedichtes ist die Zähmung des Eros. Er mußte, im Blick auf die harten Anforderungen des Eheealltags, flugunfähig gemacht werden, um zu der Beständigkeit in lebenslanger Ehe tauglich zu sein. Zunächst feiert das Gedicht, darin Goethes früher Liebeslyrik vergleichbar, »der ersten Liebe goldene Zeit«, um dann mit schroffer Wendung, sozusagen gleich zur Hochzeit, Ernüchterung zu predigen: »Ach! des Lebens schönste Feier endigt auch den Lebensmai, mit dem Gürtel, mit dem Schleier, reißt der schöne Wahn entzwei.« Und nun folgt im sentenzenreichen Stil des Gedichtes die Warnung: »Die Leidenschaft flieht! Die Liebe muß bleiben, die Blume verblüht, die Frucht muß treiben.« Das ist eine anscheinend auf verbreitete resignative Erfahrungen gestützte Interpretation der Liebesehe, die im Klartext lautet: Ehe ist, schon weil sie auf Dauer angelegt ist, kein Fest der Leidenschaft, sondern eine domestizierte, entsinnlichte Partnerschaft zur Aufzucht von Kindern und zur Vermehrung des Wohlstandes. Der Frau kommt dabei die häusliche Rolle zu: »Und drinnen waltet die züchtige Hausfrau, die Mutter der Kinder, und herrschet weise im häuslichen Kreise, und lehret die Mädchen und wehret den Knaben, und reget ohn Ende die fleißigen Hände, und mehrt den Gewinn mit ordnendem Sinn.« Genau so erscheint auch Lotte, als Werther sie zum ersten Male sieht. Es ist ein Tugendbild der herrschenden bürgerlichen Moral, die auch er verinnerlicht hat. Obwohl sein leidenschaftliches Begehren dagegen rebelliert, daß die geliebte Frau gebunden ist, kapituliert er am Ende und erschießt sich. Werthers Selbstmord bedeutet Anerkennung der geltenden Moral und ist zugleich ein dramatischer Protest. Die heilige Liebe scheitert an der Heiligkeit der Ehe.

In völlig anderer Perspektive erscheint die weibliche Tugend in einem berühmten zeitgenössischen Roman, der 1782, also rund sieben Jahre nach dem »Werther«, unter dem Titel »Les Liaisons dangereuses« anonym in Paris erschien und sofort zu einem Skandalerfolg wurde, der sich über zahlreiche Raubdrucke wie ein Lauffeuer ausbreitete. Der Roman zeigt in Form eines Briefwechsels zwischen einigen mehr oder minder miteinander bekannten Personen die französische Adelsgesellschaft des Ancien régime sozusagen am Vorabend der Revolution als eine in sich geschlossene Welt des Müßiggangs und der Raffinesse am Handlungsfaden einer frivolen Intrige. Die Marquise de Merteuil, eine Dame, deren Machtstreben von einem eiskalten Immoralismus und großem psychologischen Scharfsinn gesteuert wird, will sich an einem Mann rächen, der sie vor längerer Zeit um einer anderen Frau willen verlassen hat. Zu diesem Zweck gewinnt sie mit dem Versprechen ihrer eigenen erneuten Hingabe ihren früheren Gelegenheitsgeliebten, den Vicomte de Valmont, dafür, die erst fünfzehnjährige Braut des anderen Mannes zu verführen, damit der zu seiner Schande und Enttäuschung statt einer Jungfrau ein kleines Luder zur Frau bekommt. Valmont, der ein berüchtigter Frauenverführer und ein Narziß ist, übernimmt diese Aufgabe, obwohl er sie trivial findet, seiner ausgefeilten erotischen Meisterschaft nicht angemessen. Gleichzeitig hat er ein anderes, schwierigeres Vorhaben, bei dem sich Ehrgeiz und Begehren undurchschaubar vermischen: Er will die Präsidentin Tourvel, eine gesellschaftlich hochstehende, verheiratete Frau, die wegen ihrer Tugend weithin einen hervorragenden Ruf genießt, während einer längeren dienstlichen Abwesenheit ihres Mannes verführen. Beides gelingt ihm, das eine schnell, im Stil einer Überrumpelung, das andere in langsamer, die Verzögerungen und Umwege auskostender Unaufhaltsamkeit und in der verwirrenden Zweideutigkeit von Ergebenheitsbeteuerungen und erschlichener körperlicher Nähe. Und alles endet mit einer Katastrophe, die wohl der sittlichen Weltordnung geschuldet war: Die kleine Cécile, die inzwischen einen anderen Verehrer gefunden hatte, wird als gefallenes Mädchen ins Kloster verbannt. Präsidentin Tourvel, der Valmont zum krönenden Abschluß seiner Eroberung die von Liebe verblendeten Augen grausam geöffnet hat, stirbt am Verlust ihrer Selbstachtung. Valmont wird im Duell getötet. Und die Anstifterin des Unheils, die kalte, hochmütige Marquise de Merteuil, verarmt und wird von den Blattern entstellt, eine besonders boshaft ausgesuchte Strafe für eine so stolze Dame. So werden am Ende des Romans die Akteure des exemplarisch falschen Lebens mit wenigen energischen Griffen von der Bühne geschafft, als sei der Autor der vorausschauende Vollstrecker des kommenden historischen Weltgerichtes über die verderbte Gesellschaft des Ancien régime.

So ist der Roman von vielen Zeitgenossen gelesen worden. Doch das ist nur eine Lesart und heute nicht die interessanteste. Oberflächlich gesehen mag der Autor vorgehabt haben, in Anpassung an die Vorurteile und die Moral des neuen Lesepublikums aus dem aufstrebenden mittleren Bürgertum den Immoralismus und die Frivolität des Adels anzuklagen. Doch sein psychologisches Interesse und seine subtile Einfühlung in die Motivationen, Ausdrucksformen und Selbstbilder der dargestellten Personen hatten ihn vor ideologischen und sentimentalen Plattheiten weitgehend bewahrt. Wie ein guter Moderator erteilt er allen das Wort. Faszinierend aber ist der Roman vor allem deshalb, weil man immer wieder spürt, daß der Autor von der eleganten Bosheit und dem experimentellen Geist seiner Hauptcharaktere fasziniert war.

Choderlos de Laclos, so sein trotz anonymer Veröffentlichung bald berühmt und berüchtigt gewordener Name, war ein umgetriebener, sozial und politisch ortloser Mensch, dessen Leben typisch für die Umbruchszeit in den letzten Jahrzehnten des 18. Jahrhunderts war. Er stammte aus niederem Adel, war Offizier, dann einige Zeit Privatsekretär des Herzogs von Orléans, wurde später Jakobiner, dann Anhänger des Directoire, kam ins Gefängnis und wurde wieder daraus befreit, stieg auf zum Festungsbauexperten und Infanteriegeneral und starb 1803 als Befehlshaber der napoleonischen Südarmee. Literarisch steht Laclos in der Nachfolge der französischen Moralisten und zwischen der psychologischen Raffinesse der Rokokoromane und den Schriften Rousseaus. Daß er Goethes Werther gekannt hat, ist sehr wahrscheinlich angesichts der großen Verbreitung, die das Buch in Frankreich gefunden hat. Doch die Gegensätze der beiden Autoren und ihrer Hauptfiguren könnten kaum größer sein.

Für Werther bilden Lottes Tugend und ihre Treue zu ihrem Mann unübersteigbare Hürden, die er verzweifelt respektiert, um sich dann das Leben zu nehmen. Für Valmont, den erfahrenen Verführer, ist dagegen die Tugend der Präsidentin Tourvel eine reizvolle und willkommene Herausforderung seiner psychologischen Raffinesse, mit der er den Widerstand der Frau und die Vorsicht, die ihr die Sittsamkeit gebietet, allmählich aushöhlen und überwinden wird. Er will kein schlichtes Liebesabenteuer, denn es erschiene ihm langweilig und trivial. Statt dessen will er bewußt den Abstand zwischen der anfänglichen konventionellen Distanz und der schließlichen selbstvergessenen Hingabe der Frau Schritt für Schritt durchmessen. Er genießt dabei stets sein perfektes Doppelspiel einer Vertrauen erweckenden, achtungsvollen Annäherung, die ihr eigentliches Ziel verschleiert und es doch nie aus dem Auge verliert.

Valmont ist ein hervorragender Beleg für Thorstein Veblens Theorie der müßiggängerischen Klasse, mit der er den verfeinerten Lebensstil und die Prestigenormen neuzeitlicher Oberschichten, wie dem Adel der feudalistischen Jahrhunderte, auf die Gewohnheiten räuberischer und kriegerischer Minderheiten archaischer Zeiten zurückführte. Nach wie vor war körperliche Arbeit nicht standesgemäß. Sie wird von den Menschenmassen der sozialen Unterschichten verrichtet, von deren materieller Produktion man lebte. Dagegen blieben die Jagd und die Offiziersränge in der Armee Privilegien der müßiggängerischen Oberschicht.

Auch Valmont, dessen Leidenschaft es ist, Frauen zu verführen, versteht sich als Jäger. Und gelegentlich vergleicht er sein methodisches Vorgehen auch mit den Taktiken der Kriegskunst. Das ist, vordergründig gelesen, nur eine großspurige Metapher, in der sich seine Eitelkeit ausdrückt, doch dahinter steckt ein Programm der Distanz und der Autonomie. Valmont will sich seiner Überlegenheit versichern. Er tut das, indem er sich als planvoll Handelnden begreift, der mit allen Mitteln den Erfolg anstrebt. Denn, so sagt er von sich: »Ich habe es sehr nötig, diese Frau zu bekommen, um die Lächerlichkeit loszuwerden, daß ich in sie verliebt bin.« Denn das würde bedeuten, daß er die Kontrolle über die Situation verloren hat. Dennoch ist er verliebt, sogar leidenschaftlich. Doch er weiß, seine Emotion taktisch einzusetzen und seinen Worten, mit denen er die Ängste der Frau beschwichtigt, einen leidenschaftlichen Unterton zu verleihen, der ganz anders zu ihr spricht. So versteht er es, mit den Worten und Gesten der Zurückhaltung ihren Widerstand zu lähmen und sie ständig weiter zu bedrängen. Doch genauso zweideutig hören sich inzwischen ihre Worte an, mit denen sie ihn anfleht, ihre Tugend zu schonen:

»Ach, ich bitte Sie sehr, meiden Sie meine Nähe. ... Ich fürchte nicht so sehr, meine Schwäche einzugestehen, als ihr zu unterliegen. ... Sie haben mir hundertmal gesagt, daß Sie kein Glück möchten, das mit meinen Tränen erkauft wäre. Ach, sprechen wir nicht mehr von Glück, aber lassen Sie mich zu einiger Ruhe gelangen! Wenn Sie mir die Bitte gewähren, welch neue Rechte erwerben Sie dann nicht auf mein Herz! Und die wären auf Tugend gegründet, und ich brauche mich nicht gegen sie zu wehren. Wie wohl wird mir sein in meinem Dankgefühl! Ich verdanke Ihnen dann die Annehmlichkeit, reuelos ein köstliches Gefühl zu genießen. Jetzt bin ich im Gegenteil erschrokken über meine Gefühle und Gedanken und fürchte gleichermaßen, mich mit Ihnen und mit mir selbst abzugeben. Der Gedanke selbst an Sie macht mir angst; kann ich ihn nicht fliehen, kämpfe ich gegen ihn an; ich kann ihn nicht aus meiner Nähe verbannen, aber ich stoße ihn von mir. Ist es nicht besser für uns beide, diesem Zustand der Verwirrung und Angst ein Ende zu machen?«

Der zitierte Text ist nur ein Auszug aus einer viel längeren Epistel, die in unüberhörbarer Zweideutigkeit immer um denselben Widerspruch kreist. Diese Frau kämpft einen schon verlorenen Zweifrontenkrieg gegen den unabweisbaren Verführer und ihr eigenes Gefühl, das ihm entgegendrängt. Nur die Angst vor dem Zusammenbruch ihres moralischen Selbstbildes und dem Verlust ihrer gesellschaftlichen Stellung hält das verteidigte Tugendterrain noch offen. Dieser, viele Worte, Ausweichmanöver und Geständnisse hervorbringende Zwiespalt, in dessen expressiver Heftigkeit sich die Leidenschaft der nun bald erfolgenden Hingabe schon ankündigt, hat für Valmont den besonderen Reiz der Verzögerung. So stellt er fest, »daß Tugend den Wert einer Frau sogar noch im Augenblick ihrer Schwäche erhöht«. Nach seinem Sieg über den zuletzt in höchster Erregung zusammenbrechenden Widerstand berichtet er seiner Komplizin, der Marquise de Merteuil: »In der Menge der Frauen, bei denen ich bis heute Rolle und Funktionen eines Liebhabers gehabt habe, war ich noch keiner begegnet, die wenigstens ebensoviel Lust, sich zu ergeben, gehabt hätte, als ich, sie dazu zu bestimmen.«

Hier ist der dynamische Kern der Verführungskunst berührt: Niemand kann verführt werden, der nicht insgeheim oder unbewußt darauf wartet. Der Verführer weiß das, setzt es unbeirrt voraus. Deshalb sieht er als erster die verräterischen Zeichen der Veränderung, sobald unter dem Eindruck seiner Nähe und seines unbestimmten, immer erneut sich zeigenden Interesses das Erregungsniveau der Begegnungen steigt. Aber wenn er so klug ist wie Valmont, wird er wie ein erfahrener Therapeut dieses Wissen zurückhalten, damit es sich allmählich selbst seinen Weg bahnt und schließlich mit der ganzen Macht eines unwidersprechbaren Gefühls die Frau überwältigt. Der Verführer handelt als der Anwalt des aus dem Dunkel der Verdrängung auftauchenden exterritorialen Lebens der Person. Er leiht ihm eine Sprache. Und er wird, ohne es direkt zu sagen, für sich in Anspruch nehmen, daß er die Lebenslüge und die gesellschaftliche Fassade der Frau zum Einsturz bringt und ihr zur Erfahrung ihres wahren Selbst verhilft. Doch eins will er um jeden Preis vermeiden: er will nicht selbst in dem entfesselten Gefühlssturm untergehen. Deshalb fügt Valmont dem Drama der Verführung noch das böse Nachspiel der Desillusionierung der Frau hinzu. Michel Foucault, der die sexuelle Aufklärung und speziell die Psychoanalyse als moderne Ausdrucksformen eines Willen zum Wissen begreift, hat damit auch die geheime Philosophie des Verführers getroffen. Wie der Analytiker will der Verführer hinter die kulturelle Fassade und die moralischen

Rationalisierungen des menschlichen Verhaltens blicken, um den Dingen auf den Grund zu gehen. Und was er dort entdeckt, als den Grund aller Gründe, das ist die Sexualität. Auch die verführte Frau soll ihm das Geständnis ihrer Sexualität machen. Und um sich aus der drohenden Verschmelzung zu retten, zerstört er ihr die Ausflucht, es Liebe zu nennen. Der phallische Mann hält die romantische Liebe für ein effeminiertes Gefühl und rettet durch die Zerstörung der Illusion das heroische Gefühl seiner unantastbaren Einsamkeit in den nächsten Akt.

Obwohl die »Gefährlichen Liebschaften« oder die »Schlimmen Liebschaften«, wie Heinrich Mann seine Übersetzung des Buches betitelt hat, sieben Jahre später als »Die Leiden des jungen Werthers« erschienen sind, stellen sie historisch gesehen ein älteres Sediment der Mentalitätsgeschichte dar. Werther ist ein modernerer Held als Valmont, der in der scharfen Typisierung durch Choderlos de Laclos noch die brisante Mischung von Rationalismus und Immoralismus und unbegrenztem Müßiggang der alten, feudalistischen Herrschaftsschicht repräsentiert. Werther dagegen ist ein junger, bürgerlicher Intellektueller, erfüllt von der Aufbruchsstimmung und dem Gefühlskult der Sturm-und-Drang-Zeit, und er hat ein entsprechendes Problem: Er muß seine leidenschaftliche Verliebtheit mit der Sittenordnung des damaligen Bürgertums vereinbaren, die als eine familien- und erwerbsorientierte Moral und Erziehungspraxis die Werte der Treue und Beständigkeit, der Bescheidenheit, der Ordnungsliebe und der zur Reinheit verklärten vorehelichen Enthaltsamkeit den Menschen von Kindheit an einprägte. Trotz der Hoheitsrechte, die der Wahrheit des Herzens damals zuerkannt wurden, scheitert Werther an diesen inneren und äußeren Schranken in einer hochpathetischen Szene. Er hat Lotte auf ihren Wunsch seine Übersetzung der Gesänge Ossians vorgelesen, und dabei sind sie beide – heute schwer verständlich angesichts dieser Texte – in einen Gefühlsrausch verfallen: »Die Welt verging ihnen. Er schlang seine Arme um sie her, preßte sie an seine Brust und deckte ihre zitternden, stammelnden Lippen mit wütenden Küssen – ›Werther!‹ rief sie mit erstickter Stimme, sich abwendend, – ›Werther!‹, und drückte mit schwacher Hand seine Brust von der ihrigen; ›Werther!‹ rief sie mit dem gefaßten Ton des edelsten Gefühles. – Er widerstand nicht, ließ sie aus seinen Armen und warf sich unsinnig vor sie hin. – Sie riß sich auf, und in ängstlicher Verwirrung, bebend zwischen Liebe und Zorn, sagte sie: ›Das ist das letzte Mal! Werther! Sie sehn mich nicht wieder.‹ Und mit dem vollsten Blick der Liebe auf den Elenden eilte sie ins Nebenzimmer und schloß hinter sich zu. – Werther streckte ihr die Arme nach, getraute sich nicht, sie zu halten. Er lag an der Erde, den Kopf auf dem Kanapee, und in dieser Stellung blieb er über eine halbe Stunde, bis ihn ein Geräusch zu sich selbst rief. Es war das Mädchen, das den Tisch decken wollte.«

Man sieht, der bürgerliche Alltag geht weiter, und für die Extravaganzen des Gefühls und das Abenteuer des Ehebruchs ist in den engen, von Menschen überfüllten Wohnungen nicht der rechte Platz. Solche Probleme hat Valmont in Madame Tourvels Haus nicht. Nur das Porträt des abwesenden Gatten hängt an der Wand. Aber er achtet darauf, daß ihr Blick nicht dorthin geht, während er die fast ohnmächtige Frau zu der Ottomane trägt, wo sie ihren Widerstand aufgibt.

Innerhalb der Verführungsszene steht ein Detail, das wie ein Hinweis auf Werthers Leiden anmutet. In einem kritischen Moment, in dem Madame Tourvel ihn beschwört, sie in Ruhe zu lassen, täuscht Valmont vor, sich ihrem Willen fügen zu wollen, droht aber damit, sich umzubringen. Er spielt Werther, ganz in der Mode der Zeit, und leitet mit dieser schnell aufgegriffenen Phrase eine überraschende Wendung ein. Nun hält die von ihren inneren Widersprüchen verwirrte Madame Tourvel ihn fest, im völligen Gegensatz zu Lotte, die nach einem kurzen Gefühlsrausch unversehens ihre Fassung wiedergewinnt und durch eine Tapetentür für immer aus Werthers Leben verschwindet. Die Tür ist heute noch im Lottehaus in Wetzlar vorhanden, so daß man sich dort wie in einem Bühnenbild sehen kann, in dem gleich ein Werther-Darsteller auftreten wird, um vor der verschlossenen Tür leise zu flehen: »Lotte! Lotte! Nur e i n Wort! Ein Lebewohl!« Aber man weiß, daß Lotte, das Inbild mädchenhafter Tugend, ihm nicht antworten wird.

Werthers Selbstmord ist eine hochpathetische, aber im Grunde völlig unangemessene Tat. Denn so wie die Umstände waren, konnte Werther nicht davon ausgehen, daß Lotte ihn erhören würde. Hat er es überhaupt gewollt? Oder war die im Grunde schon längst verinnerlichte Unerreichbarkeit Lottes eine Art Freibrief für ihn, nun ohne Verwirklichungsnöte die ganze Ausdrucksvielfalt seiner freischwebenden Gefühle auszuleben? Werther ist nicht Goethe. Aber als sein fiktionales Double steht er zu ihm in enger Beziehung. Und Goethes späteres Bekenntnis, alle seine Werke seien »Bruchstücke einer großen Konfession«, hat beim »Werther« besondere Triftigkeit, schon allein deshalb, weil der Text von einer erkennbaren Lebenssituation seinen Ausgang nahm. Allerdings hat Goethe die fiktionalen Lizenzen des Autors zum Schluß rigoros genutzt, indem er Werther sterben ließ, während er selbst, im Gegensatz zu solcher tragischen Unausweichlichkeit, in einem auffälligen Wiederholungszwang ständig seine Liebschaften wechselte. Er floh die angebeteten Frauen, sobald sein schwärmerisches Begehren sich zu erfüllen drohte. Immer fand er bald ein neues Liebesobjekt, das er gegen das alte, soeben noch idealisierte Objekt seiner lyrischen Anbetung austauschte, so als seien die verschiedenen jungen Frauen – meistens waren es Mädchen von achtzehn oder gar sechzehn Jahren – nur beliebige Gelegenheiten, um die schnell verflackernde Flamme seines Enthusiasmus wieder zu entfachen, ohne die ihm die Finsternis der Depression drohte. In seinen Gedichten feierte er die rasch wechselnden Projektionen als einen immerwährenden Liebesrausch. Doch es ist eine »rastlose Liebe«, ein »Glück ohne Ruh«, ein suchtartig immer wieder neu gesuchter, juveniler Selbstgenuß, der viel zu verbergen hatte. Indem Goethe Werthers Liebe zu Lotte im Selbstmord enden ließ, imaginierte er einen tragischen Gefühlsernst, dessen bedrohliche Anfechtungen er gewiß kannte und dem er durch den schnellen Wechsel der Liebesobjekte immer wieder entkommen war. Werthers Liebe scheiterte an der Tugend der Frau, die er, im Unterschied zu dem zynischen Valmont, zutiefst achtete. Schließlich hatte er sich ja in ein Tugendbild verliebt. So war sein Begehren in die Falle eines Wertkonfliktes geraten.

Goethe hatte bei seinem Rückzug gewiß ähnliche Argumente wie sein fiktionales Double. Sie lagen auf der Hand, da Charlotte Buff die Verlobte und bald auch die Frau seines Freundes und Wetzlarer Amtskollegen Kestner war. Vielleicht verbirgt sich aber gerade da das Problem. Es könnte ja sein, daß gerade die offensichtliche Unmöglichkeit seine besondere Liebesbedingung war, da sie ihm, neben dem Reiz geraubter Zuwendung, jederzeit einen ehrenvollen Rückzug garantierte.

Aber warum verließ Goethe Friederike Brion, von der er anfangs so entzückt schien, sobald er ihre Liebe gewonnen hatte? Und warum löste er seine Verlobung mit der Frankfurter Bankierstochter Lili Schönemann wieder auf, die nach allgemeinem Urteil von ihrer Bildung und Herkunft her, aber vor allem auch dank ihrer persönlichen Vorzüge, gut zu ihm gepaßt hätte, und schloß sich gleich in Briefen seiner neuen Herzensfreundin Auguste Gräfin von Stolberg an? Gründe und Vorwände gab es gewiß in allen Fällen. Aber die Automatik und der Schematismus der sich wiederholenden Abläufe sind ein unübersehbarer Hinweis auf verborgene Ursachen, die von den jeweiligen Begründungen wohl eher verschleiert wurden, und zwar für die betroffenen Frauen, die sein Verhalten unverständlich und verletzend fanden, aber auch für Goethe selbst, der nicht ohne Peinlichkeitsgefühle aus jeder Ernstsituation in neue Verliebtheiten floh und meistens auch noch zur Wiederherstellung seiner erschütterten Ichstärke die Nähe von weiblichen Schutzheiligen wie Sophie von Laroche und Frau von Stein suchte. Lili Schönemann hat viele Jahre später, als sie längst verheiratet war, Goethe als den »Schöpfer ihrer moralischen Existenz« bezeichnet, weil er ihre leidenschaftliche Bereitschaft, sich über Tugend und Pflicht hinwegzusetzen und sich ihm hinzugeben, zurückgewiesen habe. Bei Friederike, die mitgerissen von seiner stürmischen Werbung, ihm völlig ergeben war, wird es ähnlich gewesen sein. Als Wille zum Wissen kann man das nicht bezeichnen. Es ist eine Flucht von Illusion zu Illusion. Wie eine zur Selbstberuhigung und Rechtfertigung verfaßte Nachschrift hört sich das Gedicht »Einschränkung« an:

»Ich weiß nicht, was mir hier gefällt,
in dieser engen, kleinen Welt
mit holdem Zauberband mich hält?
Vergess ich doch, vergess ich gern,
wie seltsam mich das Schicksal leitet;
und ach, ich fühle, nah und fern
ist mir noch manches zubereitet.
O wäre doch das rechte Maß getroffen!
Was bleibt mir nun, als eingehüllt,
von holder Lebenskraft erfüllt,
in stiller Gegenwart die Zukunft zu erhoffen!«

Der verstorbene amerikanische Psychoanalytiker Kurt R. Eissler, ein großer Bewunderer des Dichters, hat in seiner monumentalen zweibändigen Goethe-Biographie den von der Literaturwissenschaft meist unberührten Vorhang gelüftet, der die traumatischen Hintergründe verdeckt, aus denen Goethes dichterische Welt in vielfältiger Verarbeitung und Umgestaltung des Lebensrohstoffes hervorgegangen ist. Eisslers differenziert belegte These ist es, daß Goethe, obwohl er ein Mensch von unbändiger Triebhaftigkeit war, mit 38 Jahren zum ersten Mal Geschlechtsverkehr hatte, weil er als junger Mann einen unbeherrschbaren psychosexuellen Defekt hatte. Gestützt auf biographische und klinische Details und versteckte Hinweise in verschiedenen Texten nimmt Eissler an, daß Goethe an vorzeitigem Samenerguß litt, ausgelöst vor allem durch leidenschaftliches Küssen. Eissler vermutet, daß ihm das als eine ernsthafte sexuelle Störung nicht sofort bewußt geworden ist. Zunächst mag Goethe den vorzeitigen Orgasmus als eine Möglichkeit empfunden haben, heftige sexuelle Lust zu erleben, ohne seine Ängste überwinden zu müssen und ohne die Tugend der sehr jungen Mädchen, in die er sich stets zu verlieben pflegte, anzutasten. Das rechnete er sich einige Zeit als moralisches Verdienst an, um die drohende narzißtische Kränkung abzuwehren. Nachfolgende Stimmungslabilitäten konnten nach der klassischen Logik der Sucht durch neue belebende Reize überwunden werden. Die Stunde der Wahrheit kam nach Eisslers Vermutung, als Friederike Brion im Taumel der Verliebtheit bereit war, sich ihm hinzugeben, und Goethe die beschämende Entdeckung machte, daß er wegen seiner sexuellen Störung dazu nicht in der Lage war. Er floh. Und anscheinend traumatisierte er sie für ihr ganzes weiteres Leben. Sie hat jedenfalls nie geheiratet. Bei Charlotte Buff glaubte er sicher zu sein, weil sie verlobt war. Er riskierte keine Niederlage. Und im »Werther« verdeckte er das Problem, indem er einen Helden als leidenschaftlichen Liebhaber auftreten ließ, der an der Schranke der institutionellen Moral tragisch scheitern muß.

Wehrte er mit dieser Verschiebung seines Problems in eine moralisch exemplarische Situation unbewußte eigene Selbstmordtendenzen ab? Er tat es jedenfalls sehr zum Ärger seiner Freunde Kestner und Charlotte Buff, die sich durch seine Darstellung entstellt und denunziert fanden. Er antwortete, geschwellt von seinem Erfolg, auf Kestners Vorhaltungen in einem pathetischen Ton, der gewiß nichts besser machte: »Ihr Kleingläubigen! – Könntet Ihr den tausendsten Teil fühlen, was Werther tausend Herzen ist, Ihr würdet die Unkosten nicht berechnen, die Ihr dazu hergebt!« Man merkt, er war vorübergehend geheilt und schwelgte in Grandiositätsgefühlen. Aber sein Problem war nicht gelöst, und er mußte sich ihm erneut nähern. Er verlobte sich mit der sechzehnjährigen Lili Schönemann, wohl in der Meinung, daß dies nicht nur eine feste Perspektive, sondern angesichts der Jugend seiner Braut auch einen Aufschub bedeutete. Aber Lili, überwältigt von seinem Charme, wollte mit ihm schlafen, und Goethe löste die Verlobung auf.

Für zehn Jahre geriet er jetzt, durch die Herzogin Anna Amalia, als Begleiter des jungen Herzogs an den Weimarer Hof berufen, in die Obhut von Charlotte von Stein, die als seine »Seelenführerin«, wie er es nannte, eine gründliche Sublimierungsarbeit an ihm vollzog und ihn von seinem juvenilen erotischen Vagieren abbrachte. Die Beziehung zwischen ihr und Goethe hatte der berühmte Arzt Johann Georg Zimmermann gestiftet, den Charlotte, erschöpft von zahlreichen Schwangerschaften, in Bad Pyrmont aufgesucht hatte. Er riet ihr, weitere Schwangerschaften zu vermeiden und der Sexualität zu entsagen – für sie ein Freispruch von einer quälenden ehelichen Pflicht. Ihr Mann, der Hofstallmeister und beste Reiter am

Weimarer Hof, schien damit zufrieden zu sein. Er verlor wohl nicht allzu viel. Und in der Umgebung des jungen Herzogs fand er Abwechslung und Entschädigung genug. Jahre später, als er starb, bekam er kaum Zuwendung von seiner Frau, nur eine marmorne Untadeligkeit. Ihrem Lieblingssohn Fritz bekannte sie in einem Brief, daß sie nicht »instinktmäßig lieben« könne, wie sie es bei so vielen Menschen sehe. »Es verlangt mich nach Vollkommenheit«, und darunter verstand sie geistige und moralische Vollkommenheit, also Werte gelungener Sublimierung.

Zimmermann hat in einem Brief an Lavater Frau von Stein eindrucksvoll beschrieben. Der erste Absatz des Porträts sei hier zitiert: »Frau Kammerherrin, Stallmeisterin und Baronesse v. Stein aus Weimar. Sie hat überaus große schwarze Augen von der höchsten Schönheit. Ihre Stimme ist sanft und bedrückt. Ernst, Sanftmut, Gefälligkeit, leidende Tugend und feine tiefgegründete Empfindsamkeit sieht jeder Mensch beim ersten Anblick auf ihrem Gesichte. Die Hofmanieren, die sie vollkommen an sich hat, sind bei ihr zu einer sehr seltenen hohen Simplizität veredelt.«

Das also war die Frau, die es sich zur Aufgabe setzte, aus dem jungen, so berühmten wie berüchtigten jungen Dichter, dessen Werke sie gelesen hatte, eine kultivierte, sittlich gereifte Person zu machen, die fähig war, in allen gesellschaftlichen Situationen eine angemessene Haltung zu bewahren. Dem modischen Gefühlskult der Sturm-und-Drang-Epoche entsprechend, neigte Goethe dazu, die hysterischen Tendenzen seiner Person hemmungslos auszuleben. Karl August Böttiger, der kritische Beobachter und Chronist der Weimarer Gesellschaft, durchaus ein Bewunderer Goethes, zitiert Augenzeugen aus der Straßburger Zeit: Bei gemeinsamer schwärmerischer Lektüre »geriet Göthe oft in hohe Verzückungen, sprach Worte der Prophezeiung und machte Lersen Besorgnisse, er werde überschnappen«. Oder, noch auffälliger: »Göthe ... wälzte sich damals oft in Bertuchs Zimmer auf dem Schlosse auf der Erde, band sich die langen Haare auf, um einen recht tragischen Nimbus zu bekommen, und tragirte so nach Herzenslust.«

Man sieht bei diesen Zitaten förmlich den Druck der ungelösten Triebspannung, die ihn umtrieb und quälte. Als er nach

Weimar kam, nun als der Dichter des »Götz von Berlichingen« und des »Werther«, mimte er, sehr zum Unwillen der Weimarer Gesellschaft, im Gefolge des jungen Herzogs durch lärmendes und betont vulgäres Machogebahren, fluchend und peitschenknallend, den genialischen Kraftprotz. Unter dem Einfluß von Charlotte von Steins beständiger Nähe, man kann auch sagen, unter ihrem Regime, und dank der totalen Zuwendung, die sie ihm schenkte, legte er nicht nur sein pseudohaftes Gebaren ab, sondern überwand auch die Unruhe seiner juvenilen erotischen Getriebenheit. Im Schutz seiner »Seelenführerin«, wie er sie nannte, konnte er seine ungelöste, ambivalente Beziehung zu seiner geliebten ehemaligen Verlobten Lili Schönemann überwinden. Und er behielt auch die Kontrolle über sich, als er sich, seiner Prägung erliegend, in Louise, die unglückliche junge Frau des Herzogs, verliebte, deren mädchenhafte Sanftheit ihn an seine geliebte Schwester Cornelia erinnerte. Eissler schreibt, daß Goethe in Charlotte von Stein auf eine Frau traf, »die sich ihm mit gespannter Aufmerksamkeit zuwandte«. Sie zeigte sich ihm als eine Partnerin, die »bewußt oder unbewußt Kenntnis von der Vielfältigkeit seiner Person hatte« und vor der er »widersprüchliche Aspekte seiner Person nicht verbergen mußte«. Sie war rund sieben Jahre älter als er, und sie machte ihm keine Angst, weil sie der Sexualität abgeschworen hatte. Er sah sie als mütterliche und schwesterliche Freundin und konnte sein erotisches Begehren beruhigt in der Schwebe lassen als eine zwischen ihnen vielleicht noch einmal sich entfaltende Möglichkeit – was gerade genug war, damit er sich nicht in seiner Männlichkeit verneint fühlen mußte.

In dem berühmten ihr gewidmeten Gedicht »Warum gabst du uns die tiefen Blicke« hat er beklagt, daß sie sich nicht in blinder Leidenschaft lieben können wie andere Menschen: »Nur uns armen Liebevollen beiden / ist das wechselseitge Glück versagt, uns zu lieben, ohn uns zu verstehen ...« Denn, so imaginiert er es in einem dem Schwebezustand ihrer Beziehung entsprechenden Doppelbild: »du warst in abgelebten Zeiten meine Schwester oder meine Frau.« Deshalb konnte sie ihn, als er zu ihr kam, »mit Einem Blicke lesen« und ihm alles geben, was er dringlich brauchte: »Tropftest Mäßigung dem heißen Blute, /

richtetest den wilden irren Lauf, / und in deinen Engelsarmen ruhte / die zerstörte Brust sich wieder auf.«

Das ist weit entfernt von dem schwärmerischen Jubelton der frühen Liebesgedichte und ebenso von ihrer gelegentlichen rokokohaften Formelhaftigkeit. Es klingt nach Abschied von den Träumen seiner Jugendzeit, die sich als illusionär und zerstörerisch erwiesen hatten. Um Ruhe zu finden und das ungelöste Problem seiner sexuellen Störung auf unabsehbare Zeit in ein schützendes Halbdunkel wegzuschieben, verklärt er, nicht ohne resignative Untertöne, die Wohltaten des asketischen Freundschaftsbundes mit Charlotte und willigt ein in die Bedingungen, die sie ihm auferlegt. Doch er kennt auch den Preis des Schutzes, den er bei ihr findet – die Dämpfung seines Lebensgefühls. »Und wir scheinen uns nur halb beseelet, / dämmernd ist um uns der hellste Tag.« Das ist die Stimmung einer larvierten Depression. Im Gedicht deutet Goethe diesen Zustand als den Schatten einer früheren Existenz, der als Unentschiedenheit und ungelöstes Problem über ihrer Beziehung liegt. Doch diese Interpretation kann das Gefühl der Lähmung und des Mangels nicht aus der Welt schaffen, das dem Gedicht die innere Spannung einer hoffnungsverbrämten Klage über das nicht zu sich selbst gekommene Leben gibt.

Dennoch bedeutete die Beziehung zu Charlotte von Stein für Goethe so etwas wie eine Therapie, durch die er, der verspielte Narziß, ein hinreichendes Maß an Selbstdistanz und Selbstdisziplin erwarb. Er überwand seine jugendlichen Exaltiertheiten und die schweren Arbeitsstörungen, die ihn als Student und auch während seiner juristischen Tätigkeit an konzentrierter Arbeit gehindert hatten. Jetzt wurde er ein hoher Staatsbeamter, Geheimer Rat, Leiter der Finanzkammer, er führte die Oberaufsicht über den Ilmenauer Bergbau. Er entwickelte sich zu einem Mann, der ernsthaft Akten studierte, an Sitzungen teilnahm und Inspektionsreisen machte und der Erzieher und persönliche Berater des Herzogs war. Aber seine dichterische Produktion versiegte. In der Zeit vor Weimar war sie mit seiner ständigen erotischen Getriebenheit verbunden gewesen, von der ihn Charlotte von Stein geheilt hatte. Durch sie lernte er es, sich der totalen Herrschaft des Lustprinzips zu entziehen und den Forderungen der Realität zu stellen. Doch diese Kur kostete ihn ein weiteres Jahrzehnt sexueller Enthaltsamkeit und bedrohte ihn am Ende mit seelischer Erosion.

Immer deutlicher wurde ihm, daß sein Leben in eine Sackgasse geraten war, aus der er sich, um seiner seelischen Lebendigkeit willen, befreien mußte. Nach dem Grundsatz des »stirb und werde«, den er als das menschliche Lebensgesetz empfand, war für ihn die Zeit gekommen, eine überlebte, in ihren Möglichkeiten erschöpfte Lebensformation zu verlassen, und er tat das mit bewundernswerter Radikalität. Ohne sich mit jemandem zu besprechen und ohne Charlotte von Stein und den Herzog in seinen Reiseplan einzuweihen, einzig konzentriert auf das Gefühl, in einem neuen Anfang eine Erneuerung seines Lebens zu suchen, brach er am 3. September 1786 aus Karlsbad, wo er zur Kur weilte, heimlich und unter einem fremden Namen zu einer Italienreise auf, die annähernd zwei Jahre dauerte. »Früh 3 Uhr stahl ich mich aus dem Carlsbad weg, man hätte mich sonst nicht fortgelassen.« Er wollte, wie er an Charlotte von Stein schrieb, in glücklicher Einsamkeit, ohne Namen und Stand, der Erde näher kommen, aus der wir genommen sind.

Die Flucht nach Italien wurde für ihn im doppelten Sinne eine Reise in den Ursprung. Er begeisterte sich in Rom ganz im Sinne Winkelmanns an der sinnlichen Schönheit und Idealität der antiken Kunst, und er fand in Faustina, einer jungen Witwe, die in der Trattoria bediente, in der er gewöhnlich aß, eine unbefangene Bettgenossin, bei der er, achtundreißigjährig, seine sexuellen Störungen überwand. Beide Erfahrungen hat er in seinen »Römischen Elegien«, die er unter dem Eindruck der römischen Liebeslyriker Catull, Tibull und Properz schrieb, in eine enge Beziehung gebracht:

»Aber die Nächte hindurch hält Amor mich anders beschäftigt;
werd ich auch halb nur gelehrt, bin ich doch doppelt beglückt.
Und belehr ich mich nicht, indem ich des lieblichen Busens
Formen spähe, die Hand leite die Hüften hinab?
Dann versteh ich den Marmor erst recht; ich denk und vergleiche,
sehe mit fühlendem Aug, fühle mit sehender Hand.«

Leidenschaftlich klingt das nicht, sondern altherrenhaft genießerisch und behaglich. Das mag zum Teil dem erzählerischen Versmaß geschuldet sein. Das Distichon, ein zweizeiliger Wechsel von Hexameter und Pentameter, ist ein handliches Sinnpaket. Es legt, als eine sich wiederholende metrische Grundeinheit, die mitgeteilten Gedanken in gleichmäßigen, leicht überschaubaren Portionen nacheinander ab. Entscheidender allerdings hat Goethes Selbstdarstellungsabsicht den Text geprägt. Er ist ein Erfolgsbericht. Und natürlich würde er in Weimar gelesen werden. Im lebenslustigen Gefolge des jungen Herzogs war Goethe oft in der Verlegenheit gewesen, sexuelle Erfahrung vortäuschen zu müssen, um nicht sein Ansehen und seine Glaubwürdigkeit zu verlieren. Er tat es teils durch sein wildes Gebaren, teils in vagen Andeutungen, die er wie beiläufig in einen Brief an den Herzog einfügte. Jetzt dagegen konnte er sich in einer opulenten Situation als gesättigter Genießer zeigen, und das war möglicherweise befriedigender als die Erfahrung selbst. Eine fundamentale Wandlung hatte sich vollzogen, eine Errettung aus einem Zustand, über den er an Charlotte von Stein zur Erklärung und Rechtfertigung seiner Flucht schrieb: »Wie das Leben der letzten Jahre wollt ich mir eher den Tod gewünscht haben.« Und: »Komm ich um, so komm ich um, ich war ohnedies zu nichts mehr nütze.«

Nun also hatte er sich geerdet. Oder vervollständigt als Mensch. Von nun an tauchen in seinen Texten vermehrt sexuelle Motive auf. In dem langen Erzählgedicht »Tagebuch« erzählt er, wie er auf der Heimreise wegen eines gebrochenen Wagenrades in einem Gasthof übernachten muß, wo die hübsche junge Wirtstochter ihm das Essen aufs Zimmer bringt. Er umarmt sie, sie entzieht sich ihm, kommt aber nachts in sein Zimmer und sein Bett. Doch da erweist er sich als impotent, was im Gedicht mit parodistisch anmutenden Reimen als kleines Malheur beschrieben wird – biederer Humor neugewonnener Unbefangenheit:

»Verfluchter Knecht, wie unerwecklich liegst du!
Und deinen Herrn ums schönste Glück betrügst du!«

Doch als das Mädchen einschläft, eilen seine Gedanken zu seiner Frau, und da hat er die ersehnte Erektion. Das wird auch im Text anschaulich präsentiert:

»Doch Meister Iste hat nun seine Grillen
und läßt sich nicht befehlen, noch verachten,
auf einmal ist er da, und ganz im stillen
erhebt er sich zu allen seinen Prachten;
so steht es nun dem Wandrer ganz zu Willen,
nicht lechzend mehr am Quell zu übernachten.«

Aber er läßt das Mädchen schlafen und setzt sich an den Tisch, um die Begebenheit aufzuschreiben. Am Morgen verschwindet das Mädchen, und er wirft sich in den reparierten Wagen und fährt zu seiner Frau. Das Gedicht endet als Parodie eines typischen Erbauungstextes mit dem Fazit:

»Wir stolpern wohl auf unsrer Lebensreise,
und doch vermögen in der Welt, der tollen,
zwei Hebel viel aufs irdische Getriebe:
Sehr viel die Pflicht, unendlich mehr die Liebe!«

Man möchte schmunzeln. Aber hinter dem Feigenblatt der Ironie scheint plötzlich der Ernst hervorzublicken. Die Frau, zu der er in Gedanken Zuflucht nimmt und sich dabei prompt ermannt, und zu der er dann am Morgen unverrichteter Dinge eilig aufbricht, ist Christiane Vulpius. Das Mädchen, das ihn entzückt hat und am Morgen aus seinem Leben verschwindet, hat es so möglicherweise nicht gegeben. Aber es steht in der typisierenden Zeichnung für viele andere.

Hierzu noch einmal Eissler, der zusammenfassend sagt, daß die Geschichte von Goethes Sexualleben sehr eindringlich zeige, daß er auch nach seiner Genesung durch das Faustina-Erlebnis in Rom »nur eine Frau von geringem sozialen Stand mit geringer Bildung und niederen Umgangsformen mit offener Sexualität lieben konnte. Wieviel an sexueller Leidenschaft in seinen Beziehungen zu anderen Frauen auch vorhanden gewesen sein mag, sie führte niemals zu einer sexuellen Vereinigung«.

Nach seiner Rückkehr aus Italien fand Goethe in Christiane Vulpius eine einfache, ihm ergebene junge Frau, die ähnlich wie Faustina, seinen besonderen Liebesbedingungen genau entsprach. Sie war Näherin in einer Fabrik, in der Kunstblumen hergestellt wurden, eine fast analphabetische, kleine, mollige und unansehnliche Person, die später dick bis unförmig wurde. Sie war munter, tanzte gerne und trank viel. Aber das tat Goethe auch. Und auch er war dick und beleibt geworden, wie Caroline von Schlegel nach einem Abendessen in seinem Hause mokant feststellte. »Seine Augen sitzen im Fett der Backen«, so notiert es 1795 Karl August Böttiger. Goethe hatte Christiane Vulpius mit der Unbedenklichkeit einer instinktiven Wahl in sein großes Haus aufgenommen, und sie hatte ihre Stiefschwester und ihre Tante nachgeholt. Eine Zeitlang kam auch Christianes Bruder, der Kolportageautor Christian August Vulpius, dazu, dem Goethe eine Stelle als Theater- und Bibliothekssekretär verschaffte. Er hatte nun so etwas wie eine Familie in den Hinterzimmern, wo es behaglich und kleinbürgerlich-spießig zuging, ganz im Gegensatz zu seinem üblichen zeremoniellen und gravitätischen Auftreten, das er sich als eine Form und Verleugnung mehr und mehr angewöhnte.

Christiane wurde fünfmal schwanger. Aber außer August, dem ersten Sohn, starben alle Kinder bei der Geburt oder kurz danach. Von der Weimarer Gesellschaft und vor allem von der tief gekränkten Charlotte von Stein wurde Goethes Verbindung mit Christiane als peinlich und geschmacklos abgelehnt. Man fand ihre Ausdrucksweise primitiv, ihr Verhalten unzumutbar vulgär, und nahm Anstoß daran, daß sie, wenn Goethe auf Reisen war, mit einer Freundin auf Dorffesten der Umgebung zum Tanzen ging und sich viele Stunden lang mit wilder Derbheit vergnügte. Man lästerte auch über ihre unelegante Figur und sprach boshaft von Goethes »dickerer Hälfte«. Bettina von Arnim nannte sie »die Blutwurst«. Wieland soll laut Böttiger von ihr als der »Sau mit dem Perlenhalsband« gesprochen haben.

Bei den häufigen repräsentativen gesellschaftlichen Anlässen im Hause Goethes trat Christiane nie in Erscheinung. Trotz allem heiratete Goethe sie 1806, nachdem sie sich bei der Besetzung Weimars durch Napoleons Armee in einer bedrohlichen

Situation mutig vor ihn gestellt hatte. Er wußte, was er an ihr hatte. Und er fand Verständnis beim Herzog und bei seiner Mutter, die in der munteren Naivität Christianes vermutlich eigene Wesenszüge wiedererkannte. Sie nannte Christiane den »Bettschatz« ihres Sohnes. Das enthielt zwar eine Einschränkung ihrer Bedeutung, war aber trotzdem freundlich gemeint. Vielleicht ahnte sie, wie lebenswichtig für ihn diese einfache, sinnliche Frau war, die ihm keine Angst machte, ihn nicht beurteilte, ihm alle Freiheiten ließ, sich mit ihrer Randexistenz beschied und immer da war, wenn er sie brauchte. Christiane war das vitale Fundament seiner spät gereiften Männlichkeit.

Und doch existierte daneben immer noch der andere jugendliche Goethe, der fortfuhr, sich dauernd zu verlieben, vorzüglich in ganz junge Mädchen, die eine Ähnlichkeit mit seiner längst verstorbenen Schwester Cornelia hatten. Als Student hatte er sich in seinem symbiotischen Besitzanspruch seine Schwester als Nonne und Äbtissin vorgestellt und sie so in seiner Phantasie allen anderen Männern entzogen. Er war tief schockiert, als sie heiratete, und brach seine von Jugend an äußerst lebhafte Korrespondenz mit ihr ab. Als es ihr schlecht ging, bat er Frau von Stein, ihr an seiner Stelle einen Brief zu schreiben.

Das Mädchenhafte und Unberührte blieb für Goethe auch im Alter ein unwiderstehlicher Reiz. Minchen Herzlieb zum Beispiel, die achtzehnjährige Pflegetochter des Buchhändlers Frommann in Jena, in dessen Haus der fast sechzigjährige Goethe einige Zeit als Gast lebte, war solch ein ätherischer und elegischer Typ. Goethe ließ sich durch sie zu Sonetten anregen, mit denen er, sicher nicht ungewollt, eine neue Liebeslegende in die Welt setzte. Sie soll auch eines der Vorbilder für die Ottilie der »Wahlverwandtschaften« gewesen sein. Sie hatte offenbar einen starken Widerwillen gegen alles Körperliche, weshalb Goethe sie später ein »Geistchen« genannt hat. Sie löste ihre erste Verlobung auf, heiratete einen anderen Mann, wurde in dieser Ehe gemütskrank und starb in einer Nervenheilanstalt. Sylvie von Ziegesar, ein anderes Mädchen, in das Goethe sich verliebte, war auch die Tochter eines seiner Gastgeber. Er nannte sie in einem seiner Gelegenheits- und Widmungsgedichte

»Tochter, Freundin, Liebchen«, was die Spielräume seines Umgangs mit ihr beschrieb. Goethe war ein altherrenhafter Kußräuber. Aber Sylvie hat sich an diesem Spiel heftig beteiligt, wie eine Augenzeugin indigniert berichtet hat: Sie flog »in die Stube und an seinen Hals, daß ich glaubte, die beiden Arme könnten ihn erdrosseln. Ich konnte nicht hinsehen; alles war in peinlicher Verlegenheit«.

Auch erwachsene und gebildete Frauen kreuzten immer wieder seinen Weg. 1814, zwei Jahre vor Christianes Tod, lernte er Marianne, die ehemalige Pflegetochter und dritte Frau des Frankfurter Bankiers von Willemer kennen, der Vorstandsmitglied des Frankfurter Nationaltheaters war. Goethe war damals 65 Jahre alt, Marianne 30. Aber er fand in ihr eine ebenbürtige Partnerin in dem orientalischen Maskenspiel, das sie gemeinsam inszenierten. Sie wurde das Vorbild für die Suleika des »West-östlichen Divans«, zu dem sie auch einige Gedichte beisteuerte, vor allem die wunderbaren Zeilen: »West, um deine feuchten Schwingen, / ach, wie sehr ich dich beneide, / denn du kannst ihm Kunde bringen, / was ich in der Trennung leide.« Befremdlich die frostigen, allerdings nicht nur auf sie gemünzten Worte, die Goethe nach seinem Abschied von ihr in sein Tagebuch schrieb: »Die Verhältnisse mit Frauen allein können doch das Leben nicht ausfüllen und führen zu gar vielen Verwicklungen, Qualen und Leiden, die uns aufreiben, oder zur vollkommenen Leere.« Indessen denkt er schon wieder anders, als er bald danach in Gesellschaft des Kölner Kunstsammlers Boisserée zu Mittag ißt. Der Gastgeber notiert folgende Szene: »In Hardheim Mittagessen, junges, frisches Mädchen, nicht schön, aber verliebte Augen. Der Alte kuckt sie immer an. Kuß –.« Das war, in wenigen Worten festgehalten, das Schema, wie solche Begegnungen abzulaufen pflegten – ein schwerenöterhaftes Ritual, bei dem er sich nicht nur seinen Charme, sondern auch Rang und Namen zunutze machte, um eine gespielte Zärtlichkeit zu erhaschen, die kaum mehr als ein Zitat von Leben war. Was versprach er sich davon? War er oberflächlich zufriedengestellt? Brauchte er diese Bestätigungen, um sein Lebensgefühl aufzufrischen, das immer wieder von depressiven und hypochondrischen Anwandlungen und Ängsten gefährdet wurde?

Goethe, der mit fortschreitendem Alter eine steife Würde entwickelte und gegenüber jungen Dichtern, die seine Nähe und Anerkennung suchten, kalte Zurückhaltung zeigte und sie aus der hohen Warte seiner eigenen Klassizität als »forcierte Talente« abwertete, betrachtete junge Mädchen als Lebensgeister, die ihm helfen sollten, sein Alter und damit auch den näherrückenden dunklen Horizont des Lebensendes zu verleugnen. Das war der Versuch eines Aufschubs, der die abgewehrte Erfahrung um so bitterer zurückbrachte.

Von Juni bis September 1823 weilt Goethe zur Kur im böhmischen Marienbad, um sich von einer lebensgefährlichen Herzbeutelentzündung zu erholen. Dort trifft er eine alte Bekannte wieder, eine verwitwete Frau von Levetzow, die 19 Jahre alt war, als er sie kennenlernte, und jetzt von ihren drei Töchtern begleitet wird. Zu Ulrike, der ältesten Tochter, hatte sich schon bei einem früheren Kuraufenthalt ein romantisches Verhältnis angebahnt. Der alte Herr hatte sich in das zarte blonde, damals 17jährige Mädchen nicht zuletzt deshalb verliebt, weil sie aus Straßburg nach Marienbad kam und in ihm viele Erinnerungen an seine Jugendzeit, vor allem an Friederike und Lotte, erweckte. Inkarnierten sich die alten, unglücklich beendeten Lieben seiner Jugendzeit nun noch einmal in diesem reizenden und unbefangenen jungen Mädchen? Und öffnete eine unverhoffte Gunst des Lebens ihm die Möglichkeit, die so schmerzhaft abgebrochenen Träume seiner Jugend in seinem Alter glücklich zu vollenden?

Ulrike wußte anfangs nicht, wer sich ihr da so ungewöhnlich aufmerksam zuwandte. Sie hatte nichts von ihm gelesen und hielt ihn für einen Gelehrten, weil er bei ihren gemeinsamen Spaziergängen so viel über Geologie sprach. Er gab ihr »Wilhelm Meisters Wanderjahre« zu lesen, die gerade erschienen waren, und als sie Schwierigkeiten damit hatte, erzählte er ihr den Inhalt der »Lehrjahre«. Sie wird ihm respektvoll zugehört haben, und er wird wie üblich die sehnlich erwarteten mädchenhaften Zärtlichkeiten von ihr bekommen haben. Vermutlich wurde getuschelt über das ungleiche Paar. Aber Goethes Ruhm schützte das Verhältnis, und er wurde freundschaftlich in der Familie Levetzow integriert.

Im Sommer 1823, nach seiner lebensbedrohlichen Krankheit, bekam Goethes Beziehung zu Ulrike eine neue, leidenschaftliche Dimension. Er war ein angeschlagener Mann, der sich langsam und schwerfällig bewegte. Ein von Goethe selbst und auch vom Großherzog gutgeheißenes Porträt, das der russische Maler Kiprinski im Juli 1823 in Marienbad zeichnete, zeigt Goethe im Schlafrock am Tisch sitzend, einen Federkiel in der Hand haltend. Er sitzt aufrecht, macht einen gesammelten Eindruck, doch man sieht deutlich die Altersspuren: schütteres Haar, Hängebacken, das lockere Fett eines Doppelkinns, das einen faltigen Hals ahnen läßt, und typische Altmännerhände. Es ist ein schmerzlicher, etwas gepreßter Ausdruck in dem Gesicht. Aber es ist bei aller Bemühung um eine würdige, repräsentative Selbstdarstellung ein ungeheuer emotionales Gesicht. Es gehört einem Mann, der sich entschlossen hat, etwas zu wagen, was alle Welt als eine groteske Altmännertorheit ansehen wird. Er will, einer inneren Dialektik folgend, auf den Tod, der ihn bedrohlich berührt hat, eine starke Antwort geben, indem er in der Ehe mit Ulrike seine Verjüngung sucht. Wie eng das Todesmotiv und der Erneuerungswunsch zusammenhängen, wird verdeutlicht durch die Tatsache, daß er zunächst einen Arzt aufsucht und ihn fragt, ob er nach seiner schweren Krankheit das Wagnis einer solchen Ehe eingehen kann. Er wird eine hinreichend ermutigende Antwort bekommen haben, denn nun schreibt er an Frau von Levetzow und bittet sie, ihre Zustimmung zu dieser Ehe zu geben. Gleichzeitig läßt er seine Beziehungen spielen und bittet seinen alten Freund, den Großherzog Karl August, für ihn als Brautwerber aufzutreten. Der lacht zunächst: »Alter, immer noch Mädchen!« Aber dann erkennt er den unbedingten Ernst von Goethes Wunsch und übernimmt den Auftrag, sich bei Frau von Levetzow für seinen Freund einzusetzen. Er pokert hoch, vielleicht auch um des Schauspiels willen, das ihm gefällt, und bietet dem Paar ein Haus gegenüber dem Schloß an und verspricht für Ulrike nach Goethes Tod eine hohe Pension.

Doch Frau von Levetzow lehnt mit allem Respekt Goethes Werbung und das Angebot des Großherzogs auch im Namen ihrer Tochter ab. Man lebt nicht mehr im 17. und frühen 18. Jahrhundert, als Töchter aus Standesrücksichten auch gegen ihren Willen verheiratet wurden.

Goethe reist ab, mit einem schnellen Abschiedskuß von Ulrike abgefunden. Noch in der Kutsche, die ihn nach Weimar zurückbringt, dichtet er den Abgesang dieser Erfahrung, die berühmte »Marienbader Elegie«. Er ist gerade damit fertig, als er in Weimar ankommt. Das Gedicht hat 23 Strophen zu sechs Zeilen, eine Länge, die sich vor allem dem spürbaren Bedürfnis des Autors verdankt, in einem Bad von Gefühlen zu schwelgen. Gleich zu Anfang signalisiert er in zwei dem Gedicht als Motto vorangestellten Zeilen, auf welch elitärer Höhe der Text geschrieben ist und auf welcher Ausnahmelegitimation er beruht: »Und wenn der Mensch in seiner Qual verstummt, / gab mir ein Gott, zu sagen, was ich leide.« Schon darin muß für ihn ein beträchtlicher Trost gelegen haben. Und er erwartet, daß man es mit Respekt vernimmt und zu würdigen weiß. Goethe zeigt sich hier ganz als ein vormoderner Gelegenheitsdichter, indem er im Vollgefühl seiner Subjektivität die eben erst gemachte Erfahrung ohne kritische Durchdringung des eigenen Anteils am Unglück in geläufiger Reimkunst herunterspult. Das endet in hochpathetischem Selbstmitleid. Der verwöhnte Götterliebling – Goethe benutzt diesen Begriff fast wie einen Titel – kann es nicht ertragen, daß ihm das Leben die Erfüllung eines Wunsches verweigert hat. Die letzte Strophe – nicht gerade die beste, wegen ihres Drangs zum Resümee – lautet:

> »Mir ist das All, ich bin mir selbst verloren,
> der ich noch erst den Göttern Liebling war;
> sie prüften mich, verliehen mir Pandoren,
> so reich an Gütern, reicher an Gefahr;
> sie drängten mich zum gabeseligen Munde,
> sie trennten mich, und richten mich zugrunde.«

Zu Hause in Weimar wurde er erst einmal krank. Ulrike blieb unverheiratet, wie zum Beispiel auch Friederike Brion. Sie starb 1899. Nach ihren Erinnerungen befragt, antwortete die alte Frau in unbeholfener doppelter Verneinung: »Keine Liebschaft war es nicht.«

Es klingt wie ein nachgereichter Kommentar zur Ulrike-Episode, ist aber auch auf sein ganzes Leben bezogen, wenn Goethe am 11. März 1828, vier Jahre vor seinem Tod, zu Eckermann sagt: »Geniale Naturen erleben eine wiederholte Pubertät, während andere Leute nur einmal jung sind.« Hier wird eine treffende Selbstdiagnose nicht ohne Selbstgefälligkeit ins Allgemeine erhoben. Allerdings muß man hinzufügen, daß häufige Wiederholungen pubertärer Einstellungen und Gefühlszustände, wie sie sich beim alten Goethe beobachten lassen, nicht schon für sich als Merkmale von Genialität gewertet werden können, sondern Wiederholungszwänge auf Grund ungelöster Fixierungen sind. Genialität beweist sich erst in der schöpferischen Antwort, die die Person auf solche Problemzustände findet. Und es ist ein herausragendes Charakteristikum von Goethes Biographie, daß er die Engpässe und Blockaden seines Lebens als Herausforderungen und Nötigungen zu neuen Entwicklungsprozessen verstanden hat. Die Antriebskraft, die sich darin äußert, ist eine wesentliche Voraussetzung von Genialität. Gestützt durch die Vorerfahrung eines langen schöpferischen Lebens, bleibt sie ein immer wieder mobilisierbares Potential für die Selbstheilung in der Arbeit. Man muß aber auch die Fähigkeit, sich um den Preis partieller Borniertheit gegen störende Einflüsse abzuschirmen, zu den Bedingungen der Genialität zählen, wenn die Abschottung nach einer Seite die Aufmerksamkeit in einer anderen Richtung verstärkt.

3. *Aufstieg eines Außenseiters*

Stendhal: Rot und Schwarz. Bekenntnisse eines Egotisten. Leben des Henri Brulard · Über die Liebe

Während sich Goethe gegenüber jüngeren deutschen Autoren wie Kleist, Hölderlin, Jean Paul, die er als »forcierte Talente« bezeichnete, verschloß, hatte er ein bleibendes Interesse für die zeitgenössische französische und englische Literatur. Von seiner Schwiegertochter Ottilie ließ sich der Achtzigjährige bald nach dem Erscheinen Stendhals Roman »Rot und Schwarz« vorlesen. Eckermann notierte dazu am 31. Januar 1831 einige abwägende Äußerungen Goethes: »... Wir sprachen über ›Le Rouge et le Noir‹, welches Goethe für das beste Werk von Stendhal hält. ›Doch kann ich nicht leugnen‹, fügte er hinzu, ›daß einige seiner Frauencharaktere ein wenig romantisch sind. Indessen zeugen sie alle von großer Beobachtung und psychologischem Tiefblick, so daß man dem Autor einige Unwahrscheinlichkeiten des Details gern verzeihen mag.‹«

Unter dem Begriff »romantisch« faßt Goethe die exzentrischen Züge von Stendhals Romanpersonen zusammen, ihre von inneren Widersprüchen zerrissene Leidenschaftlichkeit, ihr sprunghaftes, unvorhersehbares Verhalten. Deutlicher noch als bei den meisten Autoren kann man in Stendhals Romanfiguren Projektionen von Charakterzügen ihres Autors sehen. Stendhal, der mit bürgerlichem Namen Henri-Marie Beyle hieß, war ein hochgespannter, extremer Charakter – ein ehrgeiziger Einzelgänger, stolz und erregbar, in Gesellschaften unterhaltsam, aber mit Anfällen von Schüchternheit, ein Kunstliebhaber und ein Erotiker, der sich ständig verliebte, nicht selten ohne Gegenliebe zu finden, und ein Mann, der im Bewußtsein seiner Häßlichkeit eine Zeitlang zu einem hochstaplerischen Dandytum und dann wieder zu vorübergehendem Rückzug neigte, alles in allem ein von den Zeitläuften umgetriebener unruhiger Geist und Skeptiker, der nach Idealität strebte, aber die Gesellschaft der französischen Restaurationsepoche mit illusionslosem Realismus zeichnete. Mit diesen teils bizarren Persönlichkeitszügen ist er eine markante Figur der dramatischen Übergangszeit zwischen dem endenden 18. und den ersten Jahrzehnten des 19. Jahrhunderts.

Stendhal war noch im Ancien régime geboren, das in seinem Elternhaus länger nachwirkte. Wie er in seinem Erinnerungsbuch »Bekenntnisse eines Egotisten« schreibt, hatte er die Sitten der Marquise de Merteuil noch erlebt. Denn er kannte das Urbild der Gestalt aus den »Gefährlichen Liebschaften«. Es war eine Madame de Monmort, eine reiche, hinkende alte Dame, die als eine Nachbarin der Familie Beyle bei Grenoble auf ihrem Landsitz residierte und dem Nachbarskind manchmal eine eingemachte Nuß geschenkt hat. Choderlos de Laclos, den berühmten Autor der »Gefährlichen Liebschaften«, lernte Stendhal später als napoleonischen Artilleriegeneral in Mailand kennen und machte ihm Komplimente zu seinem Buch. Seine Jugend erlebte Stendhal vor dem fernen Hintergrund der Französischen Revolution. Seine geliebte Mutter, die nach ihm noch zwei Mädchen geboren hatte, starb im Kindbett, als er sieben Jahre alt war. Damit »ging alles Glück meiner Kindheit zuende«, schrieb er noch fünfundvierzig Jahre später. Er behielt die Erinnerung an innige Zärtlichkeiten mit der Mutter und an den sekundenlangen Anblick ihres Schoßes, als sie »leicht wie ein Reh« über eine Matratze hinweggesprungen war, auf der er lag. Er haßte die jüngere Schwester seiner Mutter, die nach deren Tod den Haushalt führte, und dankte Gott auf den Knien für die Befreiung, als auch sie gestorben war. Seinen Vater, einen Advokaten, der ständig in Tränen ausbrach, als er seine Frau und dann seine Schwägerin verloren hatte, verabscheute er, vor allem, weil er ihn so häßlich fand. »Er hatte geschwollene Augen und die Tränen übermannten ihn unaufhörlich.« Da sein verachteter Vater Rousseau verehrte, fand Stendhal auch dessen Kult der Empfindsamkeit degoutant. Als Schüler besuchte er manchmal jakobinische Clubs, die in Grenoble allerdings wesentlich zahmer waren als in Paris. Seine Weltsicht war nicht moralisch, sondern ästhetisch bestimmt. Es war eine ästhetische Moral, in der Werte wie Schönheit, Kühnheit, Jugend und Eleganz die Rolle der führenden Tugenden spielten. Er war antibürgerlich und zutiefst antiklerikal, aber ein begeisterter Liebhaber der Kunst.

Mit dem Machtantritt Napoleons, seines Idols, an dessen Feldzügen er teilnahm und in dessen Militärverwaltung er verschiedene Ämter innehatte, begann für ihn die glanzvolle Epoche seines Lebens. Die auf Napoleons Niederlage und Verbannung folgende bourbonische Restauration der Herrschaft von Adel und Klerus war für Stendhal eine deprimierende historische Erfahrung. Sie setzte sich nach der Julirevolution von 1830 auf andere Weise fort, als unter dem sogenannten »Bürgerkönig« Louis Philippe, im engen Verbund mit den alten Mächten von Adel und Klerus, die erstarkende Geldaristokratie zur bestimmenden Macht wurde. Stendhal, der unter Napoleon eine kurze Phase der persönlichen Identifikation mit dem historischen Prozeß erlebt hatte, sah sich nun ausweglos im Netzwerk einer Gesellschaft gefangen, in der alte Standesprivilegien, Geld und jesuitische Scheinheiligkeit das Leben beherrschten und jedem, der einen sozialen Platz und eine Perspektive suchte, ein erhebliches Maß an Anpassung aufzwangen. Das verschärfte seinen Individualismus und die Skepsis, mit der er die Menschen seiner Umgebung beobachtete. Er hatte fasziniert den »Don Quijote« gelesen, Cervantes' bitter ironische Fabel von dem unzeitgemäßen Edelmann, der nicht von seinen heroischen Träumen lassen wollte und als lächerlicher und trauriger Phantast in einer längst ganz anderen, von ihm nicht wahrgenommenen Welt umherirrte. Stendhal ist ein ernüchterter Don Quijote, der zwar seine Ideale nicht aufgegeben hat, aber die Realität der ihn umgebenden Welt sieht und in ihr, so widrig und problematisch sie ihm auch erscheint, erfolgreich zu leben versucht.

Julien Sorel, der jugendliche Held seines Romans »Rot und Schwarz«, ist die Demonstrationsfigur dieses existentiellen Abenteuers. Er unterscheidet sich durch seine Erscheinung und seinen verborgenen Hochmut so scharf von allen anderen Personen des Romans, daß das Buch, wie die berühmte Erzählung von Camus, »Der Fremde« heißen könnte. Obwohl sich beide Figuren in ihrem Temperament deutlich unterscheiden – Julien ist leidenschaftlich und ehrgeizig, Camus' Mersault ist bemüht um stoische Gleichgültigkeit –, stehen sie als extreme Charaktere in einem existentiellen Widerspruch zu der sie umgebenden Gesellschaft. Beide begehen am Ende in einer Kurzschlußreaktion eine sinnlose Gewalttat, werden zum Tode verurteilt und weisen den hartnäckigen Versuch eines Priesters zurück, sie zum Glauben zu bekehren. Julien verzichtet aus Stolz sogar auf die ihm angebotene Möglichkeit, durch reuige Rückkehr zum Glauben sein Leben zu retten. Früher hatte er oft aus Karrieregründen Frömmigkeit geheuchelt. Jetzt läßt er sich seine Überzeugungen nicht mehr abhandeln. Kurz vor seinem Tod ist er bei der Wahrheit seines Lebens angelangt.

Der Roman »Rot und Schwarz« ist eine Aufsteigergeschichte im Schema des Entwicklungsromans. Julien, ein ehrgeiziger junger Mann mit großen Geistesgaben und ungewöhnlicher Willenskraft, der aus armen Verhältnissen stammt und dort immer schon wie ein Findelkind gewirkt hat, ist bereit, jede Chance zu ergreifen, um eine seinen Gaben und seinem Stolz entsprechende Karriere zu machen. Daß ein so angelegtes Leben nach Stendhals persönlicher Erfahrung auch ein Glücksspiel ist, daran erinnert der Titel des Buches, der auf die beiden Farben des Rouletts anspielt. Er benennt aber auch in zeichenhafter Knappheit die beiden Bereiche, die sich als Treppen für den erträumten Aufstieg anbieten: Die Farbe Rot steht als die Farbe des Blutes und des Feuers für den Krieg und die in ihm liegende Chance, sich durch Tapferkeit und Kühnheit auszuzeichnen und es vielleicht bis zum General zu bringen. Dieser Traum, der manchen jungen Männern vom Zuschnitt Juliens während der siegreichen Feldzüge Napoleons als begehrenswerte Möglichkeit vorschwebte, war nun vergangen. Doch das Rot des Titels symbolisiert auch den Eros, die sexuelle Leidenschaft. Und vor allem durch sie durchbricht Julien auf seinem Weg nach oben die gesellschaftlichen Schranken. Die schwarze Farbe steht für das Priestergewand, in dem sich in der Restaurationszeit ein begabter junger Mann aus dem Volke am ehesten einen Zugang zu den höheren Schichten der Gesellschaft erschließen konnte. Das versucht Julien in zynischer Bewußtheit, indem er sich scheinheilig verstellt.

Der andere, der rote Weg der Leidenschaft öffnet sich ihm durch die Gunst der Gelegenheiten und die Ausstrahlung, die der hübsche und in jeder Hinsicht ungewöhnliche junge Mann auf Frauen hat. Als er wegen seiner Intelligenz und seiner Bildung eine Anstellung als Hauslehrer im Haus des Bürgermeisters Rênal bekommt, wird die tugendhafte Madame de Rênal bald seine leidenschaftliche Geliebte. Als er das Haus verlassen muß, weil das Liebesverhältnis ruchbar wird, zieht er sich in das Priesterseminar von Grenoble zurück. Von dort dringt der Ruf seiner herausragenden Intelligenz und Bildung bis Paris. Dank der Vermittlung eines klerikalen Gönners wird Julien Sekretär des mächtigen Marquis de La Mole, in dessen Pariser Palais der müßiggängerische Hochadel verkehrt und internationale politische Intrigen zur Wahrung seiner Herrschaft spinnt. Mathilde, die stolze Tochter des Marquis, die sich mit ihren standesgenössischen Verehrern langweilt, spürt Juliens verborgene Radikalität und Leidenschaftlichkeit und wird seine zwischen hochmütiger Abgrenzung und Selbstpreisgabe schwankende Geliebte. Es ist nur eine Anmerkung dazu, daß philologische Spitzfindigkeit in Juliens rückwärts gelesenem Familiennamen Sorel ein Anagramm entdeckt hat, das höchst bedeutsam l'eros lautet. Das wäre dann ein mythisches Palimpsest unter der aktuellen Gesellschaftsschilderung, die Stendhal als das Hauptvorhaben seines Romans herausstellte, indem er ihm den Untertitel »Ein Zeitbild von 1830« gab.

Wie sehr ihm die Gesellschaft der Restaurationsepoche zum Problem geworden war, spürt man in »Rot und Schwarz« nahezu auf jeder Seite an der kritischen Schärfe, mit der er ihre Korruptheit und Machtverfilzung, ihren Konventionalismus und ihre geistige Öde darstellt. Empfindlicher Maßstab der Falschheit dieses Lebens ist das Ausmaß an zynischer Anpassung und Scheinheiligkeit, das sie Julien abverlangt. Für Erich Auerbach, der Stendhal als Gründerautor des modernen Romans beschreibt, ist das Zukunftsweisende an Stendhals Schreibweise der Verismus seiner Gesellschaftsschilderung. Stendhals skeptisches Einzelgängertum ist aus der schmerzhaft genauen Erfahrung der historischen Umbrüche seiner Zeit entstanden. Aber er zieht sich nie in umhegte innere Paradiese oder abgehobene Ideenwelten zurück. Im Gegenteil – was und wie er schreibt, ist laut Auerbach »weit enger, wesentlicher, bewußter und konkreter mit dem Politischen, Soziologischen und Wirtschaftlichen der Epoche verbunden als etwa die entsprechenden Schriften Rousseaus oder Goethes; man fühlt, daß die große und wirkliche Zeitgeschichte dem Autor ganz anders auf den Leib gerückt ist als jenen; Rousseau hatte sie nicht mehr erlebt, und Goethe hatte es verstanden, sie sich vom Leibe zu halten, ja auch, wenn man diesen Ausdruck gestattet, von dem Leibe seines Geistes«.

Julien wirkt allerdings im realistischen Zusammenhang des Textes manchmal wie eine Figur, die einer älteren Stilperiode zu entstammen scheint, denn Stendhal hat ihm eine alle anderen Personen überragende geistige Statur gegeben und ihn durch sein tragisches und stolz ertragenes Ende zum Helden stilisiert. Julien wird zum Tod durch Enthaupten verurteilt, weil er während des Gottesdienstes auf Madame Rênal, seine erste Geliebte, geschossen hat, die außer sich vor Eifersucht unter Anleitung eines Priesters einen denunziatorischen Brief an den Marquis de La Mole geschrieben hat, um Juliens bevorstehende Hochzeit mit Mathilde de La Mole zu verhindern. Doch dann verschafft sich Madame Rênal durch Bestechung des Gefängniswärters Zugang zu der Zelle, in der Julien auf seine Hinrichtung wartet, und in leidenschaftlicher Umarmung gestehen sie sich beide ihre unauslöschliche Liebe. Sie besucht ihn nun jeden Tag, und in dieser Zeit wächst Julien über alle Irrtümer und egozentrischen Ängste seines kurzen Lebens hinaus. Als die Stunde seiner Hinrichtung kommt und er zum Richtplatz geführt wird, atmet er die frische Luft und fühlt sich glücklich und stark. »Die holden Stunden, die er einst in den Wäldern von Vergy erlebt hatte, tauchten ihm in der Erinnerung auf, greifbar, klar und deutlich, in reicher Fülle. ... Nie war sein Kopf so voller Poesie gewesen, wie im Augenblick, ehe er fallen sollte.«

Das ist ein großer Moment, doch nach den Blutorgien der Französischen Revolution, die Stendhals Kindheit überschatteten, ist das auch eine erstaunlich unbekümmerte Behauptung. Zwar hat es Menschen gegeben, die in würdiger Haltung zu ihrer Hinrichtung geschritten sind, doch was in ihnen vorgegangen ist, weiß man nicht. Damit hat Stendhal kein Problem.

Er spricht mit einer durch keinerlei Zweifel geschmälerten Vollmacht als ein Autor, der seine ihn bewegenden Phantasien von menschlicher Größe nicht unter Gesichtspunkte der Wahrscheinlichkeit beugen will. Denn an der strahlenden Mißachtung der im Richtblock verdinglichten Realität, die er Julien für die letzten Augenblicke seines Lebens zuspricht und ihn damit endgültig zum Helden kürt, hat der Autor auch selbst teil, indem er sich souverän das Recht nimmt, keinen Schatten auf das inthronisierte Ideal des Mutes und der inneren Freiheit fallen zu lassen. Spätestens jetzt ist sein problematisches Alter ego in den Rang eines unanfechtbaren Ideal-Ichs aufgestiegen.

Die Glorifizierung des Helden am Schluß eines Romans oder einer Erzählung wird schon bald durch den Absturz oder Niedergang in den Schlußszenen der Desillusionsromane von Balzac und Flaubert abgelöst werden. Helden stehen von nun an unter dem Verdacht, naive Idealisierungen zu sein, die sich einer geschönten oder jedenfalls einer unvollständigen Wahrnehmung verdanken. Ohne Darstellung ihrer Widersprüche und Schattenseiten gelten Heldenfiguren als Kitsch. Bei Hemingway kann man gut beobachten, wie er versucht, seine Helden durch marode Eigenschaften als Antihelden zu tarnen, um sie gegen das Verdikt zu schützen. Das gelingt nicht immer. Nicht selten schwankt der angeschlagene Held mit seiner Sollbruchstelle am trüben Rand der Sentimentalität entlang. Bei Stendhal dagegen ist der glorifizierende Moment kurz vor Juliens Tod ein klarer Dur-Akkord, so erfüllt von vibrierender Energie wie die Musik Rossinis, die er, wie auch Mozarts Musik, besonders liebte. Während Stendhals frühen Pariser Jahren war Rossini dort Leiter der Italienischen Oper und dann Generalintendant der königlichen Musik, und Stendhal träumte eine Weile davon, selbst Opern zu komponieren. Später bekannte er, er »habe stets alles geschrieben wie Rossini seine Musik schreibt«. Das heißt: leicht, stetig und mit Lust.

Der kühne Satz »nie war sein Kopf so voller Poesie gewesen«, der Juliens Weg in den Tod in einen Triumph des Lebens verwandelt, führt allerdings in seinem Schlepptau eine Frage mit: Was also war dann während seines kurzen Lebens vorwiegend in seinem Kopf? Der Roman hat darauf in seinen vielen Szenen eine immer wieder variierte Antwort gegeben: Es waren vor allem vom Ehrgeiz und vom Hochmut bestimmte Gedanken eines Egomanen, der die Welt, die ihn umgab, mit Mißtrauen und zynischem Kalkül beobachtete, um in ihr Karriere zu machen. Das überlagerte und verzerrte, trotz seiner Leidenschaftlichkeit, auch seine Beziehungen zu Frauen.

In Stendhals »Bekenntnissen eines Egotisten« – so seine Selbstcharakteristik – gibt es eine kurze Schlüsselszene, die ein sowohl historisch als auch psychologisch aufschlußreiches Licht auf seine Lebensgeschichte wirft. Als Jahrgangsbester in Mathematik reiste der Siebzehnjährige nach Paris, um dort an der Polytechnischen Hochschule zu studieren. Sein Onkel, ein liebenswürdiger Mann, der viele Liebschaften hatte, doch aus mangelndem Interesse geschäftlich nicht besonders erfolgreich war, gab ihm beim Abschied statt Geld folgenden Ratschlag auf die Reise mit: »Mein Lieber, du hältst dich für einen klugen Kopf, du bist voll unerträglichen Stolzes ob deiner Erfolge in den mathematischen Fächern. Aber alles das ist nichts, man kommt in der Welt nur durch die Frauen vorwärts. Nun, du bist häßlich, aber man wird dir deine Häßlichkeit nie vorwerfen, weil du Charakter hast. Deine Geliebten werden dich verlassen; wohlan, erinnere dich nur meiner Worte: im Augenblick, wo man verlassen ist, macht man sich leicht lächerlich. Ist das einmal geschehen, dann ist ein Mann in den Augen anderer Frauen ganz auf dem Hund. Mache also binnen vierundzwanzig Stunden, nachdem man dich verlassen hat, einer anderen Dame eine Liebeserklärung, und sollte es in Ermangelung von etwas Besserem eine Kammerzofe sein.«

Das ist eine Szene von erfrischender Unmittelbarkeit und einem lebenspraktischen Realismus, wie er nur in einer gesellschaftlichen Kultur mit unerschütterten Traditionen und klar umrissenen, selbstverständlichen Umgangsformen möglich ist. Wo spricht heute noch ein älterer Mann mit solcher Sicherheit zu einem Siebzehnjährigen über die Probleme des Lebens? Stendhal bewunderte seinen Onkel, denn er glaubte, daß dieser im Laufe seines Lebens alle hübschen Frauen von Grenoble besessen habe. Rückblickend verklärte er die ganze Epoche der höfischen Galanterie, aus der der Onkel seine erotischen Weisheiten bezog. Noch in seinem Todesjahr 1842 schrieb er in einem Vorwort für eine geplante 2. Auflage seines Buches »Über die Liebe« mit Bitterkeit von dem »tödlichen Frost, der in den Beziehungen der jungen Männer zu den fünfundzwanzigjährigen, von der Langeweile der Ehe in die Gesellschaft getriebenen Frauen vorzuwalten scheint« und vergleicht damit die erotisierte Atmosphäre am Hofe Ludwigs des XV., wo Frauen mächtiger Männer großen Einfluß auf Karrieren jüngerer Männer hatten, die nicht selten ihre Geliebten waren. Offenbar war das eine Wunschphantasie Stendhals, der in seinen nachgelassenen, postum veröffentlichten Lebenserinnerungen mit dem Tarntitel »Leben des Henri Brulard« eine lange Liste von Frauen aufführt, die er geliebt hat, um dann zu bekennen: »Die meisten dieser reizenden Wesen haben mich nicht mit ihrer Gunst beehrt, aber sie haben mein Leben ausgefüllt. Meine Werke sind ihnen gefolgt.« »Der gewöhnliche Zustand meines Lebens war der des unglücklichen Liebhabers.« »Ich habe in Wirklichkeit nur sechs Frauen besessen, die ich geliebt habe.« So wie die meisten Kunst- und Musikliebhaber in der Ausübung der Musik Stümper bleiben, habe es sich bei ihm auch in der Liebe verhalten. Bei den Frauen, gesteht er, »bin ich immer ein Kind gewesen, daher habe ich auch nur sehr wenig Erfolg gehabt«.

Das ist das Bekenntnis eines Mannes, der in der erklärten Absicht, Rousseaus »Bekenntnisse« an Offenheit zu überbieten, ein wenig übertrieben haben mag. Doch wie immer das zu gewichten ist – der Text ist ein Schlüssel zum Verständnis des ersten Teils von »Rot und Schwarz«, der von dem Ausbruch der Leidenschaft zwischen Madame Rênal und Julien handelt. Für die zehn Jahre ältere Frau, die mit einem nach außen gewandten, um die Mehrung seines Vermögens und seines Ansehens bemühten Mann verheiratet ist, stellt Julien, der von ihren Kindern geliebte neue Hauslehrer, eine unerwartete, poetische Bereicherung ihres Lebens dar. Stendhal schildert ihn in bewußtem Kontrast zu seiner eigenen vierschrötigen Erscheinung als einen zarten, blassen jungen Mann von mädchenhafter Hübschheit. Das hat übrigens zu der Vermutung Anlaß gegeben,

Stendhal sei latent homosexuell gewesen. Juliens scheinbarer Mangel an männlicher Aggressivität hat für Madame Rênal einen verführerischen Reiz, denn er nimmt ihr die Angst. Er, der von ihrem Mann zur Aufpolierung des gesellschaftlichen Ansehens der Familie angestellte Hauslehrer, ist für sie eine Person, die zu ihren Kindern gehört, andererseits aber ein geheimnisvoller Fremder, den sie beobachtet und über den sie sich Gedanken macht. Dabei wächst die Anziehung wie eine langsam steigende Flut. Julien ist die Gestalt des bewunderten und geliebten Sohnes in einem ödipalen Dreieck, das Stendhal, natürlich ohne die spätere psychoanalytische Theorie schon kennen zu können, aus eigener Erfahrung und eigener Phantasielust konstruiert. Zwar ist Julien sexuell völlig unerfahren, aber er spürt die wachsende untergründige Erregtheit der Frau und beginnt sie in täppischer Zudringlichkeit zu testen, indem er zum Beispiel, neben ihr sitzend, heimlich bis zehn zählt und dann zärtlich ihren Arm berührt. Er triumphiert innerlich, als sie es sich gefallen läßt. Von Mal zu Mal wird er kühner. Einmal streift er inmitten einer Gartengesellschaft, sichtbar für andere, mit seinem Fuß über ihren Fuß. Sie kann dieser Dreistigkeit geistesgegenwärtig noch einen harmlosen Anstrich geben, übrigens im Gegensatz zu Rudolf Borchardts viel späterer Novelle »Der unwürdige Liebhaber«, wo dieselbe Zudringlichkeit zum Angriff eines kaltblütigen Verführers auf die zusammenbrechende Selbstgewißheit einer stolzen Frau wird.

Julien ist in allem noch ein Anfänger. Und die Neugier, die in ihm erwacht, ist vor allem vom Ehrgeiz bestimmt, der Geliebte der schönen Frau des Bürgermeisters zu werden. Aber er schwankt in seinen Reaktionen, verhält sich widersprüchlich, und gerade das macht es Madame Rênal unmöglich, eine klare Haltung zu ihm zu gewinnen. Als sie sich ihm schließlich hingibt, wird sie überwältigt von der Gewalt ihrer Gefühle, während Julien, der sich bemüht, ihr als Liebhaber Eindruck zu machen, fast nichts empfindet. Aber bald werden sie im Bewußtsein der Gefahren, denen sie sich aussetzen, und der unausweichlichen Aussichtslosigkeit ihrer Liebe zu einem leidenschaftlichen Paar. Nachdem er sich schon zur Beschwichtigung der Gerüchte ins Priesterseminar zurückgezogen, man kann auch sagen verbannt hat, kehrt Julien noch einmal zurück und steigt nachts, ganz im Stil des amourösen Romans, mit Hilfe einer Leiter in Madame Rênals Schlafzimmer ein, um zu erleben, wie ihre fromme Bekehrung zur Tugend sich erneut in Leidenschaft verwandelt. Am Morgen läßt sie ihn nicht gehen, verbirgt ihn den ganzen Tag und die folgende Nacht in ihrem Zimmer. Während sie zwischendurch die brave Ehefrau spielt, kommt sie immer wieder, flackernd vor Erregung und Leichtsinn, zu ihm, um ihn mit allem zu versorgen, was er braucht, und sich dafür neue Beweise seiner Liebe zu holen. Danach trennen sie sich für immer. Julien geht nach Paris, um der Sekretär des Marquis de La Mole zu werden.

Sein sich dort allmählich entwickelndes Verhältnis zu Mathilde, der Tochter des Marquis, ist, völlig anders als seine Liebe zu Madame Rênal, ein Machtkampf zwischen zwei stolzen, sozial durch einen noch viel größeren Abstand getrennten, aber psychisch ebenbürtigen Personen. Auch hier beginnt die Affäre mit der Neugier der Frau, die sich von den blasierten Männern ihrer Umgebung und besonders von dem jungen Herzog gelangweilt fühlt, den sie nach dem Willen ihres Vaters aus Gründen der Hausmachtspolitik später heiraten soll. Julien erscheint ihr dagegen als eine geheimnisvolle, faszinierende Person. Sie beginnt ihn in ihrer Phantasie zu einem Helden zu stilisieren, der adeliger ist als alle Adeligen, die sie gewöhnlich umgeben. Julien bemerkt ihr Interesse, hält sich aber vorsichtig zurück. Er operiert nur reaktiv, aus der Deckung heraus, als habe er sich den Rat von Stendhals Onkel zu eigen gemacht, vor allem darauf zu achten, nicht sein Gesicht zu verlieren. Dies erweist sich auch als die richtige Taktik, um eine Frau wie Mathilde zu gewinnen.

Aber nachdem sie seine Geliebte geworden ist, kommt der Gegenschlag. Da sie fürchtet, er, der soziale Aufsteiger, könne sich mit ihrer Hingabe brüsten, würdigt sie ihn bei der großen Mittagstafel, an deren unterem Ende er sitzt, drei Tage lang keines Blickes. Irritiert und gekränkt, folgt er ihr nach dem Mittagessen ins Billardzimmer, um eine Erklärung für ihr seltsames Verhalten zu erbitten. Da fährt sie ihn mit unverhohlenem Zorn an: »Herr Sorel, Sie bilden sich wohl ein, wunder welche Rechte über mich zu haben? Sie wollen mich sprechen, obwohl ich es Ihnen deutlich genug zeige, daß ich es nicht will. Wissen Sie, daß sich das mir gegenüber noch niemand herausgenommen hat!« Nun bricht offener Haß zwischen ihnen aus, und sie trennen sich für immer: Julien, bemüht um gute Haltung, mit einer ehrerbietigen Verbeugung. Er redet sich ein, er liebe sie nicht mehr, nach der bekannten Ausflucht, daß die hoch hängenden Trauben sauer seien. Doch schon in der ersten einsamen Nacht wird er fast verrückt. Und als er Mathilde wiedersieht, fragt er, auf Versöhnung hoffend, in innigem Ton: »Sie lieben mich also nicht mehr?« Er bekommt zur Antwort: »Ich ekle mich vor mir, weil ich mich dem ersten besten hingegeben habe!« »Dem ersten besten!« schreit Julien und reißt einen antiken Dekorationsdegen von der Wand. Dann erkennt er die Lächerlichkeit seines Verhaltens, betrachtet die Waffe und hängt sie ruhig an ihren Haken zurück. Mathilde aber ist entzückt von Juliens Leidenschaftlichkeit, die sie an ihre großen Ahnen erinnert. Sie beginnt sich erneut in ihn zu verlieben.

Beide entwickeln gegensätzliche Strategien. Sie idolisiert ihn maßlos, damit sie sich ihm, ohne in ihrem Stolz gekränkt zu werden, leidenschaftlich unterwerfen kann. Er versteckt sich, ganz im Sinne von Stendhals weltklugem Onkel, hinter kühler Distanziertheit, um nicht erneut von ihr verletzt zu werden. Je heftiger sie ihre Gefühle äußert, um so vorsichtiger zieht er sich zurück. So zum Beispiel in einer Szene, in der sie, um seine Zweifel zu widerlegen, ihn theatralisch auffordert, sie zu entführen. »Entehren Sie mich!« sagt sie. »Dann haben Sie eine Bürgschaft!« Julien antwortet darauf sehr vernünftig, dies wäre keine Garantie, daß sie ihn liebe. Wahrscheinlich würde sie schon bald seiner überdrüssig werden. Sie um ihren guten Namen zu bringen, wäre für ihn »nur ein Unglück mehr. Nicht Ihre Stellung in der Welt bildet das Hindernis, sondern unglücklicherweise Ihr Charakter. Können Sie sich vor sich selber verbürgen, daß Sie mich acht Tage lang lieben?« Diese Antwort macht Mathilde nachdenklich. Sie betrachtet ihn. Dann sagt sie und ergreift dabei seine Hand: »Ich bin Ihrer also ganz unwürdig?« Als Antwort küßt Julien sie. Aber sofort erinnert er sich wieder an die Taktik der Zurückhaltung, zu der er sich entschlossen hat, und läßt sie los. »Wenn sie merkt, wie sehr ich sie anbete, verliere ich sie.« So geht es weiter im Zickzack eines Machtkampfes, der das Innere der Personen nach außen kehrt, aber auch immer wieder verschleiert.

Das Ende des Dramas ist Juliens von Mathilde im pompösen Stil einer großen Oper inszenierte Bestattung in einer von zahllosen Kerzen erleuchteten Grotte. Vierundzwanzig Priester zelebrieren gemeinsam die Messe. Die im tragischen Stil trauernde Mathilde hat während der langen Anfahrt in ihrem verhängten Wagen Juliens abgeschlagenes Haupt auf ihrem Schoß getragen, um es eigenhändig zu begraben. Nach dem Requiem läßt sie mehrere tausende Silbertaler in die neugierig herbeigeströmte Menge werfen: Opfergabe und Saat der Erinnerung an ihren schon ins Mythische entrückten Geliebten, aber eben auch, oder vor allem, eine pathetische Selbsterhöhung. Mathilde, die die Grabgrotte Juliens mit teuren, aus Italien herbeigeschafften Marmorskulpturen wie einen Tempel ausstatten läßt, will der Welt durch diesen Aufwand beweisen, daß sie die Braut eines Halbgottes war. Dagegen stirbt Frau Rênal, die Julien wirklich geliebt hat, drei Tage nach seinem Tod in den Armen ihrer Kinder.

Stendhal hat unter den Schluß des Romans die berühmt gewordene Widmung gesetzt: »TO THE HAPPY FEW.« Damit wollte er ausdrücken, daß unter den Zeitgenossen nur wenige ausgezeichnete Menschen sein Werk verstehen könnten. Das ist die trotzige Geste eines nicht besonders erfolgreichen Schriftstellers. Dabei läßt sich wirklich nicht behaupten, der episodenreiche Roman mit seinen Intrigen und abenteuerlichen Liebesszenen habe sich dem Publikumsgeschmack bewußt widersetzt. Man versteht vielmehr, daß Flaubert, der ein viel bewußter und strenger arbeitender Autor war, die Einfühlung in Stendhals Personen verweigert hat, indem er sie schlicht als »unverständlich« bezeichnete. Der zeitgenössische Kritiker Sainte-Beuve hat dieses Urteil genauer gefaßt, indem er es auf den Kopf stellte: Stendhals Figuren sind allzu verständlich, denn sie sind in ihrem bizarren, irrationalen Verhalten rationale Konstrukte.

»Er formt seine Gestalten nach zwei oder drei Ideen, die er richtig und vor allem pikant findet. Das sind keine lebenden Wesen, sondern geistreich konstruierte Automaten, an denen man beinahe bei jeder Bewegung das Gestänge sieht, das der Mechaniker einführt und von außen bewegt.«

Das ist nicht ganz falsch, aber unvollständig gesehen. Der Eindruck, daß die Romanfiguren Puppen sind, die von außen bewegt werden, entsteht durch die ruckartigen Wendungen ihres Verhaltens, ihr plötzliches Umkippen ins Gegenteil. Bliebe es bei diesen Überraschungseffekten, dann wäre das Urteil, hier werde nur eine klapprige Mechanik betätigt, nicht zu widerlegen. Doch an diesen Bruchstellen der Kontinuität geschieht historisch etwas Neues und Zukunftweisendes: das Innenleben der handelnden Personen quillt hervor – verborgene Motive, spontane Gedanken, unbeherrschte Gefühle, das ganze Chaos der Subjektivität. Das eröffnet der Literatur ein neues abenteuerliches Gefilde. Die Innenwelt, die sich im auffälligen oder unverständlichen Verhalten der Personen äußert, unterbricht die Dominanz der Außenwelt, ihre in Gewohnheiten und Konventionen abgelagerten Verhaltensformen und Bedeutungszusammenhänge, und wird zum Anlaß einer neuen sensiblen Wahrnehmung des Lebens und einer sich immer weiter entwickelnden Dauerreflexion, die alle Phänomene, auch die alltäglichen und vermeintlich banalen, einer neuen analytischen Betrachtung unterzieht.

Das gilt in besonderem Maße für die wechselseitige Beobachtung der Menschen und ihre sich verschärfende Selbstreflexion. Während es das Ideal der Klassik war, Menschen vor dem Hintergrund überlieferter Werte in großen, klaren Umrissen zu zeichnen, wird in der Moderne der komplexe, zerrissene oder diffuse Antiheld zum bevorzugten Gegenstand der Darstellung. Dem entsprechen Darstellungsformen wie Informationsentzug, Perspektivenwechsel, Mehrdeutigkeit, Schock und Täuschung, und die herausragende Bedeutung, die im Vergleich zum typischen Umriß die Nuance bekommt.

Bei Stendhal ist dieser Prozeß der Problematisierung und Subjektivierung der Wahrnehmung erst in den Anfängen zu erkennen. Später, bei Proust, wird die Erzählung fast aufgesogen und spiritualisiert werden durch die unaufhörlichen Analysen der reflektierenden Erinnerung. Das gilt vor allem für die Liebe, in deren Darstellung als einem irrationalen und unbeständigen Phänomen Stendhal und Proust sich verblüffend nahe sind. Stendhal hat sich besonders für den Beginn der Liebesleidenschaft interessiert, die er in seinem Buch »Über die Liebe« als einen Kristallisationsprozeß beschrieben hat. Das unterscheidet sich markant von Goethes aus der Chemie entlehntem Begriff der »Wahlverwandtschaft«, der die leidenschaftliche Liebe als die unausweichliche gegenseitige Anziehung zweier Elemente interpretiert, die in dem gleichnamigen Roman zwei Paare in einer schicksalhaften Überkreuzbeziehung von geradezu geometrischer Starrheit festbannt. Nichts ist da zufällig, nichts anderes ist möglich. Sogar die sie umgebende Rokokowelt ist in ihren graziösen, heitere Anmut simulierenden Formen zu gespenstischer Stille erstarrt. Kristallisation ist dagegen ein nicht genau berechenbarer Vorgang, der, manchmal in zauberischer Schnelligkeit, phantastische Gebilde hervorbringt, die sich zwar alle ähneln und doch alle voneinander unterscheiden. Stendhal definiert: »Ich bezeichne als Kristallisation die Tätigkeit des Geistes, in jedem Wesenszug eines geliebten Menschen neue Vorzüge zu entdecken.« Man kann das auch Idealisierung oder Verklärung nennen. Stendhal bezeichnet es als »die närrische Verwandlung«, die der Verstand »in der Liebesleidenschaft erleidet«. Von dem »Augenblick an, da er liebt, sieht auch der klügste Mann kein Ding mehr, wie es wirklich ist«.

Stendhal äußert sich hier ganz im Sinne einer langen kritischen Tradition, die die leidenschaftliche Verliebtheit als Illusion und Krankheit der Vernunft beschreibt. Doch er sieht sie auch als schöpferisches Lebenswunder. Durch die wechselseitige Idealisierung verleihen sich die Verliebten gegenseitig die Macht, sich zusammen über alle Nöte, Zweifel und Kränkungen des Alltäglichen hinwegzuheben. Nichts anderes zählt daneben. Wer liebt und geliebt wird, ist zunächst einmal gerettet. Doch dieser selige Zustand ist labil. Er ist auf die Dauer von Abstumpfung bedroht oder von allmählich sich einstellender Inkongruenz. Der Gleichklang des Gefühls geht verloren. Plötzlich, vielleicht nicht ohne heimliche Gefühle des Versagens und der Schuld, muß sich einer der Partner eingestehen, daß der Zauber verflogen ist und er sich ernüchtert fühlt. Da er selbst das Ende des Glücks fürchtet, redet er sich womöglich ein, dies sei nur eine Stimmung und sie werde vorübergehen. So kann er versuchen, die Krise zu überbrücken. Doch die Ernüchterung kann auch als Befreiung erlebt werden. Die vorübergehend verlorene Wahlfreiheit ist zurückgewonnen. Die von der geliebten Person so lange verdeckten anderen Möglichkeiten des Lebens geraten wieder in den Blick. Es ist eigentlich die erwartbare Folge der illusionären, rauschhaften Verklärung, daß dies eines Tages passiert.

Stendhal hat aber auch die Verfassung einer Liebe geschildert, die gegen die Gefahr der Desillusionierung so weit wie überhaupt möglich gefeit ist. Er schreibt: »Besteht zwischen zwei Menschen völlige Natürlichkeit, so darf ihr Glück für gegründet gelten. Zuneigung und einige andere Gesetze des Seelenlebens machen es einfach zum größten überhaupt möglichen Glück. Es ist keineswegs leicht, den Sinn des Wortes Natürlichkeit, dieser unerläßlichen Voraussetzung für das Liebesglück, zu bestimmen. Man bezeichnet das als natürlich, was von der gewohnten Art unseres Handelns nicht abweicht. Das bedeutet unstreitig, daß man die Geliebte nicht allein nie belügen, sondern ihr gegenüber auch kein Ding beschönigen und keinen Zug der reinen Wahrheit entstellen darf. Denn wenn man beschönigt, ist unsere Seele bei der Beschönigung und antwortet nicht mehr unmittelbar, wie eine Klaviertaste, dem Gefühl, das aus der Geliebten strömt. Sie bemerkt das alsbald an ich weiß nicht welchem Kältehauch, der sie anweht, und flüchtet sich ihrerseits in die Koketterie.«

Das ist eine subtile Schilderung eines freien, völlig unentfremdeten Umgangs, wie ihn nur zwei Menschen miteinander haben können, deren gegenseitige Zuwendung durch keinerlei verborgene Nebenabsichten verzerrt wird. Diese Schilderung der Voraussetzungen des Glücks birgt allerdings die Gefahr in sich, daß man sie als Gebrauchsanweisung mißverstehen könnte, während das, was gemeint ist, durch gemeinsame moralische Anstrengungen schon wieder verfremdet und verfehlt würde und seine volle Wirklichkeit nur erreichen kann, indem es einfach geschieht. Es ist also ein fast utopischer Zustand des richtigen Lebens. Julien und Madame Rênal erreichen ihn in Juliens Turmgefängnis, wo es angesichts seiner bevorstehenden Hinrichtung nur noch eine kurze Gegenwart für sie gibt.

Bis dahin haben die gesellschaftlichen Konventionen und die von ihnen geprägten Ichtriebe ihr Leben beherrscht und ihre Liebesleidenschaft in Zerstörung verwandelt. Aus dem oft verdeckten, aber nie ganz unkenntlich werdenden Widerspruch zwischen dem Begehren der handelnden Personen und den Strukturen einer falschen Welt – dramatisch inszeniert in dem machtversessenen Liebeskampf zwischen Julien und Mathilde de La Mole – entwickelte Stendhal seine Psychologie der verleugneten Motivationen und der wechselseitigen Manipulation. Sie ist der Beginn einer nicht mehr typologisch gebundenen, prozessualen Psychologie, die man in weiter fortgeschrittener Differenzierung und analytischer Brillanz bei Marcel Proust wiederfinden wird.

Dreizehn Monate vor seinem Tod erhielt Stendhal, der, immer noch ein wenig bekannter Schriftsteller, als französischer Konsul in Civitavecchia lebte, ein Exemplar der Revue Parisienne zugeschickt, in dem Balzac, expansiv wie er war, eine 130 Seiten lange Rezension von Stendhals im vergangenen Jahr erschienenem Roman »Die Kartause von Parma« veröffentlicht hatte. Ganz unverhofft kam das nicht, denn Balzac hatte sich bereits in einem Brief begeistert über Stendhals Schilderung der Schlacht von Waterloo geäußert, die als Vorausdruck erschienen war, und Stendhal hatte ihm darauf den fertigen Roman geschickt. Doch diese überlange Besprechung von einem Autor, den er als den »König der Romanciers in diesem Jahrhundert« verehrte, war mehr als er erwarten konnte. Auch diesmal begann Balzac mit einem großen Lob. Er nannte den Roman ein »Meisterwerk der Ideenliteratur« und sprach von einem Buch, »in dem das Erhabene in jedem Kapitel neu aufleuchtet«. Doch dann ging er allmählich zu Einwänden über. Er rügte die formlose, episodenhafte Dramaturgie des Romans und beanstandete den kargen, unsinnlichen Stil Stendhals. Er empfahl, einige Längen zu streichen. Und vor allem fand er, daß die äußere Erscheinung der Romanpersonen näher beschrieben werden müsse. Das heißt, er beurteilte Stendhals Werk mit den Kriterien seines eigenen Schreibens.

Etwas Ähnliches ereignete sich später, als Proust einen langen analytischen Aufsatz über den Stil von Flaubert schrieb, in dem er manche Metaphern und grammatische Konstruktionen bemängelte und alles das an Flauberts Text lobte, was er selbst weiterentwickelt hatte. Autoren sind in der Regel keine guten Berater für Autoren, obwohl in beiden Fällen viel Scharfblick am Werke war. Stendhal versuchte auf einige Einwände Balzacs einzugehen und füllte seinen Text mit sinnlich beschreibenden Formulierungen auf, um dann zu entdecken, daß er die energische Schlankheit seines vorwärts drängenden Stils damit ruinierte.

4. *Desillusionierungen*

Balzac: Die tödlichen Wünsche. Comédie humaine · Flaubert: Lehrjahre des Gefühls

Liest man nach Stendhal ein Stück Prosa von Balzac, dann ist man überwältigt von der Überfülle und Drastik der sinnlichen Details und der Dämonie seiner Beschreibungen der Menschen und Milieus, für die sich der Autor, besessen von dem Andrang seiner Vorstellungen, beliebig viel Zeit nimmt, auch wenn dadurch die Handlung angehalten wird. Es sind Bilder wie von Daumier, Fratzen der Gier und der Verkommenheit, wie zum Beispiel die Witwe Vauquer in dem Roman »Vater Goriot«, die Inhaberin einer heruntergekommenen, schmutzigen Pension, deren häßliche, von unangenehmen Körper- und Essengerüchen erfüllte Räume mit gnadenloser Genauigkeit geschildert werden, bevor die Witwe eintritt:

»Bald darauf erscheint die Witwe in ihrer Tüllhaube, unter der ein schlecht aufgesteckter falscher Zopf baumelt, in schlurrenden Pantoffeln, die ausdrucksvoll wie Gesichter sind. Ihr verblühtes fettes Gesicht, das von einer Papageiennase beherrscht wird, ihre kleinen fleischigen Hände, ihre feiste Figur, die einer vollgefressenen Kirchenratte gleicht, ihre offene Jacke, all das entspricht diesem Speisezimmer, das von Unglück durchsickert ist, in dem der Spekulationsgeist sein Heim hat und dessen stinkend warme Luft sie ohne Beschwerden einatmet. ... Frau Vauquer, die etwa fünfzig Jahre alt ist, gleicht all den Frauen, die Unglück in ihrem Leben gehabt hatten. Sie hat das glasige Auge und den Unschuldsblick einer Kupplerin, die sich ereifert, um einen höheren Preis herauszuschinden und zu allen Schandtaten bereit ist, um ihr Los zu erleichtern.« Noch unheimlicher wirkt das alte Fräulein Michonneau. »Es überlief einen kalt, wenn sie ihren Blick auf einen heftete; ihr zusammengeschrumpftes Gesicht wirkte wie eine Drohung. Ihre Stimme hatte den zirpenden Ton einer Grille, die den nahenden Winter kündet.«

Um daneben noch die Beschreibung einer mänlichen Figur zu stellen, hier das Porträt des Richters Popinot aus der Erzählung »Die Entmündigung«. Der Richter, der in mehreren Büchern Balzacs auftritt, ist übrigens ein gütiger, idealistischer Mensch, aber das hat seiner Beschreibung, wie man vielleicht vermuten könnte, nichts von ihrer Energie genommen: »Wenn die Natur Monsieur Popinot mit einem nicht allzu ansprechendem Äußeren ausgestattet hatte, so hatte das Richteramt ihn nicht verschönt. Sein Körperbau war eckig und kantig. Seine massigen Knie, seine großen Füße, seine breiten Hände standen im Gegensatz zu seinem Priestergesicht, das irgendwie Ähnlichkeit mit einem Kalbskopf hatte, völlig blutlos und sanft bis zur Fadheit, schwach erhellt durch zwei weit seitlich stehende Augen, geteilt durch eine gerade platte Nase, gekrönt von einer kaum gewölbten Stirn und verziert mit zwei plump nach vorne gebogenen großen Ohren. Durch sein dünnes Haar schimmerte sein Schädel in mehreren unregelmäßigen Furchen. Nur ein einziger Zug empfahl dieses Gesicht dem Physiognomiker: sein Mund. Auf seinen Lippen lag etwas von göttlicher Güte. Es waren gute, volle, rote Lippen ...« Man kann hinzufügen: wie die Lippen Balzacs – denn so sind sie von Zeitgenossen geschildert worden.

Nichts Vergleichbares findet sich bei Stendhal, der in bewußter Abgrenzung von dem malerischen Stil Walter Scotts und wohl auch mit einem Seitenblick auf die ursprünglich an Scott orientierten Personen- und Milieubeschreibungen Balzacs gesagt hat: »Wams und Lederhalsband des mittelalterlichen Leibeigenen sind leichter zu beschreiben als die Regungen des menschlichen Herzens.«

Stendhals Psychologie, die die charakterologische Einheit der Personen durch ihre unvorhersehbaren, oft absurden spontanen Handlungen sprengt und damit die Reflexivität begründet, mit der die Personen ständig ihr eigenes Innenleben überwachen und die verborgenen Impulse ihres Gegenübers zu erraten versuchen, ist der Anfang einer Entwicklung, die über die komplizierten Sensibilitäten von Marcel Proust bis zu den in ein Stimmengewirr sich auflösenden Subdialogen von Nathalie Sarraute reicht. Balzacs Personen wirken daneben trotz des

Reichtums ihrer Facetten wesentlich kompakter und geschlossener, vor allem deshalb, weil sie nicht neben sich stehen, sondern in ihrer materiellen Daseinsdichte blind für sich selbst sind. Sie alle sind Monomanen einer sie beherrschenden Leidenschaft, deren Spuren sie auch dann noch sichtbar an sich tragen, wenn sie längst ausgebrannt und gescheitert sind. Fast alle sind sie so scharf konturiert, daß sie sich als unverwechselbare Gestalten einprägen, doch scheinen selbst die als Gegensätze angelegten Figuren noch miteinander verwandt zu sein. Denn allesamt sind sie Geschöpfe der diktatorischen Phantasie des Autors, der sie offenbar während des Schreibens wie auf einem Bildschirm vor sich entstehen sieht. Henry James hat dazu gesagt: »... hinter Balzacs Gestalten spüren wir einen bestimmten heroischen Druck, der uns zwingt, an sie zu glauben – eine Illusion des Autors, die ansteckend wirkt. Die Phantasie, die sie hervorgebracht hat, arbeitet bei höherer Temperatur; sie scheinen sozusagen aus einem schöpferischen Unendlichen zu entstehen und verhelfen einander zur Glaubhaftigkeit.«

In dem Vorwort zu seiner Erzählung »Das Antiquitätenkabinett« hat Balzac von den Hauptfiguren seiner Bücher gesagt: »Jede Figur ist ein verkleidetes Gefühl.« Sie entsteigen der Seele des Autors als Hirngespinste seiner Wünsche, Verleiblichungen seiner Hoffnungen. Balzacs Liebeserfahrungen und seine gescheiterten geschäftlichen Unternehmungen, die Armut seiner Anfangsjahre und die großen Schulden, die er in seinem maßlosen Verlangen nach grandioser Selbstdarstellung immer wieder anhäufte, so daß er sich vor seinen Gläubigern verbergen mußte und währenddessen in seinem Unterschlupf täglich sechzehn Stunden arbeitete und in drei Tagen seinen Roman »Vater Goriot« schrieb, sein wachsender Erfolg und Aufstieg zum literarischen Ruhm und sein frühzeitiger körperlicher Ruin sind in vielfältigen Verwandlungen und Verschiebungen in seine Bücher eingegangen.

Ebenso auch die vielen Eindrücke und Merkwürdigkeiten, die er als junger Mann auf langen Spaziergängen durch die Stadt gesammelt hat. Ein kurioses Ergebnis dieser Erkundungsgänge ist sein »Kleines kritisches und anekdotisches Lexikon der Aushängeschilder von Paris, von einem Pflastertreter«. Aber so wichtig für seine Schreibweise die konkreten Einzelheiten sind, die anhaltende Faszination ging von dem großartigen, zwischen Tragik und Komik changierenden Schauspiel des Lebens aus, das die Stadt mit dem Gewimmel ihrer namenlosen menschlichen Existenzen seinen neugierigen Blicken bot. Er war da immer noch, wie seine Romanfiguren, der junge Dichter Lucien de Rubempré und der arme Student Eugène de Rastignac, ein aus der Provinz nach Paris gekommener Fremdling, der die große Stadt als einen Hort ungeahnter Geheimnisse betrachtete. »Keine Phantasie kann die Wirklichkeit ausmalen, die sich hier verbirgt, keiner kann sie finden, kaum einer ihr nahekommen«, schrieb er in seiner Novelle »Facino Cano«. Doch gerade das nahm er sich vor, als der Plan zu dem monumentalen Werk in ihm reifte, das er in Anspielung auf Dantes »Divina commedia« eine »Comédie humaine« nannte.

Das war groß gedacht: groß als Idee und verstiegen groß in seinen Dimensionen. In diesem Sittenbild der französischen Gesellschaft vom Empire bis zur Julimonarchie, das auf 137 Romane konzipiert war, von denen Balzac bis zu seinem Tode 91 vollendete, treten über 3000 Personen auf. Viele von ihnen erscheinen in mehreren Romanen, die auf diese Weise miteinander verbunden sind. Erich Auerbach hat darauf hingewiesen, daß ein solches Vorhaben, das in dem in viele kleine Fürstentümer und provinzielle Sonderwelten zersplitterten Deutschland nicht denkbar gewesen wäre, die viel weiter fortgeschrittene Geschlossenheit Frankreichs und seinen in der Dominanz von Paris verkörperten Zentralismus voraussetzt. Trotzdem war die Mannigfaltigkeit des Stoffes überwältigend. Sie bedrohte das Werk damit, sich in einer beliebig erweiterbaren Anhäufung von Material zu verlieren. Dagegen stand nur Balzacs Persönlichkeit: der von seinem Grandiositätsbedürfnis getragene Wunsch, den ungeheuren Stoff des ihn umgebenden Lebens mit seiner Person zu durchdringen und zu seiner Welt zu machen. Innerlich wird dieses gewaltige Menschenpanorama zusammengehalten durch Balzacs Gesamtvision: Die Bankiers und Spekulanten, die Geschäftsleute und die Bürokraten, die Politiker, Journalisten, Künstler, Lebemänner, Kokotten und deren Zuhälter und das Heer kleinbürgerlicher Existenzen sind, wie er selbst, Glücksucher, die auf den verschiedenen Rängen des Gesellschaftstheaters das Goldene Kalb umtanzen. Das mag für jeden etwas anderes bedeuten: Macht, Ruhm, Ansehen, Luxus, Prasserei, sexuelle Leidenschaft, doch das höchste Allgemeine der Gesellschaft, das Medium der universellen Austauschbarkeit, das alles mit allem verbindet, ist das Geld. Geld ist die Latenz der lockenden, noch unerreichten Möglichkeiten und so auch die symbolische Repräsentanz der Totalität des Lebens, die notwendig imaginär bleibt, weil kein einzelner Mensch sie ergreifen kann.

Die materielle Repräsentanz der Totalität ist die Stadt, oder die Stadt der Städte, die für Balzac Paris ist. Dieses Häusermeer ist der Prüfstein der Träume, mit denen die jungen Leute in die Stadt kommen, um dort ihren Erfolg zu machen. Diese Ausgangssituation ist dargestellt in der vielzitierten Schlüsselszene am Ende des Romans »Vater Goriot«, in der der ehrgeizige Jurastudent Eugène de Rastignac, noch trauernd von einer Beerdigung kommend und mit sich allein geblieben, auf einmal das phantastische Objekt seiner Wünsche sieht: »Er sah Paris an den beiden Ufern der Seine vor sich liegen. Lichter blitzten auf. Gierig saugten sich seine Augen an jenem Teil der Stadt fest, der zwischen der Säule auf dem Vendômeplatz und dem Invalidendom liegt. Dort lebte die vornehme Gesellschaft, in die er sich den Zutritt erkämpfen wollte, erkämpft hatte. In diesen summenden Riesenschwarm warf er einen Blick, als wenn er schon im voraus den Honig schlürfen wollte, und sagte die großartigen Worte: ›Nun wollen wir uns miteinander messen!‹«

Danach – es ist nur noch ein einziger Satz – geht Rastignac zum Abendessen zu Frau von Nucingen, der Frau eines steinreichen alten Bankiers, den Balzac dem Baron Rothschild nachgebildet hat. Delphine Nucingen, die inzwischen Rastignacs Geliebte ist, soll dem ehrgeizigen jungen Mann die Tür zum gesellschaftlichen Aufstieg öffnen. Später, in dem Roman »Glanz und Elend der Kurtisanen«, der zusammen mit dem Roman »Verlorene Illusionen« ein Zentralstück der Comédie humaine ist, wird der Bankier Nucingen mit Hilfe eines Lockvogels, der Kurtisane Esther Gobsek, in einen Liebeswahn versetzt und um riesige Summen erpreßt.

Diese engen Verknüpfungen von Sexualität, Ehrgeiz und Liebeswahn sind zwar nicht realitätsfern, aber doch wohlfeile Motive der Kolportageliteratur. Balzac macht sie sich ohne Bedenken zu eigen, weil sie seinen persönlichen Faszinationen entsprechen. Und er erfaßt die Motive in ihrer ganzen Abgründigkeit, gewinnt den Klischees dank der Heftigkeit seiner Wunschträume eine neue imaginäre Präsenz ab. Die Redewendung »Geld macht sinnlich« könnte von ihm stammen, denn er hat sie auf die üppigste Weise literarisch elaboriert: »Es lebe die Liebe, in Seide gekleidet, auf Kaschmirdecken ruhend, umgeben von den Wundern des Luxus, die sie so schön schmücken, weil sie selber vielleicht ein Luxus ist! Ich liebe es, in meiner Begierde prunkvolle Kleider zu zerknittern und mit zerstörerischer Hand in die kunstvollen Bauwerke einer duftigen Frisur einzudringen. Brennende Augen hinter einem Spitzenschleier verborgen, durch den die Blicke dringen wie die Flammen durch den Kanonenrauch, haben für mich eine phantastische Anziehungskraft. Meine Liebe will seidene Strickleitern, die ich schweigend in einer Winternacht erklettere. Oh, was für ein Vergnügen ist es, schneebedeckt in ein durchduftetes, mit Seide bespanntes Zimmer zu kommen und hier eine Frau zu finden, die auch Schnee von sich schüttelt – denn welchen anderen Namen könnte man den Hüllen von wollüstigen Musselinen geben, in denen sie sich unbestimmt wie ein Engel in einer Wolke abzeichnet – und die sie bald verlassen wird. ... Ich möchte die geheimnisvolle Frau wiedersehen, die inmitten der großen Welt lebt, die umgeben von Huldigungen tugendhaft ist, die in Spitzen gehüllt geht, von Diamanten funkelt ...«

So geht es noch eine Weile weiter.

Der Text, der sich wie das pubertäre Bekenntnis eines Parvenüs liest, stammt aus dem frühen Roman »La Peau de Chagrin«, Balzacs erstem großen Erfolg, in dem er wie in unbewußtem Vorauswissen das tragische Grundmuster seines Lebens formuliert hat: Man stirbt an seiner Lebensgier oder, wie es im Titel der deutschen Übersetzung heißt, an seinen »tödlichen Wünschen«. Das Motiv des Romans, das auf ein orientalisches Märchen und auf Anregungen aus der deutschen Romantik zurückgeht, hat Ähnlichkeit mit einem Teufelspakt. Der Student

Raphaël de Valentin, der nach dem Tod seiner Eltern sein ganzes Vermögen verspielt hat, will Selbstmord begehen. Doch ein geheimnisvoller Antiquitätenhändler verkauft ihm als magischen Talisman ein Stück lederne Eselshaut mit einem eingegerbten arabischen Text, die ihrem Besitzer die Erfüllung aller Wünsche verspricht. Das hat allerdings den Nachteil, daß mit jedem erfüllten Wunsch die Haut, wie ein Symbol der sich erschöpfenden Lebenskraft, ein Stück schrumpft und ihren Besitzer mit seinem immer näher rückenden Ende konfrontiert.

Das ist eine tückische Bedingung, die das leidenschaftlich Erwünschte zum zwanghaft Vermiedenen macht. Aber immer wieder wird Raphaël von seinen Wünschen verführt oder überwältigt. Zum Beispiel als er mit Geld, das sein Vater ihm anvertraut hat, sich im Glücksspiel versucht und unerwarteterweise gewinnt. Oder als er sich im Streit zu einer leichtsinnigen Duellforderung gegen einen weit überlegenen Gegner hinreißen läßt und ihn gegen alle Wahrscheinlichkeit mit einem Schuß tötet. Doch die eigentliche Gefahr ist sein unüberwindliches Begehren nach Liebe, das er sorgsam unterdrücken muß. Er hatte sich das Versprechen gegeben, »niemals irgendeine Frau aufmerksam anzusehen, und trug, um sich vor Versuchungen zu schützen, ein Opernglas bei sich, dessen Gläser so kunstvoll angeordnet waren, daß sie die Harmonie der schönsten Züge zerstörten und ihnen ein gräßliches Aussehen gaben«. Doch alle Vorsicht nützt nichts, auch nicht seine Rückzüge aus der Welt und sein Versuch, in strenger asketischer Arbeitsmoral zu leben. Als der Talisman, der sein Leben bedeutet, schon so klein geworden ist wie ein Immergrünblättchen, trifft er Pauline, seine alte Geliebte, wieder, und »die Erinnerungen ihrer Liebkosungen und der Verzückungen ihrer Leidenschaft flammten triumphierend in seiner lange entschlafenen Seele wieder auf wie ein schlecht gelöschtes Feuer«.

Pauline weiß, daß sein Wunsch nach Liebe seinen Tod bedeutet, flieht vor ihm ins Nebenzimmer und versperrt die Tür. Das hält das Verhängnis nicht auf. »Schreiend stürzte der Sterbende ihr nach: ›Pauline! Pauline! Ich liebe dich! Ich bete dich an! Ich verlange nach dir! Ich verfluche dich, wenn du mir nicht öffnest! Ich will durch dich sterben!‹« Mit letzter Kraft bricht er die

Tür auf und stürzt sich auf sie. Er sah »tausendfache Schönheit, die seine Raserei noch heftiger anfachte«. Es ist eine Flucht in den Anfang, der nun das Ende ist. Im Sterben verbeißt er sich in ihre Brust. Schmierentheater, gewiß, doch ein Schlüsseltext zum Verständnis von Balzacs Lebensmythos.

Balzac wußte, wovon er schrieb, wußte es nicht bloß theoretisch. Sein unbändiges Verlangen nach Ruhm, Reichtum und nach der Bestätigung seiner Person durch die Liebe meist älterer, verheirateter, adeliger Damen, die den berühmten Dichter bewunderten, ist unverkennbar das Umspringbild der seelischen Nöte seiner Kindheit und seiner Schulzeit. Daher der unwiderstehliche Sog, den seine Größenphantasien und meist wirklichkeitsfremden Projekte für ihn hatten. Sie waren Ausdruck der Selbstbehauptung eines genialen Menschen gegen die Nichtigkeitsgefühle, in deren Schatten sein Leben begann.

Die Balzacs waren eine Aufsteigerfamilie. Der Vater, von seiner Herkunft her ein Bauer, der als junger Mann aus einem entfernten Dorf nach Tours gewandert war und es zum Verwalter der Allgemeinen Pflegeanstalt gebracht hatte, vergrub sich in seine ausgebreiteten Interessen und gehörte zu den Honoratioren der Stadt. Er war 53 Jahre alt, als Honoré geboren wurde. Die Mutter, eine Pariserin, hübsch, kokett, umtriebig und ehrgeizig, war zweiunddreißig Jahre jünger als ihr Mann. Und sie war die Geliebte eines Landedelmanns aus der Umgebung. Ihm gebar sie auch einen Sohn, der offenbar ihr Liebling war. Für Honoré hatte sie später kaum Zeit, es sei denn, um ihn zu kritisieren. Anscheinend war sie der Typ einer narzißtischen Frau, die an einem Kind wie Balzac keinen Gefallen finden konnte. Kurz nach seiner Geburt übergab sie ihn einer Amme, der Frau eines Gendarmen, in dessen Haus auf dem Land er aufwuchs. Seine Mutter besuchte ihn in vier Jahren nur zweimal. Ein Jahr später wurde auch seine Schwester Laure dort untergebracht, und die beiden Kinder schlossen sich eng aneinander an. Das Verhältnis der beiden erinnert an das Verhältnis Goethes zu seiner Schwester Cornelia und hat für Balzac, auch in seiner späteren Beziehung zu Frauen, eine vergleichbare Bedeutung gehabt. Mit Zulma Carraud, einer verheirateten Frau, verbindet ihn eine lebenslange Freundschaft. Sie idealisiert den Schriftsteller, den genialen, geistigen Menschen, und ist die sanfte Kritikerin seiner Exzesse parvenühafter Selbstdarstellung, zu denen er später neigen wird wie ein Kind, das sich phantastisch kostümiert.

Balzac hat nach vierjähriger Grundschule seine Schulzeit in spartanischen Internaten verbracht, in denen es keine Ferien gab. Dort fällt er auf als der Schüler, der nie Besuch von seinen Eltern bekommt. Er ist klein und dick, körperlich unbeholfen, wirkt verschlossen oder abwesend, neigt nach dem Urteil der Lehrer zu Zornausbrüchen und ist häufig krank: ein typischer Außenseiter. Wie Goethe studiert er auf Wunsch der Familie Jura, um Notar zu werden, ein Studium, das für den späteren Romanschriftsteller sicher nicht nutzlos war. Ebenso auch nicht die anderen Pläne, mit denen er sich beschäftigt: Er schreibt viel für Zeitungen und will Journalist werden und trägt sich mit der Absicht, als Abgeordneter einer legitimistischen konservativen Partei – denn er ist ein Bewunderer des Adels – einen Sitz im Oberhaus der Deputiertenkammer zu erringen. Unerwartet für seine Familie, vielleicht auch für ihn selbst, erklärt er seine Absicht, Schriftsteller zu werden. Und weil man ihn ohnehin für einen schwierigen Fall hält, aber wohl auch, weil er der Familie Eindruck macht, erklärt sein Vater sich bereit, seinen knapp bemessenen studentischen Lebensunterhalt für eine zweijährige Probezeit weiterzuzahlen. Balzac wohnt in der Mansarde mit den schmutzigen gelben Wänden, in der er später, in den »Tödlichen Wünschen«, den Studenten Raphaël verzweifeln läßt, weil er das Vermögen seiner Eltern verspielt hat. Balzac wird auch Anlaß zu solchen Schuldgefühlen bekommen. Und wie Raphaël zunächst durch die magische Eselshaut gerettet wird, um schließlich durch sie zu sterben, wird es auch ihm ergehen: das Wunder seines literarischen Werkes wird ihn retten und zugrunde richten.

Vorerst aber, in der vom Vater gewährten zweijährigen Probezeit, schreibt er unter Qualen das Versdrama »Cromwell«. Die Familie legt das Skript einem Professor vom Collège de France zur Prüfung vor. Dessen zugespitztes Urteil verrät den Abscheu des Experten gegenüber dem Text des Dilettanten: »Er soll machen, was er will, nur keine Literatur.« Aber der Vater gibt seinem Sohn eine zweite Chance. Diesmal will Balzac es mit Romanen versuchen. Zusammen mit seinem Freund Auguste Lepoitevin konzipiert er eine »Romanfabrik«. Das heißt, sie schreiben unter Pseudonym Kolportageromane. Es wird ein Reinfall. Um eine solidere Basis zu bekommen, gründet er mit dem Geld der Eltern und Krediten anderer Geldgeber einen Verlag, in dem zunächst einige Werke der französischen Klassik erscheinen. Als der Erfolg sich nicht einstellt, erwirbt er zum Ausbau seiner geschäftlichen Position mit weiteren Schulden eine Druckerei und eine Gießerei, um dann bald alles liquidieren zu müssen. Er ruiniert seine Familie. Sein Vater stirbt. Unter wachsendem Schuldendruck schreibt er sozusagen um sein Leben. Dann stellt sich mit den »Tödlichen Wünschen« der erste große Erfolg ein. Und er beginnt damit, Vorschüsse auf Bücher zu nehmen, die er noch gar nicht geschrieben hat. Bis zum Ende seines Lebens wird das so weitergehen, denn immer gibt er das verdiente Geld mit beiden Händen wieder aus. Er kauft sich Kutschpferde, einen eleganten Tilbury, stellt livrierte Diener ein, richtet sich große mondäne Wohnungen und später ein Stadtpalais ein und läßt sich beim teuersten Schneider von Paris seine Anzüge machen. Er, der kleine, dicke, vierschrötige Mann mit den schweren Hängebacken, der sehr früh die oberen Zähne verliert, möchte eine elegante Erscheinung sein und der staunenden Welt die Zeichen seines Erfolges darbieten. Er hat es eigentlich gar nicht nötig. Denn wenn er in einer Gesellschaft auftritt und wie in Trunkenheit zu reden beginnt, hören ihm bald alle zu und lassen sich anstecken von seinem berstenden Lachen. Er ist ein gefräßiger Genußmensch mit pantagruelischen Manieren, von dem man sagt, er schneuze sich in die Serviette und esse mit dem Messer. Doch vor allem ist er ein besessener Arbeiter und ein Asket, der, angetan mit einer weißen Mönchskutte, Nacht für Nacht im Licht von sechs Kerzen mit einer angespitzten Rabenfeder wie in Trance bis zu vierzig Seiten Papier beschreibt.

In einem Brief vom März 1831 schildert er seiner Freundin Zulma seinen Tageslauf: »Ich lege mich um sechs oder sieben Uhr abends zu Bett, gehe mit den Hühnern schlafen; um ein Uhr früh werde ich von meinem Diener geweckt, und dann arbeite ich bis um acht; anschließend schlafe ich nochmals, anderthalb Stunden, dann esse ich eine Kleinigkeit, trinke eine Tasse schwarzen Kaffee und schirre mich wieder an meinen Karren, bis um vier; ich empfange Besuch, nehme ein Bad oder gehe aus, und nach dem Diner lege ich mich nieder.« Um dieses unmenschliche Pensum durchzuhalten und sich immer wieder in einen schöpferischen Rausch zu versetzen, trinkt er pro Tag bis zu 60 Tassen starken Kaffee. Wenn er in der nächtlichen Stille seines Zimmers genug von seinem Rausch- und Aufputschmittel getrunken hat, »gerät alles in Bewegung«. Im Gegensatz zu Flaubert, der mühsam an seinem Text arbeitet, oft verzweifelt nach dem einzig richtigen Wort sucht und nur langsam vorankommt, scheinen sich Balzacs Texte wie von selbst hervorzubringen. Und anders kann er nicht schreiben. »Alles hängt davon ab, daß meine Gedanken wie das Wasser einer Fontäne aus meinem Kopf hervorsprudeln. Mir selbst ist es unbegreiflich.« Er sieht alles vor sich, Personen und Schauplätze, Garderoben und Interieurs, alles findet sich in seinem Kopf. »Ich schließe die Augen und bin schon dorthin entrückt ...« Viel eigener Lebensstoff wird hochgeschwemmt in den langen einsamen Arbeitsnächten. Aber er schreibt nicht autobiographisch »auf der Suche nach der verlorenen Zeit«, sondern unter der diktatorischen Regie seiner erregten Einbildungskraft. Schreiben bedeutet für ihn Selbstüberschreitung, imaginäre Ausweitung der eigenen Person ins Phantasma der Totalität. Im Rausch des Schreibens scheint er die ungenauen Ichgrenzen eines spielenden Kindes zu haben, das alles um sich herum mit eigenen Leben beleiht und belebt.

Ist er überhaupt jemals erwachsen geworden? Oder verdankt sich das Riesenwerk, das er hervorgebracht hat, dieses vielgestaltige Tableau der Gesellschaft seiner Zeit, der prägsamen Offenheit seiner kindlich gebliebenen Seele, die in dauernder Spannung stand zu den maßlosen Forderungen, die er mit seinem literarischen Konzept sich selbst auferlegt hatte? Seiner Schwester Laure hatte Balzac als junger Mensch gestanden, er wünsche sich vom Leben vor allem Ruhm und Liebe. Er bekam beides, aber es konnte nie genug sein. Immer schien etwas zu fehlen. Nie konnte er sich in dem Gefühl entspannen, endlich bei sich selbst zu sein.

Die erste Frau, die sich des allein in Paris lebenden Vierundzwanzigjährigen annahm, war Laure de Berny, eine verheiratete reiche Dame, die neun Kinder geboren hatte und zweiundzwanzig Jahre älter war als er. Es ist gewiß nicht zufällig, daß der als Kind von seiner Mutter vernachlässigte Balzac sich in eine mütterliche Frau verliebte, die genauso alt wie seine Mutter war. Wie die Beziehung sich sexuell gestaltete, läßt sich nur ahnen. Denn in dem Roman »Die Lilie im Tal«, in dem er sich selbst in der Gestalt eines Grafen Félix de Vandenesse auftreten läßt, der sich nach einer lieblosen Jugend in Madame de Mortsauf verliebt, hat Balzac in der Darstellung der älteren Frau einige Ähnlichkeiten verwischt. Die größte Veränderung könnte sein, daß sie die leidenschaftliche Liebe des Mannes keusch erwidert und vor Kummer stirbt, als er sich einer anderen Frau zuwendet. Intimere Auskunft als die großen melodramatischen Handlungslinien gibt dagegen die Darstellung der Gefühle des Mannes, denn dabei war Balzac auf seine Faszinationen angewiesen. »Gleich als ich Sie zum ersten Mal erblickte, wurden meine Sinne aufgerührt«, schrieb Balzac an Madame de Berny. Und so geschieht es auch im Roman.

Graf Vandenesse, so jung und ungeschickt wie damals wohl auch Balzac, sieht auf einer Gesellschaft aus nächster Nähe die nackten Schultern einer Frau. Der Anblick verwirrt ihn so, daß er sich zurückzieht und am Rand der Gesellschaft auf eine Bank setzt, um unbeweglich vor sich hin zu starren. Dann kommt die Frau, setzt sich neben ihn und hüllt ihn in ihre Aura ein. Ungewöhnlich ist, wie der junge Mann diesen Vorgang erlebt: »Eine Frau hielt mich infolge meines schmächtigen Aussehens für ein Kind, das einschlafen wollte, während es auf die Mutter wartete, und setzte sich neben mich mit der Bewegung eines Vogels, der sich auf sein Nest niederläßt. Alsbald spürte ich einen Frauenduft, der in meine Seele zog wie ein Märchen aus Tausendundeiner Nacht. Ich betrachtete meine Nachbarin, und ihr Anblick begeisterte mich mehr als das ganze Fest. ... Meine Augen wurden plötzlich von weißen, aus dem Kleid herausquellenden Schultern geblendet, in die ich mich hätte vergraben mögen.« Es folgt eine ganze Serie weiterer sinnlicher Eindrücke und dann ein kindlich dreister Übergriff des jungen Mannes: »All das verdrehte mir den Kopf. Nachdem ich mich versichert hatte, daß mich niemand sah, versenkte ich mich in diesen Rücken, wie ein Kind sich an den Busen der Mutter wirft, und bedeckte diese Schultern mit Küssen.« Er wird entrüstet zurückgewiesen, aber doch nicht ganz.

Die Dramaturgie der Szene ist reichlich klapprig, denn es ist unwahrscheinlich, daß der Mann die Dame nicht sofort an ihren schönen nackten Schultern wiedererkennt, als sie sich danach neben ihn setzt. Er scheint seinen starken ersten Eindruck schon vergessen zu haben und sieht sie wie zum ersten Mal. Das ist ein Flüchtigkeitsfehler, wie er Balzac beim schnellen Schreiben manchmal unterläuft. Höchst unwahrscheinlich ist aber die Annahme, die fremde Frau, die sich neben ihn auf die Bank setzt, habe ihn wegen seines schmächtigen Aussehens für ein Kind gehalten, das auf seine Mutter wartet. Doch gerade diese Nachlässigkeiten verstärken die Glaubwürdigkeit der eigentlichen Aussage des Textes, denn sie belegen, daß Balzacs Aufmerksamkeit völlig auf die Darstellung der starken erotischen Anziehung zwischen dem jungen Mann und der wesentlich älteren Frau gerichtet war. Die Szene war offenbar ein heimlicher Wunschtraum von ihm, und er hat ihn mit Madame de Berny erlebt.

Wie auch immer das sexuell ausgesehen haben mag – die beiden bildeten ein Paar mit komplementären Rollen. Er war das liebeshungrige, nach Bewunderung lechzende Kind und sie die Mutter, die es fütterte. Sie gab ihm, was seine Mutter ihm versagt hatte, und sie tat es in unüberhörbarer Konkurrenz, indem sie ihn hoch über seine Herkunft erhob. »Sie sind eine Blume, die auf einem Misthaufen gewachsen ist, Sie sind ein Adlerei, das Gänse ausgebrütet haben«, schrieb sie ihm. Das wird ihm gefallen haben, aber wohl nicht uneingeschränkt. Denn das Kompliment ließ seine Herkunft als einen Makel erscheinen, so sehr es ihn persönlich darüber hinaushob. Obwohl es nicht so gemeint war, berührte es die Empfindlichkeiten des Emporkömmlings mit dem unechten Adelstitel, der sich zwar den

Lebensstil der herrschenden Schichten durch äußerliche Attribute aneignete, aber nie lernte, selbstverständlich und gelassen mit seinem Erfolg umzugehen. Er verhielt sich maßlos und prahlerisch und blieb gegenüber Madame de Berny das unersättlich fordernde Kind, das sie mit ihrer Zuwendung füttern mußte, auch indem sie viel Geld – bei ihm ein symbolisches Äquivalent für Sexualität – in seine geschäftlichen Projekte steckte und verlor.

Sie muß in dieser Lebensphase die richtige Entsprechung für ihn gewesen sein, denn als sie im Sommer 1830 zusammen einige Monate auf dem Landsitz La Grenadière verbrachten, hat Balzac ständig geschrieben: alle Erzählungen seiner Sammlung »Szenen aus dem Privatleben«. Wahrscheinlich konnte sie sich ohne Angst zurücknehmen, wenn er mit seinen Ideen beschäftigt war, und zwang ihm keine Symbiose mit ihrer mütterlichen Allmacht auf, die sein Selbstwertgefühl untergraben hätte. Waren die beiden jemals ein Liebespaar? In ihrem Briefwechsel weist nichts darauf hin. Aber in den »Tödlichen Wünschen«, die ein Jahr nach den gemeinsam auf dem Landsitz verbrachten Monaten erschienen, gibt es eine Szene, in der der Student Raphaël die Gräfin Feodora, die seine leidenschaftliche Werbung wiederholt zurückgewiesen hat, nicht ohne Tücke verdächtigt, sich aus weiblicher Unsicherheit seinem leidenschaftlichen Begehren zu versagen: »... Macht Sie der Gedanke an die Spuren der Mutterschaft um die Eleganz Ihrer Gestalt und die Schönheit Ihres Busens besorgt? Sollte nicht das einer der stärksten Ihrer geheimen Gründe sein, warum sie allzu heftige Liebe von sich weisen? Haben Sie vielleicht irgendwelche körperlichen Mängel, die Sie wider Ihren Willen zu Tugend zwingen?« Es ist der hörbare Ton der Erbitterung eines zurückgewiesenen Mannes, der die Vermutung entstehen läßt, dies sei ein Stück des Originaldialogs, den der junge, liebeshungrige Balzac mit der 22 Jahre älteren Frau und neunfachen Mutter führte.

Die Beziehung flaute dann bald ab, hielt aber bis zu Madame de Bernys Tod im Jahre 1836. Zwischendurch umwarb Balzac die Marquise de Castries, eine prominente Dame der Pariser Gesellschaft. Sie begleitete ihn auf einer Reise nach Aix-les-Bains und nach Genf – eine lange Zeit des engen Zusammenseins in einer Kutsche, die Wünsche weckte. Doch sie akzeptierte Balzac nicht als Liebhaber: eine schwere Kränkung für einen Mann wie ihn, dessen verletzte Seele Zurückweisung schlecht ertragen konnte. Aber da Madame de Castries, keine ganz unerfahrene Frau, sich auf die verfängliche Situation dieser Reise eingelassen hatte, muß man annehmen, daß sie ursprünglich zu einem weiteren Entgegenkommen bereit gewesen war und ihre Haltung erst änderte, weil Balzac sie aus der Nähe nicht mehr überzeugte. Diese kränkende Affäre hat er in der Erzählung »Die Herzogin von Langeais« durch einen für ihn befriedigenden Ausgang abgewandelt: Die Herzogin weist die ernsthafte Werbung des Generals Marquis Armand de Montriveau (auch einer der vielen prunkvollen Adelsnamen in Balzacs Werk) aus Koketterie ab, obwohl sie ihn liebt. Er straft sie durch Verachtung. Worauf sie in Verzweiflung fällt und sich in ein Kloster zurückzieht. Das war eine Möglichkeit, recht zu behalten, wenn auch dank der unbedenklichen Inanspruchnahme von Lizenzen der Trivialliteratur.

Es gab noch einige andere Affären in Balzacs Aufstiegsphase. So 1836, im Sterbejahr von Madame de Berny, seine erste Italienreise mit der als Page verkleideten Caroline Marbouty, einer mit einem Justizbeamten aus Limoges verheirateten Frau. Im Jahr darauf fährt er erneut nach Italien, wo er sich nach dem Konkurs seines Verlegers bei der Familie Visconti vor seinen Gläubigern versteckte. Die Gräfin Guidoboni-Visconti, die seine Geliebte geworden war, hatte 1836 einen Sohn geboren, als dessen Vater Balzac galt. Jetzt bezahlt sie seine Schulden und befreit ihn von der Verfolgung durch den Gerichtsvollzieher. Fast sofort macht er durch den Erwerb des Landsitzes Les Jardies und den Zukauf von weiterem Umland neue Schulden und erneuert so den Zwang seiner Arbeitssklaverei.

Im Jahr 1841 schließt er einen Verlagsvertrag mit einem Verlegerkonsortium über die »Comédie humaine«, und ein Jahr danach veröffentlicht er die berühmte Einleitung zu seinem Entwurf des geplanten Riesenwerkes. Balzac brauchte Geld. Wegen seines luxuriösen Lebensstils waren seine Schulden bis zum Jahr 1839 auf 233 620 Gold-Francs angestiegen, nach damaligem Geldwert eine riesige Summe. Er muß weitermachen wie bisher. Bis zum Jahre 1845 entsteht der systematisierte Plan seiner Gesamtvision, in den nur ein Teil der bisher geschriebenen Bücher eingeordnet wird. Zwar besaß Balzac noch das Symbol seines anspruchsvollen, narzißhaften Selbstbildes und Dandytums – einen Spazierstock mit türkisbesetztem Goldknauf –, doch die nächtliche Arbeitsfron unter der Mönchskutte beherrschte nun sein Leben. Das wachsende Werk wurde das eigentliche Gefilde seiner Ausschweifungen und zehrte an seiner Kraft.

Immer häufiger taucht in seinen Briefen die Klage auf, daß er sein Leben seinem Werk geopfert habe. Gelegentlich rationalisiert er die asketische Entsagung mit der These, Keuschheit sei unabdingbar für die Entwicklung von Intelligenz. Sein jüngerer Freund und Mitarbeiter an den von ihm herausgegebenen Zeitschriften »Chronique de Paris« und »Revue Parisienne« (in ihr war Balzacs überlanger Aufsatz über Stendhal erschienen), der Schriftsteller Théophile Gautier, hat in seinen Erinnerungen über die merkwürdigen Keuschheitsideen des Genuß- und Sinnenmenschen Balzac berichtet: »Er predigte uns eine seltsame literarische Hygiene. Wir sollten ganz von der Außenwelt abgeschnitten und in strengster Enthaltsamkeit leben. Auf dieser letzteren Empfehlung beharrte er sehr. Das äußerste Zugeständnis, das er uns machen wollte, war, daß wir die geliebte Person eine halbe Stunde pro Jahr sehen durften; hingegen erlaubte er Briefe. Das bilde den Stil.«

Ab 1841 wird immer deutlicher, daß Balzacs Gesundheit ernstlich erschüttert ist, ohne daß er seine ruinösen Arbeitsgewohnheiten ändert oder sein Pensum – fünfzehn bis achtzehn Arbeitsstunden pro Tag – reduziert. Während er ohne einzuhalten das ungeheure Massiv seines geplanten Werkes zu bezwingen versucht, geht es mit ihm immer weiter bergab. Er hat Anfälle von Melancholie und schwerer Migräne. Er fühlt sich schwach und hilflos, und die kleinste Widrigkeit bringt ihn zum Weinen. »Ich weine immerzu, wenn ich allein bin, wie ein Kind.« »Meine Augen füllen sich ohne Anlaß und ohne Grund mit Tränen.« Er beginnt an seiner Arbeit zu verzweifeln, von deren Erfolg doch sein ganzes weiteres Leben abhängt, so daß er nicht daran denken kann aufzuhören. Der Zwang entlädt sich in dem Stoßseufzer: »Ich hasse sie, die Romane, vor allem die Romane, die zu Ende geschrieben werden müssen.« Panische Angst aus körperlicher und seelischer Zerrüttung überfällt ihn: »Ich habe weder Herz noch Seele, alles ist tot. Ich werde an Erschöpfung sterben. Ich werde an Arbeit und an Angst sterben, das fühle ich.« Am meisten ängstigt ihn die Befürchtung, er verliere sein Gedächtnis, denn immer häufiger fehlen ihm nun die Worte, die ihm früher so üppig zuströmten.

Er schreibt das alles während seiner drei letzten Lebensjahre in einem hemmungslosen Drang, sich mitzuteilen, an die Gräfin Hanska in der fernen polnischen Ukraine, die seit Jahren seine Briefpartnerin und imaginäre Geliebte ist. Die Beziehung hatte damit begonnen, daß sie ihm 1832 einen anonymen Brief geschrieben hatte, den sie mit »L'Etrangère« – »Die Fremde« – unterschrieben hatte. Dieser geheimnisvolle Gruß aus der Ferne mußte für einen Mann mit der Einbildungskraft von Balzac ein unwiderstehlicher Reiz sein. »Ich liebe Sie, obwohl ich Sie noch nicht kenne«, antwortet er. »Mir ist zumute wie einem Eingekerkerten, der in seinem tiefen Verlies die Stimme einer Frau vernimmt.« Es beginnt das Drama einer sexuellen Hörigkeit, einer gewollten, selbst erschaffenen Faszination, die zur objektiven Gewalt wird und durch alle Widerstände und Widersprüche der Realität nicht mehr irritiert werden kann. Bis zu seinem Lebensende beherrscht Evelina Hanska die Bühne von Balzacs erotischer Phantasie. Er ist der Unterworfene und liegt vor ihr auf den Knien. In seinen Briefen erhebt er sie über alle anderen Frauen und feiert sie als die einzigartige, ideale Verkörperung der sinnlichen und der geistigen, der seraphischen Liebe. »Wahrlich, Du bist das Ideal, von dem ich träume, Du bist mein kühnster, wahr gewordener Traum!« »Halte Dir vor Augen, daß Du von mir geliebt wirst, wie keine andere Frau auf dieser Welt geliebt wird. Entnimm all den Verheerungen, die du angerichtet hast, in meinem armseligen Haus, in meinem Kopf, in meinem Herzen, in welchem Maße Du darin das ein und alles bist: die Blüte und die Frucht, die Kraft und die Ermattung, die Freude und der Schmerz – der Schmerz ohne es zu wollen, die Freude stets und immer, selbst im Schmerz – die Fülle, das Glück, die Hoffnung, kurz, sämtliche schönen und guten menschlichen Dinge, selbst die Religion. Ich wage nicht, Dir zu sagen, daß Du ebensoviel bist wie Gott, denn ich glaube, Du bist mehr!«

Das ist ein solcher Schwall von Verstiegenheiten, daß man ihn nicht einfach kopfschüttelnd abtun kann, denn er verlangt nach einer Erklärung. Man findet einen Hinweis dazu in dem Roman »Albert Savarus«, in dem die Liebe von Balzac zu Evelina Hanska in einer im Roman eingeschlossenen Novelle von einem anderen Paar gespiegelt wird. Dort heißt es: »An eine Frau glauben, sie zu einer menschlichen Religion machen, zum Lebensprinzip, zum geheimsten Licht selbst der geringfügigsten Gedanken – heißt so etwas nicht für einen Menschen: abermals geboren zu werden? Ein Jüngling mischt dann in seine Liebe noch etwas von der, die er für seine Mutter hegte.«

Genauso ist es im Fall von Balzacs ekstatischem Liebeswahn, der schon stilistisch in all seinen Beteuerungen das Überzogene und Überanstrengte einer hysterischen Fiktion verrät. Er, der Kranke, der das Erlöschen seiner Kräfte spürt, bäumt sich in diesen Gefühlsausbrüchen gegen seinen Verfall auf und stilisiert Evelina Hanska zur Heilsgöttin eines neuen Lebens, das ihn für alles, worauf er verzichten mußte, auch für die fehlende Mutterliebe, entschädigen soll. Er braucht diesen Mythos der wunderbaren Wiedergutmachung, um die Lasten schultern zu können, die er bewältigen muß. Noch etwa 40 Romane muß er nach seinem Plan schreiben. Das kann er nur, wenn es ihm gelingt zu glauben, daß er eine neue Perspektive hat und Evelina Hanska, deren Mann im November 1841 gestorben ist, in absehbarer Zukunft seine Frau werden wird. Denn dann wird nach dem Schema seines Phantasierens sein Leben trotz aller Anstrengungen und Leiden sich triumphal erfüllen.

Er macht Evelina Hanska einen Heiratsantrag. Sie zögert. Einmal sagt sie ja, dann widerruft sie es. Sie hat gewiß gute Gründe, weil ihr das Chaos von Balzacs Leben und seine Maßlosigkeiten und ruinösen Gewohnheiten nicht verborgen bleiben. Und weil die pathetischen Verstiegenheiten seiner Liebesbeteuerungen ebensowenig vertrauenerweckend wirken wie die sich häufenden Klagen über seine schlechte Gesundheit.

Auch ihm vernebelt der Wunschtraum der Erneuerung nicht die Augen für die eigene ruinöse Verfassung. Er stellt sie dar in der Gestalt des alt gewordenen Frauenhelden Baron Hulot d'Ervy aus seinem späten Roman »La Cousine Bette« (1848), der in deutscher Übersetzung »Tante Lisbeth« heißt. Über Hulot schreibt er im Blick auf sich selbst: »... Der Bauch hing nun schlaff herunter, die Fettleibigkeit trat unbeschönigt hervor.« In seinem Gesicht zeigten sich »die heftigen Spannungen einer Leidenschaft« ... »die sich wider die Natur aufbäumt«. Das sind unverkennbar zwei Seiten eines erbarmungslosen Selbstporträts. Altersschwäche und Liebesbrunst bilden einen quälenden Widerspruch. Dabei ist er noch keine fünfzig Jahre alt. Aber er ist schon ein Mann, der mit fünfzig sterben wird.

Manchmal ist er deprimiert, wenn neue Schwierigkeiten sich auftürmen, die Evelina Hanska wieder zögern lassen. Nach zaristischem Gesetz muß eine Frau, die einen Ausländer heiratet, ihren Grund und Boden innerhalb von sechs Monaten verkaufen. Sie muß also alles ihren Kindern vermachen. Ihr selbst bleibt eine Leibrente. Sie fällt nicht besonders üppig aus.

Auf der anderen Seite stehen die absoluten Gesten Balzacs. Er setzt Gräfin Hanska als Universalerbin seines Vermögens ein – wobei es allerdings vorerst nur um das Erben von Schulden geht. Er erwirbt ein großes repräsentatives Stadtpalais in der Rue Fortunée und läßt es für ein Vermögen von vierhunderttausend Francs luxuriös einrichten. »Ich will mein Idol in einen neuen Tempel stellen, wo es an ein ganz neues Leben glauben kann. Man arbeitet jetzt daran, aus jenem neuerworbenen Palast ein Wunder von Geschmack und Eleganz zu machen.« Die Schulden, die er dabei anhäuft, bleiben nicht seine einzigen Sorgen. Seine Haushälterin hat sich die Briefe von Evelina Hanska angeeignet und erpreßt ihn damit. Es geht ihm immer schlechter. Die Ärzte stellen eine schwere Herzerweiterung fest. Man vermutet heute außerdem, daß Balzac unter einer Drüsenkrankheit, dem sogenannten Cushing Syndrom, litt, wofür die schwammige, muskelschwache Massigkeit seines Körpers, sein Stiernacken und sein gedunsenes Gesicht wie seine heftigen, anfallweise auftretenden Kopfschmerzen und seelischen Labilitäten sprechen. Auch Potenzstörungen gehören zu diesem

Krankheitsbild. Trotzdem macht er die weite Reise in die Ukraine und verbringt den Sommer 1847 auf Schloß Wierzchownia als Gast von Madame Hanska. Häufig ist er krank und liegt im Bett. Doch er vollendet den Roman »Glanz und Elend der Kurtisanen«, schreibt den »Vetter Pons« und beginnt einen weiteren Roman. Am 21. und 22. Februar des nächsten Jahres ist er in Paris und beobachtet die Straßenkämpfe der Februarrevolution. Das ganze nächste Jahr verbringt er wieder in der Ukraine, die Wintermonate im Krankenzimmer. Auch Madame Hanska geht es nicht gut: Sie leidet an Gicht, geschwollenen Füßen und kann kaum gehen. Sie ist dick geworden und zänkisch. Balzac leidet unter Erstickungsanfällen und notiert: »Es ist jetzt so weit mit mir gekommen, daß ich mich ohne Atemnot und Herzklopfen nicht einmal mehr kämmen kann.« Trotzdem heiraten Balzac und Evelina Hanska. Im Gutshof von Madame Hanska verbrennt durch eine Unachtsamkeit Getreide im Wert von achtzigtausend Francs: Geld für die Kosten des Existenzwechsels, mit dem das Ehepaar gerechnet hat. Aus Paris kommt die Nachricht, daß Balzac nicht, wie erhofft, in die französische Akademie aufgenommen worden ist. Von den 40 Mitgliedern haben nur Lamartine und Victor Hugo für ihn gestimmt. Die Heimkehr nach Paris wird nicht der Triumphzug werden, von dem Balzac geträumt hat. Im März 1850 reisen die Eheleute ab.

Die Reise in der Kutsche muß für beide eine ungeheure Strapaze gewesen sein. Als sie endlich ankommen, finden sie das Haus verschlossen. Balzac hatte seine Mutter beauftragt, das Haus auf ihre Ankunft vorzubereiten, aber er hatte ihr verboten, bei ihrer Ankunft anwesend zu sein. Nur der Diener sollte bereitstehen. Doch der ist wahnsinnig geworden und hat sich im Haus verbarrikadiert. Balzac muß sich mit Hilfe eines Schlossers gewaltsam Eintritt verschaffen. Noch in der Nacht wird der Diener in eine Anstalt gebracht. Balzac ist am Ende seiner Kraft und wird, aufgegeben von den Ärzten, vom Tag seiner Rückkehr an nur noch im Bett liegen bis zu seinem baldigen Tod. Victor Hugo, der den Sterbenden besuchte, ohne noch mit ihm sprechen zu können, hat den Anblick geschildert, der sich ihm bot: »Er hatte ein violettes, fast schwärzliches Gesicht, sein Kopf lag zur Seite geneigt, sein Bart war unrasiert, die ergrauten Haare hatte man ihm ganz kurz geschnitten, die Augen waren offen und starr. Ich sah ihn im Profil und gewahrte, daß er dem Kaiser ähnelte.«

Der »Kaiser« war Napoleon. Balzac besaß eine Gipsstatuette Napoleons, die einen halben Meter groß war und auf einem hohen Sockel in seinem Arbeitszimmer stand. Auf die Scheide des Schwertes hatte er einen kleinen Zettel mit seinen handgeschriebenen Worten geklebt: »Was er nicht mit dem Schwert vollbringen konnte – ich werde es mit der Feder vollenden.« Man kann nur raten, was er gemeint hat. Vielleicht die Welteroberung.

Man kann sich kaum größere Gegensätze vorstellen als Balzac und Flaubert. Das zeigt sich schon in ihren Erscheinungen: Balzac ist klein und dick, hat ein aufgeschwemmtes rundes Gesicht mit sinnlichen, sehr roten Lippen und dunklen Augen, deren gefühlsgeladener Blick von vielen Zeitgenossen als intensiv und gütig beschrieben worden ist. Flaubert ist ein schlanker, blonder und blauäugiger normannischer Riese, der in seiner Jugend als ein ungewöhnlich schöner Mann galt. In seinen reiferen Jahren wurde er, der unmäßig aß und sich wenig bewegte, voluminös und schwerfällig, so als habe er sich in seiner zunehmenden Misanthropie mit einem physischen Schutzpanzer umgeben. Im Gegensatz zu dem expansiven Temperament von Balzac war Flaubert ein defensiver Charakter, der schon wegen der Spannungen, die er in sich barg, emotionale und intime Berührungen mit dem Leben scheute. Er hatte zwar dauerhafte Freundschaften, wirkte aber auf andere Menschen oft scheu und unbeholfen oder schroff. Er hatte einen imponierenden Vater, den hochangesehenen Chirurgen und Chef des städtischen Krankenhauses von Rouen, ein Freigeist und Wissenschaftler, der die medizinische Fakultät von Rouen begründete und zu den medizinischen Kapazitäten seiner Zeit zählte. Bei seinem Tod baten die Hafenarbeiter von Rouen um die Ehre, seinen Sarg tragen zu dürfen. Flaubert hat seinem bewunderten Vater in der Gestalt des berühmten Dr. Larivière in »Madame Bovary« ein Denkmal gesetzt. Auch die Mutter stammte aus einer Arztfamilie, und nach dem Zeugnis von Flaubert haben sich seine Eltern bis zu dem frühen Tod des Vaters sehr geliebt. Doch die Stimmung im Haus war oft bedrückt, weil von sechs Kindern nur drei älter als zwei Jahre wurden. Eine weitere Schwester starb mit einundzwanzig Jahren. Auch um das Leben von Gustave Flaubert, der ein zartes Kind war, bangten die Eltern. Er wurde erst einmal nicht in die Schule geschickt, sondern von seiner Mutter unterrichtet. Im Unterschied zu seinem älteren Bruder Achille, der in die Fußstapfen des Vaters trat und auch Arzt wurde, fiel Gustave das Lernen äußerst schwer. Nur mühsam lernte er lesen und schreiben, und es gelang seiner Mutter nicht, ihm die französische Grammatik beizubringen. Sartre hat ihn in seiner monumentalen fünfbändigen Studie als den Idioten der Familie bezeichnet. Nichts war unvorhersehbarer als die Tatsache, daß dieser begriffsstutzige, sprachungewandte Junge einer der berühmtesten Autoren der französischen Literatur werden würde. Nachträglich allerdings läßt sich verstehen, daß die Mühsamkeit seines Arbeitens seine besondere stilistische Qualität ermöglicht hat. Erst Autoren wie Marcel Proust und Nathalie Sarraute haben später Reste verbliebener Starrheit im Rhythmus seiner Prosa erkannt.

Das sind allerdings eher untergeordnete Randbemerkungen angesichts der meisterhaften szenischen Darstellung, der subtilen Beobachtung des menschlichen Verhaltens und des Blicks für das individuelle Detail, die Flauberts besondere Beiträge zur Geschichte des Romans sind. Sein skrupulöses, quälend langsames Arbeiten – fünf Jahre schrieb er an »Madame Bovary«, sechs Jahre an der zweiten Fassung der »Education sentimentale« – haben ihn wohl manchmal mit Neid auf Balzac blicken lassen. Doch es war auch ein Blick von oben herab. »Im ganzen ist er für mich ein gewaltiger Kerl, aber von zweiter Ordnung«, schrieb er über Balzac.

Flaubert hatte zwar schon als Schüler kleine Theaterstücke und Erzählungen geschrieben, begann aber nach der Schule wie Goethe und Balzac ein Jurastudium, das ihn langweilte. An seinen Freund Chevalier, der selbst Jura studierte und später Richter und Abgeordneter wurde, schreibt er in jugendlich forschem Ton: »Die Rechtswissenschaften bringen mich um, verblöden und lähmen mich, es ist unmöglich, dafür zu arbeiten.« Aber Paris faszinierte ihn. In seiner brieflichen Schilderung spricht schon der zukünftige Autor der »Education sentimentale«, die man als einen Stadtroman mit der Perspektive eines Desillusionsromans bezeichnen kann. Auch die kurze Briefstelle zeigt die große Stadt als einen Ort geheimnisvoller Verlockungen. Der junge Mann aus der Provinz geht durch ein Kreuzfeuer herausfordernder Blicke. Als Flaneur, der noch an allem vorbeischlendert, genießt er die vielen Andeutungen ungeahnter Möglichkeiten, von denen er sich umgeben fühlt. Die Stadt umhüllt ihn als ein erotisches Gefilde, schillernd zwischen deutlichen Angeboten und einem unbestimmten Versprechen.

»Das Schönste an Paris ist für mich der Boulevard. Jedesmal wenn ich morgens ankomme und ihn entlanggehe, spüre ich an den Füßen ein galvanisches Zucken, das mir der Asphalt des Trottoirs verursacht, über den jeden Abend so viele Huren ihre Schuhe schleifen und ihre raschelnden Kleider streifen lassen. Um die Stunde, wenn die Gaslaternen in den Scheiben glänzen und die Messer auf den Marmortischen klappern, gehe ich dort friedlich spazieren, eingehüllt in den Rauch meiner Zigarette, schräge Blicke auf die vorübergehenden Frauen werfend. Dort stellt sich die Prostitution zur Schau, dort glänzen die Augen.«

Schon während der Schulzeit – er wurde nach seinen anfänglichen Lernschwierigkeiten ein glänzender Schüler und gewann mehrere Preise – hatte Flaubert zu schreiben begonnen. Es sind trotz ihrer epigonalen Züge, wie dem typischen, von Byron abgeleiteten romantischen Lebensekel, erstaunliche Texte. Mit 16 Jahren schrieb er die »Erinnerungen eines Verrückten«, in denen er seine geheime, überschwengliche Schwärmerei für Eliza Schlésinger, eine wesentlich ältere verheiratete Frau, ausgedrückt hat: »Weißt du, daß ich seither keine Nacht, keinen Tag, nicht eine einzige Stunde verbracht habe, ohne an dich zu denken, ohne dich wieder vor mir zu sehen, wie du aus dem Meer kamst: deine schwarzen Haare fielen über die Schultern, auf deiner braunen Haut schimmerten die Salzwassertropfen wie Perlen, das nasse Badekleid klebte an deinem Körper, und dein weißer Fuß mit den rosigen Nägeln grub sich in den

Sand. Weißt du, daß dieses Bild mir stets gegenwärtig ist und beständig leise zu meinem Herzen spricht?« Doch schon im nächsten Satz bricht wieder die Byronsche Verzweiflung durch. »O nein, alles ist leer!«

Während seines Studiums setzte Flaubert das Schreiben fort. Der weithin autobiographische, lange unveröffentlichte Roman »November«, den er mit zwanzig Jahren schrieb, ist deutlich erkennbar ein weiterer Schritt in seiner Entwicklung. Flaubert schildert darin mit einigen Abwandlungen ein noch nicht lange zurückliegendes Erlebnis. Sein Vater hatte ihm zum bestandenen Abitur eine Reise nach Korsika geschenkt. Er reiste in Begleitung eines Dr. Cloquet, der den Achtzehnjährigen betreuen sollte, aber nicht verhinderte, wohl auch nicht verhindern wollte, daß Flaubert, damals ein auffallend schöner junger Mann, in einem Hotel in Marseille von der Tochter der Hotelbesitzerin in ihr Zimmer gelockt und zwei Nächte lang in die Liebe eingeführt wurde, mit dem für ihn typischen Verlauf, daß er anfangs berauscht und am Ende ernüchtert war. Übrigens im Unterschied zu der Frau, die ihm noch einige leidenschaftliche Briefe schrieb. »Warum war es uns vergönnt, einander zu lieben«, schreibt sie, »eines durch das andere himmlisches Glück kennenzulernen, wenn wir uns doch so bald schon trennen mußten, und besonders, wenn du mich so schnell vergessen solltest. Seit du mich verlassen hast, ist dieses Haus für deine Liebste eine einzige Wüste. Dieses Zimmer, diese Wände ... wie oft schon habe ich sie geküßt ...«

Eulalie Foucaud, eine fünfundreißigjährige Kreolin, war der dunkelhaarige mütterliche Frauentyp, den er besonders mochte, und offenbar eine Frau mit großer erotischer Erfahrung und starker emotionaler Ausdruckskraft. Im Roman »November« hat er aus ihr eine Prostituierte gemacht, aber nicht, um sie herabzusetzen. Außerdem erscheint sie dort älter, als sie in Wirklichkeit war, vor allem in der Szene, in der er die schlafende Frau betrachtet und die Lebensspuren in ihrem Gesicht sieht. Er hat an einem Strauß welkender Veilchen gerochen, der neben ihrem Bett stand, und in einer zärtlichen Laune die Blumen über der Schlafenden ausgebreitet: »... wie diese Blumen strömte sie, trotz der entschwundenen Frische, ja, vielleicht gerade deshalb einen herberen und aufreizenderen Duft für mich aus. Das Unglück, das über sie hinweggegangen sein mußte, verschönte sie um die Bitternis, die ihr Mund sogar im Schlaf bewahrte, verschönte sie um die zwei Falten hinten an ihrem Hals, die sie ohne Zweifel tagsüber unter ihren Haaren verbarg. Wenn ich diese Frau betrachtete, die auch in der Wollust traurig blieb und selbst bei den Umarmungen nicht über eine düster-schauerliche Freude hinauskam, ahnte ich tausend schreckliche Leidenschaften, die sie, soweit sich dies an den zurückgebliebenen Spuren erkennen ließ, wie Blitze zerfurcht haben mußten.«

Das ist für einen Zwanzigjährigen ein ungewöhnlich erfahrungsgesättigter Text. Auch wenn noch ein Schema der Interpretation erkennbar bleibt, das aus den Schicksalsmustern von Boheme-Romanen abgeleitet sein könnte, kündigt sich in ihm schon der Autor der »Madame Bovary« an, des Romans, der durch seine intime Anschaulichkeit in der Darstellung der Zerstörungsmacht sexueller Leidenschaft einen neuen Maßstab setzte. Enid Starkie schreibt in ihrer Biographie des jungen Flaubert, daß durch dieses Erlebnis einer glücklichen sexuellen Initiation sein Selbstbewußtsein mächtig gestärkt wurde. »Mißmutig war er auf seine Reise in den Süden aufgebrochen, aber gewandelt kehrte er nach Hause zurück. Mit der erfolgreichen Liebeserfahrung schien seine Persönlichkeit frei geworden zu sein und aufzublühen.« Er entschloß sich jetzt, nach Paris zu gehen und zu studieren. »Er gab nun Mystizismus und Idealismus auf und behauptete, Materialist zu sein.« Daß ihn das Studium dann anödete, hing freilich mit dem unüberwundenen Wunsch zusammen, zu schreiben. Noch war es die leidenschaftliche Liebhaberei eines begabten jungen Menschen, für die es keine praktische Perspektive gab, bis ein schockartiges Geschehnis sein Leben von Grund auf veränderte.

Am Neujahrstag 1844 erlitt Flaubert während einer Wagenfahrt mit seinem Bruder Achille einen schweren epileptischen Anfall und stürzte vom Kutschbock. Sein Bruder, der Arzt war, hielt es für einen Schlaganfall und schleppte ihn in ein Haus, um ihn dort zur Ader zu lassen. Der Anfall wiederholte sich, als

Flaubert wieder nach Paris zurückkehrte, um sein unterbrochenes Jurastudium wieder aufzunehmen. Darauf entschied der Vater, Gustave solle das Studium aufgeben und auch keinen anderen Beruf anstreben. Seinen eigenen Plan, für die Familie eine Villa im vornehmen Seebad Deauville zu bauen, gab er auf und kaufte in Croisset an der Seine in einer damals ruhigen ländlichen Gegend, einige Meilen stromabwärts von Rouen, ein kleines Schloß aus dem 18. Jahrhundert, dessen Park an das Flußufer grenzte. Hier sollte der kranke Sohn ein ruhiges Leben führen, umsorgt von seiner Mutter, die mit ihm dorthin zog. Nun konnte er sich ausschließlich der Literatur widmen. Einen zum Park gehörenden Pavillon direkt am Flußufer richtete er sich für die Arbeit ein. Man sagt, daß die Seineschiffer ihn manchmal nachts brüllen hörten, wenn er sich mit seiner lauten, dröhnenden Stimme seine Texte vorlas.

Anders als Balzac verehrte Flaubert seine Mutter, die im Unterschied zu der koketten jungen Mutter Balzacs, sich mit strenger Hingabe in den Dienst ihres gesundheitlich gefährdeten Sohnes stellte. Eine Bekannte schildert sie wie folgt: »Sie war düster wie eine Zigeunerin, mit melancholischen dunklen Augen und schwarzglänzendem Haar. Ihr Gesicht war blaß, eindrucksvoll und ernst, so als könne sie niemals lächeln. Sie sah aus, als hätte sie schon viel gelitten und habe ein Vorgefühl davon, daß noch weitere Leiden ihr bevorstehen würden.« Als Flaubert vier Tage lang seinen Freunden Bouilhet und Du Camp das Manuskript »Die Versuchung des heiligen Antonius« vorlas und sie anschließend ein langes kritisches Gespräch darüber führten, lauschte sie aus Angst um ihren sensiblen und leicht verletzbaren Sohn hinter der Tür. Bis zu ihrem Tod im Jahre 1872 umsorgte sie in Croisset und zwischendurch in Paris 28 Jahre lang Gustave und die Tochter seiner mit einundzwanzig Jahren verstorbenen Schwester Caroline. Gustave Flaubert, der dieses umhegte Leben schätzte, wurde zum klassischen Typ des alternden Sohnes.

Dennoch hatten, abgesehen von Eulalie Foucaud, zwei Frauen, die allerdings auch beide wesentlich älter waren als er, große Bedeutung für sein Leben und sein literarisches Werk: die Schriftstellerin Louise Colet und Eliza Schlésinger, die man als seine irdische und seine himmlische Liebe bezeichnen kann. Louise Colet lernte Flaubert 1846 im Todesjahr seines Vaters kennen, als er in Paris bei dem Bildhauer Pradier eine Büste seiner verstorbenen Schwester bestellte. Sie war eine Dichterin und Akademiepreisträgerin, eine geistvolle und überwältigend schöne Frau: groß, blond und üppig, also nicht der Typ, den Flaubert bevorzugte. Aber gleich als Pradier ihr den damals 25jährigen Flaubert mit den Worten vorstellte: »Hier ist ein junger Mann, dem Sie mit Ihrem literarischen Rat helfen können«, verliebte sich Flaubert in sie, und die beiden wurden ein Paar. Das war sieben Jahre nach seiner kurzen Begegnung mit Eulalie Foucaud. Seitdem hatte er zurückgezogen mit seiner um Mann und Tochter trauernden Mutter und seiner Nichte zusammengelebt. So war er schon durch Entbehrung reif geworden für die Leidenschaft, die ihn erfaßte. Es war eine Beziehung mit vielen Aspekten, wie die rund 120 Briefe zeigen, die Flaubert ihr vor allem über seine literarische Arbeit schrieb. Doch sicher ist, daß er ohne die Erfahrungen, die er mit der elf Jahre älteren, freizügigen und leidenschaftlichen Frau machte, »Madame Bovary« nicht hätte schreiben können. Die Gegensätzlichkeit ihrer Charaktere und ihrer Lebensgewohnheiten hat entscheidend dazu beigetragen, denn sie hat die wechselvolle und dramatische Beziehung durch eine Grundspannung bereichert und am Ende zerstört.

Louise war eine von der Romantik geprägte narzißhafte, zu leidenschaftlichen Exaltiertheiten neigende Frau, die ihre auffallende Schönheit bedenkenlos für ihren Erfolg einsetzte. Ständig suchte sie die Bekanntschaft von einflußreichen Personen, wie beispielsweise der Schwester des Königs Louis-Philippe oder berühmten Schriftstellern wie Chateaubriand, den sie um ein Vorwort für ihren Gedichtband bat. Chateaubriand lehnte ab, schrieb ihr aber einen schmeichelhaften Brief, den sie dann kurzerhand als Vorwort benutzte: ein Verfahren, das sich bis heute gehalten hat. Enid Starkie schreibt in ihrer Flaubert-Biographie über die Erfolgsstrategie dieser bemerkenswerten Frau: »Man muß zugeben, daß nur wenige ihrer Schönheit widerstehen konnten; die meisten großen Schriftsteller jener Zeit schrieben schmeichelhafte Dinge an sie und über sie.« Nur der Kritiker Sainte-Beuve widerstand ihren wiederholten Bemühungen, ihn für sich einzuspannen, und schrieb ihr mit hintergründiger Bedrohlichkeit: »Ich bitte Sie nur um eines, nämlich Sie schweigend bewundern zu dürfen, ohne dem Publikum erklären zu müssen, wo ich Sie nicht mehr bewundere.«

Daß diese gesellschaftsorientierte, erfolgssüchtige Frau sich in den jungen, unbekannten Autor Flaubert verliebte, läßt sich damit erklären, daß Intimität, Hingabe, Leidenschaft für sie ein Kontrastprogramm zum Markt der Eitelkeiten und des Karrieredenkens darstellten, auf dem sie so erfolgreich agierte. Sie liebte Flaubert, weil er anders war als die Männer, mit denen sie gewöhnlich umging. Und weil sie in seiner Wesensart die Anzeichen seines Genies erkannte. Aber so rigoros, wie sie ihre gesellschaftlichen Kontakte für sich auszunutzen versuchte, so anspruchsvoll und besitzergreifend war sie auch in der Liebe. Sie erwartete von ihm eine ständige Zuwendung: jeden Tag einen Brief und in jedem eine Liebeserklärung. Sie hatte ihm ihre Schlafzimmerpantöffelchen, eins ihrer Taschentücher und eine Haarlocke geschenkt. Das waren für ihn Fetische, die er versteckte und nachts in seinem Zimmer wie etwas Heimliches und Verbotenes vor sich hinlegte, um an seine Geliebte zu denken. Aber er wehrte sich gegen ihre Forderungen, ihre Liebesrituale und schrieb ihr: »Erlaube mir, Dich auf meine Art zu lieben, auf die Art meines eigenen Wesens, mit dem, was Du meine Originalität nennst.«

Am meisten erschreckte sie ihn mit dem Wunsch, ein Kind von ihm zu bekommen. Das war für ihn eine so furchtbare Vorstellung, daß er später einmal schrieb, lieber würde er überfahren im Rinnstein verrecken. Sie dagegen regte sich auf über sein defensives Lebenssystem, das ihr unbegreiflich war und ihr als eine beleidigende Herabsetzung erschien. Denn er behandelte sie wie eine Frau, die er vor seiner Mutter verleugnen mußte. Sie durfte ihre Briefe nicht direkt an ihn adressieren, sondern mußte sie an seinen Freund Maxime Du Camp schicken. Und sie durfte nur bis Rouen kommen, wenn sie ihn sehen wollte, nie bis Croisset. Jedesmal brauchte er dann einen Vorwand, um nach Rouen zu fahren und sie dort zu treffen. Er verhielt sich also genauso, wie er es später seine Romanheldin Emma Bovary tun ließ: Emma fährt unter dem Vorwand, Klavierstunden zu nehmen, regelmäßig nach Rouen, um sich dort mit ihrem Liebhaber Léon zu treffen. Schon das allein rechtfertigt Flauberts allerdings grundsätzlicher gemeinten, oft zitierten Satz: »Madame Bovary, das bin ich.« Auch die berühmte Kutschfahrt durch Rouen, bei der Emma Léons Geliebte wird, geht nach dem Zeugnis eines berauschten Liebesbriefes, den Flaubert gleich nach der ersten intimen Begegnung an Louise Colet schrieb, auf eigene Erfahrungen zurück: Die Initiative scheint dabei – nicht verwunderlich bei dem Alters- und dem Erfahrungsunterschied der beiden Personen – von ihr ausgegangen zu sein. Denn er schreibt, er möchte ihr vergelten, »was Du mir in der Großherzigkeit Deiner Liebe mit vollen Händen geschenkt hast«. »Ach, wie waren unsere Spazierfahrten im Wagen schön! Besonders die zweite mit ihren Blitzen! Ich erinnere mich an die Farbe der von den Laternen erleuchteten Bäume und das Wiegen des Wagens auf seinen Federn; wir waren allein und glücklich.«

Louise Colet fand allerdings immer wieder Anlaß, an seiner Liebe zu zweifeln. Sie war gewiß aggressivere und erfahrenere Liebhaber gewöhnt. Das muß ihn unsicher gemacht haben, wie die bangen Fragen verraten, die er ihr anfangs nach einem zeitweiligen Versagen geschrieben hat: »Sag mir, wie findest Du mich? Wie steht mein Bild vor Deinen Augen auf? Was für ein armseliger Liebhaber bin ich, nicht wahr? Weißt Du, daß mir das, was mir bei Dir geschehen ist, noch nie zuvor geschah? ... Ich war Dir dankbar für Dein spontanes Verstehen, das über nichts erstaunt war; ich selber war überrascht von dem Ganzen als von etwas Ungeheuerlichem.« Im Grunde war er nämlich stolz auf seine sexuelle Potenz.

Doch das war nicht Louise Colets Problem. Was sie nicht ertragen konnte, das waren Flauberts ängstliche Abhängigkeit von seiner Mutter und die unerträglichen und beleidigenden Einschränkungen, die er deshalb ihrer Liebe auferlegte. Er wollte unbedingt vermeiden, daß seine Mutter von seiner Beziehung zu Louise Colet erfuhr. Offenbar gehörte Madame Flaubert zu jenem Typus von Müttern, die sexuell aktive und erfahrene Frauen als Bedrohung für ihren Sohn empfinden, aber kein Problem darin sehen, daß er sich nicht aus ihrer besitzergreifenden mütterlichen Obhut lösen kann. Auch er selbst stellte diesen Zustand nie in Frage. Als Louise ihn in einem ihrer Briefe aufgebracht und mit bitterer Ironie fragte: »So wirst Du also bewacht wie ein junges Mädchen?«, antwortete er mit einem hohltönenden Satz: »Schilt mich, schmähe mich in Deinem Herzen soviel Du willst. Gott, wenn es einen Gott gibt, kann in meinem Gewissen lesen, wenn ich ein Gewissen habe.« Er setzte hinzu: »Komm nie hierher, es wäre rein topographisch unmöglich, daß wir uns träfen.«

Louise findet ihn hartherzig und lieblos. Er schreibt ihr: »Wenn man sich liebt, kann man zehn Jahre verbringen, ohne sich zu sehen und ohne darunter zu leiden.« Sie schreibt unter diese verschrobene Behauptung: »Was soll man von einem solchen Satz halten?« Schließlich wirft sie ihm vor, er behandele sie wie »eine Frau von letztem Rang«. Er antwortet: »Ich weiß nicht, was eine Frau von letztem Rang, noch was eine solche von erstem oder zweitem Rang ist ... Ich bin der großen Leidenschaften, der exaltierten Gefühle, der aufgebrachten Liebe und der tobenden Verzweiflung müde. Ich schätze den gesunden Menschenverstand über alles, vielleicht gerade, weil ich keinen habe.« In einem weiteren Brief schrieb er: »Ich hätte Dich gerne so geliebt wie Du mich. Aber während ich Frieden über alles liebe, fand ich in Dir nur Aufruhr, Stürme, Tränen und Zorn.«

Man glaubt, einen alten Mann sprechen zu hören, wenn man diese Antwort liest. Aber Flaubert war gerade 27 Jahre alt. Was verteidigte er gegen das stürmische Liebesverlangen von Louise Colet? Er wußte es vielleicht noch nicht in ganzer Klarheit, denn er war weniger sicher, als seine Worte sich anhören. Und die Beziehung war auch noch nicht endgültig zu Ende. Doch er war dabei, an die Stelle des unmittelbaren Lebens, dessen Durchdringung und Gestaltung in der literarischen Fiktion zu setzen. Nichts anderes würde dann daneben noch für ihn zählen. Mit Louise Colet hatte er das Pathos der romantischen Liebe erlebt. Er kannte es in vielen Erscheinungsformen als Ekstase und als illusionäres Phantasma, und er haßte es nun. Seine Romanheldin Madame Bovary würde er daran sterben lassen.

Aber zunächst brach er zusammen mit seinem Freund Maxime Du Camp, der für das französische Handelsministerium Informationen sammeln und Kontakte herstellen sollte, zu einer zweijährigen Orientreise auf. Unterwegs schrieb er noch an Louise und erwartete postlagernde Briefe von ihr auf den wechselnden Stationen der Reise. Wie es üblich war, besuchten die beiden Freunde unterwegs gelegentlich die örtlichen Bordelle. In Kairo waren sie Gast der berühmten Kurtisane Kuschiuk Hanem. Ihre Ankunft war angekündigt, und Kuschiuk Hanem schickte ihre Dienerin zum Schiff, um die beiden Fremden abzuholen. Am Abend führte sie ihnen den Bienentanz vor, der so unverhohlen sexuell war, daß den jungen Musikern, die zu ihrem Tanz spielten, vorher die Augen verbunden wurden, was vermutlich auch ein Teil der Inszenierung war. Flaubert verbrachte die Nacht mit ihr. Es war für ihn nach eigenem Bekenntnis die mächtigste sinnliche Erfahrung seines Lebens. Es mag sein, daß die käufliche Liebe wegen ihrer Folgenlosigkeit für einen so auf Rückzug und Abgrenzung bedachten Mann wie ihn genau das richtige war. Allerdings gab es später doch Folgen. Auf dem Weg nach Beirut entdeckte er, daß er sich mit Syphilis infiziert hatte, und mußte die Reise abbrechen, um sich zu Hause der damals üblichen Quecksilberbehandlung zu unterziehen. Durch die Kur fielen ihm büschelweise die Haare aus, sein Speichel verfärbte sich und sollte sein Leben lang schwärzlich bleiben. Er wurde dick und schwerfällig und verlor allmählich bis auf einen alle Zähne. Obwohl er erst dreißig Jahre alt war, wirkte er nun wie ein gesetzter älterer Mann, der auf Distanz zum Leben gegangen ist. Er wurde ein Misanthrop, der sich nicht ohne Selbsthaß von der Welt abschottete und über sich sagte: »In mir, in meinem Innersten, ist ein grundsätzlicher, tief verwurzelter, bitterer und nicht nachlassender Ärger, der mich hindert, auch nur irgend etwas zu genießen, und der meine Seele bis zum Bersten füllt. Er taucht bei jedem Anlaß auf, so wie die aufgedunsenen Kadaver der ertränkten Hunde, die trotz der Steine, die man ihnen um den Hals gebunden hat, wieder an die Wasseroberfläche steigen.« Das ist nicht ohne spürbaren Genuß der eigenen Brillanz formuliert und gehört zu seiner grimmigen Selbststilisierung, mit der er sich gegen die Außenwelt abgrenzte, nicht aber gegen die Menschen seines inneren Lebenskreises. Immerhin empfand er für seine Freunde Maxime Du Camp, Louis Bouilhet und Alfred Le Poittevin eine lebenslange herzliche Zuneigung.

Nach der Orientreise nahm er die Beziehung zu Louise Colet wieder auf, und zwar, wie seine Biographin Enid Starkie meint, nicht ohne den Hintergedanken, daß er weitere Informationen für die »Madame Bovary« sammeln wollte, die er nun bald zu schreiben begann. Die Leidenschaft flammte erneut auf, doch die Widersprüche waren nicht geringer geworden. Louise erschreckte ihn wieder mit der Nachricht, daß sie vermutlich schwanger sei. Als sie dann Entwarnung gab, segnete er »die englischen Rotröcke« und metaphorisierte auf diese Weise ihre Monatsblutung zur Ankunft einer Befreiungsarmee. Den größten möglichen Fehler machte sie, als sie versuchte, Kontakt zu seiner Mutter aufzunehmen, und ihn gegen seinen Willen in Croisset besuchte. Er empfing sie auf der Treppe und schickte sie in den nächtlichen Regen zurück. Das war für ihn das Ende. Später, als er vorübergehend in Paris wohnte, machte sie noch einen Versuch, traf ihn aber nicht an. In eisigem Ton schrieb er ihr: »Madame, ich hörte, daß Sie sich die Mühe gemacht haben, mich gestern abend dreimal aufzusuchen. Ich war nicht zu Hause, und besorgt über die Beleidigungen, die eine solche Beharrlichkeit Ihrerseits Ihnen von meiner Seite eintragen könnte, verpflichtet mich die Höflichkeit, Sie aufmerksam zu machen, daß ich für Sie nie zu Hause sein werde. Ich habe die Ehre, Sie zu grüßen. Flaubert.« Was für eine geschniegelte Zurechtweisung! Louise schrieb auf den Brief: »Duckmäuser, Feigling und Kanaille.« Das letzte Wort unterstrich sie. Flaubert resümierte später in seinen Carnets: »Was die Liebe anbelangt, so habe ich in diesem erhabenen Glück nie etwas anderes gefunden als Aufruhr, Stürme und Verzweiflung. Die Frau erscheint mir als ein unmögliches Geschöpf, und ich habe mich so viel wie möglich von ihr ferngehalten: überdies glaube ich, daß einer der Ursachen der moralischen Entartung des ganzen 19. Jahrhunderts die übertriebene ›Poetisierung‹ der Frau gewesen ist.«

Diese Schlußbemerkung schrieb ein Mann, der eine Frau im Übermaß poetisiert und sein Leben lang zum unberührbaren Ideal erhoben hat, was ihr gewiß gefiel, aber nicht unbedingt ihren heimlichen Wünschen entsprochen haben mag. Flaubert sah Eliza Schlésinger, seine lebenslange große Liebe, zum ersten Mal, als er vierzehn Jahre alt war, und durch die besonderen Umstände der ersten Begegnung wurde sein Bild von ihr für sein Leben lang fixiert. Er hatte während eines Ferienaufenthaltes am Meer bei einem einsamen Strandspaziergang einen roten Umhang gefunden, der in Gefahr war, von der steigenden Flut überspült zu werden. Er nahm ihn mit und gab ihn im Hotel ab. Und beim Mittagessen bedankte sich die Besitzerin bei ihm. Das war, um mit Stendhals Begriff zu sprechen, der Augenblick der Kristallisation, den er nie wieder vergaß:

»Sie sah mich an. Ich senkte die Augen und errötete. Was war das aber auch für ein Blick! Wie schön diese Frau war! Ich sehe dieses lebhafte dunkle Auge unter einer schwarzen Braue noch immer auf mir ruhen wie eine Sonne. Sie war groß, brünett, mit prachtvollen schwarzen Haaren, die ihr in Zöpfen auf die Schultern fielen; ihre Nase war griechisch, ihre Augen brennend, ihre Brauen hoch und wunderbar geschwungen, ihre Haut leuchtend und wie mit einem goldenen Samtglanz überzogen; sie war schlank und fein, man sah azurne Venen sich auf braunem Hals schlängeln. ... Sie sprach langsam; es war eine modellierte, musikalische, weiche Stimme.«

Eliza Schlésinger war damals 26 Jahre alt und zum zweitenmal verheiratet. Ihr Mann Maurice Schlésinger war der Herausgeber der in Paris erscheinenden »Revue Musicale« und eine prominente Person im Musikleben der Zeit. Mit ihm hatte Eliza einen Sohn und aus ihrer ersten Ehe eine Tochter. Maurice muß Elizas ersten Mann, dem er die Frau weggenommen hatte, finanziell unterstützt haben, indem er dessen Schulden bezahlte. Er betrog Eliza ständig mit anderen Frauen, doch die Ehe hielt bis zu seinem Tod. Flaubert verbrachte mehrere Sommerferien als Gast der Familie Schlésinger in deren Haus am Meer. Maurice Schlésinger, ein großzügiger, lebenslustiger Mann, wurde von Flaubert »mein werter Vater Maurice« genannt. Flaubert mochte ihn sehr und hat ihn später in den »Lehrjahren des

Gefühls« in der Gestalt des Monsieur Arnoux mit seinem ganzen Leichtsinn, seiner Untreue und seiner Freundschaftlichkeit porträtiert. Eliza Schlésinger, sein lebenslanges Idol, ist als Madame Arnoux in den Roman eingegangen. Sie war der Typ der mütterlichen, unglücklich verheirateten Frau, der ihn besonders faszinierte. Aber auch nach dem Tod ihres Mannes wurde sie nicht Flauberts Geliebte. Und dieses Scheitern einer tiefen und beständigen Liebe ist die denkwürdigste Szene des großen Romans, der den Titel »L'Education sentimentale« trägt. Das Erziehungsziel, wenn es denn eins gab, wurde jedenfalls nicht erreicht.

Das ist Flauberts bitter ironische Pointe auf den klassischen Bildungsroman, ein literarisches Genre, zu dem Goethe mit »Wilhelm Meisters Lehr- und Wanderjahren« ein autobiographisch inspiriertes Beispiel geschrieben hat. Im Anschluß an die Thematik von Balzacs Roman »Verlorene Illusionen« hat Flaubert in der »Education« den Bildungsroman in den Desillusionsroman umgewandelt. Das Buch ist in einer bis dahin unbekannten Objektivität und Distanz geschrieben. Und mit einem illusionslosen Blick für den abstumpfenden Reibungswiderstand, den die Alltäglichkeiten des Lebens den menschlichen Träumen so unauffällig wie unaufhörlich entgegensetzen. Die Zeit, die sich öde dehnt und spurlos verfliegt, ist die gesichtslose Macht im Hintergrund des Geschehens. Sie erscheint nicht mehr als die Dimension der Entwicklung und Reifung der Person, sondern vollzieht sich, wie eine von außen ins Innere vordringende Krankheit, als ein schleichender Illusions- und Sinnverlust. Allmählich versanden die jugendlichen Phantasien und Leidenschaften und enden in einem lethargisch oder zynisch hingenommenen Vergessen.

Frédéric Moreau, die Hauptperson des Romans, ein junger Mann aus der Provinz, noch unerfahren und unsicher, doch fähig zur Freundschaft und zur Liebe und voller guter Vorsätze, geht nach seinem glänzenden Schulabschluß nach Paris, um seine Bildung zu vervollständigen und beruflich Fuß zu fassen. Er ist im Vergleich zu Balzacs extremen, willensstarken Personen ein mittelmäßiger Mensch, dessen Leben mehr von Zufällen und Gelegenheiten bestimmt wird als von einem eigenen Konzept. Das ist ein grundsätzliches Orientierungsproblem. Denn die große Stadt ist ein Spielfeld unendlicher Möglichkeiten, in dem man sich leicht verirren und verlieren kann, wenn man nicht weiß, was man will. Frédéric ist nicht Rastignac. Es fehlt ihm die Perspektive und die zugreifende Energie. Da ihn eine Erbschaft von allen Notwendigkeiten entlastet, gerät er mehr und mehr in ein müßiggängerisches Leben hinein und gleitet ziellos von Möglichkeit zu Möglichkeit. Er hat vage Pläne, die sich gegenseitig überlagern und verdrängen. Er will einen Roman schreiben und eine politische Karriere beginnen und, angeregt durch seine republikanischen Freunde, eine Zeitung gründen. Nach der Februarrevolution von 1848 tritt er in einem republikanischen Club auf, um sich mit einer Rede vorzustellen und in ein Amt wählen zu lassen, kommt aber im allgemeinen Geschrei überhaupt nicht zu Wort. Um sein Vermögen zu vermehren, nutzt er vermeintlich günstige Anlagemöglichkeiten.

Doch alles scheitert durch Zufälle oder zerrinnt, weil es ihm an innerer Notwendigkeit und Beharrlichkeit fehlt. Er läßt sich treiben, fügt sich den jeweiligen Umständen oder zieht sich zurück: ein freundlicher und hilfsbereiter, aber orientierungsloser Mensch, der allerdings eine unverrückbare Leidenschaft in sich trägt – seine Liebe zu Madame Arnoux. Er hat sie kurz nach dem Abschluß seiner Gymnasialzeit auf einem Seinedampfer gesehen und kann sie seitdem nicht mehr vergessen. Der frischen Empfänglichkeit seiner Jugend hat sich das Bild dieser Frau so tief eingeprägt wie später kein anderes mehr. Als er das Schiff verlassen hat und, überzeugt, sie nie wiederzusehen, in einer Kutsche nach Hause fährt, muß er unentwegt an sie denken, und immer »neue, intimere Einzelheiten« fallen ihm ein. Vor allem ein sehr spezifisches Reizsignal, das Flaubert seiner Erfahrung mit Louise Colet verdankt:

»Unterm Saum ihres Kleides sah ihr Fuß in einem winzigen kastanienbraunen Seidenschuh hervor. Das Sonnendach aus Zwilch bildete einen weiten Baldachin über ihrem Haupt, und die kleinen roten Troddeln, die es säumten, bewegten sich unaufhörlich im leichten Wind. Sie glich den Frauen in romantischen Büchern. Nichts hätte er von ihrer Person hinwegdenken mögen, nichts ihr hinzufügen. Mit einem Mal hatte sich die Welt geweitet, und sie war der strahlende Mittelpunkt, auf den alles zustrebte . . .« Das ist die kurze Beschreibung der Inthronisation eines Ideals. Stendhal hätte das eine »Kristallisation« genannt.

In Paris gelingt es Frédéric, in den weitläufigen Bekanntenkreis des Kunsthändlers und umtriebigen Geschäftemachers Arnoux aufgenommen zu werden und so auch wieder in die Nähe seines Idols zu gelangen. Daraus könnte sich eine tragische Werther-Situation entwickeln, wenn die gesellschaftlichen Umstände und die Personen nicht völlig anders wären. Madame Arnoux ist zwar eine ebenso treue und sittsame Frau wie Lotte, aber sie ist älter und erwachsener, ruht mehr in sich selbst und erscheint dem verehrungsvollen Blick Frédérics lange Zeit unerreichbar. Ihr Mann dagegen behandelt Frédéric in besitzergreifender Jovialität als einen jungen Freund. Später wird es sogar so weit kommen, daß sie eine Zeitlang dieselbe Geliebte haben – die junge, naive Rosanette, die sich von Männern aushalten läßt, aber eigentlich Frédéric liebt und von ihm ein Kind bekommt, während er gleichzeitig plant, eine reiche Witwe, die elegante Madame Dambreuse, zu heiraten, die in der Pariser Gesellschaft eine herausragende Rolle spielt: auch das eine klassische Situation des zeitgenössischen Gesellschaftsromans, wie man sie von Balzac kennt. Für Frédéric sind das lauter uneigentliche Gefühle, die in ihm als Ersatz für seine unerfüllte, inzwischen resignativ beiseite gedrängte Leidenschaft für Madame Arnoux entstehen und an der instinktiven Eifersucht der Frauen auf die alte Geliebte am Ende auch scheitern.

Einmal allerdings, als die Ehe von Madame Arnoux durch das rücksichtslose Verhalten ihres Mannes zerrüttet war, hatte er ihr seine Liebe gestanden. Und sie hatte ihre Zurückhaltung aufgegeben und ihm im gleichen Gefühl geantwortet. Er hatte ein Zimmer gemietet und für ihr heimliches Zusammensein eingerichtet. Doch Madame Arnoux war nicht gekommen, denn ihr Kind war lebensgefährlich erkrankt. Während Frédéric vergeblich am vereinbarten Treffpunkt auf sie gewartet hatte, denn ihre Nachricht hatte ihn nicht erreicht, war in den Straßen von Paris die Revolution vom Februar 1848 ausgebrochen, und er hatte sich vor seinen republikanischen Freunden versteckt, um nicht von ihnen mitgezogen zu werden und so das umstürzende Ereignis seines privaten Lebens zu versäumen. Tief enttäuscht war er schließlich zu Rosanette gegangen, die nun seine ständige Geliebte wird. Es ist ein Versuch, seine Liebe zu Madame Arnoux auf die andere Frau zu übertragen, um nicht mehr zu leiden. Als im Juni desselben Jahres der proletarische Aufstand in Paris ausbricht und von der Nationalgarde blutig niedergeschlagen wird, fährt Frédéric mit Rosanette für einige Tage aufs Land.

Das ist die Zäsur des Romans. Wunderbare Naturschilderungen unterbrechen die Szenen des falschen Lebens und den Lärm der Geschichte, der nur von ferne zu ihnen dringt. Die beiden haben der Welt den Rücken zugekehrt. »Eben angekommene Reisende erzählten ihnen, in Paris tobe eine fürchterliche, blutige Schlacht. Rosanette und ihr Liebhaber waren darüber nicht sonderlich verwundert. Dann gingen die Leute alle fort, das Hotel wurde wieder friedlich und ruhig, das Gaslicht erlosch, und sie schliefen beim Geplätscher des Springbrunnens im Hof ein.« Alles scheint nun einfach und richtig zu sein. Heinrich Heines berühmte Verse über die Selbstgenügsamkeit der Liebe fallen einem dazu ein: »Die Toten stehen auf, der Tag des Gerichts / ruft sie zu Qual und Vergnügen. / Wir beide bekümmern uns um nichts / und bleiben umschlungen liegen.« Oder ist dieses Glück am Ende doch ein Selbstbetrug?

Frédéric kehrt danach in seine gewohnten Verhältnisse zurück, und die unaufhaltsame Trivialisierung seines Lebens beginnt. Die gescheiterte Liebe zu Madame Arnoux, die er nicht noch einmal zu erneuern gewagt hat, trägt er in sich als eine vernarbte Wunde. Sie schmerzt inzwischen weniger, aber sie lähmt seine seelischen Kräfte. Obwohl er auf der Suche nach Anregungen noch vieles unternimmt, erleidet er einen fortschreitenden Realitätsverlust. Der Roman drückt das aus, indem er die folgenden Jahrzehnte in kurzen Stichworten erzählt. Alles zieht so flüchtig vorbei, als sei es bedeutungslos geworden und präge sich dem Gedächtnis nur noch schattenhaft ein.

»Er ging auf Reisen. ... Er kam zurück.

Er verkehrte in der Gesellschaft und hatte noch manches Liebeserlebnis. Aber die Erinnerung an seine erste große Liebe machte sie allesamt schal und reizlos. Zudem war die Leidenschaft des Verlangens, der eigentliche Zauber der Empfindung unwiederbringlich dahin. Auch mit seinen geistigen Ambitionen war es nicht mehr weit her. Jahre vergingen so. Und er ergab sich dem untätigen Dösen seines Geistes und der stumpfen Trägheit seines Herzens.

Als er gegen Ende März des Jahres 1867 bei einbrechender Nacht allein in seinem Arbeitszimmer saß, kam eine Frau herein.

›Madame Arnoux!‹

›Frédéric!‹

Sie faßte ihn bei den Händen, zog ihn sanft zum Fenster und konnte sich an ihm nicht satt sehen. Immer wieder sagte sie: ›Er ist es! Er ist es wirklich!‹«

Sie ist gekommen, um ihm eine Geldsumme zurückzubringen, die er vor langer Zeit Arnoux geliehen hatte, der nun ein alter, kranker Mann ist. Dann gibt sie zu, daß das nur der äußere Anlaß ihres unerwarteten Besuches ist. Sie ist gekommen, um ihn zu sehen. Sie ist gekommen, weil sie ihn liebt und sich von ihm geliebt weiß. Sie gestehen sich das erneut, während sie Arm in Arm in der Dunkelheit einen Abendspaziergang machen. Er will wissen, wie sie entdeckt habe, daß er sie liebe. Sie antwortet: »Einmal am Abend, als Sie mir das Handgelenk zwischen Handschuh und Ärmel küßten. Da sagte ich mir: Er liebt mich ja! Er liebt mich!« So kommen sie sich durch ihre zärtlichen Erinnerungen wieder nah. Doch dann schiebt sich etwas zwischen sie.

»Als sie wieder nach Hause kamen, nahm Madame Arnoux ihren Hut ab. Die Lampe, die auf einer Konsole stand, beleuchtete ihr weißes Haar. Es traf ihn wie ein Schlag vor die Brust.«

Um seine Enttäuschung vor ihr zu verbergen, »hockte er sich ihr zu Füßen, faßte ihre Hände und sagte ihr zärtliche Worte«. Und er beginnt, während er redet, an seine leidenschaftlichen Worte zu glauben, die ein rückhaltloser Ausdruck seiner nachgetragenen Liebe sind. Und sie »nahm in seligem Entzücken diese anbetende Verehrung hin, die einer Frau galt, die sie nicht mehr war«. Sie fragt ihn nach anderen Frauen, die ihn hier besuchen. Er antwortet, ob es nun die Wahrheit ist oder nicht, daß nur noch ganz selten Frauen zu ihm kämen. Hingerissen von seinen leidenschaftlichen Beteuerungen jubelt sie: »Keine Frau ist je so geliebt worden wie ich! Nein, wozu jung sein! Ich mache mir nichts draus! Sie können mir leid tun, alle die Frauen, die hierherkommen.« Dann will sie von ihm wissen, ob er heiraten werde. Er beteuert, hoch und heilig, er werde es nie tun, ihretwegen, und schließt sie in seine Arme. Wehrlos bleibt sie einen Augenblick stehen, »den Oberkörper hintenüber gebogen, mit halb geöffnetem Mund, die Augen zu ihm aufgeschlagen«. Dann stößt sie ihn mit verzweifeltem Gesicht zurück, und in einem nachgeholten Geständnis flüstert sie mit gesenktem Kopf: »Ich hätte Sie so gerne glücklich gemacht!«

»Da stieg in Frédéric der Gedanke auf, Madame Arnoux sei vielleicht gekommen, um sich ihm hinzugeben; und ein wildes Begehren, stärker denn je zuvor, packte ihn, eine wütende, rasende Gier. Und dennoch spürte er etwas Unerklärliches, etwas, das ihn abstieß, dem Entsetzen vor einer Blutschande ähnlich. Noch eine andere Angst hielt ihn ab: er fürchtete, später einmal könnte es ihn anwidern. Was konnten außerdem nicht alles für Unannehmlichkeiten daraus entstehen! Und sowohl aus Vorsicht wie auch, um sein Ideal nicht zu entweihen, wandte er sich schroff von ihr ab und fing an, eine Zigarette zu drehen.«

Nun ist der große Augenblick der Vereinigung der Liebenden schon verspielt, durchkreuzt von neurotischen Ängsten und kleinlichen Befürchtungen. Doch Madame Arnoux, erfüllt und auch benebelt von ihrem Gefühl, deutet Frédérics unerwartetes Zurückschrecken ganz anders:

»Wie feinfühlig Sie sind! Nur Sie sind so zartbesaitet! Nur Sie!«

Bei diesem emphatischen Ausruf könnte es noch einmal beginnen. Denn sie hat ihm zu verstehen gegeben, daß sie seine Zurückhaltung immer geschätzt hat, aber sie hat ihn auch davon losgesprochen. Ihre Lebenssituation hat sich verändert, und ihre Gefühle sind frei, sich zu bekennen. Sie braucht die alte Vorsicht und Schonung nicht mehr. Nah wie sie einander gekommen sind, können sie sich jetzt, am Ende eines langen Weges, in die Arme fallen.

Doch Frédéric regt sich nicht. Er raucht seine Zigarette. Es schlägt elf Uhr.

»Schon elf!« sagte sie. »Schlag ein Viertel nach elf gehe ich.«

Das heißt so viel wie: Dies ist unsere letzte Chance! Sie setzt sich wieder. Frédéric geht rauchend im Zimmer auf und ab. Sie wissen sich nichts mehr zu sagen. Vermutlich reden sie noch irgend etwas, um den Zustand zu überspielen, doch das können jetzt nur noch Floskeln sein. Als warte sie immer noch auf eine Wendung, ein rettendes Wort, läßt Madame Arnoux fast doppelt so viel Zeit verstreichen, wie sie angekündigt hat, bis sie »langsam und widerstrebend« ihren Hut in die Hand nimmt und aufsteht. Der Abschied, den sie nun nimmt, ist würdevoll und zeigt Größe. Sie hat in diesen letzten Minuten des Wartens alle noch einmal in ihr geweckten Hoffnungen und Gefühle in sich begraben und sich von ihrem ganzen bisherigen Leben getrennt. Und klaglos, wenn auch nicht ohne Schmerzen, verläßt sie Frédéric in dem Bewußtsein, eine alte Frau zu sein: »›Leben Sie wohl mein Freund, mein liebster Freund! Ich werde Sie nie wiedersehen! Das war heute mein letzter Gang, den ich als Frau getan habe. Meine Seele wird immer, immer um Sie sein. Aller Segen des Himmels ruhe auf Ihnen!‹

Und sie küßte ihn auf die Stirn wie eine Mutter.

Doch dann schien sie auf einmal etwas zu suchen und bat ihn um eine Schere.

Sie zog ihren Kamm heraus, und ihr weißes Haar fiel herab.

Sie schnitt sich dicht an der Wurzel eine lange Locke ab, unbekümmert und schonungslos.

›Behalten Sie das! Leben Sie wohl.‹«

Als sie gegangen ist, reißt Frédéric ein Fenster auf und sieht, wie Madame Arnoux eine vorbeifahrende Droschke heranwinkt und einsteigt.

»Der Wagen verschwand. Und das war alles.«

Lakonischer kann eine lebenslange Liebe nicht zu Ende gehen.

Das Abschiedswort von Madame Arnoux gleicht, allerdings in bezeichnender Umkehrung der Perspektive, den Worten, mit denen Lotte sich von Werther trennt. Da Frédéric vorher im Gespräch schon auf Werther und Lotte verwiesen hat, ist dies kein Zufall, sondern eine bewußte Gegenüberstellung. Lotte ruft, als sie Werther verläßt: »Sie sehen mich nie wieder!« Noch verwirrt durch die Momente ihrer Schwäche und ungeachtet seines Flehens, entzieht sie sich ihm. Madame Arnoux dagegen sagt: »Ich werde Sie nie wiedersehen.« Sie also zieht sich in vollem Bewußtsein zurück und gibt ihren Geliebten frei. Werther wird sich nach dem gewaltsamen Entzug umbringen. Frédéric, der kein Hysteriker ist und als leicht erreichbaren Ersatz und Entschädigung für seine unerfüllte Liebe viele Erlebnisse mit wechselnden Frauen gehabt hat, lebt weiter mit ständig sich vermindernder innerer Beteiligung. Das ist seine Art des Sterbens. Sie ist unauffällig und wird überall gelebt. Es ist beides – Utopieverlust und Erinnerungsschwund: ein langsamer Vorgang ohne Pathos, der zu Sentimentalitäten keinen Anlaß gibt. Vielleicht hat Frédéric seine Fähigkeit, zu leiden und sich des Verlustes bewußt zu sein, endgültig in dem Augenblick verloren, als er in innerer Lähmung, ohne jeden Einspruch Madame Arnoux gehen ließ.

Von dieser Szene, dem emotionalen Höhepunkt des Romans, ist die anschließende Schlußszene durch eine riesige Fallhöhe getrennt. Sie zeigt einen erschreckenden Verlust an menschlicher Substanz. Aber das sind existentielle Dimensionen, die Frédérics geschrumpfte Seele nicht mehr ermessen kann. Er scheint schon nicht mehr daran zu denken, obwohl weniger als ein Jahr vergangen ist.

Als er seinen Jugendfreund Deslauriers wiedertrifft, tauschen sich die beiden über ihr Leben und ihre Enttäuschungen aus. Frédéric, der mehr als zwei Drittel seines Vermögens verloren hat, erzählt dem Freund, daß seine Absicht, die reiche Madame Dambreuse zu heiraten, gescheitert ist. Deslauriers, der ein von Frédéric verschmähtes Mädchen geheiratet hat, berichtet, daß seine Frau mit einem anderen Mann durchgebrannt ist. Danach hecheln sie alte Bekannte durch. Arnoux ist gestorben. Madame Arnoux – Frédéric weiß es nicht genau – soll jetzt in Rom bei ihrem Sohn leben. Die einst so hübsche, schlanke Rosanette ist unförmig dick geworden. Regimbart, der knorrige Bürger und Musterpatriot, schleppt sich Abend für Abend gekrümmt und abgezehrt, als ein körperliches Wrack zu den Kaffeehäusern der Rue Montmartre. Compain veranstaltet immer noch mit einer kleinen Bruderschaft ehemaliger Terroristen ein jährliches Kalbskopf-Diner zur Verhöhnung der Aristokratie. Es ist eine Gespensterparade, ähnlich wie die Ansammlung vom Alter verunstalteter Menschen, die am Ende des letzten Bandes von Prousts »Recherche« die verheerende Macht der Zeit beweist.

Und sie beide? Was ist aus ihnen und den Zielen ihrer Jugend geworden? Sie haben sie nicht erreicht. Frédéric wegen mangelnder Zielstrebigkeit, Deslauriers vermutlich umgekehrt wegen zu starrer Geradlinigkeit. Also lag es wohl an den Umständen oder am Zufall, daß ihnen alles zerronnen ist. Aber sie haben sich mit den Enttäuschungen abgefunden, weil ihre Leidenschaften erloschen sind, so nachhaltig, daß sie die Verluste nicht mehr empfinden. Und wie immer in solchen Veteranengesprächen wenden sie sich in künstlicher Euphorie Episoden aus ihrer gemeinsamen Schulzeit zu. Eifrig wie zwei Trödler auf Schatzsuche durchwühlen sie den anekdotischen Bodensatz ihrer längst vergangenen Jugend: wie sie zum ersten Mal geraucht haben, die beiden Lehrer für geometrisches und für freihändiges Zeichnen, die sich ständig miteinander stritten, eine Sauferei während eines Schulausflugs und vor allem ihr erster Besuch in einem Bordell, der schon lange vorher ihre Phantasie beherrscht hatte. Sie hatten sich extra dafür feingemacht. Aber Frédéric hatte beim Anblick der Frauen Angst bekommen und war hinausgelaufen, und Deslauriers, der wie gewöhnlich kein Geld hatte, war ihm unter dem Gelächter der Frauen gefolgt. Es war also nichts geschehen. Doch Frédéric meint: »Das war doch das Schönste, was wir erlebt haben.« Und Deslauriers pflichtet ihm bei. »Ja, vielleicht schon. Doch, es war wohl wirklich das Schönste, was wir erlebt haben!«

5. *Ehebrecherinnen*

Flaubert: Madame Bovary · Tolstoi: Anna Karenina. Die Kreutzersonate. Der Tod des Iwan Iljitsch · Fontane: Effi Briest

Im Unterschied zu der Lebensgeschichte von Frédéric Moreau, der sich, unfähig, seinem Leben eine innere Notwendigkeit zu geben, in beliebige, unüberzeugt ergriffene Möglichkeiten verliert, um schließlich in Banalität und innerer Leere zu enden, wird den berühmten Romanheldinnen des 19. Jahrhunderts – vor allem Emma Bovary und Anna Karenina, und in einer mehr passiven und verschleierten Form auch Effi Briest – schmerzlich bewußt, daß sie in den falschen Notwendigkeiten unbefriedigender Ehen und einengender gesellschaftlicher Verhältnisse gefangen sind. Während Frédéric in fortschreitender Seelenlähmung sich mit seinen Enttäuschungen arrangiert und das allmähliche Absterben seiner Hoffnungen am Ende sogar als Entlastung empfindet, stürzen sich die Frauen in leidenschaftliche Ausbruchsversuche und enden tragisch mit dem Tod.

Das Motiv, das die katastrophale Entwicklung in Gang setzt, ist der in ihnen erwachte Glücksanspruch, der mit dem Ideal der romantischen Liebe zu einer Sprengladung für die bürgerliche Moral und ihre Tugendordnung geworden ist. Friedrich Schlegel hat in seinem traktatnahen Roman »Lucinde« (1799) das Ideal der romantischen Liebe in strahlender Erfülltheit dargestellt und sich schon mit dem ersten Satz gegen die Ödnis und Schwere des alltäglichen Menschenlebens abgegrenzt. »Die Menschen, und was sie wollen und tun, erschienen mir, wenn ich mich daran erinnerte, wie aschgraue Figuren ohne Bewegung ...« Liebe dagegen bedeutet Beschwingtheit, Rausch, Leidenschaft, unendliches Gefühl und wechselseitige Ergänzung im Austausch der Verschiedenheiten. »Ja!« sagt er, »ich würde es für ein Märchen gehalten haben, daß es solche Freude gebe und solche Liebe, wie ich nun fühle, und eine solche Frau, die mir zugleich die zärtlichste Geliebte und die beste Gesellschaft wäre und auch eine vollkommene Freundin.«

»Ich kann nicht mehr sagen, meine Liebe oder deine Liebe; beide sind sich gleich und vollkommen Eins, so viel Liebe als Gegenliebe. Es ist Ehe, ewige Einheit und Verbindung unsrer Geister, nicht bloß für das, was wir diese oder jene Welt nennen, sondern für die eine wahre, unteilbare, namenlose, unendliche Welt, für unser ganzes ewiges Sein und Leben.« Das hört sich in seiner sublimen Abgehobenheit so völlig anders an als die biedere Ehemoral von Schillers Lehrgedicht »Die Glocke«, daß es widersinnig erscheint, die beiden Texte in nachbarschaftliche Nähe zu rücken. Und doch bezeichnen sie die Pole eines Gegensatzes, der sich immer wieder, auch heute noch, zu neuen Konflikten spannt.

Natürlich haben Emma Bovary, Anna Karenina und Effi Briest nicht Schlegels »Lucinde« gelesen. Doch der große abendländische Diskurs über die Liebe, der eigentlich nie abgebrochen ist, hat im Zeitalter der Empfindsamkeit und des Sturm und Drang und vor allem in der Romantik neue Impulse bekommen. Über einen Strom von Romanen, Traktaten und Gedichten hat er sich als absinkendes Kulturgut bis in die Trivialkultur verbreitet und ist als Gärstoff in die Seelen gedrungen. Dabei haben sich die Positionen der Geschlechter verschoben. Die sich ihrer Bedürfnisse inne werdende, nach Gefühlswahrheit und Intensität strebende weibliche Subjektivität immer noch einzelner Frauen stößt sich nun an den normativen Grenzen, die bisher von Frauen gegen männliches Begehren verteidigt wurden: erfolgreich gegen Werther, ohne Erfolg gegen Valmont. Jetzt revoltieren die Frauen, verstrickt in ihre Widersprüche, gegen die institutionelle Moral, die von den Männern, den Inhabern der gesellschaftlichen Macht, gehütet wird, und bezahlen dafür mit ihrem Leben, um dessen Wahrheit es ihnen ging. Weder Emma Bovary noch Anna Karenina und erst recht nicht Effi Briest sind bewußt und zielstrebig handelnde Frauen. Halb blind, halb sehend treiben sie in ihr Unglück. Und doch ist ihr Tod das tragische Vorspiel der erst ab der Mitte des nächsten Jahrhunderts massenhaft und alltäglich werdenden weiblichen Emanzipation.

Obwohl alle drei Romane mit dem Tod der Heldin enden, entgehen sie der durchaus naheliegenden Gefahr der Sentimentalität, da die Personen in unbeschönigter Genauigkeit mit ihren Schwächen und Naivitäten dargestellt sind – Emma und noch schärfer Anna mit ihren beträchtlichen selbstzerstörerischen Tendenzen. Flauberts erklärte Absicht war es, in der Person Emmas die Exaltiertheiten und romantischen Phantasien zu kritisieren, in deren Falle er sie scheitern läßt. Dieses Vorhaben hätte durch eine Tendenz zum Moralisieren den Roman verderben können, wenn Flaubert ein weniger guter Schriftsteller und weniger objektiver Beobachter gewesen wäre. Aber er hat Emma, so illusionär und egomanisch sie sich auch verhält, fast gegen seine Absicht ihr Recht verschafft. Denn er zeigt die Enge und Ereignislosigkeit des Provinzlebens, unter dem sie leidet, und läßt keinen Zweifel daran, daß Charles, ihr Mann, ein armer Landarzt, in seiner braven Schlichtheit nicht der richtige Partner für eine so lebhafte Frau wie sie ist. So gerät sie aus Langeweile und Unerfülltheit ins Träumen und phantasiert von einem schöneren, aufregenderen Leben, das überall stattfindet, nur nicht bei ihr. »Alles, was sie unmittelbar umgab, langweilige Felder, kleine dumme Bürger, das mittelmäßige Leben, schien ihr eine Ausnahme in der Welt zu sein, ein besonderer Zufall, dessen Opfer sie geworden war, während sich darüber hinaus und unabsehbar das grenzenlose Land des Glücks und der Leidenschaft dehnte.«

Vor allem ein Erlebnis macht sie zur Träumerin: Sie und Charles sind zu einem Ball ins Schloß von La Vaubyessard eingeladen. Und während Charles fünf Stunden lang, ohne selbst zu spielen, den Herren an den Spieltischen zuschaut, tanzt Emma pausenlos, zweimal hintereinander sogar heftig und zärtlich mit einem Vicomte, der mit dem Blick des Kenners auf die junge Frau aufmerksam geworden ist. Diese Auszeichnung und der ungewohnte Glanz des Ereignisses erregen und umnebeln Emma und setzen sich in ihr fest als dauerhafter Tagtraum eines glücklichen Lebens. Ihre Empfindungen ähneln denen des 14jährigen Flaubert, der in Gesellschaft des Ehepaars Schlésinger an einem Ball im Hause des Marquis de Pomereu teilgenommen hatte und so tief beeindruckt von diesem Ereignis war, daß er noch am Morgen nach seiner Liebesnacht mit der Kurtisane Kuschiuk Hanem sich an dieses Erlebnis seiner Jugend erinnerte. Er hatte sich damals am Morgen nach dem Ball nicht schlafen gelegt, sondern war allein auf einen See hinaus gerudert, um dort in der Stille wieder zu sich selbst zu finden. Er hatte wohl Eliza Schlésinger tanzen gesehen. Daß ihm dieses lange zurückliegende Ereignis viel später, gleich nach der heißen Nacht mit Kuschiuk Hanem, wieder vor Augen trat, scheint eine identitätswahrende Antwort seiner Seele auf die fremdartige nächtliche Erfahrung gewesen zu sein. Eliza Schlésinger, deren Bild sich dem 14jährigen Jungen tief eingeprägt hatte, war eine Schutzgöttin für ihn geblieben, was wahrscheinlich auch einer der Gründe dafür ist, daß sie für ihn als Frau unberührbar blieb. Etwas von Elizas träumerischer Sanftheit scheint er auf die junge Emma Bovary übertragen zu haben, die erst mit fortschreitendem Geschehen die Leidenschaftlichkeit und Raffinesse und die sexuelle Dominanz von Louise Colet bekommt. Zuerst ist sie die sich langweilende, von romantischen Träumen erfüllte junge Frau, deren Charme ihre noch fast mädchenhafte Naivität ist: ideales Opfer für einen Verführer.

Er erscheint in Gestalt von Rodolphe Boulanger, einem Grundbesitzer aus der weiteren Nachbarschaft, der eines Tages mit einem seiner kranken Arbeiter in die Praxis von Charles Bovary kommt. Dabei sieht er Emma zum ersten Mal. Und ähnlich wie Valmont, mit demselben Jägerblick, nur nicht mit dessen Finesse, macht er sich sehr geradlinige Gedanken über das Ehepaar Bovary: »Ich glaube, er ist dumm. Sie hat ihn offenbar satt. Er hat schmutzige Nägel und ist seit drei Tagen nicht rasiert. Wenn er bei seinen Kranken herumläuft, sitzt sie zu Hause und stopft Strümpfe. Wie sie sich wohl langweilt! Sie möchte lieber in der Stadt wohnen und alle Abende Polka tanzen. Arme, kleine Frau! Die schnappt nach Liebe wie ein Karpfen auf dem Küchentisch nach Wasser. Drei schöne Worte und sie ist verliebt in einen, das ist mal sicher. Das wär ein Scharmuzieren! Aber wie wird man sie nachher wieder los?«

Das sind Gedanken eines Mannes, von dem es heißt: »Rodolphe Boulanger war vierunddreißig Jahre alt und verband einen brutalen Charakter mit einem scharfen Verstand. Er hatte sich viel mit Weibern abgegeben und kannte sie gründlich.« Seine Erfahrung drückt sich aus in seinem Vorauswissen. Er weiß, wie er es anstellen muß und wie es laufen wird. Und weil er ein erprobtes Schema der Verführung im Kopf hat, wird er kurzen Prozeß machen. Er muß nicht die langen, komplizierten Wege gehen wie Valmont, der sich in einer durchgeformten gesellschaftlichen Kultur bewegt, die alle Begegnungen zwischen Menschen, auch die Annäherung eines Verführers an eine achtbare Dame, durch Regeln rituell verlangsamt, um die gefürchtete Unmittelbarkeit eines Triebdurchbruchs fast beliebig lange durch Bedenkzeiten und Rückzugsmöglichkeiten hinauszuschieben. Rodolphe kann sich darauf beschränken, Emmas romantische Phantasien mit ein paar abgegriffenen Phrasen zu bedienen und sie mit seinem herrenhaften Lebensstil zu blenden.

Auf der Landwirtschaftsausstellung, dem großen gesellschaftlichen Ereignis des Ortes, bei dem er eigentlich seinen Platz auf der Tribüne der Prominenten hat, dirigiert er Emma geschickt an mehreren Bekannten vorbei und gibt ihr zu verstehen, daß er viel lieber mit ihr zusammen ist als mit diesen Leuten. Er macht sich über die Ausstellung und die provinzielle Gesellschaft lustig, und wie nebenbei flicht er ein indirektes Kompliment über den eleganten Schnitt von Emmas Rock ein, in der Absicht, sich mit ihr gegen die sie umgebende Gesellschaft zu verbünden. Es ist eine simple, aber bewährte Taktik, die ihren Haupttrumpf ausspielt, als der Festredner »die tiefe, maßvolle Intelligenz, die sich nur auf Verständiges und Nützliches richtet«, preist und sie in einem rhetorischen Kurzschluß »aus der Achtung vor dem Gesetz und der Pflichterfüllung« hervorgehen läßt. Rodolphe hält dagegen: »... die Pflicht, die Pflicht. Zum Teufel, unsere Pflicht ist, alles Schöne zu lieben und sich nicht allen herkömmlichen Formen der Gesellschaft zu fügen, samt allen Schändlichkeiten, die sie uns aufzwingt.« Das ist, so wie er es sagt, nicht minder ideologisch als die Worte des Festredners, aber für Emma sind das ungewohnte Ansichten. Sie kann nur stammeln »nein, aber aber...« und wird gleich mit einer Serie von starken Worten zugeschüttet. »Sind nicht die Leidenschaften«, fragt Rodolphe, »die Quelle des Heldentums, der Begeisterung, der Poesie, der Musik, der Kunst, kurz alles Edlen?«

Dieser Edelmann wird sich zum Ende des Romans allerdings völlig anders zeigen – kalt und hart und genauso materialistisch wie die Viehhändler, die jetzt den kontrastierenden Hintergrund seiner Werbung bilden, von dem er sich schwungvoll abzusetzen versucht. Emma erwähnt schon fast zaghaft noch einmal die Moral als Schutz gegen die Leidenschaft. Aber sie meint eigentlich nur die Konvention. Und es ist auch nicht mehr als ein automatischer Einwand. Rodolphes Redensarten und seine Nähe verwirren sie. Als die Hirten und Kuhjungen das brüllende und blökende Vieh am Publikum vorbeitreiben, sitzen Emma und Rodolphe dicht nebeneinander, und sie riecht den Duft der Pomade. »Eine Erschlaffung überkam sie, sie dachte an den Vicomte, mit dem sie in La Vaubyessard getanzt hatte. Seinem Bart war derselbe Geruch von Vanille und Zitronen entströmt.« Und dieses Vergleichsmoment genügt, um sie in der Imagination aus den Armen des Vicomtes in die Arme Rodolphes sinken zu lassen, dessen Kopfhaar dicht neben ihr dieser Duft entströmt, dem sie nicht widerstehen kann. Denn »diese süße Empfindung mischte sich mit ihren Wünschen von ehemals«. Ringsum geht das Getriebe der Landwirtschaftsmesse weiter. Ein neuer Festredner ergreift das Wort. Emma hat den Boden unter ihren Füßen verloren. Sie hat kein Gefühl mehr für die Situation und für die Zeit. Rodolphe hat ihre Hand ergriffen. Sie läßt sie ihm. Preise und Medaillen werden an einzelne Viehzüchter verteilt, während Rodolphe weiter auf sie einredet. Unterscheidet sich sein begehrlicher Blick auf Emma eigentlich von dem taxierenden Blick der Viehhändler? Er spricht metaphorisch von dem Gefälle, das das Wasser zweier Flüsse aus weiter Ferne zusammenführt. Wer weiß, ob sie es überhaupt hört. Ein plötzlicher Windstoß faltet eine Tischdecke und läßt die Bänder an den Hauben der Bäuerinnen flattern. Der Präsident prämiert die Verwendung ölhaltiger Körner in Kuchenform, die flandrische Mast, den Flachsbau, die Bewässerung. Er redet über lange Pachtverträge und treue Dienste, während Emma und Rodolphe sich ansehen. »Die äußerste Begierde brachte ihre trockenen Lippen ins Zittern, und weich und ganz von selbst verschlangen sich ihre Finger.« Das ist kein Flirt mehr, sondern schon der besiegelte Ehebruch.

Doch nach der Landwirtschaftsschau läßt Rodolphe sechs Wochen verstreichen, ehe er bei Bovarys wieder auftaucht.

Emma erbleicht. Und als er ihr zu verstehen gibt, daß er die ganze Zeit vergeblich gegen seinen Wunsch gekämpft hat, sie zu sehen, errötet sie. Sie kann ihren Zustand nicht vor ihm verbergen, obwohl sie sich bemüht, formell zu sein. Charles kommt hinzu. Rodolphe redet ihn mit Doktor an, ein Titel, den Charles nicht hat. Man kommt auf Emmas labile Gesundheit zu sprechen, und Rodolphe bietet sich an, gelegentlich mit ihr auszureiten. Charles findet, das sei eine gute Idee, vermutlich weil die Bekanntschaft mit Rodolphe ihm schmeichelt. Aber Emma macht Schwierigkeiten, als sie wieder alleine sind. Das ist halb Angst und halb schon eine taktische Heuchelei, mit der sie ihrem Mann vortäuscht, daß sie an diesen Reitausflügen nicht besonders interessiert sei. Auch wenn sie es sich noch nicht eingesteht, stellt sie sich schon darauf ein, Rodolphes Geliebte zu werden. Charles schiebt ihre Einwände beiseite. Er ist in ungewohnter Großzügigkeit und treuherzigem Stolz auf seine hübsche Frau auch dazu bereit, ein Reitkleid für Emma zu kaufen.

Eine solche stufenweise Entwicklung mit ihren vielen Zwischentönen eines noch versuchsweisen, tastenden, teilweise unbewußten Agierens, in denen sich für das Auge des Lesers das beginnende Drama langsam entschleiert, hat man so nuancenreich vor Flaubert noch nicht lesen können.

Welche Entwicklung Emma im Verlauf ihres ehebrecherischen Verhaltens durchmacht, hat Flaubert durch ihr höchst unterschiedliches Verhalten in zwei markanten Szenen dargestellt. Die erste Szene zeigt ihre Verführung durch Rodolphe Boulanger, den nachbarlichen Schloßherrn und Grundbesitzer, dem sie bei einem ihrer vorgeblich aus Gesundheitsgründen verabredeten gemeinsamen Ausritte erliegt. Sie sind abgestiegen und haben die Pferde an einen Baum gebunden, um ein Stück zu gehen. Emma geht auf dem Moospolster in der Mitte einer Wagenspur mit gerafften Röcken vor ihm her, und Rodolphe betrachtet ihre schwarzen Schuhe und die weißen Strümpfe. Sie fragt: »Wohin gehen wir?« Er antwortet nicht. Sie spürt, was sich zwischen ihnen anspinnt, und atmet unruhig. Sie kommen auf eine Waldlichtung und setzen sich auf einen umgestürzten Baumstamm. Noch ohne sie zu bedrängen, beginnt Rodolphe, seiner Routine und der Stimmung des Augenblicks folgend, von seiner Liebe zu sprechen. »Aber wieso?« protestiert sie ängstlich. »Sie wissen doch, daß es unmöglich ist.« Emma möchte zu den Pferden zurück. Und als Rodolphe sich ihr nähert, um sie zu umarmen, weicht sie aus. Sie gehen. Nun redet er beruhigend und achtungsvoll auf sie ein, als sie den Rückweg antreten. Dabei schlingt er seinen Arm um sie und hält sie fest. Sie sträubt sich, sie will zu den Pferden. »Oh, noch nicht!« bittet Rodolphe. »Bleiben wir noch, bitte!« Und er führt sie von den Pferden fort in ein unübersichtliches Gelände. Offenbar hat sie sich jetzt aufgegeben, denn sie sagt, als sei es nun unvermeidlich: »Ich tue Unrecht, ich tue Unrecht. Es ist Wahnsinn, Sie anzuhören.«

»Warum? … Emma, Emma!«

»›O Rodolphe!‹ sagte langsam die junge Frau und lehnte sich gegen seine Schulter.

Das Tuch ihres Kleides schmiegte sich an den Samt seines Rockes. Sie bog ihren weißen Hals zurück, den ein Seufzer schwellte; halb ohnmächtig, preßte sie ihre beiden Hände über das tränenüberströmte Gesicht, und mit einem Erbeben ihres ganzen Körpers gab sie sich ihm hin.«

Diese naive junge Frau, die wehrlos dem Drängen eines robusten und routinierten Mannes verfällt, erscheint gegenüber Léon, ihrem nächsten, auch jüngeren und unerfahrenen Liebhaber, wie verwandelt. Nicht nur, weil sie jetzt die erotische Initiative hat, sondern weil anstelle ihrer einstigen Zartheit und Sanftheit eine rücksichtslose Direktheit getreten ist: »Er wurde mehr ihre Geliebte, als sie seine war. Ihr standen zärtliche Worte und Küsse zu Gebote, die ihm die Seele stahlen. Wo hatte sie nur diese Verderbtheit her, die beinahe unkörperlich war, so tief und verschleiert war sie.« »… begehrlicher, glühender als vorher kehrte sie zu ihm zurück. Sie entkleidete sich ohne jede Zurückhaltung und riß mit einer gewaltsamen Bewegung die dünne Schnur ihres Korsetts herunter, die wie eine flüchtige Natter um ihre Hüften zischte. Dann ging sie auf den Fußspitzen zur Tür, um nachzusehen, ob sie geschlossen sei, ließ mit einer brüsken Geste ihre Kleider fallen und warf sich bleich, ernst, ohne zu sprechen und mit einem langen Schauer an seine Brust.« »... in der Umschlingung dieser Arme war etwas Äußerstes, Unbestimmtes, Todtrauriges, und Léon glaubte zu fühlen, wie es sich leise zwischen sie schob, um sie zu trennen. Er wagte nicht zu fragen; aber da er fühlte, wie erfahren sie war, sagte er sich, daß sie schon alle Prüfungen des Schmerzes und der Freude erlebt haben mußte. Was ihn früher entzückt hatte, flößte ihm jetzt Angst ein. Und dann empörte er sich gegen die täglich zunehmende Vergewaltigung seiner selbst durch die Geliebte. Er grollte Emma wegen dieses immerwährenden Sieges. Er zwang sich sogar, nichts für sie zu empfinden, dann hörte er das Knarren ihrer Schuhe und fühlte sich schwach werden, wie ein Trunksüchtiger beim Anblick starker Getränke.«

Ihr Abenteuer mit Léon hat begonnen, nachdem Rodolphe, dem Emmas nicht mehr einzugrenzende Phantasien, mit ihm zu fliehen, bedrohlich wurden, ihr einen Abschiedsbrief geschrieben hat und allein zu einer langen Reise aufgebrochen ist, genauso wie es Flaubert gegenüber Louise Colet gemacht hat. Emma ist danach schwer krank geworden, so daß Charles um ihr Leben fürchtete. Gewissermaßen zur Genesung hat sie sich in das Abenteuer mit Léon gestürzt, dessen Verehrung sie früher schon wahrgenommen hat und der nun, nicht allzuweit entfernt, als Advokat in Rouen lebt. Gewitzt durch ihre Erfahrung mit Rodolphe, erfindet sie einen Vorwand, sich regelmäßig mit Léon treffen zu können: Sie nimmt Klavierstunden in der Stadt. Und wieder hat sie es geschickt so gedreht, daß der Vorschlag von Charles kam und sie ihm, nach anfänglichem Sträuben, nachgegeben hat.

Sie ist jetzt eine andere Frau, die ihren Ehemann unauffällig manipuliert und ihren Geliebten sexuell dominiert. Gleich zu Anfang ist zwischen den beiden eine zerstörerische Leidenschaft ausgebrochen, für die es in der alltäglichen Welt keinen Platz gibt. Sie steigen in eine Kutsche, um sich hinter zugezogenen Vorhängen zu lieben. Herrische Rufe aus dem Inneren des Wagens zwingen den Kutscher, immer weiter durch die Stadt zu fahren. »Und im Hafen, zwischen den Wagen und den Fässern, und in den Straßen, an den Ecken, machten die Bürger große Augen beim Anblick dieses in der Provinz außerordentlichen

Schauspiels: ein Wagen mit herabgelassenen Vorhängen, der immer wiederkam, geschlossen wie ein Grab und schwankend wie ein Schiff!« ... »Um sechs Uhr abends hielt der Wagen in einem Gäßchen des Quartiers Beauvoisine, und eine Frau stieg heraus, die tief verschleiert und ohne sich umzusehen davonging.«

Die zunehmende Besessenheit Emmas wird von der Aussichtslosigkeit ihrer Leidenschaft, die sie nicht wahrnehmen will, zur Katastrophe gesteigert. Umschmeichelt von einem Kreditgeber, der nicht nur geschäftliche Interessen hat, stellt sie ungedeckte Wechsel aus, um das Geld mit vollen Händen auszugeben. Schließlich droht Charles und ihr die Pfändung. Um sie abzuwehren, macht sie Bittgänge zu verschiedenen Männern, von denen sie sich in ihrer Verzweiflung Hilfe erhofft. Bei dem alten Notar und Vermögensverwalter Guillaumin muß sie widerliche Aufdringlichkeiten ertragen und geht empört und ohne Geld wieder weg. Zuletzt versucht sie es bei Rodolphe. Diesmal verstellt sie sich und versucht seine Leidenschaft wieder zu entflammen. Und für einen Moment gelingt es ihr, weil auch in ihr die verschütteten Gefühle wieder aufwallen. Als sie erregt durch die Liebesworte und gedemütigt durch ihre Lage plötzlich in Schluchzen ausbricht, fällt Rodolphe ihr zu Füßen und ruft: »Oh, verzeih mir. Ich war ein Dummkopf, ein Schuft! Ich liebe dich, ich werde dich immer lieben! ... Was hast du? Sag es mir doch!«

Darauf sagt sie, daß sie wegen dringender Schulden ihres Mannes dreitausend Franken brauche und löst augenblicklich Ernüchterung bei ihm aus.

»›Ach‹, dachte Rodolphe und wurde plötzlich blaß, ›also darum ist sie gekommen.‹

Endlich sagte er ruhig: ›Madame, ich habe sie nicht.‹«

»Sie sah ihn zunächst eine Zeitlang fest an: ›Du hast sie nicht?‹

Sie wiederholte mehrere Male: ›Du hast sie nicht ... Ich hätte mir diese letzte Schmach ersparen können, du hast mich nie geliebt, du bist nicht mehr wert als die anderen!‹«.

Rodolphe unterbricht sie mit der Behauptung, er sei selbst in Verlegenheit.

»Ach, du tust mir leid, wirklich sehr leid«, antwortet sie in eisiger Ironie, und dabei blickt sie sich um und beginnt aufzuzählen, was sie alles sieht: die Flinten mit den silberbeschlagenen Kolben, die Stutzuhr mit den Schildpatteinlagen, die Reitpeitsche mit den vergoldeten Knöpfen, die Berlocken an der Uhrkette. »Dir fehlt nichts, nicht einmal ein Likörservice in deinem Zimmer«, ruft sie, »denn du hast dich lieb, du lebst gut, du hast ein Schloß, ein Gut, einen Wald, du gehst auf die Jagd, reist nach Paris.« Sie sieht seine goldenen Manschettenknöpfe beim Kamin liegen. Selbst das Geringste von all dem Trödel könnte man zu Geld machen, hält sie ihm vor und schleudert die beiden Knöpfe gegen die Wand. Und dann beginnt sie von sich zu sprechen, ihrem Gefühl, ihrer totalen Bereitschaft, dafür zu leben, mit der sie wieder zu ihm gekommen ist, trotz allem, was er ihr angetan hat. Es ist ein Pathos, in dem Wahrheit und Lüge sich unkenntlich miteinander vermischen. Für einen kurzen Augenblick gelingt es ihr vielleicht dabei, ihre Verlorenheit in ein Gefühl der Grandiosität zu verwandeln: »Ich aber, ich hätte dir alles gegeben, ich hätte alles verkauft! Ich hätte mit meinen Händen für dich gearbeitet, ich hätte auf der Straße für dich gebettelt, nur für ein Lächeln von dir, für einen Blick, für ein einziges: ›Ich danke dir!‹ Und du sitzt ruhig in deinem Fauteuil, als ob du mich noch nicht genug gequält hättest. Ohne dich, mußt du wissen, hätte ich glücklich sein können! Wer zwang dich dazu? War es eine Wette?«

Sie spricht diese herabsetzende Vermutung aus, um ihn zu erniedrigen und alles mit Füßen zu treten, was sie geliebt hat. Und jetzt spricht sie ihn nicht mehr mit du an, sondern redet über ihn wie über eine dritte Person, die für sie nicht mehr anwesend ist, und hält ihm so vor, wie fremd und wie monströs er ihren Augen jetzt erscheint: »Und nun ich zu ihm zurückkehre, zu ihm, der reich, glücklich und frei ist, und ihn um eine Hilfe bitte, die der erste beste gewähren würde, nun ich flehe und ihm meine ganze Liebe wiederbringe, da stößt er mich zurück, weil's ihn dreitausend Franken kosten würde.« Es ist eine leidenschaftliche und ohnmächtige Rede, die nicht mehr mit Erfolg rechnet, weil sie die Realitäten des Lebens, auf die sie gestoßen ist, schlichtweg ablehnt und sich in verzweifelter, selbstmitleidiger Rechthaberei bis zu pathetischem Kitsch versteigt.

Sie verläßt ihn, verachtungsvoll und in verzweifeltem Stolz. Betäubung und Leere überkommen sie, als sie allein ist. Der letzte Ausweg, der ihr jetzt noch bleibt, ist der Selbstmord. Sie sucht den Tod in der Verzweiflung ihres totalen Illusionsverlustes. In einer Welt, die alle ihre Träume grausam dementiert hat, will sie nicht mehr leben. Sie vergiftet sich mit einem arsenhaltigen Pulver und stirbt, betrauert von ihrem betrogenen Mann Charles, der Emma auf seine einfache Weise geliebt, aber nie verstanden hat, einen langsamen, qualvollen Tod.

Ganz anders als dieses Kleinbürgerdrama vollzieht sich das Unglück von Tolstois Anna Karenina. Sie, eine strahlend schöne, selbstbewußte Dame der russischen Oberschicht, lebt seit vielen Jahren in einer von Konventionen geprägten Ehe mit einem hohen Regierungsbeamten, der als eine bedeutende Persönlichkeit gilt. Karenin ist älter als sie und wirkt ein wenig gravitätisch – ein Mann mit Grundsätzen und einer Neigung zur Pedanterie, der sich aber, gemäß seinem Rollenverständnis als Ehemann, gegenüber seiner Frau stets großzügig gezeigt hat. Die beiden verbindet weder Liebe noch Leidenschaft, aber es ist ein funktionierendes Lebensbündnis, gegründet auf gegenseitigem Respekt, oder jedenfalls kultivierten Umgangsformen. Anna ist nicht unglücklich in dieser unromantischen Ehe, weil sie so viel Bestätigung von außen bekommt. Sie ist ein umschwärmter Star der feinen Petersburger Gesellschaft. Außerdem hat sie einen geliebten kleinen Sohn.

Graf Wronski, ihr späterer Liebhaber, ein junger Offizier und eine glänzende Erscheinung der aristokratischen jeunesse dorée, sieht Anna zum ersten Mal, als er auf dem Moskauer Bahnhof in den gerade eingelaufenen Zug aus Petersburg steigt, um seine Mutter abzuholen. Er liebt seine Mutter nicht, die eine alte, boshaft gewordene Frau ist, aber er kompensiert seine Abneigung durch erstklassige Manieren und eine konventionelle Ehrerbietigkeit. Er folgt dem Schaffner, der ihn eigens zum Abteil seiner Mutter führt, und bleibt stehen, um eine aussteigende Dame vorbeizulassen: »Mit dem erfahrenen Blick des Weltmannes erkannte er sofort ihre Zugehörigkeit zu den höchsten Kreisen der Gesellschaft. Er entschuldigte sich und war eben im Begriff, das Abteil zu betreten, als er das plötzliche Bedürfnis empfand, sich noch einmal nach ihr umzusehen ...« Auch sie schaute noch einmal zurück. »Ihre glänzenden grauen, dank der dichten Wimpern fast schwarz wirkenden Augen blickten ihn wohlwollend und aufmerksam an, als gewahre sie einen Bekannten, und richteten sich gleich darauf auf die vorüberflutende Menge, als suche sie dort jemanden. Dieser eine kurze Blick hatte Wronski die verhaltene Lebhaftigkeit erkennen lassen, die auf ihrem Gesicht spielte und zwischen den glänzenden Augen und dem kaum sichtbaren Lächeln, das leicht ihre roten Lippen verzog, hin und her flatterte.« Wronski glaubt im Ausdruck ihres Gesichtes so etwas wie einen heimlichen Überfluß zu erkennen, der ihr ganzes Wesen erfüllte, aber auch, daß sie diesen Ausdruck damenhaft zu dämpfen versucht.

Anna ist nach Moskau gekommen, um den Ehestreit zwischen ihrem lebenslustigen Bruder Stiwa Oblonski und ihrer Schwägerin Dolly zu schlichten. Die Ankunft des Zuges wird durch einen schrecklichen Unfall überschattet: Ein Bahnarbeiter ist von den Rädern des einfahrenden Zuges erfaßt und überrollt worden. Etwa fünf Jahre später wird Anna auf diese Weise ihrem Leben ein Ende setzen.

Kurz nach Annas Ankunft in Moskau sieht Wronski sie auf einem Ball im Stadtpalais des Fürsten Schtscherbazki wieder. Und obwohl Wronski ein Bewerber um die achtzehnjährige Fürstentochter Kitty ist, verliebt er sich beim Tanzen leidenschaftlich in Anna und weckt auch in ihr, die acht Jahre älter ist als er, eine verspätete, dafür um so radikalere Leidenschaft. Kitty erkennt während des Balls Annas Verwandlung und beobachtet das tanzende Paar, das nur noch mit sich selbst beschäftigt ist. Und an der Art, wie Wronski Anna anschaut und wie sie seinen Blick erwidert, wird ihr klar, daß sie ihn an Anna verloren hat.

Von nun an wird Wronski nicht mehr davon ablassen, bei allen gesellschaftlichen Gelegenheiten Annas Nähe zu suchen und ihr seine Liebe zu erklären, bis schließlich auch Karenin aufmerksam wird und Anna zur Rede stellt. Sie wehrt ihn elegant, in souveräner Verleugnung ihrer Gefühle ab. Noch ist sie nicht Wronskis Geliebte, und oberflächlich gesehen kann sie gegenüber ihrem Mann die Dame der Gesellschaft spielen, die sich nichts vorzuwerfen hat. Achselzuckend sagt sie: »Ich verstehe nicht, worauf du hinauswillst«, und macht Anstalten, aus dem Zimmer zu gehen. Als er sie daran hindert, zeigt sie ihm die demonstrative Geduld, die man jemandem entgegenbringt, der im Augenblick etwas verwirrt zu sein scheint. »›Nun gut‹, sagte sie ruhig und spöttisch, ›ich will zuhören, was noch weiter kommt. Ich werde sogar mit Interesse zuhören, denn ich möchte endlich begreifen, um was es sich eigentlich handelt.‹« Die Pose der untadeligen Frau, in der sie ihrem Mann gegenübertritt, kann ihn freilich nicht überzeugen. Er spürt, daß sie sich ihm gegenüber verschlossen hat. Da er sich noch unsicher ist, wie er das deuten soll, sagt er, daß er nicht auf alle Einzelheiten ihrer Gefühle eingehen wolle, warnt sie aber allgemein und floskelhaft davor, die Ehe zu verletzen. Und um ihren Status erneut zu bekräftigen, fügt er hinzu: »Ich bin dein Mann und ich liebe dich.« Verächtlich denkt Anna: Das ist für ihn nur ein Wort. »Er weiß gar nicht, was Liebe ist.«

Das Gespräch hat die Radikalität von Annas Leidenschaft für Wronski nur verschärft. Sie hat ihre Rolle als Ehefrau als eine vorgehaltene Maske erkennen müssen. Und nur noch schwer erträgt sie das verlogene Leben, in dessen Konventionen sie gefangen ist. Doch als sie sich bald danach Wronski hingibt, ist sie danach so erschüttert, daß Wronski Angst um sie bekommt.

»Das, worin für Wronski fast ein ganzes Jahr lang das einzige, alle früheren Wünsche verdrängende Verlangen seines Lebens bestanden hatte; das, was für Anna ein unmöglicher, schauriger, doch um so verlockenderer Glückstraum gewesen war – hatte seine Erfüllung gefunden. Bleich, mit zitterndem Kinn, beugte er sich über sie und flehte sie an, sich zu beruhigen, ohne zu wissen, worüber und wodurch sie sich beruhigen sollte.«

Es ist, als hätte er sie umgebracht. Sie jedenfalls ahnt, daß etwas geschehen ist, das ihr ganzes bisheriges Leben zerstören wird. Noch wird sie versuchen, die destruktiven Konsequenzen ihrer Leidenschaft zu vermeiden. Ein Traum, der jede Nacht wiederkehrt, verrät, welchen Ausweg ihre verängstigte Seele sucht. »Sie träumte, daß alle beide ihre Gatten wären und sie mit Liebkosungen überschütteten. Alexej Alexandrowitsch weinte, küßte ihr die Hände und rief in einem fort: ›Ach, wie gut ist es jetzt!‹ Und Wronski war dabei zugegen und war ebenfalls ihr Mann. Sie wunderte sich darüber, daß sie das früher für unmöglich gehalten hatte, und begann ihnen lachend zu erklären, daß alles viel einfacher sei, als sie sich gedacht hätten, und daß sie jetzt beide zufrieden und glücklich sein könnten. Doch dieser Traum lastete wie ein Alpdruck auf ihr, und sie erwachte aus ihm immer mit dem gleichen Entsetzen.«

Vielleicht hätte es die Möglichkeit gegeben, die der Traum ihr vorspiegelte. Sie war angedeutet in der Argumentation ihres Mannes, der sich mit der Souveränität seines gesellschaftsorientierten Denkens entschlossen hatte, nicht in Annas Gefühlen herumzuwühlen, aber von ihr als seiner Ehefrau ein äußerlich korrektes Verhalten zu erwarten. Das stand in seinem Wertsystem ohnehin höher als sexuelle Leidenschaft und romantische Liebe. Vielleicht hätte er sich bereitfinden können, Wronski als heimlichen Liebhaber Annas zu akzeptieren, wenn er von ihr das bekommen hätte, was er für die Erhaltung seines Ansehens und seiner Ehre brauchte. Arrangements dieser Art waren in der feinen Gesellschaft keine Seltenheit. Aber die Ausschließlichkeit von Annas Leidenschaft für Wronski ließ die geträumte Lösung des Konfliktes nicht zu. Ihr nach vielen Jahren einer von Konventionen bestimmten Ehe heftig erwachtes Gefühl hatte sie empfindlich gemacht. Sie konnte Karenins Erscheinung und körperliche Nähe, sein Streben nach Erfolg, seine Manieren und seine Eigenarten wie das Knacken mit seinen Fingergelenken immer schlechter ertragen. Er war ihr widerwärtig. Und allmählich war es ihr unmöglich geworden, zu lügen und ihre Liebe zu Wronski unter Verschluß zu halten.

Das zeigt sich unübersehbar für die versammelte Petersburger Gesellschaft bei einem gefährlichen Hindernisrennen, bei dem auch Wronski mitreitet und um den Platz an der Spitze des Feldes kämpft, bis er durch einen verhängnisvollen Reitfehler bei einem gewagten Sprung seinem geliebten Pferd das Rückgrat bricht und im ersten Augenblick besessen vor Wut auf das sterbende Tier einschlägt, bevor er begreift, was er getan hat.

Anna, die neben Karenin und vielen Bekannten auf der Tribüne sitzt, ist außer sich, als sie den Unfall sieht, und wird von ihrem Mann weggeführt. Wieder rügt er ihr ungehöriges, auffälliges Benehmen. Da bemerkt er, daß sie spöttisch lächelt. Es ist aber nur ein unbewußtes Lächeln, denn sie hat ihm kaum zugehört, weil sie mit ihren Gedanken bei Wronski war. Doch Karenin schöpft bei ihrem Lächeln Hoffnung, sie werde seinen Verdacht auf Ehebruch gleich widerlegen, und er räumt ein, er könne sich geirrt haben, legt es ihr sozusagen nah, auf diese Version einzugehen. Sie jedoch antwortet: »Sie haben sich nicht geirrt. Ich war wirklich verzweifelt und konnte nicht anders als verzweifelt sein. Ich höre Sie sprechen – und denke an ihn. Ich liebe ihn, ich bin seine Geliebte. Ich kann Sie nicht länger ertragen, ich fürchte mich vor Ihnen, ich hasse Sie ... Machen Sie mit mir, was Sie wollen!«

Das ist der Auftritt einer Tragödin, die um ihrer inneren Wahrheit willen alles aufs Spiel setzt. Es gibt nun keine Kompromisse mehr. Karenin, der gerade noch auf Verständigung gehofft hatte, begreift und ist wie versteinert: »... sein ganzes Gesicht hatte die feierliche Starrheit eines Toten angenommen und bewahrte diesen Ausdruck während der ganzen Fahrt bis zum Landhaus.« Dort setzt er sie ab. Und das erste, was er sagt, ist eine fast sprachlose Besiegelung seines im stillen gefaßten Beschlusses. Seine Antwort läßt wie eine heruntergezogene Jalousie keinen Blick auf seine Gefühle zu: »›Nun gut!‹ sagte er. ›Doch ich verlange von Ihnen die Beobachtung des äußeren Anstandes bis zu jenem Zeitpunkt (hier fing seine Stimme zu zittern an), da ich die Maßnahmen zur Wahrung meiner Ehre getroffen und sie Ihnen mitgeteilt haben werde.‹«

Zwei scharf kontrastierte Ausdrucksformen oder Sprachspiele treffen hier unmittelbar aufeinander: der emotionale Ausbruch Annas und Karenins formelhaftes Sichverschließen, das in seiner Eisigkeit nicht minder stark die kaum beherrschte Erregtheit zeigt. Anna, die als eine Dame der Gesellschaft ebenfalls gewohnt ist, Haltung zu bewahren, ist bis in den Grund ihres Wesens aufgewühlt. Ihre blinde Entschlossenheit, sich ohne Rücksicht auf zu erwartende Konsequenzen ganz ihrer Leidenschaft zu überlassen, hat einen Untergrund von Panik.

Mit einem Tunnelblick, der alle anderen Umstände ihres Lebens ausschließt, sieht sie nur noch Wronskis Gesicht vor sich, das nun zu ihrer einzigen Rettung, ihrem alleinigen Heil geworden ist. Diese Verengung und der Verlust an gesellschaftlichem Außenhalt wird sie überfordern, und sie wird ihre Überforderung auf Wronski übertragen und seine Liebe zu ihr unerträglich belasten. Das weiß sie noch nicht. Aber sie scheint es zu ahnen. Das Schreckensbild des zu Tode gerittenen Pferdes und Wronskis jäher Wut, mit der er es hochzureißen versucht, ist eine noch verschleierte Ankündigung ihres eigenen Untergangs. Anna wird an ihrer Leidenschaft zugrunde gehen. Aber sie scheitert dabei vor allem an ihrem Charakter, dessen Kern ein Grandiositätsgefühl ist, das sie höchst verletzbar macht. Sobald sie nicht mehr von den Spiegeln umgeben sein wird, die ihr bisher von allen Seiten ihr grandioses Selbstbild bestätigt haben, wird tiefe Verlustangst sie erfüllen, und sie wird mit völlig unangemessenen Vorwürfen und Forderungen Wronskis Liebe zu ihr immer mehr zerrütten.

Paßt Wronski eigentlich zu Anna? Er ist ein gewandter Gesellschaftsmensch, reich, vital und jung, der dank seiner Erscheinung und seiner eleganten Umgangsformen erfolgsverwöhnt ist und ebenso selbstverständlich bei den Vergnügungen seiner Regimentskameraden mitmacht, wie er bei den großen gesellschaftlichen Ereignissen der Petersburger und Moskauer Adelsgesellschaft erscheint. Er ist nicht tiefgründig und das Gegenteil eines verbohrten Menschen, ein Plauderer, der in Gesprächen schwerfällige Grundsätzlichkeiten meidet und Gegensätze spielerisch überbrückt. Da die Welt, in der er sich bewegt, für ihn eine natürliche Selbstverständlichkeit hat, ist Stil ihm wichtiger als das Pathos fundamentaler Wahrheitssuche. Zu Karenins gelehrten und theologischen Interessen bemerkt er: »... is not in my line.« Man könnte ihn für einen Salonlöwen halten, wären da nicht seine Großzügigkeit und sein natürlicher menschlicher Charme. Doch erst seine Leidenschaft für Anna konzentriert ihn, gibt seinem Leben einen neuen Sinn.

Für Anna wird das eine grundstürzende Erfahrung. Wronskis Auftauchen in ihrem bis dahin ausbalancierten Leben deckt den

Mangel an Sinnlichkeit und Emotionalität in ihrer Ehe mit Karenin auf. Doch die Hartnäckigkeit von Wronskis verehrungsvoller und leidenschaftlicher Werbung, auf die sie sich nach langem Zögern in wilder Schicksalsbesessenheit einläßt, hat ihr eine Radikalität und Ausschließlichkeit des Gefühls vorgespiegelt, zu der er nicht fähig ist. Liebe bedeutet nicht alles für ihn. Jedenfalls keine symbiotische Verschmelzung, die alles andere auslöscht. Seine soziale Stellung, sein ererbter Besitz, seine Pflichten, seine Freundschaften und die gewohnten gesellschaftlichen Abwechslungen bleiben wichtig für ihn.

Anna dagegen hat einen tiefen Sturz getan. Als Ehebrecherin ist sie gesellschaftlich geächtet und isoliert. Sie, einst Mittelpunkt der eleganten Petersburger Gesellschaft, wird nirgendwo mehr eingeladen. Auch ihren geliebten kleinen Sohn Serjosha hat sie verloren, der nun bei seinem Vater lebt. Und da Karenin ihr die Scheidung verweigert, besteht keine Aussicht, daß sich ihre Situation ändert und sie Wronski heiraten kann. So wächst in ihr der Verdacht, daß er sich unter dem Einfluß seiner Mutter, die sein illegitimes Zusammenleben mit Anna mißbilligt, nach einer standesgemäßen und jüngeren Frau umsieht und sich von ihr trennen will. Ständig glaubt sie, neue Zeichen zu entdecken, daß seine Liebe zu ihr erkaltet ist. Doch ist sie es selbst, die durch die Maßlosigkeit ihrer Liebesforderung seine Liebe allmählich erstickt. Wie eine Ertrinkende klammert sie sich an ihn oder stößt ihn von sich fort, weil sie findet, daß er herzlos und ichsüchtig handelt und kein Verständnis für ihre Lage hat. Warum läßt er sie so viel allein? Er muß doch wissen, wie sie leidet und was sie alles verloren hat! Sie glaubt, ein Recht darauf zu haben, von ihm durch die Ausschließlichkeit seiner Zuwendung für all das entschädigt zu werden. Immer wieder bemüht er sich, sie zu beruhigen und ihr seine Liebe zu versichern, doch alles, was er versucht, wird von ihr als unzulänglich empfunden und wie eine Beleidigung zurückgewiesen. Da er gereizt darauf reagiert, setzt sich in ihr der Zwangsgedanke fest, daß er längst heimlich eine andere Frau liebt. Jede Liebesbeteuerung, die sie ihm abpreßt, wird in ihren Augen entwertet durch neue Zeichen unterdrückten Unmuts oder von Gleichgültigkeit, die sie an ihm wahrzunehmen glaubt. So schraubt sich die Spirale eines entnervenden Streites, den sie in selbstzerstörerischer Sucht nicht beenden kann, immer höher. Sie nennt Wronski einen Lügner, hält ihm Phrasen vor, spricht beleidigend über seine Mutter und sagt sich, wenn er sie zurechtweist und sie seinen ärgerlichen Gesichtsausdruck sieht: »Er haßt mich, das ist klar.«

Hat sie ihn eigentlich je um seiner selbst willen geliebt oder in ihm immer nur den Mann gesehen, dessen Verehrung und dessen leidenschaftliches Begehren ihr Selbstgefühl so rauschhaft gesteigert hat? Jetzt jedenfalls sieht sie ihn nur noch in bezug auf sich selbst und mißt seine Liebe daran, ob sie stark genug ist, ihre ständigen hysterischen Beschuldigungen und Beleidigungen zu überstehen. Sie erwartet Vollkommenheit von ihm: vollkommene Liebe, vollkommene Geduld, vollkommene Selbstverleugnung, vollkommenes Verstehen. Und sie bestraft ihn mit einer ganzen Palette feindlicher und verzweifelter Reaktionen, wenn er ihren Erwartungen nicht entspricht. Es ist die destruktive Strategie des selbsterzeugten Unglücks, in dem sie noch einen bitteren Triumph auszukosten vermag. So wie sie sich aufführt, versucht sie noch in ihrer objektiven Unterlegenheit eine theatralische Dominanz zu gewinnen. Indem sie Grandiosiät zeigt, bewahrt sie einen Rest von Selbstachtung, auch wenn sie sich dabei immer weiter verrennt, in Richtung auf ihren Untergang.

Typisch für ihr Verhalten ist ein destruktiver Gedanke, mit dem sie sich selbst eine Falle stellt. Wronski ist wieder einmal in die Stadt gefahren und hat ihr beim Abschied zu verstehen gegeben, daß er erst am späteren Abend zurückkommen wird. Bisher waren ihre Streitigkeiten stets damit beendet worden, daß sie sich bei seiner Rückkehr versöhnt und das heißt wohl auch geliebt hatten: zweifellos ein gefährliches Spiel der wechselseitigen Steigerung konträrer Leidenschaften. Diesmal erschwert Anna die Bedingung der Versöhnung. Sie setzt Wronski einer heimlichen Prüfung aus, denn sie will, daß der sehnlich erhoffte Liebesbeweis eine Überzeugungskraft gewinnt, die alle ihre Zweifel verstummen läßt. Sie beauftragt ihre Zofe, Wronski bei seiner Rückkehr auszurichten, sie habe sich wegen starker Kopfschmerzen in ihr Zimmer zurückgezogen. Dann wartet sie viele Stunden auf seine Rückkehr. So erlösungs- wie todessüchtig beschließt sie, Wronskis Verhalten als ein Orakel zu benutzen, in dessen simplem Entweder-Oder endgültig über sie entschieden wird:

»Wenn er trotz der Botschaft der Zofe zu mir kommt, so hat das zu bedeuten, daß er mich noch liebt; wenn er aber nicht kommt, so weiß ich, daß alles zu Ende ist und ich einen Entschluß fassen muß.«

»Sie hörte spätabends, wie sein Wagen vorfuhr, hörte sein Läuten, seine Schritte, seine Unterredung mit der Zofe; er glaubte dem, was diese ihm mitteilte, verlangte nichts weiter zu wissen und ging in sein Zimmer. Folglich war alles zu Ende. Und der Tod, als das einzige Mittel, seine Liebe zu ihr wiederherzustellen, ihn zu bestrafen und den Sieg über ihn in jenem Kampfe zu erringen, den sie oder vielmehr ein böser Dämon in ihrem Herzen mit ihm führte, stand klar und deutlich vor ihren Augen.«

»Alles ... war gleichgültig geworden. Nur eines war noch notwendig: ›ihn‹ zu bestrafen.«

Sie will einen grausamen Tod sterben, und sie malt sich aus, wie Wronski nach ihrem Tod, wenn sie nur noch eine Erinnerung für ihn ist, sein Verhalten bereuen wird.

Am nächsten Morgen gibt es – eine unerwartet ausgestreckte Hand des Lebens – noch eine Möglichkeit der Rettung. Wronski schlägt Anna vor, am nächsten Tag mit ihr auf das Landgut zu fahren – ein alter Wunsch von ihr, weil sie dort, ungestört von den gesellschaftlichen Ablenkungen der Stadt, miteinander allein sein können. So könnten sie sich wieder näherkommen. Er spricht sie allerdings, wohl in dem Wunsch, zur Normalität zurückzukehren, eher beiläufig darauf an. Und schon das reicht für sie aus, um ihn im großen hysterischen Stil einer Tragödin zurückzuweisen. Denn es bedeutet für sie, daß er seine Schuld und seine Versäumnisse ihr gegenüber nicht anerkennt. Schmerzhaft soll er begreifen, welche Qualen er ihr zugefügt und wie tief er sie beleidigt hat. Um dieser Genugtuung willen ist sie bereit, noch mehr Leiden auf sich zu ziehen, am Ende sogar den Tod.

»›Übrigens‹, fragte er endlich, als sie bereits in der Tür stand, ›wir fahren doch morgen endgültig – nicht wahr?‹

›Sie wohl – aber nicht ich‹, sagte sie, sich nach ihm umwendend.

›Anna, so ist es unmöglich, weiterzuleben ...‹

›Sie wohl, aber nicht ich‹, wiederholte sie.

›Das wird unerträglich ...‹

›Sie ... Sie werden es noch bereuen!‹ rief sie aus und ging aus dem Zimmer.«

Wronski, der ihren verzweifelten Gesichtsausdruck gesehen hat, springt auf, um ihr nachzulaufen. Doch er ist zu empört über ihr theatralisches Verhalten und zu zermürbt von den vielen ähnlichen Szenen, die er schon erlebt hat, und verläßt das Haus. Noch am selben Tag wird sich Anna unter einen Zug werfen.

Dieses leidenschaftliche Drama, das Tolstoi bis in die intimsten Reaktionen seiner Akteure darstellt, widerspricht übrigens einem modernen, aus der vulgarisierten Psychoanalyse abgeleiteten Vorurteil, daß nämlich alle menschlichen Konflikte und Problemzustände im Grunde sexueller Natur seien und aus sexuellen Frustrationen stammen. Das ist offenbar nicht Annas und Wronskis Problem. Ihr Drama entsteht aus der wachsenden Inkongruenz ihrer gesellschaftlichen Positionen und aus Annas schwierigem Charakter, dessen Kompliziertheit der jüngere und auch viel einfacher strukturierte Wronski nicht versteht, zumal er im Unterschied zu Anna weiterhin den Schutz seiner privilegierten gesellschaftlichen Stellung genießt. Er ist nicht in der Lage, das Chaos von verletztem Stolz, Selbstbestrafungstendenzen und paranoiden Zwangsgedanken zu analysieren, das ihr Verhalten für ihn immer unerträglicher macht. Und er ist hilflos in diesem Kampf mit verdeckten Karten, in dem symbolische Gesten und verzerrte, uneigentliche Argumente und die Notwendigkeit, dahinter viel Unausgesprochenes zu erraten, immer wieder eine irritierende Rolle spielen. Wie soll er auch verstehen, daß Anna so radikal gegen ihre elementaren Interessen handelt und systematisch zerstört, was sie sich am meisten wünscht? Er muß sich abgrenzen gegen den zerstörerischen Sog, in dem – aber das ist den Grenzen des Zeitstils entsprechend nicht dargestellt – auch die hochgereizte Leidenschaft ihrer verzweifelten Versöhnungsversuche zu einer Fiktion wird und die Substanz ihrer Liebe auszuhöhlen beginnt. Es ist ein Blick in den Abgrund, vor dem er zurückschreckt. Aber das Gefühl, versagt zu haben, und die Trauer um seine Liebe bleiben ihm nicht erspart. So zieht er freiwillig in den russisch-türkischen Krieg auf der Krim, um wie Anna den Tod zu suchen.

Tolstoi war ein Mann von robuster Gesundheit und unbändiger Vitalität, und er schrieb seine beiden Meisterromane »Krieg und Frieden« und »Anna Karenina« in seinem dritten und vierten Lebensjahrzehnt, einem besonders glücklichen Lebensabschnitt, in dem die nun bald beginnende, einschneidende Bewußtseinskrise ihn noch nicht bis in seine Fundamente erschüttert und verwandelt hatte. Er war auf dem Höhepunkt seiner Kraft und schrieb nahezu jeden Tag acht bis zehn Stunden, und das über lange Zeiträume hinweg. An »Krieg und Frieden« arbeitete er, die umfangreichen Recherchen eingeschlossen, sieben Jahre und an »Anna Karenina« fast fünf Jahre. Jedesmal war er danach dem Zusammenbruch nahe. Dann floh er für längere Zeit zu den Baschkiren in die Einsamkeit und Stille der Steppe, um wieder ins seelische Gleichgewicht zu kommen. Er lebte wie die Einheimischen in einer einfachen Jurte, ritt und schwamm und heilte seinen erschöpften Körper, seinen quälenden Husten und seinen nervösen Magen durch die traditionelle Kumyßkur mit einem Getränk aus vergorener Stutenmilch. Zwei seiner Brüder waren an Tuberkulose gestorben, was er in »Anna Karenina« in der langen Schilderung des Sterbens von Ljewins Bruder Nikolai verarbeitet hat, aber eine untergründig weiterwirkende Erschütterung blieb. Schreiben war für ihn immer wieder und in zunehmendem Maße eine Form des Widerstandes gegen die Angst vorm Sterben.

Tolstoi schrieb manche Teile seiner Romane bis zu siebenmal, und seine Frau fertigte jedesmal Reinschriften der verschiedenen Fassungen an. Und nicht selten kam es vor, daß er der Moskauer Druckerei telegrafierte, der Druck solle gestoppt werden, weil er nachträglich noch einige unzulängliche stilistische Details entdeckt hatte. Wunderbarerweise aber sieht man diese intensive und skrupulöse Arbeitsweise den Texten überhaupt nicht an. Die Menschen, die Szenarien, die Geschehnisse und

Situationen entstehen vor den Augen des Lesers in unmittelbarer sinnlicher Präsenz, weil kein falsches Wort, keine sprachlichen Klischees, aber auch keine stilistischen Forciertheiten den Eindruck stören. Tolstoi hat keine Probleme mit den Alltäglichkeiten eines Gesellschaftsromans, in dem sich die Menschen häufig in unspektakulären Situationen begegnen und sich konventionell zueinander verhalten, denn seine Wahrnehmung ist so individuell und sein Interesse an den Personen so stark, daß die Gefahr der Banalität nie aufkommen kann. Alles, was geschieht, hat die frische Überzeugungskraft des Lebendigen, die Widerständigkeit des realen und besonderen Details.

Als Anna Karenina nach ihrem Besuch in Moskau wieder in den Zug nach Petersburg steigen will, trifft sie auf dem verschneiten Bahnsteig Wronski, der gekommen ist, um sie auf der Reise zu begleiten. Sie sprechen kurz miteinander, dann steigt sie rasch in den Zug, vermutlich, um nicht auf dem Bahnsteig von zufällig anwesenden Bekannten zusammen mit Wronski gesehen zu werden. Tolstoi sagt das nicht. Aber er weiß, wie sie einsteigt: »Mit der Hand den kalten Griff fassend, stieg sie schnell die Stufen hinauf und ging schnell in den Gang des Waggons.« Als sie in Petersburg ankommt, wird sie von ihrem Mann auf dem Bahnsteig erwartet. Und da ist es wieder – ihr alltägliches Leben. Es steht dort, massiv anwesend in seiner persönlichen Gegenwärtigkeit, und sie erkennt es mit befremdetem Blick: »Als der Zug in Petersburg hielt und sie ausstieg, war das erste Gesicht, das ihre Aufmerksamkeit auf sich zog, das ihres Mannes. ›Ach, mein Gott! Woher hat er nur diese Ohren?‹ dachte sie beim Anblick seiner frostigen, stattlichen Gestalt und der bis an die Krempe des runden Hutes reichenden Ohrmuscheln, die ihr jetzt besonders auffielen.« Man liest es und ahnt, daß diese Ehe vom Scheitern bedroht ist. In Karenins so überdeutlich von Anna wahrgenommenen grotesken Ohren manifestiert sich plötzlich die Unerträglichkeit des gemeinsamen Lebens, die ihr wohl bis zu dieser Reise, von der sie soeben zurückkehrt, durch Gewöhnung verschleiert war. Es sind übrigens Tolstois eigene große, lappige Ohren, mit denen er Karenin ausgestattet hat. Er mochte sie wohl selber nicht.

Vladimir Nabokov hat in seiner Vorlesung über »Anna Karenina«, die er an der amerikanischen Cornell University gehalten hat, seine amerikanischen Studenten auf die Fülle der sinnlichen Einzelheiten hingewiesen, die den unaufdringlichen und anhaltenden Reiz von Tolstois Prosa ausmachen. »Tolstoi behält seine Figuren gut im Auge«, schreibt er, »ihm entgeht niemals eine Geste«. Kitty, die sich am Rande der Eislaufbahn mit Ljewin unterhält, streift beiläufig »mit ihrer kleinen Hand, die in einem schwarzen Handschuh steckte, die Rauhreifnadeln von ihrem Muff«. Sofort sieht man sie mit Ljewins verliebtem Blick. Überall gibt es solche Miniaturen flüchtiger Augenblicke. In der weiträumigen Gesellschaftsdarstellung zu Beginn von »Krieg und Frieden« versteckt sich die zwölfjährige Natascha im Vorraum hinter einem Blumenkübel, um den von ihr angeschwärmten jungen Offizier Boris zu beobachten, der im Begriff ist, die Gesellschaft zu verlassen. »Boris blieb mitten im Zimmer stehen, sah sich um, klopfte ein paar Stäubchen von seinem Uniformmantel, trat dann vor den Spiegel und betrachtete sein hübsches Gesicht. Natascha verhielt sich ganz still, lugte aus ihrem Versteck und wartete, was er wohl tun würde. Boris blieb eine Weile vor dem Spiegel stehen, lächelte und ging dann zur Ausgangstür.« Es ist ein geringfügiger, aber intimer Vorgang, beobachtet von einem jungen Mädchen, das neugierig das Leben zu erforschen beginnt. Tolstoi sagt nichts darüber, was sie denkt, sondern beobachtet ihr weiteres Verhalten. Natascha geht hinter Boris her und behauptet geheimnisvoll, daß sie ihm etwas Wichtiges zu sagen habe. Aber sie weiß nicht was und hat den Einfall, ihm zu sagen, er solle ihre Puppe küssen, über die er vorhin in der Gesellschaft ein paar witzige Bemerkungen gemacht hat. Da reißt der Vorhang schon weiter auf. Aber es ist ganz anstrengungslos geschrieben, aus einem Interesse für alle Nuancen des Lebens, dem auch das Alltägliche geheimnisvoll erscheint.

Die Natürlichkeit von Tolstois Prosa macht es einem schwer, ihre Meisterlichkeit zu erkennen. Denn diese Prosa prunkt nicht. Sie stellt sich nicht selber dar. Man wird auf sensible Nuancen eingestellt, doch niemals durch den eitlen Autorenehrgeiz bestraft, die Schilderungen mit gesuchten Details oder brillanten

Metaphern zu überladen. Es stellt sich kein Völlegefühl ein bei dieser reichen und doch schlanken Schreibweise, die keine Eile kennt, weil der Autor dank seiner eigenen Faszination nicht fürchtet, die Leser könnten ungeduldig werden. Weil er fortwährend seinem eigenen Interesse folgt, gewinnt er auch das Interesse seiner Leser und kann mit seinem genauen inneren Zeitmaß weite Wege gehen. Es ist ein Erzählen in gelassenen epischen Dimensionen, in denen sich alles Individuelle entfalten kann. Doch es ist auch eine Prosa von gewaltiger Spannweite, die von extremen Widersprüchen und Konflikten handelt und das Leben nicht nur in seiner leuchtenden sinnlichen Vielfalt, sondern immer wieder in dramatischen Momenten und manchmal im kalten Licht plötzlicher Todesangst sieht. Obwohl sie die sinnliche Erscheinungswelt nie verläßt, hat sie, da es ihr stets ums Ganze der menschlichen Existenz geht, ontologische Tiefe.

Tolstoi war nach dem Zeugnis der Zeitgenossen ein extremer, widersprüchlicher, leicht kränkbarer und streitbarer Mensch, dem es vor allem um seine Selbstbehauptung ging. Als junger Mann attackierte er rücksichtslos fremde Meinungen und schoß leicht aus Widerspruchsgeist über sein Ziel hinaus. Zu Turgenjew, seinem Gutsnachbarn, der um 1855 noch der weitaus berühmtere Autor war, hatte er ein schwieriges Verhältnis, das von gegenseitiger Wertschätzung bis zur Duellforderung reichte. Tolstoi äußerte später mit bemerkenswerter Arroganz, Turgenjew komme ihm vor wie ein Springbrunnen mit importiertem Wasser: man fürchte dauernd, er könne jeden Augenblick versiegen. Die Formulierung zeigt die boshafte Erbarmungslosigkeit, mit der er die Schwächen einer anderen Person bloßstellen konnte. Tolstois Biograph Viktor Schklowski berichtet von mehreren Szenen, in denen Tolstoi Turgenjew außer Fassung brachte. Einmal bei einer Zusammenkunft mehrerer Schriftsteller im Haus von Nekrassow versagte dem von Tolstoi provozierten Turgenjew die Stimme. Er rief: »Ich bekomme noch eine Bronchitis!« Worauf Tolstoi mit absurdem Spott antwortete, Bronchitis sei überhaupt keine Krankheit, sondern der Name eines Metalls. Erregt begann Turgenjew in der Wohnung auf und ab zu laufen. Tolstoi dagegen legte sich auf die

Couch und sagte zu Nekrassow, der den Streit schlichten wollte: »Warum rennt er hin und her und wackelt dauernd mit seinen demokratischen Hüften?« Es kam auch zu ernsten inhaltlichen Auseinandersetzungen. Bei einer Gesellschaft im Hause des Dichters Feth erzählte Turgenjew mit einer Zustimmung heischenden Emphase, daß die englische Gouvernante seine Tochter zu sozialem Denken erziehe und sie anhalte, die Kleider armer Leute zu flicken.

»Und das halten Sie für gut?« fragte Tolstoi.

»Natürlich, das macht die Wohltäterin mit der bitteren Not vertraut.«

»Ich aber meine, daß ein aufgeputztes Mädchen, das schmutziges, stinkendes Lumpenzeug auf ihrem Schoß hält, unaufrichtig Theater spielt.«

»Ich bitte Sie, nicht so zu sprechen!« rief Turgenjew.

»Warum sollte ich nicht aussprechen, wovon ich überzeugt bin?« entgegnete Tolstoi.

Turgenjew sprang auf, drohte Tolstoi eine Beleidigung an und verließ die Gesellschaft, was gewiß kein starker Abgang war. Er war fassungslos, weil Tolstoi die Konventionen der Höflichkeit und des gegenseitigen Respekts mißachtet hatte, ohne die eine ungezwungene Tischunterhaltung nicht möglich ist. Andererseits aber hatte Tolstoi etwas Richtiges gesagt und Turgenjews Erzählung als unreflektierten sozialen Kitsch bloßgestellt. Vielleicht war es Wahrheitsliebe oder einfach spontaner Abscheu, was ihn so sprechen ließ. Aber es konnte sich auch gezielte Boshaftigkeit und Dominanzstreben darin verbergen. Tolstoi war unberechenbar, weil er sich nicht an gesellschaftlichen Erwartbarkeiten orientierte, sondern an den widersprüchlichen Impulsen seiner widersprüchlichen, rigorosen Person. Er erschien seiner Umgebung und vor allem den Menschen, die ihm am nächsten standen, oft so verwirrend, als lebten in ihm viele verschiedene, unvereinbare Persönlichkeiten.

Und dies scheint in aller Kürze die beste Erklärung für die Weiträumigkeit und Differenziertheit von Tolstois Menschendarstellung zu sein. Er hatte zwar seine persönlichen Doubles – Olenin in den »Kosaken«, Pierre in »Krieg und Frieden«, Ljewin in »Anna Karenina«, Nechljudow in »Auferstehung«,

Vater Sergius in der gleichnamigen Erzählung und darüber hinaus viele andere Figuren, die Teilaspekte seiner komplexen Person vertreten – aber im Gegensatz zu seinem oft dogmatischen Agieren in Gesprächen und Auseinandersetzungen und seinem späteren religiösen Eifer hatte er, während er schrieb, ein unvoreingenommenes intuitives Verständnis für alle Menschen, die er auf der imaginären Bühne seiner Romane und Erzählungen auftreten ließ. Er sieht sie trotz seiner ausgeprägten Werturteile und Antipathien als Individuen – vieldeutig, widersprüchlich und veränderlich. Vor allem in krisenhaften Momenten ihres Lebens werden an ihnen Möglichkeiten sichtbar, die nicht nur den Vorurteilen ihrer Umgebung, sondern auch ihrem Selbstverständnis widersprechen.

In seinem letzten Roman »Auferstehung« hat er dazu angemerkt: »Es ist ein sehr gewöhnlicher Irrtum und ein sehr weit verbreiteter Aberglaube, daß jedes menschliche Wesen gewisse endgültige Eigenschaften habe, daß wir entweder gut oder schlecht seien, klug oder dumm, energisch oder passiv usw. Aber die Menschen sind nicht so. Wir können sagen, daß ein bestimmter Mensch öfter gut als schlecht ist, öfter klug als dumm, öfter energisch als passiv oder umgekehrt, aber es wäre unrichtig, von irgendeinem einzelnen Menschen zu sagen, er sei einfach gut oder klug, schlecht oder dumm. Aber so klassifizieren wir ständig die Menschen – und das ist falsch.« Etwas weiter heißt es: »Jeder Mensch hat die Keime aller menschlichen Eigenschaften in sich, alle kommen zu verschiedenen Zeiten zum Vorschein, und oftmals wird er sich ›charakterlos‹ benehmen, trotzdem ist er immer noch die gleiche Person. Bei manchen Menschen sind solche Umschläge sehr plötzlich.«

Der Text, der eine Grundüberzeugung der modernen psychologischen Literatur formuliert, ist auch eine Selbstbeschreibung Tolstois, und vielleicht auch eine indirekte Selbstrechtfertigung. Er war eine zu komplexe, von gegensätzlichen Strebungen zerrissene Person, um in einer endgültigen Lebensform zur Ruhe zu kommen. Und deshalb entstand in ihm, wie in so vielen Intellektuellen vor ihm und nach ihm, eine rousseauische Sehnsucht nach dem einfachen Leben, und er begann, das schlichte, von Armut und Arbeit geprägte Leben der bäuerlichen Dorfbevölkerung zu verklären und in ihm sein Heil zu suchen. Als Tolstoi den zitierten Text schrieb, hatte er seine große Lebenswende, seine Bekehrung, längst vollzogen, ohne allerdings seine Widersprüche und Spannungen überwunden zu haben. Es gelang schon deshalb nicht, weil er dabei in einen tragischen Gegensatz zu seiner Frau Sofja Andrejewna geriet, die nicht verstehen wollte, nicht verstehen konnte, daß ihr Mann, der weltberühmte Schriftsteller, plötzlich sein bisheriges Schreiben für bedeutungslos hielt und die in ihren Augen abwegige Phantasie entwickelte, ein heiligmäßiges Leben in Armut zu führen, sich vegetarisch zu ernähren, einen Muschikkittel zu tragen, mit den Bauern zu mähen und eigenhändig seine Schuhe zu besohlen. Das erste Anzeichen ihres Befremdens ist ein Brief an ihre Schwester aus dem Jahr 1879, geschrieben nach der Vollendung von »Anna Karenina« und der Veröffentlichung seiner Beichte. Sie schrieb, noch unter Verwendung seines Kosenamens: »Ljovtschka arbeitet ständig, aber, o weh! er schreibt eine Art religiöser Polemik. Er liest und grübelt, bis ihm der Kopf schmerzt, und alles, um zu beweisen, daß die Kirche nicht den Lehren des Evangeliums entspricht. Kaum zehn Leute in Rußland werden Interesse dafür aufbringen. Aber da ist nichts zu machen. Ich wünschte nur, daß er schnell damit fertig würde und daß es wie eine Krankheit vorüberginge.«

Aber es begann erst. Tolstoi veröffentlichte eine Beichte, in der er unter dem Diktat eines radikalen Sündenbewußtseins und Selbstbestrafungdrangs sein ganzes früheres Leben einschließlich seiner Bücher verurteilte. Er schrieb über seine Jugend und frühen Erwachsenenjahre: »Ich kann an diese Jahre nicht ohne Schrecken, Abscheu und Herzenspein denken. Ich tötete Menschen im Krieg und trieb Menschen zu Duellen an, um sie zu töten. Ich verspielte Summen beim Kartenspiel, lebte von den Mühen der Bauern, verurteilte sie zu Strafen, lebte ausschweifend und betrog die Menschen. Lüge, Raub, Hurerei und Ehebruch, Trunksucht, Unbeherrschtheit und Mord – es gab kein Verbrechen, das ich nicht begangen hätte, und trotz allem lobten die Menschen mein Verhalten, und meine Zeitgenossen sahen und sehen mich als einen vergleichsweise moralischen

Menschen an.... Während dieser Zeit begann ich zu schreiben aus Eitelkeit, Lüsternheit und Stolz.«

Es stimmt, daß Tolstoi als junger Mann ein ausschweifendes Leben geführt hatte. »Ich war ein unermüdlicher Hurer«, gestand er Tschechow. Aksinja, die barfüßige Frau eines seiner Leibeigenen, war seine Geliebte. Er konnte sich, als er heiratete, nur schwer von ihr lösen und vergaß seine Leidenschaft zu ihr nie. Er empfand für sie nicht nur »Rehbockgefühle«, wie er in seinem Tagebuch schrieb, sondern liebte sie in manchen Momenten, als sei sie seine Frau. Mit ihr hatte er einen Sohn, den er später als seinen Kutscher anstellte. In der nahen Provinzhauptstadt Tula traf er sich vor seiner Ehe oft mit Zechkumpanen und umgab sich mit Zigeunermusikern und Prostituierten. Er verlor ein, zwei Gutshöfe im Kartenspiel und verpfändete seine Leibeigenen, um seine Spielschulden zu bezahlen. Darauf beruht die Episode in »Krieg und Frieden«, in der Nikolai Rostow beim Kartenspiel eine riesige Summe verliert und seinen Vater, der dafür einstehen muß, in große Schwierigkeiten bringt. Tolstoi konnte seine enormen Spielverluste ausgleichen, weil nach dem Tod seiner Brüder Dmitri und Nikolaus, die beide kurz nacheinander an Tuberkulose starben, große Teile von deren Erbe an ihn fielen. Später kamen dann seine wachsenden schriftstellerischen Einkünfte hinzu. Als seine junge Frau, Sofja Andrejewna Behrs, die achtzehnjährige Tochter eines Moskauer Arztes, nach Jasnaja Poljana kam, fand sie das restliche Gutshaus – das Haupthaus war vor Jahrzehnten abgebrannt – in einem nahezu verwahrlosten Zustand vor. Von Anfang an kümmerte sie sich darum, Haus und Wirtschaft in Ordnung zu bringen. Das Haus wurde renoviert und erhielt einen Anbau, weiteres Land und neue Gutshöfe wurden zugekauft und eine Apfelplantage angelegt, die damals die größte in Europa war. Sofja Andrejewnas ordnende Energie und Tolstois in diesen Jahren ständig zunehmender schriftstellerischer Ruhm begründeten den komfortablen Wohlstand der wachsenden Familie. Tolstois Frau war sechzehnmal schwanger, gebar dreizehn Kinder, von denen sieben das Erwachsenenalter erreichten: vier Söhne und drei Töchter. Neben ihren Pflichten als

Hausfrau und Mutter schrieb Sofja Andrejewna die Manuskripte ihres Mannes in Reinschriften ab, die er dann mehrfach wieder korrigierte. Das Manuskript von »Anna Karenina« schrieb sie dreimal neu. Die Geburt der Kinder und das wachsende Werk bescherten dem Ehepaar Tolstoi zwei glückliche Jahrzehnte, wenn sie auch sexuell nicht harmonierten. Tolstoi war ein leidenschaftlicher, triebhafter und spontaner Mensch, der seiner erschrockenen jungen Frau schon während der Heimfahrt von der Hochzeit in der Kutsche auf den Leib gerückt war. Sie dagegen hatte laut eigenem Bekenntnis kein Interesse an der sexuellen Liebe und verstand sie als eheliche Pflicht. Halb scherzhaft schrieb Tolstoi an seine Schwägerin, Sonjas Beine seien aus Porzellan und stünden auf einem grün bemalten Porzellanuntersatz, ihr Hemd sei ebenfalls aus Porzellan, und sie spreche, ohne den Mund zu öffnen. Es ist kein harmloser Scherz. Doch er spann ihn weiter zu einer Puppenphantasie à la E.T.A. Hoffmann aus, vermutlich, um ihn zu entwirklichen. Er hatte angefangen, »Krieg und Frieden« zu schreiben, und sie kopierte abends im Kerzenlicht, was er tagsüber verfaßt hatte. Das verstärkte die Stetigkeit seiner Arbeit an dem gewaltigen Werk. In diesen Jahren sagte ein Besucher zu Tolstoi: »Sie haben alles, was Sie lieben.« Er antwortete: »Nein, ich habe nicht alles, was ich liebe. Aber ich liebe alles, was ich habe.«

Man kann sich vorstellen, welch fürchterlicher Schock es für Sofja Andrejewna war und was für eine tiefe Kränkung es für sie bedeutete, daß ihr Mann mit fünfzig Jahren sein ganzes bisheriges Leben mit einem Mal als eine moralische Perversion darstellte und in seiner öffentlichen Beichte, die lange vor der Buchveröffentlichung schon in Abschriften in ganz Rußland verbreitet wurde, sich in peinlicher Hysterie jedem, der es lesen wollte, als Sünder präsentierte. Sie kannte seine ungeheuere Erregbarkeit aus vielen heftigen Auseinandersetzungen, die meistens mit Küssen und Tränen beendet worden waren. Doch noch bezeichnender für Tolstois emotionale Labilität ist eine Erinnerung seines Sohnes Levin in seinem Buch »Die Wahrheit über meinen Vater«, in der Tolstoi als miserabler Lehrer erscheint: »Mein Vater gab uns gerne selbst Mathematikstunden, denn das war seine Lieblingswissenschaft. Er gab uns Aufgaben, und wehe dem von uns, der sie nicht lösen konnte. Bei solchen Gelegenheiten wurde er wütend, weinte und bekam Anfälle von Verzweiflung. Sein Zorn bewirkte, daß wir ganz durcheinandergerieten und überhaupt nicht mehr schreiben konnten.« Der große Realist und Menschenkenner war offenbar in so extremem Ausmaß von seinen eigenen Vorstellungen und Erwartungen bestimmt, daß er schnell aus der Fassung geriet, wenn die Wirklichkeit sich ihm verweigerte.

Aber das waren Aufregungen innerhalb der Familie. Sofja Andrejewna hatte sich bis zu einem gewissen Grade auf seine Reaktionen und seine neuen Ideen eingestellt. 1891, während der Hungersnot in Rußland, war sie an seiner Seite, als er sich bemühte, die Not zu lindern. Doch sie war entsetzt, als er ihr, in seinem Streben nach dem wahren christlichen Leben, eines Tages erklärte, er wolle in einem offenen Brief an die Presse verkünden, daß er künftig auf alle Rechte an seinen Büchern verzichte.

In Sofja Andrejewnas Augen war das ein wahnsinniger Plan und ein bedrohlicher, rücksichtsloser Eingriff in das Leben der Familie und die Rechte der Kinder. In ihr Tagebuch schrieb sie: »... empfand offen die ganze Ungerechtigkeit seines Vorgehens der Familie gegenüber, und ich spürte zum ersten Mal, daß dieser Protest eine erneute öffentliche Schaustellung seiner Uneinigkeit mit Frau und Familie bedeutete. Ich warf ihm Ruhmsucht und Eitelkeit vor, er schrie, ich hinge am Rubel und ihm sei noch keine dümmere und habgierigere Frau begegnet. Ich sagte ihm, daß er mich das ganze Leben erniedrigt habe, weil er nicht gewohnt sei, mit anständigen Frauen umzugehen, er warf mir vor, daß ich mit dem Geld, das ich einnehme, nur die Kinder verderbe. Zu guter Letzt schrie er mich an: ›Geh weg, geh weg!‹ Da ging ich eben.«

Es gab noch weitaus schlimmere Szenen. Seine erregte Stimme klang dann in ihren Ohren laut und unnatürlich »wie heiseres Gebell«. Sie lief im Dunkeln aus dem Haus in den Regen hinaus und warf sich auf die Erde, um dort liegenzubleiben, oder stürzte sich in der Absicht zu sterben in den Teich und mußte von ihren Kindern gerettet werden. Das waren sich gegenseitig überbietende Hysterien bei einem Paar, das immerhin geglaubt hatte, sich zu lieben. Schließlich einigte man sich auf einen Kompromiß, der Tolstoi in die peinliche Lage brachte, als ein Heuchler zu erscheinen. Er verzichtete auf sein Eigentum, vermachte es aber seiner Familie und lebte als Gast weiter im eigenen Hause. Auch die Autorenrechte an den bereits erschienenen Büchern verblieben bei der Familie. Nur auf die Rechte an den weiteren Büchern verzichtete er.

Der ihm aufgezwungene Kompromiß, der wie ein Trick und ein leicht durchschaubarer Etikettenschwindel wirkte, machte ihn unglücklich und zornig und entfremdete ihn seiner Frau noch mehr. Dafür gibt es viele Zeugnisse, nicht zuletzt das umfangreiche Buch »Mein Leben«, das Sofja Andrejewna zu ihrer Rechtfertigung schrieb, um der Nachwelt, deren Urteil sie fürchtete, aus ihrer Sicht ihr Leben mit Tolstoi darzustellen und ihre Gründe für ihren Dissens mit ihm verständlich zu machen. Die Angst, falsch gesehen und verurteilt zu werden, verfolgte sie bis zum Ende ihres Lebens. Vor allem kämpfte sie verzweifelt gegen Tschertkov, einen ehemaligen Gardekavalleristen, der jetzt der machtbewußte Anführer der Tolstoianer war, wie Tolstois weltanschauliche Jünger genannt wurden. Laut Maxim Gorki war das eine Ansammlung labiler, fragwürdiger Charaktere. Er schrieb über sie: »Fast alle Tolstoianer seufzen gern und küssen sich gern, haben schweißige Hände und einen Muckerblick. Gleichzeitig sind sie praktische Menschen, sie regeln ihre irdischen Angelegenheiten sehr geschickt.« Bei diesem Nachsatz hat Gorki wohl an Tschertkov gedacht, der immer mehr Einfluß auf Tolstoi gewann und Sofja Andrejewna wegen ihrer familien- und besitzorientierten Lebenshaltung ständig angriff, um sie von Tolstoi wegzudrängen. Einmal sagte er zu ihr mit der ungebremsten Grobheit der Verachtung, die er als ein Ideologe des rechten Lebens für sie empfand: »Hätte ich so eine Frau, ich hätte mich längst erschossen oder wäre nach Amerika gegangen.« Tschertkov hatte Tolstois Tagebücher der letzten zehn Jahre an sich genommen, in denen sich Tolstoi rücksichtslos über seine Frau und seine Ehe geäußert hatte. Sofja Andrejewna hatte die Tagebücher gelesen, und Tschertkov, der ihre

Angst kannte, vor der Geschichte als schlechte Ehefrau des großen Autors dazustehen, benutzte das als Druckmittel, um sie einzuschüchtern. Er rückte die Tagebücher erst heraus, nachdem er zuvor alle abfälligen Bemerkungen Tolstois über seine Frau abgeschrieben hatte.

Tolstoi war hilflos in diesem Konflikt, in den Tschertkov ihn hineingezogen hatte. Um seine Frau zu beruhigen, schrieb er noch in seinem Sterbejahr einen Brief an sie. Es ist einer der vielen Beschwichtigungsversuche in einer nicht mehr zu ändernden Entfremdung. Er sagt dort, seine Tagebucheintragungen seien momentane Äußerungen und keine endgültige Darstellung seiner Meinung über sie, und das wolle er ihr zuliebe durch diesen Brief gerne dokumentieren: eine freundliche, rührende Absicht eines alten Mannes, der mit seinem Leben abgeschlossen hat und den Frieden sucht. Es heißt dort in einer abgeklärten Sachlichkeit, in die seine unaufhebbare Distanz zu ihr sich verkleidet hat: »Mein Verhältnis zu Dir und meine Meinung über Dich sind: ich habe Dich von Jugend an geliebt, habe, ungeachtet verschiedener Gründe, die eine Abkühlung meiner Gefühle bewirkten, nie aufgehört, Dich zu lieben und liebe Dich noch. Die Gründe dieser Abkühlung (ich spreche nicht vom Abbruch unserer ehelichen Beziehungen – er hat nur trügerischen Äußerungen einer nicht wirklichen Liebe ein Ende gemacht) – diese Gründe waren erstens meine immer stärkere Abkehr von den Interessen des weltlichen Lebens und mein Abscheu gegen sie, während Du Dich von diesem Leben nicht trennen wolltest und konntest, da Du nicht die inneren Anlagen hast, die mich zu meiner Überzeugung führten, was sehr natürlich ist und wofür ich Dich nicht tadele. Zweitens (verzeih mir, wenn das, was ich nun sage, Dir unangenehm ist, aber was jetzt zwischen uns geschieht, ist so wichtig, daß wir uns nicht scheuen dürfen, die ganze Wahrheit auszusprechen und anzuhören) – zweitens bist Du in den letzten Jahren immer reizbarer, despotischer und unbeherrschter geworden. Das Hervortreten dieser Charakterzüge mußte zu einer Abkühlung nicht meiner Gefühle, wohl aber ihrer Äußerung führen. Drittens: der Hauptgrund des Zwiespalts zwischen uns ist ein verhängnisvoller Grund, an dem keiner von uns die Schuld trägt –

unsere völlig entgegengesetzte Auffassung vom Sinn und Ziel des Lebens.«

Das hört sich verständig an und ist doch schon durch seinen sprachlichen Ausdruck als eine mühsame Rationalisierung kenntlich, der immer wieder in Form von Erklärungen neue Vorwürfe unterlaufen, während die mehrmals wiederholte Liebesbeteuerung immer formelhafter klingt. Unzweifelhaft ist nur die Feststellung, daß ein unüberbrückbarer wesenhafter Gegensatz sie trennt, sie also nicht zueinander passen.

Nein, dies ist nur eine Ehrenerklärung zugunsten seiner Frau, die Tolstoi sich abgezwungen hatte, mehr nicht. Seine dichterischen Aussagen stehen dem entgegen. Sie dokumentieren den immer tiefer werdenden Riß und die abrupte Umkehrung von Tolstois Perspektive. »Krieg und Frieden« endet noch mit dem Glücksbild der ungetrübten Liebesehe von Pierre Besuchow und Natascha. Es ist eine intime Momentaufnahme des Zusammenlebens zweier vollkommen aufeinander bezogener Menschen, ein Paar, in dem der Mann die führende, nach außen gewandte und die junge Frau die häusliche Rolle innehat, aber beide eine ausbalancierte lebendige Einheit bilden: es ist das verklärte Bild von Tolstois glücklichen frühen Ehejahren. Es erscheint als Idylle, lebt aber davon, daß es vor dem Hintergrund des überstandenen Krieges und durch die Intimität von Tolstois Darstellung seine zarte, fragile Berechtigung bekommt. Es hat nach allen überstandenen Schrecken und Katastrophen die Kostbarkeit eines gelingenden, anscheinend auf Dauer angelegten Glücks. In »Anna Karenina« gibt es den Abgrund des Krieges nicht mehr, der dem davon abgehobenen menschlichen Glück von Pierre und Natascha als dessen dunkle Transzendenz seine inselhafte Paradieshaftigkeit verleiht. Jetzt kommen Bewertungen ins Spiel, die im Gegensatz zu der phänomenologischen Vielfalt des Menschenpanoramas von »Krieg und Frieden« schärfere Unterscheidungen von falschem und richtigem Leben nahelegen. Die farcenhafte Ehe des Lebemanns Oblonski und die zu Konventionen erstarrte Ehe der Karenins, aber auch Annas und Wronskis scheiternde Liebesbeziehung bilden den Kontrast für die geglückte Ehe von Ljewin und Kitty, die ein neues Bild für Tolstois glückliche erste Ehejahre ist.

Ljewin, der Landmann und schwerblütige Grübler, und Kitty, die in seiner strengen Eigenbrödelei seine menschlichen Qualitäten erkennt und liebt, stehen für den Wert eines Lebens jenseits des Luxus und der weltlichen Eitelkeiten der städtischen Gesellschaft. Doch eine im Unbewußten lauernde Angst durchzieht sein Glück wie ein fremder Hauch. Als er zu Kittys Eltern fährt, um sich mit ihr offiziell zu verloben und die Hochzeit zu besprechen, fühlt er sich »von einem freudigen Grauen vor der Nähe seines Glücks durchschauert«. Er hört im Nebenraum Kittys rasche, leichte Schritte und sieht sie auf sich zukommen. Ihr leibhaftiges Erscheinen hat für ihn die Unwirklichkeit einer Halluzination. »... und sein Glück, sein Leben, sein anderes Ich, sein besseres Selbst, das, was er so lange gesucht und ersehnt hatte, näherte sich ihm immer schneller und schneller. Sie ging nicht, sie schwebte, wie von einer unsichtbaren Kraft getragen, auf ihn zu.«

Das ist das Gegenteil von Gewißheit, und obwohl er von Kittys Eltern liebevoll empfangen worden ist, wird er am Morgen vor der Hochzeit von Zweifeln überwältigt. War denn Kitty nicht in Wronski verliebt gewesen? War sie es vielleicht immer noch? Er eilt zu ihr mit finsterem, von Angst verzerrtem Gesicht:

»›Kitty, ich quäle mich. Und ich kann es nicht länger nur für mich allein behalten. ... Ich bin gekommen, um dir zu sagen, daß es noch Zeit ist. Es ist noch möglich, alles rückgängig zu machen und in Ordnung zu bringen.‹

›Was? Ich verstehe nicht das geringste. Was hast du?‹

›Es ist das, was ich schon tausendmal gesagt habe und woran ich immer wieder denken muß ... Es ist ... daß ich deiner nicht würdig bin. Du kannst mich gar nicht wirklich heiraten wollen. Besinne dich! Du hast dich geirrt. Denke gut nach. Du kannst mich nicht lieben.‹«

Die Frage muß an Ljewin zurückgegeben werden. Kann ein so verstörter, von Selbstzweifeln und Ängsten zerfressener Mensch lieben? Ist er überhaupt fähig zum Glück? Anna Karenina scheitert an ihren Zweifeln. Auch sie glaubt sich nicht geliebt. Aber sie ist ja auch in einer fatalen außenseiterischen Situation. Das unterhöhlt ihre Selbstgewißheit. Während Ljewin, gestützt durch die Ehe mit einer ihn liebenden Frau, allmählich Sicherheit gewinnt. Es ist allerdings nur die erworbene Sicherheit eines allmählich gewachsenen Vertrauens, die anfällig für Krisen bleibt und eine fundamentale Unsicherheit nur überdeckt.

Das ist die Grundspannung, die auch Tolstoi in sich trug und ohne die die Irrationalitäten und der gewaltsame Umbruch seines Lebens nicht denkbar wären. Als junger Mann fühlte sich Tolstoi durch sein Aussehen befremdet. Er bezweifelte, daß es »irdisches Glück für einen Menschen geben könnte, der eine so breite Nase, so dicke Lippen und kleine graue Augen hat«. Schon früh verdeckte er sein Gesicht mit einem wuchernden schwarzen Vollbart, was den faszinierenden Blick seiner Augen verstärkte, deren Wirkung sich niemand entziehen konnte. Er war klein und untersetzt, aber das mächtige, tragische Gesicht mit seiner bäuerischen Urtümlichkeit ließ ihn groß und dominant und im Alter patriarchenhaft erscheinen, was Maxim Gorki auf die Formel brachte, wenn Tolstoi unter anderen Menschen auftrat, »war niemand größer als er«. Mit dem Blick auf ihn läßt sich die Kraft eines Menschen als die Fähigkeit beschreiben, dem Ungenügen an sich selbst und an der Welt eine große schöpferische Leistung abzuringen. Aber die weiter bestehende Exzentrizität und Disharmonie der Person kann, wie man bei Tolstoi sieht, auch dann noch eine Bedrohung bleiben und aus neuen tiefen Erschütterungen einen Wunsch nach einer grundsätzlichen Änderung und Versöhnung hervorbringen.

Auch das hat Tolstoi an seinem Double Ljewin dargestellt. Trotz seiner glücklichen Ehe mit Kitty wird Ljewin durch das qualvolle, langsame Sterben seines Bruders Nikolai von einem »Gefühl des Grauens vor der Unenträtselbarkeit, Allgegenwart und Unausbleiblichkeit des Todes« erfaßt und in die Grübeleien und Angstanfälle einer tiefen existentiellen Krise hineingerissen. Mehrmals ist er nahe daran sich umzubringen. Die Worte eines einfachen Landarbeiters weisen ihm einen Weg aus der Krise. Sinngemäß, nicht wörtlich, hatte der Mann gesagt, man dürfe kein egoistisches Leben führen, sondern müsse »für etwas Unbegreifliches leben«, nicht für den eigenen Bauch, sondern für Gott. Das ist der Beginn von Ljewins Bekehrung zu einem gottgefälligen, einfachen Leben, in dem er zusammen mit Kitty sein Glück findet.

Als Tolstoi das schrieb, hat er darin wohl auch noch das idealisierte Bild seiner eigenen Ehe gesehen. Doch sein Bekehrungsweg entfernte ihn immer weiter von seiner Frau, der seine Verwandlung aus einem reichen Gutsherren, Familienvater und bedeutenden Schriftsteller in einen Apostel der freiwilligen Armut und Askese allmählich als ein pathologischer Prozeß erschien.

Wie er es bei Ljewin darstellte, hatte die Veränderung auch bei ihm mit einem Anfall von Schwermut und plötzlicher überwältigender Angst begonnen, der Züge eines psychotischen Schubs hat. In den unvollendeten »Aufzeichnungen eines Wahnsinnigen« hat er Jahre später diese Erfahrung beschrieben. Sie ist aber auch in einem Brief dokumentiert, den er am Morgen des übernächsten Tages nach seinem nächtlichen Anfall an seine Frau geschrieben hat. Es geschah 1869, nach der Vollendung von »Krieg und Frieden«, woran er sieben Jahre gearbeitet hatte. Durch den Tod seiner Brüder waren neue Güter an ihn gefallen. Nun war er in der Absicht, seinen Besitz weiter zu vermehren, in den Bezirk Pénsa gereist, um sich ein Gut mit großem Waldbestand anzuschauen, das zum Kauf angeboten war. Unterwegs übernachtete er in der kleinen Stadt Arsamás und bekam ein kleines weißgetünchtes Hotelzimmer. Es störte ihn sehr, daß es quadratisch war. Er war unruhig, hatte das Gefühl, zu Hause sei ein Unglück passiert, und konnte nicht schlafen. Um zwei Uhr nachts überfielen ihn Schwermut und Todesangst so heftig, daß er nahe daran war, sich zu erbrechen. Der Tod war in seiner Nähe. Er glaubte seine unhörbare Stimme zu hören, die zu ihm sagte: »Ich bin hier.« Es überlief ihn eiskalt. Er zündete die rote Kerze des Tischleuchters an, aber auch das kleine Licht sprach nur vom Tod. Es gab nichts außer dem Tod. »Entsetzen, rotes, weißes, quadratisches«, schlug über ihm zusammen. Er war dabei, den Verstand zu verlieren, und begann zu beten, ohne daß es half.

Am nächsten Tag schien alles vorüber zu sein. Er besichtigte das zum Verkauf stehende Gutshaus und den Wald und verhandelte mit dem Verkäufer. Aber er fühlte, daß er nicht wirklich anwesend war, und eine neue Welle der Schwermut und der Angst begann. Solche Anfälle wiederholten sich: einmal in Moskau, ein anderes Mal während einer Jagd im winterlichen Wald, als er den Kontakt zu den anderen Jägern verlor und sich verirrte. Immer war es gespenstische, den Verstand lähmende Todesangst, die ihn überkam. Danach kehrte er in sein normales Leben zurück. Aber der Tod war immer in seinem Bewußtsein. Und allmählich begann Tolstoi, seine wiederkehrende Angst als den Ausdruck eines falschen Lebens zu deuten.

Noch schrieb er an »Anna Karenina«, zum Schluß ohne Lust, weil längst etwas anderes sich in ihm vorbereitete. Schreiben war ein Teil seines Abwehrsystems gegen die inneren Bedrohungen seines seelischen Gleichgewichtes, genauso wie seine manische Sexualität. Nun suchte er nach den Ursachen seiner Verstörungen und fand sie in der Herrschaft von Menschen über Menschen, der Ausbeutung des geknechteten Volkes, der Anhäufung von Eigentum, der Eitelkeit, dem gedankenlosen Luxus und der Gier der Herrschenden und auch, nachdem er bei Priestern und Mönchen vergeblich geistlichen Rat gesucht hatte, in der kirchlich zelebrierten Religion, die in seinen Augen im Bündnis mit der Macht zu einem christusfernen, rituellen Formalismus verkommen war. Daß er gleichzeitig in rigorosem Dogmatismus begann, die Sexualität zu verdammen, die Kunst als eine eitle Beschäftigung abzutun und das einfache Volk zu verklären und sich den Bauern, die in ihm weiter den Herrn sahen, brüderlich aufzudrängen, erschien seiner Frau, aber nicht nur ihr, als eine erschreckende Verzerrung seiner Person. Was er für eine offenkundige und unumstößliche Wahrheit hielt, war für sie eine monströse, realitätsferne Phantasie, deren wirkliche Motive er vor sich selbst und vor aller Welt mit moralisierenden Argumenten verschleierte. Sie konnte aber nichts dagegen ausrichten, weil er mit seinen Ideen ein riesiges Echo fand. Doch bis zuletzt kämpfte sie dagegen an und verzerrte sich selbst in hemmungslosem Agieren. So wurden sie sich immer fremder.

Tolstoi glaubte, die Poesie des Lebens und seine innere Wahrheit an seine Frau und die Ehe fortgegeben zu haben. Sie dagegen notierte in tiefer Enttäuschung: »Er nimmt von mir zum Beispiel mein Abschreiben, meine Sorge um sein leibliches Wohl, meinen Körper ... Mein geistiges Leben ist für ihn ohne jedes Interesse.«

Poesieverlust also auf beiden Seiten. Und so kam es zu einer überraschenden Umkehrung der Positionen: Sofja Andrejewna, die mißachtete, unzufriedene Frau, verliebte sich, da sie sehr musikalisch war und gut Klavier spielte, in den Pianisten und Komponisten Tanejew, der in Jasnaja Poljana zu Besuch weilte und zusammen mit ihr musizierte. Es war eine platonische Beziehung, denn Tanejew interessierte sich sexuell nicht für Frauen. Doch die seelisch darbende Frau glaubte, daß sie geliebt wurde, schrieb Tanejew Briefe und fuhr zu seinen Konzerten. Als er sich von ihr zurückzog, glaubte sie, daß er sich vor Tolstoi fürchtete. Sie suchte ein Gespräch mit ihrem Mann, obwohl sie selbst Angst vor ihm bekam. Sie notierte in ihrem Tagebuch in einer eindrucksvollen Momentaufnahme, wie er ihr erschienen war: »Seine jüngst sehr buschig gewordenen, dichten Brauen hingen über bitterbösen Augen, seine Miene war leidend und häßlich.« Tolstoi, der rasend eifersüchtig war, machte ihr Vorwürfe und drohte, sie zu verlassen, wenn sie die Beziehung nicht abbreche. Sie erwiderte nach dem fünfseitigen Protokoll, das Tolstoi von dem Gespräch anfertigte und an seine Schwägerin schickte: »Du bist bösartig, du bist ein Tier. Und ich werde gute und liebe Männer lieben, aber nicht dich. Du bist ein Tier.«

Aus dieser hochgespannten Ehesituation entstand Tolstois große Erzählung »Die Kreutzersonate«. Es ist die verzweifelte Beichte eines Mannes, der, von einer Reise heimkehrend, seine Frau in wahnsinniger Eifersucht erstochen hat, weil er sich von ihr betrogen glaubte. Posdnyschow, der verzweifelte Täter, der gegen seinen Wunsch zu büßen, freigesprochen worden ist, erzählt sein Leben, das in der Gewalttat kulminierte, einem Mitreisenden, der die ihm mitgeteilte Lebensgeschichte einem unsichtbar bleibenden Zuhörer – dem Leser des Buches – weitererzählt. Tolstoi hat sich mit dieser Inszenierung die Distanz geschaffen, die er brauchte, um ungehemmt über sich selbst zu sprechen. Gleichzeitig ist er der beichtende Mörder und sein Zuhörer, durch den der Leser alles erfährt, als stünde es in Anführungszeichen: sein wüstes Leben als junger Mann, der erste Bordellbesuch noch in früher Jugend, seine Triebhaftigkeit, seine Egomanie, die mit dreißig Jahren erblühende, provozierende Schönheit seiner Frau, die ein Grund seiner Eifersucht wird, als sie einen Geiger kennenlernt, mit dem sie bei einer Soiree Beethovens Kreutzersonate spielt – für Posdnyschow eine gefährliche, die sittliche Person zersetzende Musik, die zwischen den beiden Menschen eine intime Beziehung stiftet, von der er ausgeschlossen bleibt.

Als er, von quälender Unruhe getrieben, einen Tag früher als vorgesehen von einer längeren Reise gegen Mitternacht nach Hause kommt, sieht er an der Garderobe den Mantel des Musikers und denkt sofort, daß er betrogen wird. Und als habe er im voraus gewußt, was jetzt zu tun sei, zieht er seine Stiefel aus und schleicht auf Strümpfen in das Innere des Hauses. Im Zimmer mit den Jagdwaffen greift er im Vorbeigehen einen Dolch von der Wand und öffnet dann mit einem Ruck die Tür des Musikzimmers. Und von nun ab läuft in gespenstischer Automatik der Alptraum der Gewalttat ab – eine grandiose Schilderung im Sekundenstil. Da sind die Gesichter der beiden! Der Ausdruck des Entsetzens verwandelt sich in Verärgerung über sein Eindringen. Dann begreifen sie beide den Ernst der Situation und versuchen zu reagieren. Der Geiger sagt »in einem bis zur Lächerlichkeit gleichmütigen Ton: ›Wir machen gerade ein wenig Musik.‹« Die Frau fügt mit derselben gespielten Harmlosigkeit hinzu: »›Das nennt man eine Überraschung.‹ Rasende Wut packt Posdnyschow, die Trunkenheit des Zerstörungswahns. Den Dolch noch hinter dem Rücken verbergend, geht er auf seine Frau zu, um ihr einen Stich in die Seite unter der Brust zu versetzen.« Diese Stelle hat er sich vorher in Gedanken ausgesucht. Aber der Geiger fällt ihm in den Arm: »Kommen Sie zur Besinnung! Was tun Sie! Hilfe!« Als Posdnyschow sich ihm zudreht, um sich auf ihn zu stürzen, gleitet der Geiger plötzlich weg und kriecht unter dem Flügel durch, um aus dem Zimmer zu flüchten. Posdnyschow will ihn verfolgen. Doch ein schweres Gewicht hängt an seinem linken Arm. Das ist seine Frau, die ihn nicht losläßt und ihn anschreit: »Komm zu dir! Was tust du? Was ist mit dir? Es war nichts, nichts, wirklich nichts ... Ich schwöre es dir!« Doch Posdnyschow ist durch ihre Worte nicht mehr zu erreichen. Sie beweisen ihm nur, daß sie lügt, und steigern seine Wut. Ihre klammernde Berührung ist ihm ekelhaft. Er wirft sie auf den Rücken und beginnt, sie mit der freien Hand zu würgen. Was für ein sehniger Hals, schießt es ihm durch den Kopf. Mit beiden Händen versucht sie, seine Hand wegzureißen. Und als habe er darauf gewartet, stößt er unterhalb der Rippen seinen Dolch in ihren Leib.

Der Täter, der seinem Zuhörer seine Tat wie besessen schildert, fügt hinzu – und dies ist ein rasanter Stilwechsel, der wie ein Kälteschock wirkt: »Wenn Leute behaupten, daß sie im Anfall von Raserei nicht wissen, was sie tun, ist das nichts als Unsinn und Unwahrheit. Ich wußte alles, und es gab keinen Augenblick, in dem mir nicht voll bewußt war, was ich tat. Je stärker ich in mir die Funken meiner Tobsucht überhitzte, um so heller brannte die Flamme der Erkenntnis, bei deren Licht ich sehen mußte, was ich tat. ... In dem Augenblick, da ich es tat, wußte ich, daß ich etwas Schreckliches tue, etwas, das ich früher nie getan und das die furchtbarsten Folgen haben würde. Doch diese Erkenntnis flammte wie ein Blitz auf, und sogleich nach der Erkenntnis kam die Tat. Und mit ganz ungewöhnlicher Klarheit war ich mir der Tat bewußt. Ich weiß, ich fühlte den sekundenlangen Widerstand des Korsetts und noch irgendeiner Sache und dann das Eindringen des Dolches in etwas Weiches.«

Nein, es gibt kein Ausweichen, kein Entkommen vor der Schuld in Tolstois Welt. Die schlimmste Strafe für Posdnyschow ist es, erkennen zu müssen, daß er die sterbende Frau liebt. In seiner Verzweiflung bittet er sie um Verzeihung. Mit ihrer letzten Kraft weist sie ihn zurück:

»›Verzeihen? Alles Unsinn ... Nur nicht sterben!...‹ schrie sie auf und richtete sich empor und heftete ihre fiebrig glänzenden Augen auf mich. ›Ja, nun hast du es erreicht! ... Ich hasse dich! Ach! Ach!‹ Sie schrie, als hätte sie vor etwas Angst, das Fieber war schon über ihr. ›Töte mich doch, töte mich, ich fürchte mich nicht! ... Aber alle anderen auch, alle und ihn auch! ... Er ist fort, er ist fort!‹«

Gegen Mittag stirbt sie und läßt Posdnyschow unversöhnt unter dem Gewicht einer untilgbaren Schuld zurück. Die weltlichen Richter haben ihn freigesprochen. Das fesselt ihn für immer an seine Schuld und seine Verzweiflung. Dies also ist Tolstois literarische Verarbeitung seiner Eifersucht auf die Verliebtheit seiner Frau in den Musiker Tanejew. Joseph Conrads berühmtes Wort »Schreiben heißt Gerichtstag halten über sich selbst« gilt für niemanden mehr als für Tolstoi selbst.

Das andere erschreckende Zeugnis des Tolstoischen Ehedramas, um das er spätestens seit der Geschichte von Ljewins Ehe in »Anna Karenina« immer wieder kreiste, ist die Erzählung »Der Tod des Iwan Iljitsch«, eines seiner großen Meisterwerke. Der Beamte Iljitsch erkrankt auf dem Höhepunkt seiner beruflichen Laufbahn unheilbar an Krebs und erkennt im Sterben die Nichtigkeit seines Lebens vor allem in Gestalt seiner Frau. Ihrer konventionellen Frömmigkeit zuliebe hat er eingewilligt, daß ein Priester ihm das Sakrament verabreicht. Danach hat er sich eine Minute besser gefühlt. Da tritt sie wieder an sein Bett und beglückwünscht ihn:

»›Nicht wahr, jetzt geht es dir doch besser?‹

Ohne sie anzusehen, erwiderte er: ›Ja!‹

Ihre Kleidung, ihr Körperbau, der Ausdruck ihres Gesichtes und der Klang ihrer Stimme – sie sagten ihm nur das eine: ›Es ist nicht das Wahre – all das, wofür ich gelebt habe und lebe, ist Lüge; Lüge und Betrug haben Leben und Tod vor mir verborgen gehalten.‹ Und kaum hatte er das gedacht, da stieg alsbald der Haß von neuem auf, und zugleich mit dem Haß kamen auch die physischen, qualvollen Schmerzen wieder und mit den Schmerzen das Bewußtsein des unvermeidlichen nahen Untergangs. Es ging etwas Neues vor: es begann zu kreisen und zu stechen und ihm den Atem zu beklemmen.

Der Ausdruck seines Gesichtes, als er dieses ›Ja‹ gesagt hatte, war entsetzlich. Denn nachdem er, ihr starr ins Gesicht blikkend, dieses ›Ja‹ gesagt hatte, streckte er sich mit einer für seine Schwäche ungewöhnlichen Schnelligkeit mit dem Rücken nach oben und schrie:

›Geht fort, geht fort, laßt mich in Ruh!‹

Und von diesem Augenblick an setzte jener drei Tage lang ohne Unterbrechung währende Schrei ein, der so grauenhaft war, daß man ihn noch hinter zwei Türen nicht ohne Entsetzen vernehmen konnte.«

Drei Tage lang kämpft Iwan Iljitsch, »wie ein zum Tode Verurteilter in den Händen des Henkers kämpft, wohl wissend, daß es keine Rettung gibt«. Der Tod ist ein dunkler Sack, in den er von einer fremden Gewalt langsam hineingepreßt wird, es ist die Atemnot, die Angst, die erschreckende Sinnlosigkeit. Doch zwei Stunden vor seinem Tod hat er auf einmal das Gefühl, wie er es manchmal bei Eisenbahnfahrten erlebt hat: Er glaubte vorwärts zu fahren und merkte plötzlich, daß es rückwärts ging. Dann fühlt er sich abstürzen. Schattenhaft erscheinen seine Frau und sein kleiner Sohn an seinem Bett, und er sieht, daß sie weinen. Er denkt, ich quäle sie, aber es wird besser für sie werden, wenn ich tot bin. Mit einem Blick weist er seine Frau an, den Jungen wegzuführen. Ihr will er noch »Lebewohl« sagen, aber er versprach sich und war nicht mehr imstande, sich zu verbessern. Er liegt dort allein in seiner Ohnmacht. »Und plötzlich wurde ihm klar, daß alles, was ihn gequält hatte und nicht herauswollte, daß all das plötzlich und mit einem Male herausquoll, von zwei Seiten, von zehn Seiten.« Der Schmerz verschwindet, auch die Todesangst. Und auf einmal ist ein Licht da, ganz so, wie die heutige Sterbeforschung es anhand von Zeugnissen reanimierter Sterbender beschrieben hat. Er lebt noch zwei Stunden mit röchelndem, schwächer werdendem Atem. Dann hört er, wie jemand über ihm sagt: »Es ist zu Ende.« Er wiederholt die Worte in seinem Geist, und indem er denkt, der Tod ist zu Ende, stirbt er.

Es ist kaum möglich, in dieser erschütternden Darstellung nicht ein vorausgeahntes Bild von Tolstois eigenem Sterben zu sehen, obwohl dessen Umstände noch viel dramatischer waren. Ein Jahr vor seinem Tod hatte der alte Mann, der die offenbaren Widersprüche seines Lebens nicht mehr ertragen konnte, Worte des Zweifels und der Verzweiflung in sein Tagebuch geschrieben. So am 2. September 1909: »In der Nacht und am Morgen verfiel ich in einen, wie ich glaube, noch nie zuvor erlebten Zustand der Kälte, des Zweifelns an allem, vor allem an Gott, an der Richtigkeit meiner Auffassung vom Sinn des Lebens. Ich mißtraute mir selbst, konnte jedoch jenes Bewußtsein, das mein Leben war und ist, nicht herbeirufen.« Er, der im Kampf gegen überfallartige Depressionen und Ängste, die ihn dem Wahnsinn nahebrachten, mit der gewaltigen Anstrengung seiner Selbstbezichtigung und Bekehrung seine Existenz umgebaut und auf eine neue moralische Grundlage gestellt hatte, um inneren Frieden zu finden, war dabei in Kompromissen und peinigenden Widersprüchen steckengeblieben. Er hatte den Frieden nicht gefunden und gab seiner Frau die Schuld, die seinen Weg durchkreuzt hatte, anstatt ihn mitzugehen. Nun steckte er immer noch im falschen Leben, gefesselt durch ihre unüberwindbaren Ängste. Sie kontrollierte ihn wie einen Gefangenen. So jedenfalls empfand er es, obwohl es von Fürsorge nicht zu unterscheiden war. Nachts ließ sie seine und ihre Schlafzimmertür offen, um ihn zu überwachen. In der Nacht zum 28. Oktober 1910, in der er sie endgültig verließ, hatte er das Öffnen der Türen und ihre Schritte auf dem Flur gehört und tiefe Abneigung gegen sie empfunden. Er hatte nicht schlafen können und eine Kerze angezündet. Da kam sie, um nach ihm zu sehen. Und nicht anders, als es Iwan Iljitsch beim Anblick seiner Frau empfunden hatte, sieht er in ihr die Verkörperung seines falschen Lebens. In seinem Tagebuch notierte er: »Abscheu und Empörung nahmen zu. Ich schnappte nach Luft, zählte den Puls: 97. Konnte nicht liegen und faßte plötzlich den endgültigen Entschluß, wegzufahren.«

Er weckt seinen Hausarzt und Freund Dusan Makovicky, der seit längerer Zeit in Jasnaja Poljana lebte, und einen seiner Söhne. Sie packen notdürftig und lassen anspannen. Tolstoi hinterläßt einen Brief für seine Frau, und im ersten Morgengrauen fahren Tolstoi und sein Arzt zur Bahnstation. Es wird eine konfuse Flucht ohne ein klares Ziel. Tolstoi erkrankt und muß wegen Fieber und Schwäche die Reise bei der kleinen Bahnstation Astopowo unterbrechen. Der Arzt bringt ihn im Haus des Bahnhofvorstehers unter, und es dauert nicht mehr lange, bis die Nachricht in die Öffentlichkeit und nach Jasnaja Poljana dringt. Reporter kommen, neugierige Menschen sammeln sich bei der kleinen Bahnstation. Die Polizei muß für Ordnung sorgen. Sofja Andrejewna hat am Morgen Tolstois Brief geöffnet und das Blatt von sich geschleudert, nachdem sie den ersten Satz gelesen hatte: »Meine Abreise wird Dich betrüben.«

Dann stürzte sie in den Park hinaus und lief zum Teich, um sich zu ertränken. Tolstois Sekretär W. Bulgakow und Tochter Alexandra zogen sie aus dem Wasser. Sie und ihre Kinder reisen nach Astopowo, wo Tolstoi mit einer Lungenentzündung im Sterben liegt. Die Kinder lassen sie nicht zu ihm, weil sie fürchten, daß die Erregung den Vater umbringen wird. Sofja Andrejewna wohnt in einem abgestellten Eisenbahnwaggon und wartet sehnlich darauf, daß ihr Mann sie rufen läßt. Aber erst als er schon nicht mehr bei Bewußtsein ist, wird sie zu ihm gelassen. Nichts hatte sie mehr gehalten. Sie war zu ihm gekommen, bevor sie gerufen wurde. Doch es war schon zu spät. Zu Sergej, seinem Lieblingssohn, hatte er noch kraftlos gemurmelt: »Die Wahrheit ... liebe viel ... sie alle.« Als Sofja Andrejewna an seinem Bett saß und zärtlich zu ihm sprach, antwortete er nicht mehr. Nach dem Bericht seiner Tochter Tatjana sagte Sofja Andrejewna ihrem Mann Lebewohl und bat ihn, »ihr alles zu vergeben, womit sie sich schuldig gemacht habe. Ein paar tiefe Seufzer waren die einzige Antwort.«

Obwohl der Satz nicht so adressiert wurde, könnte man es als eine Antwort auf Tolstois leidenschaftliches Streben nach dem wahren Leben verstehen, daß Theodor Fontane seiner ihm persönlich sehr nahestehenden letzten Romangestalt, dem alten Major a.D. Dubslaw von Stechlin, die skeptische Lebensweisheit in den Mund legte: »... etwas ganz Richtiges gibt es nicht.« Tolstoi, der große Menschendarsteller mit seinem Blick für gesellschaftliche Unterschiede und individuelle Besonderheiten, wußte das selbstverständlich, konnte aber jahrzehntelang mehr oder minder unbefangen im Genuß seiner aristokratischen Privilegien in der vorgegebenen Welt leben, bis ihm in seiner Bekehrung die nicht ganz richtige Welt als eine grundfalsche erschien. Als es ihm dann wegen des Widerstandes seiner Frau nicht gelang, konsequent das nach seiner neuen Einsicht »wahre und einzig richtige Leben« in freiwilliger Armut zu führen, war er so leidenschaftlich von seinen Gedanken erfüllt, daß er sich über sein Steckenbleiben in faulen Kompromissen nicht mit der achselzuckenden Weisheit des alten Stechlin trösten konnte, daß es im menschlichen Leben etwas ganz Richtiges eben nicht gebe. Für Fontane war das dagegen ein beruhigendes Resümee. Ein Leben war geglückt, wenn es halbwegs geglückt war. Mehr konnte man billigerweise nicht verlangen, denn dazu war die Welt zu komplex und zu widersprüchlich, und die Zufälle und Widerstände der Realität waren zu mächtig, als daß man hoffen konnte, seine Konzepte unverfälscht durchzusetzen und alle Wünsche zu befriedigen. Im Unterschied zum Grafen Tolstoi, der mehrere große Güter mitsamt den dazugehörigen Leibeigenen besaß, mußte sich Fontane fast sein Leben lang nach einer zu kurzen Decke strecken. Immer fehlte es ihm und seiner Familie an Geld. Seine spätere Frau Emilie, die völlig mittellos bei Verwandten in Schlesien lebte, wartete auf die Einlösung seines Heiratsversprechens. Aber er hatte schon zwei uneheliche Kinder von einer oder zwei anderen Frauen und hatte Anstellungen in einer Berliner Apotheke und am Krankenhaus Bethanien, wo er zwei Diakonissinnen pharmazeutisch ausbildete, wieder verloren beziehungsweise aufgegeben, weil sie ihm nicht behagten. Außerdem schrieb er Artikel für die Dresdner Zeitung. Doch die ohnehin sehr spärlichen Honorare trafen unregelmäßig und mit großen Verzögerungen ein. An seinen Freund Bernhard Lepel, bei dem er sich für ein Darlehen bedankte, schrieb er: »Denke Dir: ›Enthüllungen Nr. II‹; zum zweiten Mal unglückseliger Vater eines illegitimen Sprößlings. Abgesehen von dem moralischen Katzenjammer, ruf' ich auch noch aus: ›Kann ich Dukaten aus der Erde stampfen usw.‹ Meine Kinder fressen mir die Haare vom Kopf, eh die Welt weiß, daß ich überhaupt welche habe.« Er gab zeitweise Nachhilfestunden in Englisch und lebte auf Pump. Als er schließlich heiratete, gestand er seinem Brieffreund Wilhelm Wolfsohn, daß er richtige Hungerzeiten erlebt habe. »Die Verhältnisse haben mich sehr ausgetrocknet, es war Wüste überall, im Kopf, im Herzen und vor allem im Beutel. – Ich habe traurige Monate zugebracht und so recht kennengelernt, entweder wie schwer es ist, auch nur das bescheidendste Brot zu finden, oder aber wie wenig Leute es gibt, die bereit sind, es einem suchen zu helfen.«

Er war nicht bereit, sich mit allem abzufinden, mußte aber lernen, Kompromisse einzugehen. Er, der Liberale aus dem Vormärz und Sympathisant der Revolution von 1848, an der er allerdings nur am Rande teilgenommen hatte, wurde Redakteur der erzkonservativen »Kreuzzeitung«. Als er allerdings die Möglichkeit sah, durch Romane den Lebensunterhalt für sich und seine Familie zu verdienen, kündigte er zum Entsetzen seiner Frau Emilie, die genug Armut erlebt hatte und voller Lebensangst war. Fontane löste mit der Kündigung eine Ehekrise aus. Das wiederholte sich in dramatischer Steigerung, als er, während sie verreist war, spontan eine einträgliche Anstellung als Ständiger Sekretär der Berliner Akademie der Künste kündigte, weil er sich schlecht behandelt fühlte. In seiner Jugend hatte er die andauernden Streitereien seiner Eltern und deren schließliche Trennung erlebt und war bemüht, seine Lebensverhältnisse in Ordnung zu halten, um das tun zu können, was ihm am wichtigsten war: Schreiben. Seine Frau half ihm dabei. Obwohl sie vier Kinder hatte und häufig krank war, schrieb sie, wie viele Schriftstellerfrauen der damaligen Zeit, alle Manuskripte ihres Mannes in Reinschrift ab, die meisten mehrfach.

Fontane war ein zäher, fleißiger Schreiber. Aber er machte den Fehler, mit einem lange geplanten Riesenprojekt zu beginnen, einem historischen Roman über die napoleonische Zeit, den man als ein preußisches Pendant zu Tolstois »Krieg und Frieden« betrachten kann, der aber flacher und zäher als dieses herausragende Meisterwerk geraten ist. »Vor dem Sturm«, wie der Roman von Fontanes Verleger Wilhelm Hertz betitelt wurde, hatte zum Mißfallen von Emilie viel Arbeitszeit gekostet und damit auch Vorschüsse und geliehenes Geld verschlungen, wurde aber ein Mißerfolg. Belehrt durch diese Erfahrung, ging Fontane dazu über, kürzere Romane aus dem Gesellschaftsleben mit zum Teil noch kolportagehaften Zügen und sentimentalen Motiven zu schreiben, die ihm allmählich Erfolg brachten. Seine Meisterwerke »Effi Briest« und »Der Stechlin« verfaßte er erst im hohen Alter. Seine Frau glaubte allerdings bis zum Schluß nicht, daß ihr Mann ein bedeutender Schriftsteller war.

Fontane lebte mit seiner reizbaren und launischen Frau seit den oberflächlich beigelegten Ehekrisen in stabiler Entfremdung, was sich zum Beispiel darin ausdrückte, daß sie immer getrennt verreisten. Zu seinen drei Söhnen hatte Fontane ein distanziertes Verhältnis; der dritte wurde allerdings später sein Verleger und ging Anfang der dreißiger Jahre mit seinem Verlag bankrott. Martha, genannt Mete, die einzige Tochter, wurde Fontanes Liebling und das Sorgenkind ihrer Eltern. Sie bewunderte und liebte ihren Vater und gab ihm als seine intelligente und intuitive Gesprächspartnerin die Zuwendung, die er bei seiner Frau vermißte. Mete war körperlich und seelisch labil und hat mit ihren vielen Zusammenbrüchen vermutlich zur Stabilisierung der Ehe ihrer Eltern beigetragen. Man konnte sich gemeinsam um sie kümmern. Nach dem Tod ihrer Eltern heiratete sie einen viel älteren Mann und hat sich nach dessen Tod umgebracht, indem sie sich aus dem Fenster stürzte.

Heinz Ohff zitiert in seiner Biographie Fontanes Antworten auf persönliche Fragen, wie sie in den damals als Gästebuch in Mode gekommenen, sogenannten »Torturbüchlein« gestellt wurden. Er beantwortete die Fragen lakonisch, mit einer schroffen Ironie, doch gewiß nicht ganz falsch. Auf die Frage »Wie verstehen Sie Glück?« antwortete er: »Gar nicht.« Und hinter die Gegenfrage »Wie das Unglück?« schrieb er: »Auch nicht recht.« Das entspricht der Lebenserfahrung eines Mannes, der die Extreme gemieden hat. Und so antwortete er auf die Frage »Was ist Ihre hervorstechendste Eigenschaft?« kurz und furchtlos: »Indifferenz«. Das Wort bezeichnet die größtmögliche emotionale Entfernung von Tolstoi und eine völlig anderen Umständen angepaßte Lebensstrategie. Eine weitere auffallende persönliche Eigenschaft Fontanes, die seine Indifferenz mit einer gesellschaftlich perfekten Erscheinung nach außen absicherte, war seine Eitelkeit. Sobald er es sich leisten konnte, ließ er alle seine Anzüge beim besten Schneider in Karlsbad anfertigen, und laut dem Zeugnis seines jüngsten Sohnes besaß er sechs Sommermäntel, einen davon aus Seide. Bis ins hohe Alter war er eine glänzende Erscheinung, schlank und straff, mit immer noch üppigen, gepflegten Haaren.

An »Effi Briest« schrieb er fast fünf Jahre. Seine gelegentlich zitierte Äußerung, er habe den Roman, anders als seine sonstigen Bücher, träumerisch, wie mit einem Psychographen geschrieben, trifft allenfalls für die erste Niederschrift zu. Auch um dieses Werk, das bei weitem sein größter Erfolg wurde und seinen Ruhm begründete, hat er mühsam gerungen.

»Effi Briest«, der dritte in der Reihe der großen realistischen Ehebruchsromane, hat wie Flauberts und Tolstois Romane einen realen Fall zum Ausgangspunkt. Flaubert war durch seine Freunde Bouilhet und Du Camp auf den damals in der Presse berichteten Fall des Landarztes Delamare und seiner untreuen jungen Frau als einen aktuellen Romanstoff hingewiesen worden, nachdem sie ihm zuvor seine pompöse »Versuchung des heiligen Antonius« ausgeredet hatten. Und Flaubert hatte in schnell vollzogenem Umdenken den Vorschlag aufgegriffen. Als seien ihm die Schuppen von den Augen gefallen, leuchtete ihm plötzlich ein, daß das wahrhaft Interessante das reale Leben war. Tolstoi war durch den Selbstmord der Obristentochter Anna Stepanowa Sykowa, die sich, gequält von Eifersucht, nicht weit von seinem Gut Jasnaja Poljana entfernt vor einen Zug geworfen hatte, auf die Geschichte von Anna Karenina gekommen. Er sah die aufgebahrte entblößte Leiche in der Kaserne von Jassenki mit haarlosem Schädel und zerschnittenem Leib. Sofja Andrejewna schrieb darüber einen Bericht unter dem Titel »Weshalb die Karenina Anna heißt, und was ihn auf den Gedanken eines solchen Selbstmordes gebracht hat«. Fontane wiederum hatte die Anregung zu Effi Briest aus dem Berliner Gesellschaftsklatsch. Er hörte die Geschichte der Baronin Elisabeth von Ardenne, aus der er den Roman entwickelte, von der Frau des Herausgebers der Vossischen Zeitung und dachte sofort: »Das mußt du schreiben!« Im Unterschied zu Effi wurde Frau von Ardenne fast hundert Jahre alt und ist erst 1952 gestorben. Die für den Roman ebenso wichtige sinnliche Vorstellung von Effis mädchenhafter Erscheinung gewann Fontane, als er bei einem Ferienaufenthalt in Thale im Harz auf dem

Nachbarbalkon seines Hotels eine junge Engländerin sah, deren flüchtiger Anblick ihn faszinierte. Man darf auch annehmen, daß Mete, das »Goldkind«, seine »Persönlichkeitsmuse«, wie er sie nannte, eine Anregung für die Schaffung seiner Romangestalt gewesen ist. Nicht zuletzt aber kann man in Effis Eltern auch das Ehepaar Fontane erkennen. Für Instetten, Effis Mann, gab es auch ein Vorbild. Es handelte sich um einen Offizier, den Fontane aus Gründen der Tarnung im Roman zu einem Beamten machte, während das konservative, institutionell gebundene Denken das gleiche blieb.

Verglichen mit »Madame Bovary« und »Anna Karenina« ist »Effi Briest« ein stilles Buch. Effi ist ein siebzehnjähriges Mädchen, bei dessen Namen Becketts maroder alter Mann Krapp aus dem Stück »Das letzte Band« in melancholische Phantasien verfällt, denn für ihn strahlt dieser Name in seiner intimen Kürze und Schlichtheit den frühlingshaften Zauber der längst vergangenen Jugend aus: »Sah mir die Augen aus dem Kopf, indem ich wieder einmal Effi las, eine Seite pro Tag, wieder unter Tränen. Effi ... Hätte mit ihr glücklich sein können. Da oben an der Ostsee, und die Kiefern und die Dünen.« Ein fernes Bild, die Retterphantasie eines alten Mannes, der sich angezogen fühlt von der Schutzlosigkeit und dem scheiternden Leben dieser literarischen Gestalt, die ohne großes eigenes Zutun, eigentlich aus Passivität, in ihr Unglück gerät. Ihre Lebensgeschichte hat keine großen Höhen und Tiefen. Es ist eine flache, langsam zum Ende hin abfallende Bahn.

Effi, ein munteres, lebenslustiges Mädchen, ist von ihren Eltern, deren einziges Kind sie ist, in bester Absicht an einen bedeutend älteren Mann, den Landrat Baron Innstetten, verheiratet worden und hat im Schatten dieses ehrgeizigen und beamtenhaft korrekten Mannes ein ereignisloses Leben geführt. Die Ehe ist nicht glücklich. Am besten charakterisiert wird sie durch eine kurze spätere Äußerung Effis über ihren Ehemann: Sie nennt ihn, wohl in Übereinstimmung mit dem allgemeinen Urteil, einen »vortrefflichen Mann«. Aber ... »er hatte so was Fremdes. Und fremd war er auch in seiner Zärtlichkeit«. Aus Langeweile und Zufall, aber ohne wirkliche Leidenschaft, wird

Effi für eine kurze Zeit die Geliebte des Major Crampas, eines Nachbarn und gewohnheitsmäßigen Frauenhelden mit angestaubtem Charme, der seinen Erfolg seinem Blick für die Unangemessenheiten von Effis Ehe, seiner sich darauf stützenden Zielstrebigkeit und einer unversehens sich ergebenden günstigen Gelegenheit verdankt: Bei einer von Instetten geleiteten Schlittenfahrt der Kessiner Gesellschaft ergibt es sich, daß Effi neben Crampas im Schlitten sitzt. Sie verhält sich korrekt und meidet die körperliche Nähe so gut es geht. Aber die Kolonne der Schlitten biegt plötzlich von der vorgesehenen Route in einen schmalen Waldweg ab und gerät auseinander.

»Effi schrak zusammen. Bis dahin waren Luft und Licht um sie her gewesen, aber jetzt war es damit vorbei, und die dunklen Kronen wölbten sich über ihr. Ein Zittern überkam sie, und sie schob die Finger fest ineinander, um sich einen Halt zu geben.« In ihrer Angst denkt sie an ein Gedicht, das »Die Gottesmauer« hieß, und betet wie ein Kind um eine solche Schutzmauer, die Gott um sie bauen soll. »... aber mit einemmal fühlte sie, daß es tote Worte waren. Sie fürchtete sich und war doch zugleich in einem Zauberbann und wollte auch nicht heraus.

›Effi‹, klang es jetzt leis an ihr Ohr, und sie hörte, daß seine Stimme zitterte. Dann nahm er ihre Hand und löste die Finger, die sie noch immer geschlossen hielt, und überdeckte sie mit heißen Küssen. Es war ihr, als wandle sie eine Ohnmacht an.«

Das ist die Verführungsszene. Sie ist behutsam und zärtlich und zeigt die erotische Erfahrung und das Einfühlungsvermögen des mehr als doppelt so alten Mannes vor allem in der beruhigenden Geste, mit der er ihre verkrampften Hände löst. Danach erfährt man nichts mehr über das sexuelle Verhältnis, das sich zwischen Effi und Crampas anspinnt, denn der Roman schildert nur, wie sie unter dem Vorwand, aus Gesundheitsgründen ärztlich verordnete große Spaziergänge machen zu müssen, täglich für längere Zeit das Haus verläßt und mit wachsender Verschlagenheit sich der Begleitung ihrer Dienerin entzieht. Sie vermag auch Innstetten zu täuschen, der nach der Schlittenfahrt mißtrauisch geworden ist. Nur eine ältere Dame aus pietistischen Kreisen, die viel verständnisvoller als Effis eigene Mutter ist, sieht ihr bei einer Silvestergesellschaft, bei der auch Crampas anwesend ist, die innere Spannung und Verwirrung an und entlockt ihr als Geständnis einen Seufzer. Es ist offenbar ein Bedürfnis der alten Frau, die Frustrationen ihrer eigenen Jugend in der jungen Frau wieder zu entdecken und sie freundlich zu ermahnen, die Anfechtungen zu überwinden. Kindlich vertrauensvoll seufzt Effi: »Ach, gnädigste Frau. Es ist oft recht schwer.« Sie bekommt zur Antwort: »Man muß immer ringen mit dem natürlichen Menschen.« Effi will das auch. Sie hat eine kleine Tochter mit Instetten. Und eine andere Perspektive als die Fortsetzung der Ehe mit ihrem Mann sieht sie nicht. Auch Crampas ist schließlich verheiratet. Und sie liebt ihn auch nicht. Was Effi und Crampas zusammengeführt hat, ist nur ein von beiden empfundener Mangel an Leben, für den sie sich miteinander entschädigen wollen.

Als Innstetten ins Ministerium berufen wird und sie nach Berlin umziehen, scheint die Krise überstanden zu sein. Effi fühlt sich freier in der großen Stadt. Und ein neuer Liebhaber taucht nicht in ihrem Leben auf. Sie hat nach der Affäre mit Crampas kein außereheliches Interesse mehr. Doch sechs Jahre später – die kränkelnde Effi weilt zur Kur in Bad Ems – stößt Innstetten durch Zufall auf ein Bündel alter Liebesbriefe, die Crampas damals an Effi geschrieben hat. Innstetten ist tief gekränkt und verletzt. Aber er empfindet keine Rachsucht und er liebt, wie er in einem Gespräch mit seinem Freund Wüllersdorf sagt, seine Frau noch immer. Doch nun, da er sich einem anderen Menschen anvertraut hat, ist für ihn die Chance vertan, die Briefe heimlich zu vernichten und so das Geschehene ungeschehen zu machen. Wüllersdorf ist zwar sein Freund. Aber Innstetten glaubt nicht damit leben zu können, einen lebenslangen Mitwisser zu haben für die nach altem Ehrenkodex schmähliche Tatsache, daß er von seinem Nachbarn und seiner Frau betrogen worden ist, ohne die üblichen Konsequenzen zur Wiederherstellung seiner Ehre zu ziehen. Keine inneren Gründe nötigen ihn zu seiner verhängnisvollen Entscheidung, sondern eine überlebte, noch nicht öffentlich außer Kraft gesetzte Konvention. Da Ehre für ihn gleichbedeutend mit öffentlichem Ansehen ist und er eine öffentliche Person ist, glaubt er keine andere Wahl zu haben: Er fordert Crampas zum Duell heraus und erschießt ihn. Dann läßt er sich scheiden und setzt dabei durch, daß die Tochter Annie ihm zugesprochen wird. Effi wird von ihren empörten, auf ihren Ruf bedachten Eltern verstoßen und lebt in einer kleinen Wohnung in Berlin, zusammen mit einer alten Dienerin. Als sie später die Erlaubnis erwirkt, ihre Tochter Annie wiederzusehen, muß sie erleben, daß sich das Kind unter dem Einfluß des Vaters gegen sie verschlossen hat und ihr nur formelhafte Antworten gibt. Sie reagiert zunächst mit Empörung, dann mit Krankheit und Depression. Aber erst als die Krankheit bedrohlich wird, sind die Eltern auf dringendes Anraten eines Arztes bereit, ihre Tochter wieder bei sich aufzunehmen. So kehrt Effi nach einem verfehlten Leben in das Haus ihrer Kindheit zurück, um dort allmählich zu sterben. Schon todkrank sagt sie in einem letzten Gespräch mit ihrer Mutter, daß sie sich innerlich mit Innstetten ausgesöhnt habe. Er »war so edel, wie jemand sein kann, der ohne rechte Liebe ist«. Das klingt fast weise, doch auch so, als habe sie keine Kraft mehr zum Haß. Es ist trotzdem kein falsches Gefühl, weil es ihr Ruhe gibt. Sie hat mit sich und ihrem Leben abgeschlossen.

Was sie nun tut, ist der stillste und höflichste Selbstmord der Literatur. Ganz im Gegensatz zu der verzweifelten Selbstvernichtung von Emma Bovary und erst recht zum Selbstmord von Anna Karenina, die sich unter den Zug wirft, um Wronski ein quälendes, nicht mehr zu vergessendes Schreckensbild zu hinterlassen, macht sie unauffällig mit ihrem Leben Schluß. Sobald die Mutter, getäuscht durch die geschlossenen Augen ihrer kranken Tochter, leise das Zimmer verlassen hat, steht Effi auf, setzt sich an das offene Fenster und saugt die kalte Nachtluft ein. Man erfährt dann nur noch, daß sie gestorben ist. In einem rückblickenden Gespräch über das schiefgelaufene Leben ihrer Tochter fragt sich die Mutter: »Ob wir sie nicht anders in Zucht hätten nehmen müssen?« Und ob sie für eine Ehe »vielleicht zu jung war«? Und der alte Briest antwortet, weise oder feige – man weiß es nicht –, mit der zum beliebten Zitat gewordenen Formel, mit der auch heute noch schwierige Lebensprobleme vom Tisch gewischt werden: »Ach, Louise, laß ... das ist ein zu weites Feld.«

Alles geschieht ohne Leidenschaft in diesem Buch, ohne die Kraft zur Empörung oder zur Reue. Die Menschen stellen sich ihren Problemen nicht, sondern folgen den geltenden Konventionen. So ist der menschlichste Augenblick des Romans die behutsame Geste, mit der Crampas die ineinander verkrampften Hände von Effi löst. Er gibt ihr damit zu verstehen, wie eng und von Angst gefesselt ihr Leben ist, und macht ihr Mut zu sich selbst. Innstetten dagegen hat ihre kindliche Gespensterfurcht ausgenutzt, um sie mit der Geschichte eines alten chinesischen Poltergeistes einzuschüchtern, der auf dem nahen Friedhof begraben liegt und angeblich nachts das Haus heimsucht.

Später, in Berlin, ist das alles ferne Vergangenheit, die endgültig überwunden scheint. Effi ist erwachsen geworden, und nicht zuletzt durch Innstettens steilen beruflichen Aufstieg hat sich die Ehe entkrampft. Doch die Vergangenheit kehrt zurück, als Innstetten die alten Liebesbriefe von Crampas findet und sich gegen sein Gefühl verpflichtet glaubt, seine verletzte Ehre durch ein Duell wiederherstellen zu müssen. Es ist vor allem dieser nachträgliche Vollzug, mit dem Fontane die Unzeitgemäßheit des Racherituals deutlich macht. Dem Tötungsakt, der als abstrakte Pflichtübung vollstreckt wird, folgt Effis gesellschaftliche Isolation und ihre Trennung von ihrem Kind als ein langsamer Seelenmord, an dem ihre Eltern bis kurz vor Effis Tod entscheidenden Anteil haben – alles im Namen von Anstand und Moral. Der schnell einsetzende große Erfolg des Romans hängt sicher auch damit zusammen, daß Fontane mit der anrührenden Figur einer liebenswürdigen jungen Frau, die nicht in ihr Leben hineinfand, bevor sie ganz daraus vertrieben wurde, ein deutliches Signal eines längst fälligen Epochenwandels setzte.

6. *Untergänge*

Proust: Auf der Suche nach der verlorenen Zeit · Borchardt: Der unwürdige Liebhaber

Doch manchmal ist die Wahrheit auch im Rückblick zu finden, in der erinnerten, neu erfahrenen Zeit vergangener Lebendigkeit. Der erste Satz von Prousts monumentalem Roman »Auf der Suche nach der verlorenen Zeit« ist ein solcher Satz der Rückschau, mit dem die Erzählperspektive des ganzen Werkes eingeführt wird. »Lange Zeit bin ich früh schlafen gegangen.« Das ist der über weite Abgründe der Zeit hinweggesprochene Satz eines Schlaflosen, vermutlich geschrieben in dem mit Korkplatten und dreifachen Vorhängen gegen die Geräusche der Außenwelt abgedichteten Zimmer seiner Wohnung am Boulevard Haussmann 102, wo Proust ab 1907 mit der Arbeit an der »Recherche du temps perdu« begann, die er bis kurz vor seinem Tod im November 1922 fortsetzte. Auch dort befindet er sich in einem subjektiven Innenraum. Denn räumlich gesehen ist das abgedichtete Zimmer ein Niemandsort, offen nach allen Seiten für die schweifenden Bewegungen der Vorstellungskraft und der Erinnerung, deren Dimension nicht der Raum, sondern die Zeit ist, nicht die Entfernung, sondern die wieder vergegenwärtigte Ferne des vergangenen Lebens. Und wie man in ein Bad steigt, um sich zu erfrischen und zu erneuern, taucht der Autor gleich zu Anfang wieder in die vergangene Traumwelt seines kindlichen Schlafes ein:

»Lange Zeit bin ich früh schlafen gegangen. Manchmal fielen mir die Augen, wenn kaum die Kerze ausgelöscht war, so früh zu, daß ich keine Zeit mehr hatte zu denken: ›Jetzt schlafe ich ein.‹ Und eine halbe Stunde später wachte ich über dem Gedanken auf, daß es nun Zeit sei, den Schlaf zu suchen; ich wollte das Buch fortlegen, das ich noch in den Händen zu haben glaubte, und mein Licht ausblasen; im Schlafe hatte ich unaufhörlich über das Gelesene weiter nachgedacht, aber meine Überlegungen waren seltsame Wege gegangen; es kam mir so vor, als sei ich selbst, wovon das Buch handelte: eine Kirche, ein Quartett, die Rivalität zwischen Franz dem Ersten und Karl dem Fünften. Diese Vorstellung hielt zuweilen noch ein paar Sekunden nach meinem Erwachen an; meine Vernunft nahm kaum Anstoß an ihr, aber sie lag wie Schuppen auf meinen Augen und hinderte mich daran, Klarheit darüber zu gewinnen, daß das Licht nicht brannte. Dann wurde sie immer weniger greifbar, wie nach der Seelenwanderung die Gedanken einer früheren Existenz; der Gegenstand meiner Lektüre löste sich von mir ab, ich konnte mich damit beschäftigen oder nicht; gleichzeitig kehrte mein Sehvermögen zurück, und ich war erstaunt, rings um mich her eine Finsternis wahrzunehmen, die für meine Augen sanft und ausruhend war, mehr aber vielleicht sogar noch für meinen Geist, dem sie grundlos, unbegreiflich, wahrhaft ›dunkel‹ erschien. Ich fragte mich, wie spät es wohl sei ...«

Dieser wunderbare Text, der im Rhythmus beruhigter Atemzüge das unmerkliche Versinken in die Totalität des Traums beschreibt, in der alles sich mit jedem vermischt und das der Kontrolle entgleitende Denken mitsamt dem Träumer sich in pure Imagination verwandelt, liest sich wie eine verkürzte Darstellung des schöpferischen Schreibprozesses, dem sich das ganze Romanwerk verdankt. Prousts Schreibweise ist allerdings ein denkendes Imaginieren, das sich durch fortschreitende Differenzierung ausbreitet und dabei alle seine Gegenstände prismatisch in vielfältige, bewegte Ansichten auflöst. Doch es umschließt den Autor in seinem von der Außenwelt isolierten Zimmer ähnlich dicht wie den Träumenden der Traum. Man kann sich den alternden kranken Proust, der, zurückgezogen von der Welt der Salons, deren ständiger Gast er gewesen war, die letzten Bände seiner Recherche schreibt, gut als den einsamen Bewohner einer imaginären Höhle vorstellen, deren Wände er mit den Bildern seiner Erinnerung bemalt. Das ist ein libidinöser Prozeß, wie sich gleich zu Anfang an dem zitierten Traum zeigt, der als ein entgrenztes Schweben und Verschmelzen mit den Trauminhalten wie die Wiederherstellung eines frühen kindlichen Allmachtsgefühls erscheint. Zwischendurch erwacht der Schläfer, wendet sich aber gleich wieder begehrlich dem Traum zu, der manchmal noch andere, sinnlich nähere Bilder hervorbringt.

»Manchmal entstand in meinem Schlaf aus einer falschen Lage wie Eva aus der Rippe Adams eine Frau. Während sie aus der Lust hervorgegangen war, die ich erlebte, bildete ich mir ein, daß diese mir erst durch sie zuteil geworden sei. Mein Leib verspürte in dem ihren seine eigene Wärme und drängte zu ihr, ich wachte auf. Die übrige Menschheit war mir dann ferngerückt im Vergleich zu dieser Frau, die ich vor Sekunden erst verlassen hatte; meine Wange war noch warm von ihrem Kuß, mein Leib von ihrem Gewicht zerschlagen. Wenn sie, wie es bisweilen vorkam, die Züge einer Frau trug, die ich im Leben getroffen hatte, setzte ich alles daran, ihr wieder zu begegnen; es ging mir wie denen, die sich auf die Reise begeben, um mit eigenen Augen eine Stadt ihrer Sehnsucht zu schauen, und sich einbilden, man könne der Wirklichkeit den Zauber abgewinnen, den die Phantasie uns gewährt. Allmählich verblaßte dann ihr Bild, ich vergaß das Geschöpf meiner Träume.«

Haben und Nicht-Haben wechseln mit den Spannungszuständen und Erregungen des schlafenden Körpers in der Flüchtigkeit des Traums. Die körperlich gespürte, unvollkommene Vereinigung mit dem Wunschbild einer Frau, die meist vage bleibt oder nur ungefähr, für einen kurzen Augenblick die Züge einer bestimmten Frau animmt, von der der Schläfer zärtlich heimgesucht wird, läßt ein leeres Sehnen zurück, das bald ins Vergessen übergeht. Ganz anders schmerzt das Erwachen, wenn etwas Unerfülltes, ein Mangelgefühl, das sich rasch zu einer unerträglichen Verlustangst steigert, den Schlaf unterbricht. Aus der Fülle seiner »durcheinanderwirbelnden Erinnerungsbilder«, die Einschlafsituationen und Schlaflosigkeiten aus verschiedenen Zeiten und an verschiedenen Orten zugehören, hat Proust am Anfang seiner »Suche nach der verlorenen Zeit«, die eine Suche nach sich selbst und der Wahrheit seiner vielfach überlagerten und verschütteten Erfahrungen ist, vor allem eine Kindheitsszene wieder hervorgeholt: Die Familie Proust ist zu Besuch auf dem Land in Combray im Haus der Großeltern von Marcel. Zum Abendessen sind Gäste geladen, und der kleine Marcel, der in einer symbiotischen Liebe an seiner Mutter hängt, leidet schon den halben Tag im voraus unter dem Wissen, daß er frühzeitig aus der Nähe seiner geliebten

Mutter verbannt und ins Bett geschickt werden wird. Der einzige Trost, an den er sich klammert, ist die Erwartung, daß sie später noch einmal in sein Zimmer kommen wird, um ihm wie immer mit einem Kuß eine gute Nacht zu wünschen. Das ist in aller kindlichen Unschuld ein hysterisches Liebesverlangen, das in den Augen des Vaters manchmal die Grenze zur Peinlichkeit überschreitet und auf seine entschiedene Ablehnung stößt. Deshalb geschieht diesmal in Anwesenheit der Gäste die Verabschiedung Marcels auch ungewohnt abrupt. Der Großvater hat gesagt: »Der Kleine sieht müde aus, er sollte schlafen gehen.« Darauf hat der Vater ihm kurz und schroff befohlen: »Ja, los, geh schlafen.« Und als Marcel liebessüchtig und trostbedürftig zu seiner Mutter geeilt ist, um sie zu küssen und von ihr geküßt zu werden, ist der Vater dazwischengefahren: »Aber geh, laß deine Mutter in Ruh, ihr habt euch jetzt genug gute Nacht gesagt, diese Kundgebungen sind ja lächerlich. Los, spring!«

Für Marcel ist das so, als würde er »ohne Wegzehrung« in die nächtliche Einsamkeit fortgeschickt. Wach im Bett liegend hofft er, die Mutter werde doch noch zu ihm hochkommen, und er malt sich genau aus, wie sich ihr liebevolles Gesicht über ihn neigt, um ihn zärtlich zu küssen, und wie er, um den Schrecken des Abschiedes hinauszuschieben, dann seine Lippen auf ihre Wange drückt. Aber die Mutter kommt nicht. Der Vater hat schließlich auch sie zurechtgewiesen, und die Mutter war sich schon seit längerem mit dem Vater einig geworden, daß man den nervösen Zuständen und Schwächen Marcels nicht nachgeben dürfe. Doch Marcel ist ohne die gewohnte zärtliche Zeremonie unfähig einzuschlafen. In seiner Verzweiflung schreibt er einen Brief an seine Mutter, mit der dringenden Bitte, sie möge zu ihm kommen, da er ihr etwas ganz Wichtiges mitzuteilen habe. Er ruft die Hausdienerin Françoise, als er sie draußen hört, und überredet sie, der Mutter den Brief zu überreichen und ihm gleich die Antwort mitzubringen. Françoise kommt nach einer Weile mit dem Bescheid der Mutter zurück: »Es gibt nichts auszurichten«, der Marcel in Verzweiflung stürzt. Er liegt im Bett und hört unten die Stimmen der Erwachsenen, darunter die Stimme seiner Mutter; selbst fühlt er sich ausgeschlossen vom Leben. Schließlich hört er die Geräusche des Aufbruchs der Gäste und lauert seiner

Mutter auf der Treppe auf. Sie stutzt, als sie ihn sieht. Ein Ausdruck des Zorns tritt in ihr Gesicht. Dann hören sie den Vater hochkommen, und das erste, was sie sagt, spricht sie mit zornbebender Stimme: »Mach schnell, daß du fortkommst, daß wenigstens der Papa dich nicht sieht, wie du hier stehst und mir auflauerst wie nicht gescheit!« Marcel kann nur noch sagen: »Komm und sag mir gute Nacht.« Dann nimmt das groteske Eltern-Kind-Drama eine unerwartete Wendung. Der Vater, der kein Mensch der Konsequenz ist, schlägt seiner Frau vor, sie solle in dem zweiten Bett in Marcels Zimmer schlafen, weil der Kleine Kummer habe. Nicht ohne Einspruch läßt sich die Mutter darauf ein. Aber als sie mit Marcel alleine ist, löst sich die Spannung, und in der Erregung des erfüllten Wunsches bricht Marcel in ein nicht enden wollendes Schluchzen aus. Später beruhigt sie ihn, indem sie ihm vorliest. Sie wählt aus dem ihm zum Geburtstag zugedachten Bücherpaket der Großmutter, das sie vorzeitig öffnet, den Roman »François le Champi« von George Sand aus. Das ist in dieser Situation ihrer wiederhergestellten zärtlichen Nähe eine spezifische Wahl, denn der Roman handelt von der Liebe einer Müllerin zu ihrem Adoptivsohn.

Marcel gerät dabei ins Träumen, zumal seine Mutter die Liebesszenen übergeht und dadurch das Geschehen in ein geheimnisvolles Dunkel taucht. Aber sie fesselt ihn »durch die Schönheit und Sanftheit ihres Tons«. ... »Sie legte all die natürliche Zärtlichkeit, die weiche Süße, die sie verlangten, in diese Sätze hinein, die für ihre Stimme geschrieben schienen und sich ganz und gar im Nuancenbereich ihres Gefühlslebens bewegten.« So heilt sie Marcels aufgewühlte Seele mit Hilfe fremder Worte und Bilder, die ihn umhüllen wie der Traum und ähnlich sanft, aber ausdrücklicher seinen tiefsten Wunsch erfüllen: »... ich überließ mich ganz der Süße dieser Nacht, in der ich meine Mutter bei mir hatte.«

Das ist eine Urszene in der Entwicklung des Schriftstellers Proust, der die in dieser Nacht verlorene und wiederhergestellte Symbiose mit der Mutter in den kommenden Jahren notgedrungen und immer mit Hilfe von Ersatzobjekten verlassen wird, um einen schwierigen Erfahrungsweg mit vielen

Illusionen, Verlusten und Entstellungen zu gehen, bis er sich in seinem letzten Lebensabschnitt wieder in einem Text bergen wird, der zwar nicht mehr von der Stimme der Mutter gesprochen wird, aber ihn zurück zu den Quellen seiner inneren Wahrheit führt, die ihn schließlich fähig macht zu sterben.

Seine Existenz als Dandy und Salonlöwe täuscht darüber hinweg, daß es für ihn unendlich schwer war, in die Welt hineinzukommen. Denn diese weit geöffneten dunklen Augen sahen überall begehrte Abbilder seiner Mutter. Sein Biograph George D. Painter spricht von »seiner nahezu inzestuösen Jagd nach Frauen, die alt genug waren, um seine Mutter zu sein ...« Es war aber nicht die zielstrebige Jagd eines jungen Verführers vom Zuschnitt eines Julien Sorel, sondern immer noch die tapsige, auf Zuwendung hoffende Selbstdarstellung des kleinen hilflosen Jungen, der sich seiner Mutter in den Weg stellte, um von ihr beachtet und angenommen zu werden. Er umwarb »der Reihe nach eine Gastgeberin aus dem Bürgertum, eine Kurtisane und eine Schönheit der hohen Gesellschaft« und zog sich lauter Niederlagen zu. Grotesk und peinlich war seine Werbung um die Comtesse de Chevigné, die eines der Vorbilder für seine Darstellung der Herzogin von Guermantes wurde.

Mme de Chevigné hatte den Ruf, daß sie sich Liebhaber halte, was die Phantasien des Einundzwanzigjährigen weckte. Proust fand heraus, daß sie jeden Morgen in der Avenue de Marigny ihren Spaziergang macht, und lauerte ihr den ganzen März 1892 mit der spezifischen Aufdringlichkeit eines schüchternen Menschen auf. Er suchte sich einen Unterschlupf in der Nähe ihres Hauses und folgte ihr. Manchmal ging er auf der anderen Straßenseite. Dann wieder richtete er es so ein, daß er ihr entgegenkam, wobei er sie begierig anblickte oder so tat, als schrecke er zerstreut zusammen, und sie dann grüßte. Er lauerte ihr auch hinter der Tür einer Buchhandlung auf, immer mit stechendem Herzklopfen und in der aberwitzigen Hoffnung, von ihr bemerkt und angenommen zu werden wie einst von seiner Mutter. Schließlich wagte er sie anzusprechen, zog sich eine kurze wütende Antwort zu und wurde stehengelassen. Nun war er erst recht ein eingeschüchterter, mit Komplexen beladener Mann, der sich erfolglos in junge Mädchen verliebte, bis er sein

Coming-out als Homosexueller oder, wie er selbst es nannte, als Invertierter hatte. Als »Umgewendeter« muß man wohl übersetzen, was sehr gut das Einschneidende der neuen Selbsterfahrung beschreibt.

Nun fand Proust viele Partner, mit denen ihn, neben der Sexualität, die Begeisterung für Kunst und Musik und sein ausgeprägter gesellschaftlicher Snobismus verbanden. Entscheidend für diese Wende war seine Begegnung mit dem Grafen Robert de Montesquiou, einem Abkömmling einer der ältesten Adelsfamilien Frankreichs, der eine außerordentlich bizarre Persönlichkeit war. Er hatte zum Beispiel den Panzer seiner Lieblingsschildkröte mit Türkisen auslegen lassen, woran das Tier dann bald starb. In Gesellschaften trat er in einem Anzug aus weißem Samt auf, zu dem er anstelle der Krawatte einen Veilchenstrauß trug. Proust näherte sich ihm am 28. März 1893 in einer vor allem aus Damen bestehenden Gesellschaft, bei der der erste Gedichtband des Grafen, begleitet von seinem eigenen Flötenspiel, von einer Schauspielerin rezitatorisch vorgestellt wurde. Proust bat ihn »flehentlich«, wie Painter schreibt, um eine persönliche Audienz, die ihm gewährt wurde. Er wird sie als Umgewendeter verlassen haben.

Montesquiou wurde das Vorbild des Grafen Charlus, dem Proust im »Sodom und Gomorra« betitelten Band der Recherche die finsteren, lasterhaften Züge der eigenen Homosexualität zugeschrieben hat. Um seine Mutter zu schonen, hat Proust seine Homosexualität konsequent geleugnet, mit dem Ergebnis, daß Marcel, sein persönliches Double, in vielen Szenen des Romans wie ein körperloser, unberührbarer Geist erscheint. Höhepunkt seiner Verschleierungstaktik ist die Umdeutung seiner homosexuellen Liebespartner in eine junge, mädchenhafte Geliebte mit dem Namen Albertine. Während er Charlus mit den dunklen Aspekten seiner sexuellen Erfahrungen belastete, schrieb er der weiblichen Phantasiegestalt Albertine den Charme einer Erotik zu, die er auch aus seinen, zum Teil langfristigen homosexuellen Partnerschaften kannte. André Gide, der ein bekennender Homosexueller war, hat Proust, aus seiner Sicht durchaus mit Recht, als den »Meister der Heuchelei« bezeichnet.

Es mag mit solchen Brechungen und Verschiebungen zusammenhängen, daß Proust auch ein Meister der literarischen Parodie war. Seine Parodien auf Balzac, Flaubert, Edmond de Goncourt, Renan, den Kritiker Sainte-Beuve und andere damals bekannte Autoren gelten als die besten und witzigsten in französischer Sprache. Die Fähigkeit, mit verstellter Stimme zu sprechen, darf nicht in oberflächlicher Imitation steckenbleiben, sondern muß aus dem Blick für die verborgenen, eng miteinander verbundenen Schwächen und Stärken des jeweiligen Autors entwickelt werden: bei Balzac wäre das beispielsweise die irritierende Verbindung von echter Grandiosität und vulgärer Übertreibung. In der Parodie steckt immer ein boshaftes Vergnügen an der Enthüllung von Schwächen etablierter Personen oder Werke, das sich augenzwinkernd als unbestechlicher Blick und verfeinerte Kennerschaft an ein wissendes Publikum wendet, vor allem dann, wenn es sich um eine indirekte, verhüllte Enthüllung handelt, die sich im ersten Augenblick wie beifällige Übereinstimmung anhören kann. Darin gleicht die Parodie der geistreichen gesellschaftlichen Konversation, die mit ironischen Redeformen wie dem scheinhaften Lob, dem vergifteten Kompliment, der Über- und Untertreibung die Standards biederer Wahrheit unterläuft. Diese Kunst eines uneigentlichen Sprechens ist immer eine Art Privatsprache einer umgrenzten Gruppe, an der man erkennen kann, wer dazugehört und wer nicht. So verhält es sich auch mit dem Jargon der Homosexuellen, in dem es viele Umschreibungen und spielerische Ironien gibt. Das sind Sprachwelten, in denen Proust lebte und gegen deren Scheinhaftigkeit er das Verlangen nach der Einmaligkeit authentischer Wahrheit aufrechterhielt, die wiederzufinden der Sinn seines Werkes ist.

Doch wie ist Wahrheit greifbar in einer Welt wachsender Komplexität und schneller Veränderungen, der eine wachsende Labilität von Menschen entspricht, deren Verhalten nicht mehr durch klare konventionelle Erwartbarkeiten, wie zum Beispiel eine Tugendordnung, geregelt ist, Menschen, die mit vielen verschiedenen Möglichkeiten rechnen und die sich deshalb wechselseitig zu durchschauen versuchen und wechselseitig täuschen? Mit der Darstellung eines Liebeskampfes aus verdeckten Motivationen und vorgetäuschten Distanzierungen hat Stendhal in »Rot und Schwarz« für diese moderne Bewußtseinslage ein dramatisches Beispiel geliefert. Es wiederholt sich bei Proust in Swanns Liebe zu der Lebedame Odette, die die Taktik hat, Swanns eifersüchtigen Argwohn immer in so vieldeutiger Kürze zu beantworten, daß er sich niemals beruhigen kann. Noch extremer erscheint das Versteckspiel ausgeklügelter, absurder Motivationsversuche in Marcels Briefen an die abtrünnige Albertine, die er durch Gesten einer scheinbar kühlen Distanzierung wieder an sich zu binden versucht. Es heißt dort: »Ebenso, wie ich früher Albertine gesagt hatte: ›Ich liebe dich nicht‹, damit sie mich liebte, ›ich vergesse die Leute, wenn ich sie nicht sehe‹, damit sie mich sehr oft besuchte, ›ich habe beschlossen, mich von dir zu trennen‹, um jeder Idee einer Trennung bei ihr zuvorzukommen, sagte ich ihr jetzt, weil ich absolut wollte, daß sie innerhalb von acht Tagen zurückkehrte: ›Lebe wohl für immer.‹ Weil ich sie wiedersehen wollte, sagte ich zu ihr: ›Ich würde es gefährlich finden, dich noch einmal zu sehen.‹ Weil mir schlimmer als der Tod erschien, getrennt von ihr zu leben, schrieb ich ihr die Worte: ›Du hast recht gehabt, wir würden zusammen unglücklich geworden sein.‹«

Dieses System des uneigentlichen Sprechens, das seine eigentliche Absicht hinter dem ausdrücklichen Wortsinn verbirgt und durch die indirekte Manipulation der dem Adressaten unterstellten Zwiespältigkeit und Labilität zu seinem Ziel zu kommen hofft, ist der absolute Gegensatz zu der Natürlichkeit im Umgang zweier Liebender, die Stendhal als die Grundbedingung des Glücks beschreibt. In diesem Schattenspiel begegnet man sich durch Schichten komplizierter Verstellung. Man muß die verborgenen Gedanken und Gefühle des anderen erraten und mit eigenen Täuschungen beanworten, um nicht selbst unterlaufen zu werden. Es ist ein Terrain für subtile Machtspiele und sadomasochistische Quälereien, die größtenteils uneindeutig und unterschwellig ablaufen. Beide Partner haben davon in der Regel ein mehr oder minder ausgeprägtes Bewußtsein. Und das ist wie ein notwendiger, geheimer Konsens, der in der trügerischen Welt der ständigen Manipulation einen Rest von gegenseitigem Verstehen verspricht. Ab und zu wird dieses verleugnete gemeinsame Bescheidwissen zum Ausgangspunkt für hysterische Schuldzuweisungen und Bekenntnisse, die allerdings mehr dem Auskosten angestauter Erregung als dem Gewinn verläßlicher Erkenntnis dienen.

Als Marcel den Brief, mit dem er Albertine bewegen will, wieder zu ihm zurückzukehren, an Françoise, das Hausmädchen der Familie, übergibt, damit sie ihn zur Post bringt, überkommen ihn Zweifel. Es erscheint ihm auf einmal nicht mehr sinnvoll und nicht mehr wünschenswert, die Beziehung zu Albertine erneut anzuknüpfen, denn er glaubt plötzlich zu wissen, daß sie miteinander nur unglücklich würden. Alles, was er in seinem Brief formuliert hat, um Albertines Widerspruch zu wecken, erscheint ihm nun als eine unwiderlegbare Wahrheit. Also muß er den Brief zurückfordern oder durch einen zweiten, schnell nachgeschickten Brief widerrufen. Gerade will er damit beginnen, da kommt Françoise mit dem Brief noch einmal zurück, weil sie nicht weiß, wieviele Marken sie aufkleben muß. Wieder ändert sich Marcels Meinung. Es kommt ihm auf einmal richtiger vor, den Brief nicht zurückzuhalten, denn, im Gegensatz zu seiner ersten Hypothese nimmt er jetzt an, Albertine würde, angestoßen durch seine distanzierten Formulierungen, die Trennung bestätigen und ihm so die notwendige Entscheidung erleichtern, die allein zu treffen und durchzuhalten er sich nicht stark genug fühlt. Ist nun dieser Gedanke im Einklang mit seinen Wünschen und der Vernunft? Oder sind durch das nervöse Hin und Her der verschiedenen Ansichten inzwischen alle Gedanken so beliebig geworden, daß nur noch eine fatalistische Reaktion übrigbleibt? Am Nullpunkt seiner widersprüchlichen Argumentationen angekommen, läßt Marcel den Dingen ihren Lauf.

Es ist zum Verständnis dieser Labilitäten nicht unwesentlich zu erwähnen, daß »Albertine« ein von Prousts homosexuellem Freund Albert Nahmias abgeleiteteter Tarnname ist. Proust hatte den jungen Mann, den er in einem Seebad kennengelernt hatte, als seinen Sekretär angestellt und beauftragt, seine Vermögensanlagen und später auch die Abschrift seiner Manuskripte zu überwachen. Daraus wurde bald ein enges und intimes Verhältnis. Ursprünglich hatte Proust seine homosexuellen Neigungen in Freundschaften unter gesellschaftlich gleichgestellten Personen ausgedrückt. Als er nach dem Tod seiner Eltern über ein bedeutendes Vermögen verfügen konnte und in eine große Wohnung am Boulevard Haussmann umgezogen war, begann eine neue Phase. Er bot jungen Männern, die ihm gefielen, eine großzügig dotierte Anstellung als Sekretär, Chauffeur oder Diener an und nahm sie in seinen Haushalt auf. So wurde Alfred Agostinelli, ein von schnellen Autos begeisterter junger Mann, der Chauffeur und der langjährige Geliebte von Proust. Viel spricht dafür, daß dieses Verhältnis das Vorbild für die Geschichte von Albertine gewesen ist. Denn Alfred Agostinelli wurde nicht nur von Proust geliebt, sondern hat ihn, und übrigens auch die anscheinend ziemlich unattraktive Frau, die er vor ihm verbarg und irgendwann heiraten wollte, vielfach betrogen, ob mit Frauen oder Männern oder beiden Geschlechtern, ist nicht bekannt. Jedenfalls kann man darin den realen Hintergrund von Marcels chronischer Eifersucht gegenüber Albertine sehen. Noch signifikanter ist, daß Agostinelli aus der Abhängigkeit von Proust und dessen eifersüchtiger Tyrannei nach sieben Jahren geflohen ist und bald danach tödlich verunglückte. Der begeisterte Technikfan und Liebhaber der Geschwindigkeit stürzte mit einem Sportflugzeug ins Meer. Das ist im Roman insofern gespiegelt, als auch Albertine sich für Flugplätze interessiert und Marcels eifersüchtiger Bewachung ebenfalls entflieht. Sie kommt allerdings bei einem Reitunfall um.

Proust, der seiner Familie und vor allem seiner Mutter das für sie gewiß schockierende Geständnis seiner Homosexualität ersparen wollte und selbst ein gebrochenes Verhältnis zu seinen sexuellen Neigungen hatte, hat, letzten Endes zum Vorteil des Romans, die Transposition seiner Erfahrung, die komplizierte Retuschen und Umdeutungen erforderte, zum schöpferischen Prinzip gemacht. Er hat dem Werk auf diese Weise die Schwere eines Bekenntnisbuches genommen und ihm statt dessen trotz seiner Realitätshaltigkeit die Aura einer großen Phantasmagorie gegeben, in der die leuchtenden poetischen Augenblicke des Lebens und die düsteren Szenen des Lasters einander gegenüberstehen. Das Schwebende der inständig erinnerten Welt hängt zusammen mit der existentiellen Ortlosigkeit und dem befremdeten Blick seines Beobachters Marcel, der überall auftaucht und nirgendwo ganz zu Hause ist. Manchmal bannt ihn ein irritierender Zauber, wie in dem poetischen, seiner Pubertät entstammenden Erinnerungsbild junger Mädchen am Strand oder in der Faszination, mit der der noch jugendliche Marcel die Bekanntschaft der eleganten Damen der vornehmen Gesellschaft sucht, weil sie, was ihm so nicht bewußt ist, Ersatzobjekte für seine abgewehrte inzestuöse Liebe zu seiner Mutter sind. Einen Höhepunkt der Verzauberung erlebt Marcel beim Anblick der schlafenden Albertine, dem nichts Fremdes beigemischt zu sein scheint, weil der Schlaf ihren Charakter, ihre Psychologie aus ihrem Gesicht getilgt hat:

»Sobald Albertine die Augen schloß und das Bewußtsein verlor, hatte sie nacheinander die verschiedenen menschlichen Charaktere abgelegt, die mich enttäuscht hatten seit dem Tage, an dem ich ihre Bekanntschaft gemacht. Sie war dann nur noch von dem unbewußten Leben der Pflanzenwelt, der Bäume beseelt, einem Leben, das von meinem verschiedener und ihm fremder war und mir doch mehr gehörte. Ihr Ich entschlüpfte mir nicht mehr unaufhörlich, wie bei jedem Geplauder mit ihr, durch die Ausgänge uneingestandener Gedanken oder ihres Blicks.«

Marcel hat nun das beglückende Gefühl, sie im Anschauen ungestört zu besitzen.

»Ihr Leben war mir untertan, zu mir entsandte es seinen leichten Hauch. Ich horchte auf dies geheimnisvoll murmelnde Strömen, das weich war wie Westwind auf dem Meer, feenhaft wie der Mondschein, dem ihr Schlummer glich. Solange er anhielt, konnte ich von ihr träumen und sie gleichwohl betrachten, und wenn ihr Schlaf sich vertiefte, berührte und küßte ich sie. Was ich dann empfand, war eine so reine, immaterielle, geheimnisvolle Liebe, als befände ich mich im Angesicht der unbeseelten Schöpfung vor den Schönheiten der Natur.«

Wenn sie tief schläft, legt er sich unbemerkt zu ihr. Und manchmal gelingt es ihm dann, die Situation seiner kindlichen Orgasmen wiederherzustellen, bei denen sich im Traum ein warmer Frauenkörper zärtlich an ihn drängte. Sein sexuelles Verhältnis zu Frauen scheint über dieses kindliche Stadium nicht hinausgekommen zu sein, denn er verhält sich, als müsse er ein Verbot umgehen und fast unkörperlich, auf imaginärem Weg, zu seiner Befriedigung gelangen: »Ich brauchte dazu keine Bewegung zu machen, ich ließ nur mein Bein an dem ihren entlanggleiten wie ein Ruder, das man schleppen läßt und dem man von Zeit zu Zeit eine leise Schwingung mitteilt, dem nur in Abständen wiederkehrenden Flügelschlag der Vögel gleich, die im Fliegen schlafen. Ich wählte, um sie anzuschauen, den Aspekt ihres Gesichtes, den man sonst nie hatte, der aber besonders schön war... Das stärker werdende Geräusch ihres Atems konnte die Illusion erzeugen, sie keuche vor Lust, doch als die meine auf dem Höhepunkt war, konnte ich sie umarmen, ohne ihren Schlaf unterbrochen zu haben.«

Gewiß hat Proust bei der Schilderung von Albertine weibliche Vorbilder vor Augen gehabt. Doch bei aller Sorgfalt, die er darauf verwandt hat, ihr ein anmutiges weibliches Flair zu geben – die geschilderte Schlafszene hat auch diesen Sinn –, haben sich, wie ein durchscheinendes Muster, kleine, aber auffällige Spuren der homosexuellen Faszinationen von Proust in Albertines Bild erhalten. Zum Beispiel in der Beschreibung ihres Halses. Denn das ist eindeutig ein Männerhals. Die weibliche Maske ist verrutscht, und Albert oder Alfred, die verleugneten homosexuellen Geliebten von Proust, schauen kurz in den Roman hinein: »Der Hals Albertines, der ganz aus ihrem Hemd hervortrat, war mächtig, golden, kräftig gekrönt.« Ein anderes Indiz, daß ein Mann in der Mädchengestalt versteckt ist, findet sich in einer Eifersuchtsphantasie Marcels, in der er sich Albertine in einer lesbischen Szene vorstellt, die er einmal andeutungsweise bei anderen jungen Frauen beobachtet hatte: »Dieser Mademoiselle Vinteuil, die ihre Freundin zärtlich kitzelte, bevor sie sich über sie warf, gab ich jetzt das entflammte Antlitz Albertines, einer Albertine, die ich im Fliehen und in der Hingabe auf ihre seltsame tiefe Art lachen hörte.« Auch hier mochte sich Proust anscheinend nicht zurückhalten, seiner eigentlichen sexuellen Faszination Ausdruck zu verleihen. Denn dieses tiefe Lachen in der sexuellen Lust kommt aus dem schon geschilderten mächtigen Männerhals; es ist die Stimme eines seiner Geliebten und stellt das eigentümliche Faszinosum der Szene dar.

Literarisch ist Prousts gewaltsame Übertragung und Umdeutung seiner homosexuellen Erfahrungen auf besser vorzeigbare Romanfiguren und weniger anstößige Situationen mit dem Argument gerechtfertigt worden, die Fundamentalien von Liebe und Leidenschaft ähnelten sich geschlechtsübergreifend so sehr, daß Proust durch seine homosexuellen Erfahrungen auch eine tiefere Kenntnis der Liebe zwischen Mann und Frau erwerben konnte. Das ist sicher richtig oder jedenfalls nicht ganz falsch. Seine verdeckte, aber nicht aufgelöste Orientierung an der Promiskuität und den Labilitäten der homosexuellen Szene und den damit verbundenen indirekten Umgangsformen und Sprachspielen hat zweifellos seinen Blick für die Zwielichtigkeiten von Albertines Verhalten geschärft.

Fragwürdiger ist die Darstellung der männlichen Perspektive, die Proust seinem Double Marcel zuschreibt. Daß ihn der schwach begründete Verdacht, Albertine hege heimlich lesbische Beziehungen, in Selbstmordstimmung versetzt, während ihr Flirt mit einem Mann ihn vergleichsweise kaltläßt, erklärt Marcel mit der Bemerkung, mit einem männlichen Rivalen hätte er konkurrieren können. »Hier aber war der Rivale nicht meiner Art, er führte andere Waffen, ich konnte nicht mit ihm auf gleicher Ebene kämpfen, Albertine nicht die gleichen Arten des Genusses verschaffen, ja konnte sie mir nicht einmal recht vorstellen.« Das hört sich einleuchtend an. Doch man kann dagegenhalten, daß es sich eher umgekehrt verhält. Männliche Eifersucht wird vor allem durch männliche Rivalen erregt, und zwar gerade, weil die direkten Vergleichbarkeiten die Konkurrenz sofort als einen Rangkampf zwischen dem eifersüchtigen Mann und seinem Rivalen erscheinen lassen, bei dem die Frau die gefährliche Entscheidungsmacht einer Schiedsrichterin bekommt. Zärtlichkeiten zwischen Frauen werden dagegen, weil sie »etwas anderes« sind, von Männern zunächst einmal eher beiläufig wahrgenommen und nicht gleich als Einbruch in eigene Rechte angesehen. Die Alarmglocken schlagen jedenfalls später an als bei männlicher Konkurrenz.

Doch mag diese spezielle und imaginär bleibende Eifersucht bei einem Typ wie Marcel noch plausibel erscheinen. Merkwürdig ist sie dagegen bei dem erfahrenen Frauenliebhaber Swann, der in seinem Verhältnis zu der Lebedame Odette allmählich von dem gleichen hysterischen Verdacht geplagt wird, seine Geliebte habe früher einmal eine lesbische Beziehung gehabt und sei vielleicht noch immer dazu bereit. Wüßte man es nicht schon, müßte man wegen der Fixierung auf dieses Motiv vermuten, daß hier verdeckte Impulse die Phantasieproduktion beherrschen. Proust schreibt über die eifersüchtige Liebe eines jungen Mannes zu einem jungen Mädchen, aber er handelt von der promiskuitiven Sexualität der homosexuellen Szene, in deren ständigem Partnerwechsel Eifersucht sich schnell zum chronischen Argwohn entwickelt. Er schreibt indirekt über sein Verhältnis zu Alfred Agostinelli, den eifersüchtig geliebten und bewachten jungen Mann, den er weder körperlich noch seelisch festhalten konnte, was ihn in die zweite tiefe Krise seines Lebens stürzte.

Die erste erlebte er mit dem Tod seiner Mutter im September 1905, etwa zwei Jahre nach dem Tod seines Vaters. Proust hat seine Eltern zweifellos sehr geliebt, aber auf die egoistisch fordernde, rachsüchtige Weise eines Kindes, das sich nie genug bewundert und geliebt glaubt, weswegen er sie in magischer Gleichsetzung von Liebe und Geld zeit ihres Lebens mit demonstrativer Verschwendungssucht terrorisierte. Er lebte von ihrem Vermögen und gab das Geld mit beiden Händen aus, um mithalten zu können in der Lebensart der eleganten Pariser Gesellschaft, in der er verkehrte. Wenn er seine Freunde in luxuriöse Restaurants einlud, wurde er wütend, wenn sie sich nicht das Teuerste bestellten, weil er darin eine Nichtachtung seiner Person sah. Gekränkt reagierte er auch auf die Absicht seines Vaters, die Ausgaben des verwöhnten Sohnes in einem akzeptablen Rahmen zu halten. Er empfand diese Versuche, ihn einzuschränken, als Zumutungen, die genauso brutal waren wie die väterliche Anordnung, schlafen zu gehen, mit der er als Kind an jenem Abend in Combray aus der Gesellschaft der Erwachsenen und der Nähe der Mutter verbannt worden war.

Jetzt allerdings war er schwerer zu kontrollieren. Wenn er auf Reisen sein Geld verbraucht hatte, telegrafierte er nach Hause, das Geld sei ihm gestohlen worden, und bat um neues. Er rechnete nicht damit, daß man es ihm verweigern konnte. Darin war er immer noch das unersättliche Kind mit dem Anspruch, umsorgt und gefüttert zu werden. Er war in diesem Verhalten das Gegenteil seines jüngeren Bruders Robert, der in der Nachfolge des Vaters ein tüchtiger Arzt wurde und später zugunsten von Marcel großzügig auf Teile seines Erbes verzichtete.

Der Vater starb im November 1903, und Proust lebte weiter in der elterlichen Wohnung mit der Mutter zusammen, deren uneingeschränkte Zuwendung er nun genoß. Es war aber wie jede Symbiose ein Geflecht wechselseitiger Ansprüche und Beeinflussungen. Die Mutter kümmerte sich um sein Leben und ließ es nicht aus der Hand. Sie regte ihn zum Beispiel an, Übersetzungen zu machen, weil sie das für seine stärkste Begabung hielt. Vor allem aber schmiedete sie Heiratspläne für ihren Sohn und weigerte sich, Marcels Homosexualität zur Kenntnis zu nehmen, den sie, zusammen mit seinem jüngeren Bruder, eine Zeitlang in Mädchenkleider gesteckt hatte. Davon gibt es ein trauriges Foto, auf dem die beiden Knaben unter dem Diktat einer fremden Regie in ängstlicher Beklommenheit in die Kamera blicken. Auf einem späteren Foto zeigt sich der zwölfjährige Marcel in einem dunklen Samtanzug mit üppigem Kragen, Seidenschleife und weißer Weste, Kniehosen und weißen Strümpfen in zierlichen Lackschuhen als zarter Prinz, zurechtgemacht von derselben fremden Phantasie, die ihn als ihre Kleiderpuppe benutzt hat. Es wundert einen nicht, ihn auf späteren Fotos als einen jungen Mann wiederzusehen, der in lauter affektierten Posen ein falsches Selbst präsentiert. Diese Zerrissenheit ist die Quelle seiner unruhigen Getriebenheit, die ihn nötigte, den Standards der feinen müßiggängerischen Gesellschaft nachzulaufen, ohne allerdings je distanzlos und blind in ihr heimisch zu werden. Noch tiefer gespalten wurde er durch die Verleugnung der eigenen Homosexualität, die ihn mit boshafter Schärfe und Abscheu über die effeminierten Männer schreiben ließ, bei denen »die Frau nicht nur im Inneren neben dem Mann lebt, sondern in unschöner Weise äußerlich sichtbar wird, wenn sie, unaufhörlich von hysterischen Konvulsionen geschüttelt, mit schrillem Lachen Knie und Hände zusammenkrampfen und der Mehrheit der Menschen nicht ähnlicher sind als jene Affen mit ihren Greiffüßen und dem melancholischen und von Ringen umzogenen Blick, die einen Smoking anlegen und eine schwarze Krawatte tragen ...«

Wessen Sicht war das? Wohl nicht allein seine eigene. Auch sicher die eines familiären Vorurteils, in dessen Bann er stand und auf das Gide anspielte, als er Proust unterstellte, er habe durch die Verschiebung aller erotischen Anmut auf das weibliche Geschlecht die homosexuelle Liebe brandmarken wollen und ihr deshalb nur die finsteren und abstoßenden Aspekte gelassen. »Werden Sie uns denn diese Seite des Eros nie in Gestalt von Jugend und Schönheit porträtieren?« fragte er. Das war eine Frage, die Proust beunruhigen mußte, weil er innerlich so tief gespalten war, daß er darauf keine eindeutige Antwort wußte. In seiner Homosexualität mischte sich seine geheime Aggression gegen seine Familie mit einem ebenso tief verborgenen Selbsthaß. Und aus diesem ungelösten Konflikt sind die düstersten Szenen seines Werkes entstanden, die in dem Band »Sodom und Gomorra« vor dem Hintergrund des Ersten Weltkrieges und der deutschen Artillerie- und Luftangriffe auf Paris die verrottete Innenseite der untergehenden gesellschaftlichen Welt zeigen, deren Beobachter und Chronist er war.

Aber dies war zehn Jahre später. Zunächst erlebte er mit dem Tod der Mutter eine krisenhafte Erschütterung, aus der er als Autor mit einer neuen Entschiedenheit hervorging. Auf ihren Tod reagierte er wieder wie der kleine Marcel auf die Trennung von seiner Mutter, allerdings viel extremer. Von Weinanfällen geschüttelt, verkroch er sich ins Bett und verließ sein Zimmer einen Monat lang nicht. Weinen ist laut einer phänomenologischen Analyse von Helmuth Plessner eine Antwort des vom Gefühl überschwemmten Körpers auf eine Situation, die so komplex, widersprüchlich und mächtig ist, daß die Person auf sie keine praktische Antwort weiß. Das Weinen löst die Spannungen und schwemmt sie sozusagen aus. Als Kind hatte Proust mit Asthmaanfällen auf die Geburt des jüngeren Bruders reagiert und dadurch die vermehrte Zuwendung seiner Mutter erzwungen. Es war eine Mischung aus Tyrannei und Selbstbestrafung, noch undurchschaubar für ihn selber. Und auch das endlose, immer wieder beginnende Weinen war die Fassungslosigkeit eines Menschen, der sich nicht fassen wollte, weil er sich weigerte, das unabänderliche Ende seiner Kindheit zu akzeptieren. Er wollte nicht in die leeren, verlassenen Zimmer der Wohnung gehen, in der ihn alles an die Mutter erinnerte und dicht vor ihrem Zimmer immer eine Diele geknarrt hatte, wenn er sie aufsuchte. Selbst noch die Todkranke hatte sich ihm bei diesem vertrauten Geräusch zugewandt.

Doch seine abgöttische Liebe zu seiner Mutter war nicht die ganze Wahrheit seines engen Verhältnisses zu ihr. Er hat sie auch gehaßt, weil sie ihn durch ihre beständige Sorge und Fürsorge an sich gefesselt hat und bis zum Ende ihres Lebens nicht damit aufhören konnte, Heiratspläne für ihn zu schmieden, womit sie ihm nachdrücklich zu verstehen gab, daß sie sich weigerte, seine wirklichen Wünsche und sein wirkliches Leben zur Kenntnis zu nehmen.

Nachdem er sich nach ihrem Tod gefaßt hatte, änderte er sein Leben von Grund auf. Als Erbe eines beträchtlichen Vermögens erwarb er die große Wohnung am Boulevard Haussmann und richtete sich das berühmte, gegen Geräusche abgedichtete Korkzimmer ein. Dort schrieb er in den folgenden Jahren, aufbauend auf seinen Vorarbeiten, den größten Teil der Recherche. Die siebenundzwanzigjährige Céleste, eine schöne stattliche Frau, die mit seinem Diener Odilon Alvaret verheiratetet war, wurde seine Haushälterin und blieb bei ihm bis zu seinem Tod. Albert Nahmias, der Namengeber für Albertine, wohnte einige Zeit hier. Und sieben Jahre lang Alfred Agostinelli, den er als neunzehnjährigen jungen Mann im Seebad Cabourg kennenlernte und als seinen Chauffeur anstellte. Abgesehen davon, daß er Prousts Geliebter war, wuchs er dank seiner intuitiven Intelligenz zu einem Gesprächspartner für ihn heran. Proust hatte jetzt einen auf seine Bedürfnisse zugeschnittenen eigenen Haushalt, der emotional auch so etwas wie eine eigene Familie war, in der er sich aufgenommen und richtig wahrgenommen fühlte, was sicher zu seiner literarischen Produktivität beigetragen hat. Im November 1913 erschien, nach mehreren Ablehnungen verschiedener Verlage, vom Autor finanziert, »Du côté de chez Swann« als erster Band der Recherche.

Weil der Krieg ausbrach, konnte der zweite Band nicht mehr erscheinen. Proust, der inzwischen wie Balzac als Nachtarbeiter mit zerrütteter Gesundheit um den Fortgang seines Werkes kämpfte und nur noch die treue Céleste bei sich hatte, geriet allmählich in den destruktiven Sog seiner nur eine Weile verdeckten, aber unüberwundenen Traumata. In den letzten Kriegsjahren, als Paris in der Reichweite der deutschen Geschütze lag und voll von verwundeten oder für ein paar Tage von der nahen Front beurlaubten Soldaten war, lebte Proust hemmungslos seine Aggression gegen seine toten Eltern aus. Er verhielt sich, als agiere er vor ihren entsetzten Augen, und zwar auf eine symbolisch zugespitzte Weise, die sie tödlich schockiert hätte.

Das hatte damit begonnen, daß er den größten Teil der elterlichen Möbel an ein Männerbordell verschenkte und eine Zeitlang – in den Jahren 1917 bis 1919 – dessen regelmäßiger Besucher wurde. Es handelt sich um das ehemalige Hotel Marigny in der Rue de l'Arcade, das ganz in der Nähe von Prousts Wohnung lag. Der Bordellwirt Albert Le Cuziat (wieder ein Albert) war vorher Kammerdiener in hochadeligen Häusern gewesen und hatte dabei die geheimen Bedürfnisse und Gewohnheiten seiner künftigen Kundschaft kennengelernt. Proust kannte ihn auch aus seiner Zeit als Kammerdiener und schätzte ihn, weil er Witz und ein vorzügliches Gedächtnis hatte. Er unterstützte ihn bei der Einrichtung des Bordells außer mit den Möbeln seiner Eltern auch mit Geld, entsprechend seiner gewohnten Großzügigkeit gegenüber seinen Freunden und auch aus seinem intimen sexuellen Interesse, das nach der Flucht von Alfred Agostinelli nicht mehr mit dem Verlangen nach Liebe verbunden war. Im Roman trägt Le Cuziat den Namen Jupien und ist der einstige Geliebte des Baron Charlus. Marcel, der heimliche Beobachter der Szene, beschreibt die Annäherung der beiden im Bild einer Hummel, die sich auf einer Blüte niederläßt. Inzwischen ist der Baron Charlus ein alter Roué mit masochistischen Bedürfnissen, der sich in dem von ihm finanzierten Bordell von jungen Männern fesseln, auspeitschen und unflätig beschimpfen läßt. Marcel, der auf Einladung des Bordellwirts Jupien anwesend ist, hört seine Schreie und schaut durch ein kleines Sichtfenster einer solchen Züchtigungsszene zu, wie es seiner im Roman durchgehaltenen Rolle als Beobachter entspricht. Der Proust-Biograph Painter differenziert dieses Verhaltensschema. Proust, meint er, habe im Bordell seine sexuelle Befriedigung nicht über körperliche Kontakte, sondern auf imaginäre Weise, durch sadistisch geprägte Phantasiesituationen gesucht. Dazu paßt die Erinnerungsnotiz von Gide, daß ihm Proust im Laufe einer nächtlichen Unterhaltung von seinem Verlangen erzählt habe, »die disparatesten Eindrücke und Gefühle zur Herbeiführung des Orgasmus zu vereinigen«. Eines der Rituale, die Proust zu diesem Zweck erfand, hat Albert Le Cuziat später erzählt: Proust erschien eines Abends mit einem Packen Fotos von verehrten und geliebten Damen und zeigte sie einem der Strichjungen, der vorher instruiert worden war, beispielsweise bei dem Porträt der von Proust verehrten Princesse Hélène de Chimay auszurufen: »Und wer zum Teufel ist diese kleine Hure?« Manchmal zeigte er auch ein Foto seiner Mutter, um es auf diese Weise entweihen zu lassen.

Das ist gewiß ein gewaltsamer, aggressiver Distanzierungsversuch. Aber er ist verbunden mit einer nicht minder gewaltsamen Selbstzerstörung. Denn es sind seine höchsten menschlichen Ideale, die er in diesem Ritual der Erniedrigung und Verhöhnung preisgibt. Insofern kann man Painters Interpretation in Zweifel ziehen, Proust habe im Unterschied zu seinem imaginären Sündenbock Charlus in dem Männerbordell, dem »Tempel der Schmach«, wie Albert Le Cuziat sein Etablissement nannte, seine sadistischen Phantasien ausgelebt. Vor allem wenn man an sein Bekenntnis gegenüber Gide denkt, nach dem es ihm bei seinen imaginären Inszenierungen um das Erlebnis seiner chaotischen Selbstauflösung im Orgasmus ging. Das würde eher zu einer masochistischen Phantasie passen. Anders verhält es sich mit den Metzger- und Schlachthofphantasien von Proust, der hören wollte – und von dem auf ihn vorbereiteten jungen Mann, der einen Metzgergesellen mimte, entsprechend bedient wurde –, daß man bei dieser Arbeit seine Hände tief in das Blut des geschlachteten Tieres tauche. Daß Proust sich dann die Hände des Mannes zeigen ließ, der angeblich diese blutige Arbeit getan hatte, spricht vielleicht dafür, daß er sich in die Rolle des Opfers einfühlte. Aber man muß dabei auch den Ironiker Proust in Rechnung stellen, der zum Beispiel aus der professionellen Zerlegung eines Rindes eine brillante Persiflage des Jüngsten Gerichtes gemacht hat: »In einer Metzgerei wendete zwischen einer Sonnenaureole zur Linken und einem halben Ochsen zur Rechten ein blonder, sehr großer und schlanker Fleischergeselle ... schwindelerregende Fixigkeit und religiöse Gewissenhaftigkeit daran, nach einer Seite prima Rindsfilets und nach der anderen Seite ganz geringwertiges Knochenfleisch auszusortieren und beides in blitzende Waagschalen zu werfen, über denen ein Kreuz schwebte, von dem schöne Kettchen niederhingen, so daß er in Wahrheit eher den Eindruck eines schönen Engels erweckte, der am Tage des Jüngsten Gerichtes für Gottvater die Scheidung der Guten und Bösen je nach Qualität und das Abwiegen der Seelen vorbereitet.«

Dieser Text aus dem Band »Die Gefangene«, der von Marcels eifersüchtiger Liebe zu Albertine handelt, hat den Atem überlegener geistiger Freiheit, während die Bordellszenen aus »Sodom und Gomorra«, vertieft durch den Hintergrund des Krieges, eine Welt absurder Zwänge und destruktiver Gewalt darstellen. Auch einige Soldaten, die für einen kurzen Urlaub von der nahen Front nach Paris gekommen sind, wirken als Gehilfen in den Kammerspielen dieser fiktiven Hölle mit, die auch noch weitergehen, wenn die Sirenen die Annäherung deutscher Flugzeuge melden und die nächtliche Luftschlacht über der verdunkelten Stadt beginnt. In einer dieser Nächte hat Proust an einer Hauswand die Inschrift »Sodoma« gelesen, die ihm den Titel für seine Vision einer moralisch verrotteten, zum Untergang bestimmten Welt eingab, die im Krieg und im Bordellbetrieb auf ihre Begriffe gebracht schien. Da Proust dabei blieb, sein Double Marcel auf die Rolle des Beobachters zu beschränken, gibt es im Text dunkle, ausgesparte Bereiche. Manche Episoden sind allerdings durch mehrere Zeugenaussagen belegt worden und haben seinen Biographen Painter zu dem in einer Anmerkung untergebrachten Urteil veranlaßt, Proust habe in den Jahren 1917 bis 1919 eine Zeit des moralischen Tiefstandes durchgemacht.

Dazu gehört die widerwärtige und perverse Folterung in Käfigen gefangener Ratten, die mit dem Taxi aus einem rattenverseuchten Pariser Schlachthof in das Bordell gebracht und dort für den zuschauenden Proust mit einer spitzen Hutnadel gestochen wurden. Außer durch Zeugenausagen ist die Szene auch durch eine von Proust selbst festgehaltene Traumszene belegt, die merkwürdig genug davon handelt, daß die verstorbenen Eltern einen schweren Unfall erleiden, der eine nahe Heilung jedoch nicht ausschließt. »In der Zwischenzeit hegen wir sie in einem kleinen Rattenkäfig, in dem sie, kleiner als weiße Mäuse und mit dicken roten Beulen bedeckt, aus denen jeder eine Feder sprießt, ciceronianische Reden an uns halten.« In diesem seltsamen Traumbild wird die Rattenfolterung als Folterung der Eltern entschlüsselt. Das Folterinstrument ist der Federkiel: das Symbol der Schriftstellerei. Im Traum weiß Proust, daß er sie mit dem, was er schreibt, auch nach ihrem Tod noch verletzt. Dem stehen im inneren Hörraum des Gewissens immer noch die »ciceronianischen Reden« der Eltern gegenüber, die mit ihrem »ceterum censeo« ihre zähen Ermahnungen des Sohnes unaufhörlich wiederholen. Aber jetzt sind sie in unentrinnbaren Käfigen eingesperrt, die in der Sprache des Traums vermutlich ihre Särge bedeuten, kleine mit Wundmalen bedeckte weiße Mäuse, die ihn nicht mehr bedrohen können.

Literatur, die etwas taugt, ist gefährlich, denn sie rührt an die Sprengsätze der menschlichen Existenz. Sie kann gefährlich sein für den Leser, weil sie ihn mit Erfahrungen konfrontiert, die er in den Routinen und Begrenzungen seines alltäglichen Lebens gewöhnlich zu vermeiden sucht. Und sie ist vor allem gefährlich für den Autor, der sich, wie zum Beispiel Proust, in ihrem Dienst auf eine Höllenfahrt begibt, dabei allerdings in ihr einen mächtigen Schutz genießt. Denn in der Literatur verwandelt er auch die Irrtümer, Niederlagen und Verletzungen seines Lebens in eine Erfahrung der Kompetenz. Dem Leser, der sich auf ein solches Buch einläßt, kann es genauso gehen. Könnte man das eine Zweitlebenskunst nennen, in der das unmittelbare Leben zum Bewußtsein seiner selbst gelangt? Proust jedenfalls rettete sich durch das Schreiben aus seinen Verworrenheiten, indem er gerade ihnen seine tiefsten Einsichten abgewann.

1919 mußte Proust seine Wohnung am Boulevard Haussmann aufgeben und zog mit seiner treuen Haushälterin Céleste in eine Wohnung im fünften Stock der Rue Hamelin, wo er bis zu seinem Tode blieb. Asthma und Schlaflosigkeit plagten ihn. Er ging kaum noch aus, arbeitete vor allem nachts. Im Dezember 1919 wurde ihm mit sechs gegen vier Stimmen der Prix Goncourt zugesprochen. Er vollendete die »Recherche«, bevor er am 18. November 1922, erkrankt an einer schweren Bronchitis, jede ärztliche Hilfe verweigerte und starb. Die drei letzten Bände des großen Romanzyklus »Auf der Suche nach der verlorenen Zeit«, in dem er mit dem letzten Band »Die wiedergefundene Zeit« sich den Anfängen seines Lebens wieder zugewendet hatte, erschienen nach seinem Tod. Ebenso die umfangreichen Vorarbeiten »Jean Santeuil« und »Contre Sainte-Beuve«, später auch die Korrespondenzen.

Prousts Rückwendung zu den verklärten Ursprüngen des eigenen Lebens, die für ihn in einem paradiesischen Licht liegen, wird grundiert durch ein Verlustgefühl, das nicht nur persönlich begründet ist, aber auch nicht allein durch das fundamentale Erlebnis des Alterns und des Vergehens der Zeit erklärt werden kann. Denn es wird bedeutend vertieft durch die Erfahrung, daß mit dem Ersten Weltkrieg eine Epoche zu Ende gegangen ist, die noch tiefreichende Wurzeln in der historischen Vergangenheit hatte. Dem untergründigen Gefühl, eine Existenzform auf Abruf zu sein, verdankte sie auch ihren morbiden Charme.

Schärfer, einschneidender, da nun längst vollzogen, spiegelt sich der Epochenwechsel in Rudolf Borchardts Novelle »Der unwürdige Liebhaber« aus dem Jahre 1929. Sie erschien zusammen mit drei kürzeren Texten in einem Erzählungsband, dem Borchardt den Titel »Das hoffnungslose Geschlecht« gegeben hat, denn er, ein Mensch von ausgeprägt konservativer Gesinnung, war überzeugt, in einer Epoche des Werteverfalls und der kulturellen Verflachung zu leben. Doch hat Borchardt seine kritische Sicht der Dinge nicht in einem abstrakten Gegensatz von gediegener alter Lebenskultur und schnöder materialistischer Gegenwart dargestellt, sondern hat die Verfallssymptome – Starrheit und innere Haltlosigkeit – gerade bei den Verteidigern der traditionellen Werte aufgespürt.

Die Geschichte spielt kurz nach dem Ersten Weltkrieg auf einem adeligen Gutsbesitz an der württembergisch-badischen Grenze. Sie beginnt damit, daß die Familie des Barons Moritz von Luttring unangenehmen Besuch erwartet. Der baltische Baron von Schenius, ein verarmter ehemaliger Berufsoffizier, dem der Ruf eines Salonlöwen und Frauenjägers vorausgeht, hat Steffie, die Schwester des Barons, verführt und will sie nun aus Ehrengründen, aber vermutlich eher, weil er einen sicheren gesellschaftlichen Platz sucht, mit Erlaubnis der Familie heiraten. Moritz von Luttring, seine verwitwete Stiefmutter und vor allem seine Frau Tina sind sich einig, daß eine so windige Person wie Schenius nicht in die Familie paßt. Sie bilden ein Dreierbündnis gegen die sie umgebende Welt. Luttring hat dafür immer schon eine defensive Parole ausgegeben: »Dies ist keine Zeit des Glücks, sondern eine Zeit des Durchhaltens. Sich-gegenseitigtragen und -ertragen muß für jeden zu einer Art Religion werden.«

Ein forcierter Ausspruch. Noch schroffer ist seine Bemerkung über seinen Gutsverwalter, der von seiner Frau betrogen wird und es nicht fertigbringt, sich gegen den Betrüger durchzusetzen. Luttring verdammt ihn mit einer Verachtung, die die Vermutung nahelegt, er wehre heftig eine untergründige Bedrohung ab, die sich für ihn in der Schwäche des betrogenen Mannes verkörpert hat. Er beschließt, den Verwalter zu entlassen, weil der durch seine passive Hinnahme des Betrugs die Achtung der Leute verloren habe. Früher, räsoniert er, kam der Verführer »vor die Klinge oder unter die Hundepeitsche«. Alles geschah »im Namen einer Ordnung fürs Ganze«. Doch »wir sind ein hoffnungsloses Geschlecht, wir können nicht mehr Nein sagen«.

Hier wird leidenschaftlich eine Moral reklamiert, der Innstetten, als er Effis Verführer Crampas zum Duell herausforderte und erschoß, schon nur noch als einer ihm längst fremden, von außen auferlegten Regel gehorchte. Luttring dagegen stemmt sich in einer überanstrengten, ideologisch versteiften Haltung gegen den Bewußtseinswandel und versucht, im engen privaten Kreis alte Ehrbegriffe und traditionelle Lebensformen zu konservieren, wirtschaftlich gesehen allerdings auf der Grundlage einer modernen, rational geführten Landwirtschaft. Nebenbei erfährt man, daß er einen leichtlebigen Vater gehabt hat, der sich offenbar noch im Einklang mit seiner Zeit fühlte und es nicht nötig hatte, defensive Grundsätze zu formulieren. Luttring, der Nachkomme, ist nicht mit solcher Leichtigkeit gesegnet, denn er trägt die Lasten seines doppelten Kontrastprogramms, mit dem er sich sowohl gegen die ungenierte Lebenskunst seines Vater wie gegen die verderblichen Einflüsse der neuen Zeit zu behaupten versucht. Die beiden Frauen helfen ihm dabei und mildern seine Schroffheiten. Und zumindest seine Stiefmutter sieht besorgt, daß er sich überfordert und in der Rolle eines autoritären Familienoberhauptes verborgene Schwächen überspielt. Ihr freundlicher Zuspruch hört sich manchmal an, als striche sie ihm dabei wie einem kleinen Jungen tröstend und ermutigend über das Haar. »Du bist mein alter Lieber, immer Gleicher, unser Mann, wie?« Die angehängte Frage wirkt wie ein Ausrutscher, in dem sich ein unausgesprochener Zweifel verrät.

Das sind die Verteidiger der alten Ordnung und eines ererbten Besitzes, in dem Schenius, der Entwurzelte, durch Einheirat einen Platz zu finden hofft. Er, der Eindringling, ist in jeder Hinsicht der Gegentyp zu Baron Luttring. Aber er zeigt sich ihm gewachsen, indem er geschmeidig auf Luttrings Sprödigkeit reagiert und dessen Prüfungsgespräch ohne das Gesicht zu verlieren übersteht. Luttring kann ihm seinen Respekt nicht ganz versagen. Dennoch weist er Schenius mit der Bemerkung ab, als Familienchef müsse er seine Werbung um Steffie so lange als ungeschehen betrachten, wie Schenius nicht imstande sei, für einen angemessenen Unterhalt Steffies zu sorgen. Da sie ihr Erbteil in ihrer ersten Ehe verloren habe, stünden weitere

Mittel nicht zur Verfügung. Und auf den beiden Gütern der Familie könne er Schenius wegen mangelnder Qualifikationen nicht beschäftigen.

Es ist trotz vorgeschobener Sachgründe eine demütigende Abfuhr. Doch Schenius bewahrt scheinbar unangefochten Haltung und rächt sich noch am selben Abend auf seine Art: er verführt Luttrings schöne, stolze Frau Tina, die am Tag vor seinem Eintreffen noch besonders nachdrücklich in die gemeinsame Ablehnung des unerwünschten Besuchers eingestimmt hat. Schenius verführt sie beiläufig, auf niederziehende Weise, indem er, an der abendlichen Tafel neben ihr sitzend, sie durch seinen Charme und seine körperliche Nähe verwirrt. Sie begreift, daß »seine unablässige, elastische Werbung« eigentlich gar nicht ihr gilt, sondern von anderen Motiven geleitet wird, und spürt trotzdem entsetzt, wie sich allmählich ihr Bewußtsein verdunkelt, um so mehr, als sie sich von Steffie beobachtet fühlt. Schenius schaut ihr spöttisch in die Augen, und sie weiß, daß er ihren Zustand erkennt und sie nicht mehr aus seinem Bann entlassen wird. Der hinter seinem Charme immer stärker spürbare fremde Wille des Mannes, sie zu verführen und aus der Front seiner Gastgeber herauszulösen und zu sich herüberzuziehen, zersetzt ihren Widerstand, so daß sie nur noch äußerlich Haltung bewahrt. Da rückt er, dem einschenkenden Kellner ausweichend, näher an sie heran und streift langsam mit seinem Fuß über ihren Schuh. Der respektlose Angriff löst einen masochistischen Taumel in ihr aus. Eine lähmende Minute lang findet sie nicht die Kraft, ihren Fuß wegzuziehen.

Tinas Stolz bricht zusammen, weil jemand – nach gewohnten Maßstäben ein Nichtswürdiger – zielsicher mit ihrem verborgenen triebhaften Wesen paktiert und ihr Selbstbild wie Plunder beiseite schiebt. So war sie »mitten in den um Rettung heranstürzenden Kräften ihrer Reinheit von dem Wunsch überschattet worden, die Liebkosung seines Fußes möchte Druck und Schmerz werden, und war unter dem schaurigen Wunsch erblaßt«.

Als sie sich am folgenden Tag mit Schenius im Park trifft, um den Vorfall zu bagatellisieren, durchschaut er das sofort als Vorwand und biegt das Treffen in Minutenschnelle in Tinas Hingabe um. In rasender Selbstverneinung gibt sie nun alles preis: Mann, Kinder, Familie, Besitz und die Traditionen ihres Standes, alles, was ihr Leben und ihre Person geprägt hat, und flieht mit Schenius, um schließlich auch von ihm verlassen zu werden und durch einen verdeckten Selbstmord umzukommen. Ihre Haltlosigkeit hat auch die Unhaltbarkeit der traditionellen Lebensordnung aufgedeckt, die sie und ihr Mann als ein exklusives Reservat des wahren Lebens gegen den Wandel oder, wie sie es sahen, gegen den Niedergang der Zeit verteidigen wollten, der mit dem deklassierten ehemaligen Standesgenossen Schenius an ihre Tür klopfte.

Man kann in Schenius eine vulgäre Endform des klassischen Verführers sehen, der die Kunst durch den Trick ersetzt hat, in dem Bewußtsein, daß mehr nicht vonnöten ist. Valmont, Meister der indirekten, aber methodischen Verführung, mußte weite Umwege gehen, um endlich zu seinem Ziel zu kommen. Bei Schenius ist die Verführungskunst geschrumpft auf den dreisten Übergriff, der gerade durch die schnöde Direktheit wirkt, mit der der Verführer unterstellt, zu wissen, was die Frau eigentlich will. Auch Valmont wird von einem Vorauswissen geführt, das am Ende durch die Hingabe der Frau triumphal bestätigt wird. Aber er muß sich bei seiner langwierigen und umständlichen Annäherung in die umworbene Frau und ihr Leben einfühlen und ihren moralischen Grundsätzen Respekt bekunden, bevor er sie überwinden kann. Besser, jedenfalls spezifischer als der Ehegatte, muß der Verführer die Frau verstehen. Schenius dagegen hat ein klar umrissenes Vorurteil und setzt in zynischem Bescheidwissen sein Opfer dem Schock einer plötzlichen Entblößung aus. Er rechnet damit, hinter der achtbaren gesellschaftlichen Fassade zielsicher den unbewußten Triebwunsch zu treffen, der, einmal geweckt, wie aus dem Hinterhalt die Ichstrukturen der Person überrumpeln wird. Selbst ein Entwurzelter, weiß Schenius, wie brüchig, wie fadenscheinig inzwischen die Legitimationen der alten Lebensordnung geworden sind. So rächt er sich an Luttring, der ihn mit der Arroganz eines traditionsbewußten Standesherrn abgewiesen hat. Und Schenius behält recht. Das Recht des Erfolgreichen, der die Realität auf seiner Seite weiß. Denn gegen die unaufhaltsame Veränderung der Gesellschaft verfängt am Ende nichts. Auch im Privaten zeigt sich der Weltzustand.

7. *Entgrenzungen*

Zola: Nana · Th. Mann: Der Tod in Venedig · D. H. Lawrence: Söhne und Liebhaber. Lady Chatterley's Lover · H. Miller: Wendekreis des Krebses. Wendekreis des Steinbocks. Sexus. Plexus. Nexus. Insomnia · G. Bataille: Das obszöne Werk · Nabokov: Lolita · Joyce: Ulysses

Verglichen mit der Formelhaftigkeit des galanten Romans, der Körperferne der Klassik, beispielsweise von Goethes »Wahlverwandtschaften«, und den poetischen Überhöhungen und Umschreibungen der erotischen Faszination in der Romantik, werden im realistischen Roman des 19. Jahrhunderts die großen traditionellen Themen von Liebe, Leidenschaft und Ehebruch mit einem neuen, wirklichkeitsnahen Blick dargestellt. Das menschliche Verhalten erscheint nun in einer intimen, sinnlichen Gegenwärtigkeit, neben der alles Bisherige abstrakt und formal anmutet. Doch dieser Prozeß machte stets an derselben Stelle halt: Die körperliche Vereinigung der Liebenden wurde nicht beschrieben.

Wenn beispielsweise zwischen Rodolphe und Emma Bovary das erotische Geschehen so weit fortgeschritten ist, daß, erkennbar für den Leser und angekündigt durch ihren angstvollen Seufzer, Emmas Hingabe beginnt, wird die Darstellung abgebrochen. Literarisch gesehen findet der Geschlechtsakt in einem undurchdringlichen Dunkel statt, das ihn unseren Blikken, nicht allerdings unserer Ahnung entzieht. Stunden später – die Dämmerung bricht herein – geht es, ohne daß der Text durch eine markante Zäsur unterbrochen worden wäre, in der Szene weiter. Emma wirkt verändert: sanft, nachdenklich und empfänglich für die Abendstimmung, als sei sie aus einer Erfahrung aufgetaucht, die sie noch nicht verarbeitet hat. Es ist etwas Folgenreiches geschehen. Und das allerdings ahnen wir, ähnlich wie sie wohl selbst. Daß im zweiten Teil des Romans Emmas und Léons leidenschaftliche Vereinigung sich hinter den zugezogenen Vorhängen einer Kutsche vollzieht, die währenddessen kreuz und quer durch die Stadt fährt, ist eine ungewöhnliche Variante des Informationsentzugs. Die Szene wirkt frivoler und radikaler, weil in ihr der Liebesakt eine nur notdürftig verdeckte Öffentlichkeit bekommt und im Kutscher einen bezahlten Zeugen hat. Doch auch hier bleibt das, was hinter den Vorhängen geschieht, als etwas schlechthin Unsägliches dem Leser verborgen.

In »Anna Karenina« erfahren wir von Annas Hingabe oder ihrer Verführung durch Wronski erst im nachhinein. Der Liebesakt ist eben erst vorbei, und er hat Anna so erschüttert, daß sie ihre Fassung verloren hat. Wir sehen sie allerdings in ihrem aufgewühlten Zustand nicht, sondern ahnen seine Heftigkeit nur durch Wronskis entsetztes Bemühen, Anna zu beruhigen. Vor allem dieses Beispiel zeigt, daß das Verdecken der sexuellen Vorgänge literarisch ein Mittel der Steigerung sein kann. Annas unerwartete Reaktion läßt dunkle Ahnungen ihrer selbstzerstörerischen Angst in uns aufkommen und macht uns genauso unsicher, wie es Wronski ist. Natürlich hat man nicht die Gegenprobe, was aus einer Darstellung der sexuellen Leidenschaft zwischen diesen beiden sehr verschiedenen Menschen hätte werden können. Bei Effi Briest wäre eine solche Darstellung wohl mit Einbußen verbunden gewesen. Das Geschehen hätte das Bild ihres naiven jugendlichen Charmes durch heftige Emotionen überlagert. Aber wäre das ein falsches Bild gewesen oder nur ein anderes?

Darüber kann man nicht spekulieren. Und auch die Autoren haben es vermutlich nicht getan. Nicht aus wirkungsästhetischem Kalkül haben sie die Darstellung des Geschlechtsaktes ausgespart, sondern weil es für sie selbstverständlich war, daß sich diese Vorgänge nicht darstellen ließen. Sie sind gar nicht erst auf die Idee gekommen, man könne es versuchen. Darin waren sie, ohne daß es ihnen bewußt war, noch Erben der langen Kulturgeschichte der Spiritualisierung der Liebe. Durch diesen Sublimierungsprozeß, der laut dem berühmten Buch »Die Liebe und das Abendland« von Denis de Rougemont im höfischen Minnedienst und in asketischer Frömmigkeit seine Ursprünge hatte, wurde die erotische Leidenschaft so ins Ideale und Seelenhafte gehoben, daß ihre körperlichen Aspekte den Makel des Derben und Gewöhnlichen bekamen. In der bürgerlichen Prüderie wurde daraus das Unanständige und Gemeine, das wie die anderen Funktionen des Unterleibs besser im Dunkeln blieb.

Obwohl Flaubert in »Madame Bovary« die Schwelle zur Darstellung der körperlichen Liebe nicht überschritt, wurde ihm wegen Obszönität und Blasphemie der Prozeß gemacht. Das erweckte Neugier und bescherte ihm neben der literarischen Anerkennung einen Skandalerfolg. Er wurde freigesprochen und war mit einem Mal ein berühmter Autor. So ähnlich wiederholte es sich später mit Romanen von Emile Zola, D. H. Lawrence, Henry Miller, James Joyce und Vladimir Nabokov. Der Versuch, durch Verbote und Beschlagnahmungen alte Grenzen zu befestigen und den in der Literatur sich vollziehenden Bewußtseinswandel einzudämmen, endete jedesmal mit dem Sieg des Neuen. Selbstbewußt schrieb Flaubert kurz vor dem Prozeß an seinen Bruder Achille: »Ich werde der Löwe der Woche werden, alle Weibsbilder von Rang reißen sich die Bovary aus den Händen, um Obszönitäten darin zu suchen, die sie nicht enthält.« Seine Verteidigung baute er darauf auf, daß in anderen Werken der Literatur ähnliche und drastischere Schilderungen zu finden seien als in seinem Roman. Doch es war wohl die Anschaulichkeit seiner Schreibweise, die das Buch in den Augen seiner Ankläger so gefährlich machte. 35 Jahre nach dem Prozeß veröffentlichte der ehemalige Staatsanwalt und Ankläger Pinard seine Memoiren und referierte noch einmal in der Gegenwartsform seine interne Begründung der Anklage: »Der Roman Emma Bovary verrät wirkliches Talent, aber die Beschreibung gewisser Szenen überschreitet alle Grenzen; wenn wir unsere Augen davor verschließen, wird Flaubert viele Nachahmer finden, die auf der gleichen schiefen Ebene weiter hinuntergehen.«

Vermutlich hat Pinard, als er das schrieb, an Emile Zola gedacht, den damals berühmtesten französischen Schriftsteller. Zola sah in Flauberts »Madame Bovary« das Gründungswerk des Naturalismus, als dessen Hauptvertreter er selber galt. Er überbot den Realismusschock von Flauberts Roman mit der genauen Darstellung des Elends und der Verkommenheiten im sozialen Sumpf der Unterschicht und der Lasterhaftigkeit ihrer bürgerlichen Nutznießer. Insofern mag Pinard seine Befürchtung, mit der Sittlichkeit würde es in der Nachfolge von Flauberts Roman noch weiter abwärts gehen, als erfüllt angesehen haben.

Doch bei der Darstellung des Sexuallebens seiner Figuren hielt sich Zola, selbst in seinem Prostituiertenroman »Nana«, ungefähr an die Grenzen, die auch Flaubert nicht überschritten hatte. Psychologisch gesehen ist »Madame Bovary« sogar das radikalere Buch, denn Emma, die in der Moral ihrer Herkunft erzogene Tochter eines Landwirtes, durchmißt bis zu ihrem verzweifelten Selbstmord einen viel weiteren Weg der Selbstzerstörung und des Illusionsverlustes als Nana, die als Tochter einer armen Wäscherin und Trinkerin aufgewachsen ist und über kleine Rollen bei einem Schmierentheater schnell zur Prostitution findet und zu einer prominenten Kokotte wird. Schließlich stirbt sie, wie Madame de Merteuil aus den »Gefährlichen Liebschaften«, entstellt von den Blattern den klassischen Straftod der eitlen Sünderin. Um Nanas Ruf als Femme fatale zu dokumentieren, wählt Zola eine doppelte Perspektive: Er beschreibt, wie sie sich selbstverliebt in einem langsamen Striptease vor dem Spiegel entkleidet, während Graf Muffat, einer ihrer Liebhaber, hinter ihr auf dem Sofa sitzend, den Artikel einer Boulevardzeitung studiert, in dem sie mit einer Fliege verglichen wurde, »die, wenn sie aufflog aus dem Kot, so golden schimmerte wie die Sonne – einer Fliege, die von dem Aas am Wege, das niemand wegräumte, die Keime des Todes aufsammelte und summend und tanzend und wie ein blitzender Edelstein schillernd die Männer vergiftete, einfach, indem sie sich auf ihnen niederließ und in die Paläste gelangte, weil man nicht die Fenster vor ihr schloß«.

Trotz der genauen Darstellung des Milieus, zu der ihm, dem Milieuunkundigen, befreundete Autoren wie Maupassant, Huysmans, Daudet und Edmond de Goncourt viele Details geliefert haben, ist der Roman moralisierend, im Bann mythischer Verkörperungen des Lasters geschrieben: Nana ist Luxuria, wenn nicht gar das apokalyptische Tier, das gekommen ist, um eine verkommene Gesellschaft mit Verderben zu überziehen. Es ist eine konventionelle Sicht der Sexualität, die die Ängste von Flauberts Ankläger Pinard rundum bestätigt. Zola, der

Moralist, der sein Leben, ausschließlicher noch als Balzac, seiner zwanghaften Arbeitsmoral unterwarf und von sich selbst gesagt hat, »ich gehöre zu den Keuschen«, hat im Schutz seiner erklärten moralischen Absichten als Voyeur an der Welt des Lasters teilgenommen, die er immer wieder darstellte, ein programmatisch festgelegter Spezialist, der jedesmal scheiterte, wenn er etwas anderes versuchte. Fasziniert verharrte er in einer moralisch festgefrorenen Schreckdistanz zum Leben, die er im Blick auf die recherchierten Details des dargestellten menschlichen Unglücks mit seiner immensen schriftstellerischen Disziplin immer wieder überwunden hat. Doch seine moralische Orientierung hinderte ihn, die Sexualität anders als im Kontext des Lasters wahrzunehmen. Der Leib war für ihn wie für viele seiner Zeitgenossen immer noch der sündige Leib der christlichen Tradition, von dem die unsterblich gedachte Seele am Ende erlöst werden mußte. Ohne daß man sich dieses Hintergrundes bewußt war, lebte die Spaltung weiter in der körperfeindlichen puritanischen Moral und in der profanen bürgerlichen Wohlanständigkeit, für die es zum guten Ton und zur Seelenhygiene gehörte, daß man die Sexualität ins eheliche Schlafzimmer einsperrte oder in die exterritorialen Bereiche einer heimlichen Liebschaft oder ins Bordell verbannte und im übrigen nicht darüber sprach.

Heinrich Mann hat das in seinem satirischen Roman »Professor Unrat« (1905) dargestellt, in dem ein wilhelminischer Professor einer kleinstädtischen Kurtisane verfällt. Der Roman wurde 1929/30 unter dem Titel »Der blaue Engel« mit Emil Jannings und Marlene Dietrich in den Hauptrollen verfilmt. Marlene Dietrich verkörperte darin, einen Zylinder schräg auf den Kopf gesetzt und freimütig ihre schlanken, seidenbestrumpften Beine zeigend, den Typ des Vamps mit dem anrüchigen, schon historisch wirkenden Sündenflair, das man den späteren Sexbomben des Hollywood-Kinos nicht mehr so recht glauben konnte. Träge gedehnt, mit rauchiger Stimme, sang sie den Refrain ihres berühmt gewordenen Songs: »Ich bin von Kopf bis Fuß / auf Liebe eingestellt, / denn das ist meine Welt / und sonst gar nichts.« »Liebe« war allerdings die falsche Bezeichnung für das, was der Vamp verkörperte. Indem er sich in provozierender Laszivität präsentierte, versprach er genau das Gegenteil – den von allen Sentiments befreiten puren Sex »und sonst gar nichts«. Das Versprechen war weitläufig und unbestimmt wie auch die Phantasien der Kunden des Nachtlebens. Doch auch wenn es nur Fiktion war – es gehörte dazu eine Aura von Gefahr, die Marlene Dietrich in der Rolle des männermordenden Vamps idealtypisch darstellte und zugleich besang: »Männer umschwirr'n mich / wie Motten das Licht / und wenn sie verbrennen, / ja, dafür kann ich nicht.« Vielleicht hatte sie ja damit recht. Dieses Melodram war eine typische »Männerphantasie«, wie Klaus Theweleit später formulierte. Die Dietrich selbst sagte als ältere Frau, als habe sie das Klischee, das ihre ganze Filmkarriere dominierte, noch nachträglich zerfetzen wollen: »In Filmen bin ich entsetzlich.«

Diese Distanzierung war wohl auch ein Ausdruck ihres Bewußtseins, daß der männermordende Vamp zu einer abgestandenen Figur verkommen war, mehr noch als der klassische Verführer, der sich als Latin lover in der Mythenwelt der Medien noch gehalten hat. Das Nachtleben, das als inszenierte Gegenwelt des bürgerlichen Alltags seinen Höhepunkt in der von Zola beschriebenen bürgerlichen Belle Époque von 1890 bis 1914 hatte, mit einem schon abgeflachten, zweiten Gipfel in den zwanziger Jahren, verlor spätestens in der sogenannten »Sexuellen Revolution« der sechziger Jahre des 20. Jahrhunderts seine erotische Faszination und mußte zu drastischeren Angeboten übergehen. Je weniger Tabus es gab, um so geringer wurde das gestaute energetische Potential, aus dem die erotischen Imaginationen entstehen.

Eines der letzten Reservoire der Verdrängung bildete die noch längere Zeit verfemte und verbotene Homosexualität. So zum Beispiel in Thomas Manns ebenfalls verfilmter, 1912 erschienener Novelle »Der Tod in Venedig«, in der der alternde Schriftsteller Gustav Aschenbach, ein disziplinierter Geistesarbeiter und darin ein Alter ego von Thomas Mann, schon infiziert durch eine soeben ausgebrochene Choleraepedemie, beim täglichen Anblick eines schönen Jünglings sein homoerotisches Coming-out erlebt. Daß der von ferne, vor dem unbestimmten Hintergrund des Meeres ihm sich zuwendende Blick des Idols schon als die Halluzination eines Sterbenden erscheint, deutet auf die Unüberschreitbarkeit der Grenze hin. Die Erfüllung des verbotenen Wunsches wird, ganz im Sinne der nachnaturalistischen Dekadenzliteratur, ins Spirituelle aufgelöst und mit dem Tod gleichgesetzt. Die morbide Stimmung wiederholte sich im Roman »Der Zauberberg«, dessen Anfänge im Anschluß an die Novelle geschrieben wurden. Hans Castorp, die Mittelpunktfigur des Romans, verfällt, beeindruckt durch die geheimnisvolle Russin Madame Chauchat, dem Sog von Erotik, Todesnähe und Luxus, dem er sich erst viele Jahre später durch den Ausbruch des Ersten Weltkrieges entziehen kann.

Beide Bücher hatten lebensgeschichtliche Anlässe. Bei Thomas Mann war durch eine Routineuntersuchung während eines Krankenbesuchs im Davoser Bergsanatorium eine verschattete Stelle in der Lunge entdeckt worden. Man riet ihm zu bleiben. Doch im Unterschied zu seinem Helden Hans Castorp entschloß er sich, in »das Flachland«, und das hieß, in sein normales Leben und zu seiner Arbeit zurückzukehren, eine Entscheidung, die exemplarisch für sein Leben war. Bei Aschenbach waren die Vergleichbarkeiten noch viel ausgeprägter. Aschenbachs Lebensumstände als Schriftsteller, der Aufenthalt in Venedig und das homoerotische Erlebnis entsprechen Erfahrungen Thomas Manns, der unter dem Eindruck von Tolstoi sein Schreiben als kritische Selbsterforschung verstanden hat. Dem Leistungsethiker Aschenbach, den er an seiner Stelle sterben ließ, legte er auch das Motiv in den Mund, das die beherrschende Moral seines eigenen Lebens und seiner Arbeit wurde: Man braucht Kontinuität und muß lange durchhalten, um eine große, meisterliche Lebensleistung zu vollbringen. Von Aschenbach heißt es, freilich im ironischen Kontrast zu der Vereitelung seines Lebenskonzepts durch seinen Tod: »Auch wünschte er sehnlichst alt zu werden, denn er hatte von jeher dafür gehalten, daß wahrhaft groß, umfassend, ja wahrhaft ehrenwert nur das Künstlertum zu nennen sei, dem es beschieden war, auf allen Stufen des Menschlichen charakteristisch fruchtbar zu sein.«

Um sich in den Griff zu bekommen, mußte Thomas Mann die Schopenhauerschen Stimmungen seiner Jugendzeit und seine latente Homosexualität zu kontrollieren versuchen, aber nicht durch rigorose Verdrängung, die seine schriftstellerische Phantasie mit der Austrocknung ihres Quellgrundes bedroht hätte, sondern lebenspraktisch, indem er sich eine tragfähige Ordnung für sein Leben und seine Arbeit schuf. Manche sehen darin Züge von Zwanghaftigkeit, wie sie typisch sei für die Verdrängung von Homosexualität. Thomas Mann aber wußte, was er brauchte, und er traf souveräne Entscheidungen, die er dann durch sein entstehendes Werk rechtfertigen mußte. So langfristig und konsequent sein Leben zu planen verlangt vermutlich mehr Entschlußkraft als ein Leben im flüchtigen Wechselspiel der Spontaneitäten – dem entgegengesetzten Lebensmodell, das nicht nur das modernere, sondern inzwischen wohl auch das konventionellere ist.

Wenn man allerdings der abgründigen Skepsis von Sören Kierkegaard glaubt, ist eins wie das andere, und die steile Entscheidungssituation des »Entweder – Oder« löst sich in Beliebigkeit und Absurdität auf: »Heirate, du wirst es bereuen; heirate nicht, du wirst es gleichfalls bereuen; heirate oder heirate nicht, du wirst beides bereuen, entweder du heiratest oder du heiratest nicht, du bereust beides.« Aus dieser Sackgasse gelangt man nur auf zwei verschiedene Weisen hinaus: Entweder man verliebt sich und hat keine andere Wahl, oder man trifft eine nüchterne Entscheidung wie Thomas Mann, der gesagt hat, er habe geheiratet, um sich »eine Verfassung zu geben«. Nein, es gibt doch ein Drittes: Man läßt es einfach bleiben. Und um Kierkegaard zu antworten: Entweder man bereut es, oder man bereut es nicht.

So tief im Denken und Empfinden und im sozialen Leben verankerte Strukturen verändern sich nur langsam, ganz im Sinne eines Satzes von Boris Pasternak, der den unaufhörlichen geschichtlichen Wandel in den Zwischenzeiten der großen Krisen und gewaltsamen Umwälzungen als einen naturwüchsigen und namenlosen Prozeß beschreibt: »Niemand macht die Geschichte, man sieht sie nicht, ebensowenig wie man das Gras wachsen sieht.« Die Entstehung des Neuen, die Umwertung der Werte und die Auflösung von Konventionen war untergründig schon längst in Gang gewesen, bevor sie für viele sichtbar wurde als das, was historisch fällig war.

Nach dem Ersten Weltkrieg wurde, vor allem in Büchern von David Herbert Lawrence und Henry Miller, die Sexualität literaturfähig. Die Autoren umgingen die Sexualität nicht mehr als etwas Unsägliches, sondern machten sie zu einem Hauptthema, entsprechend der neuen Bedeutung, die ihr zugewachsen war. Laut Freuds Libidotheorie und dem darin aufgegangenen Bergsonschen Begriff eines schöpferischen élan vital, verstand man sie jetzt als die treibende Kraft des Lebens. Seit Freud die neurotischen Störungen seiner Patienten auf verdrängte Sexualität zurückgeführt hatte und durch Bewußtmachung der Verdrängung zu heilen versuchte, lag der Traum in der Luft, daß dies auch ein möglicher Heilungsweg für die kranke, auf Gewalt, Ausbeutung der Menschen und der Natur und billigen Ersatzbefriedigungen beruhende industrielle Gesellschaft sei, die ihre gewaltige Zerstörungskraft im Ersten Weltkrieg entfesselt hatte. Die sexuelle Befreiung wurde so zu einem Kernbereich einer sich revolutionär gebenden, meist verblasenen Gesellschaftskritik. Freud ist diesen Weg nicht weitergegangen, sondern hat ihn ab 1920 mit seinem Buch »Jenseits des Lustprinzips« verlassen, um aus dem unauflösbaren Gegensatz des Luststrebens und seiner notwendigen Anpassung an die Realität der Außenwelt wie des eigenen sterblichen Körpers seine tief skeptische Metapsychologie zu entwickeln, die ihn, den Krebskranken, zum Begriff eines der Seele immanenten Todestriebes führte. Für seinen Schüler Wilhelm Reich war das ein Verrat an der ursprünglichen Idee. Reich hielt daran fest, daß die befreite sexuelle Energie, die im vollendeten Orgasmus ihren Ausdruck findet, das Potential zur humanen Umwandlung der Gesellschaft sei. Der sexuell befreite, zur Selbststeuerung fähig gewordene und gegen alle Formen von Entfremdung sensibilisierte Mensch veränderte laut Reichs Überzeugung aus innerer Notwendigkeit auch die gesellschaftlichen Verhältnisse, weil er sie als unerträglich und falsch erlebte. Das war eine Wiederauflage von Rousseaus Lehre, daß der Mensch von Natur aus gut sei und ganz selbstverständlich das Gute tun werde, wenn man seine Natur von den entstellenden gesellschaftlichen Überformungen befreite. Reich ersetzte den Begriff der Natur durch die Sexualität und bezeichnete die mit der sexuellen Befreiung sich entfaltende, angeborene menschliche Fähigkeit zum richtigen und guten Leben als Sexualökonomie. Im Gegensatz zur Rationalität der Ökonomie oder der Entfremdungsstruktur der Geldherrschaft stellte die Sexualökonomie in seinem Verständnis die befreite und wieder in Kraft gesetzte schöpferische Selbstregulation des Lebens dar.

Das war weiträumig und schlicht gedacht, wie die meisten utopischen Wunschträume, und fand später ein starkes Echo in den Befreiungsideen der 68er Generation.

Seltsamerweise findet man Reichs Gedanken in rudimentärer Form auch in D. H. Lawrence's Roman »Lady Chatterley's Lover« aus dem Jahre 1928, obwohl Reich sie erst später formulierte. In der Form, wie sie bei Lawrence auftauchen, muß man sie wohl als vulgarisierte Theoreme der psychoanalytischen Anfänge vor dem Ersten Weltkrieg ansehen. Sie vermischen sich bei Lawrence mit den Reformideen des englischen Sozialutopisten John Ruskin, der den Kapitalismus der Industriegesellschaft und die maschinelle Arbeit verdammte. Ruskin, der auch Maler und Schriftsteller war, wollte in der arbeitsteilig aufgesplitterten modernen Welt die Einheit von Arbeit und Leben retten, ein Vorhaben, das beispielsweise in den Künstlerkolonien der Jugendstilzeit vor dem Ersten Weltkrieg einen elitären Ausdruck fand und später von Adorno mit dem barschen Satz kommentiert wurde: »Es gibt kein richtiges Leben im falschen.« Das allerdings läßt sich bestreiten. Geglücktes Leben hat es immer wieder gegeben, wenn auch immer nur begrenzt und mitten im falschen. D. H. Lawrence und Henry Miller sind Beispiele für Menschen, die es versucht haben.

Lawrence wurde 1885 als fünftes Kind eines Grubenvorarbeiters und einer Lehrerin in Eastwood bei Nottingham in der düsteren Umgebung eines der größten Kohlendistrikte Englands geboren. Die Ehe seiner bildungsmäßig und charakterlich höchst unterschiedlichen Eltern, ursprünglich offenbar eine Liebesehe, war längst zerrüttet, als Lawrence heranwuchs. Armut und ständiger Streit und die Gewalttätigkeiten des an den Rand geratenen, trunksüchtigen Mannes prägten das Familienleben. In seinem zweiten Roman »Sons and Lovers«, der 1913 veröffentlicht wurde, hat Lawrence die Schreckensszenen seiner Kindheit beschrieben. Er war sofort hellwach, wenn er im Haus das Gepolter des betrunken heimkehrenden Vaters hörte, sein »dröhnendes Toben und die scharfen Antworten der Mutter«, das »gräßliche Schnarren der Stimme des Vaters«, die immer lauter wurde, und die Angst der lauschenden Kinder, daß unten im Haus wieder die Gewalttätigkeiten und das Blutvergießen begannen. Die frömmelnde und empfindsame, auf ihre bürgerliche Herkunft bedachte Frau war wohl nicht ganz unschuldig an diesem chronisch gewordenen Konflikt und trug täglich zu seiner Verschärfung bei. Sie war eine fanatische Abstinenzlerin, die ihren Mann auch vor den Kindern ständig wegen seiner Trunksucht tadelte oder weil er sich, von der Arbeit kommend, ungewaschen an den Tisch setzte. Er hatte proletarische Manieren, sang gerne laut, konnte aber nur mit Mühe die Zeitung lesen, während sie Bücher las und Gedichte schrieb. Sie rückte immer weiter von ihm ab und zog ihre Söhne an sich heran, um sie gegen den Vater zu erziehen, zuerst William, den ältesten, und nach dessen Tod ihren jüngsten, empfindsamen Sohn David Herbert, der ihre besondere zärtliche und besorgte Zuwendung fand, weil er in der verseuchten Industrieluft des Kohlenreviers Probleme mit der Lunge hatte, weswegen er später an Tuberkulose erkrankte.

David Herbert Lawrence war ein zartes, sensibles Kind und unter gleichaltrigen Schülern ein Außenseiter, der sich nicht an deren derben Spielen beteiligte, viel las und lieber mit Mädchen spielte. Sein Selbstgefühl bezog er aus der innigen Beziehung zu seiner Mutter, in deren Fußstapfen er trat. Sie, die Tochter eines puritanischen Predigers, schickte ihn auf die Sonntagsschule, wo er mit Bibelsprüchen traktiert wurde. Er kam dann auf die High School von Nottingham, um sich anschließend, in der Nachfolge seiner Mutter, auf den Lehrerberuf vorzubereiten. Zwischendurch arbeitete er drei Monate in einer Fabrik für orthopädische Artikel und wurde so schwer krank, daß man fürchtete, er würde sterben wie sein älterer Bruder. Danach nahm er die Arbeit nicht wieder auf. Als erster eines Wettbewerbs gewann er ein Universitätsstipendium und verließ die Universität mit einem Diplom für Volksschullehrer. Im Prüfungsbericht wurde seine große Belesenheit hervorgehoben. Er konnte den Beruf wegen seiner schweren gesundheitlichen Probleme nicht lange ausüben. Doch da war schon aus der jahrelangen Freundschaft mit Jessie Chambers, einem etwa gleichaltrigen Mädchen aus der näheren Umgebung, mit dem er einen regen literarischen Austausch hatte, die Phantasie in ihm entstanden, Schriftsteller zu werden. An der ersten Fassung seines ersten Romans »The White Peacock« hat sie sogar mitgewirkt.

Von seinem fünfzehnten bis zu seinem zwanzigsten Lebensjahr wanderte Lawrence so oft er konnte durch den Wald, der die Farm der Familie Chambers von seinem Elternhaus in dem öden Bergarbeiterort Eastwood trennte. Er wurde auf der Farm stets freundlich aufgenommen, blieb zum Essen und half bei der Arbeit, und wie immer, wenn er sich geliebt fühlte, entwickelte er den spontanen, warmherzigen Charme, der die Sonnenseite seines Wesens war. Übergangslos und unbeherrschbar durch ihn selbst standen dem die negativen Züge seiner Person gegenüber, die sich im Laufe seines schwierigen Lebens verschärften: Hochmut, Aggressivität, egomanische Unbelehrbarkeit. Laut Richard Aldington, seinem langjährigen Freund und Biographen, hatte Lawrence die fatale Neigung, Leuten, die als Freunde zu ihm kamen, mit so unerträglicher Arroganz entgegenzutreten, daß sie ihn bald danach als Feinde fürs Leben verließen. Doch hatten auch diese Eigenschaften seiner Person Anteil an der gewaltigen schöpferischen Leistung, die er bis zu seinem frühen Tod vollbrachte. Er war ein unermüdlicher Arbeiter, der überall und unter allen Umständen schreiben konnte. Typisch für seine Arbeitsweise war ein weiträumiges, spontanes Schreiben, das in der Regel auch nicht durch eigene Kritik aufgehalten wurde. Statt dessen schrieb er nachher eine zweite oder dritte Fassung. Von »Lady Chatterley's Lover« gibt es beispielsweise drei voneinander abweichende Versionen, von denen die zweite und umfangreichste Fassung auch einen anderen Titel erhielt. Er betitelte sie mit »John Thomas and Lady Jane« – personifizierende Kennworte für den Phallus und die Vagina. Manche Partien des Romans »The Rainbow«, der 1916 erschien und wegen der Anstößigkeit einiger Textstellen verboten wurde, schrieb er siebenmal.

Seine Unbeirrbarkeit und instinkthafte Sicherheit, die manchmal an Borniertheit grenzten, verdankte Lawrence wohl der tief bestätigenden Zuwendung, die er in seiner Kindheit und Jugend von seiner Mutter erfahren hat, und der Wiederholung dieser emotionalen Situation durch andere Frauen, vor allem durch die durch nichts zu beirrende Liebe seiner späteren Frau Frieda von Richthofen. Auch die Freundschaft mit Jessie Chambers, dem Mädchen von der Farm hinter dem Wald, mit dem er jahrelang Bücher tauschte und gemeinsam las, trug wesentlich zur Entwicklung seiner selbstgewissen Person bei, erregte aber die Eifersucht seiner Mutter, die aus Angst, ihn zu verlieren, diese Freundschaft zu hintertreiben versuchte.

Lawrence trennte sich von Jessie und stellte das später in seinem 1913 erschienenen dritten Roman »Sons and Lovers« so dar, als sei die Beziehung an Jessies sexueller Blockierung gescheitert. Sein Biograph Richard Aldington, der beide gut gekannt hat, war allerdings der Auffassung, daß es sich umgekehrt verhalten habe. Jessie teilte zwar als ein Mädchen aus der englischen Provinz die puritanischen Vorurteile ihrer Umgebung, wäre aber wohl bereit gewesen, sie aus Liebe zu ihm zu überwinden, wenn er weniger blockiert gewesen wäre.

Man kann das auch aus dem Roman herauslesen, in dem Jessie den Namen Miriam trägt. Ein zweites Verhältnis mit Clara, einer sexuell unbefangenen, verheirateten Frau, scheiterte ebenfalls. Paul Morel, Lawrence's fiktionales Double und Zentralfigur des Romans, empfand zwar Leidenschaft: »Aber oft versagte sie.« Einmal scheint es anders gewesen zu sein, wenn man der romanhaften Darstellung in dieser Hinsicht glauben darf, doch das war nicht von Dauer. »Langsam verdarb irgendwelche mechanische Anstrengung ihre Liebe.« Clara spürt, daß etwas zwischen ihnen steht. Dieses Etwas ist der Schatten seiner Mutter, mit der er mehr durch die Gefühle eines Liebhabers als die eines Sohnes verbunden ist und die ihn, solange sie lebt, nicht aus ihren Händen läßt. Sie sieht den geliebten Sohn als ihren persönlichen Besitz und hintertreibt seine Beziehungen zu allen Frauen, die in seine Nähe kommen. Voller Eifersucht auf seine Freundin Miriam, mit der ihn Interessen verbinden, von denen sie ausgeschlossen ist, agiert die Mutter wie eine beiseite geschobene Frau:

»Ich bin noch gerade gut genug, für dich zu sorgen«, beklagt sie sich. Paul versucht sie zu beruhigen, indem er ihr versichert, daß er Miriam nicht liebe. Und »als er sich bückte, um die Mutter zu küssen, schlang sie ihm die Arme um den Hals, legte das Gesicht an seine Schulter und weinte wimmernd«. Sie sagt: »Ich kann es nicht ertragen. Jedes andere Weib, ja, aber sie nicht. Sie ließe mir kein Plätzchen, kein kleinstes Plätzchen.« Und dann fügt sie hinzu: »Und weißt du, Paul – nie, nie habe ich wirklich einen Mann gehabt.« Wieder beteuert er, daß er Miriam nicht liebe, streichelt die Mutter, birgt sein Gesicht an ihrer Schulter. »Die Mutter küßte ihn lange, glühend. ›Mein Junge‹, sagte sie, und in ihrer Stimme bebte leidenschaftliche Liebe. Ohne daß er es wußte, strich er ihr leicht über das Gesicht. ›Nun geh zu Bett‹, sagte die Mutter. ›Morgen früh bist du sonst so müde.‹ Während sie sprach, hörte sie ihren Mann nach Hause kommen. ›Da kommt dein Vater – nun geh!‹«

Die subtile Darstellung dieser inzestuösen Bindung und ihrer Folgen begründete den großen Erfolg des Romans »Sons and Lovers«. Lawrence war plötzlich ein berühmter und berüchtigter Autor. Nachdem er am 13. November 1912 das Manuskript an seinen Verlag geschickt hatte, schrieb er einen Brief an den Literaturkritiker Edward Garnett, den literarischen Berater seines Verlages, in dem er die Handlung des Romans im Stil einer psychoanalytischen Fallbeschreibung referierte. Dabei wies er auf Goethes psychologisches Grundproblem als einen Parallelfall seiner eigenen Geschichte hin. Frieda von Richthofen, die ihn mit der Psychoanalyse bekannt machte, hatte ihn vermutlich darauf gebracht. Sie war seine Geliebte geworden und kannte seine sexuelle Vorgeschichte und die daraus rührenden Schwierigkeiten ebenso wie deren Spiegelung in dem Roman, den er in der ersten Zeit ihres Zusammenlebens geschrieben hatte.

Man muß die sexuellen Probleme von Lawrence nicht, wie Eissler es bei Goethe getan hat, aus Indizien und Symptomen erschließen, denn er hat sie später – in »Lady Chatterley's Lover« – selbst dargestellt mit dem Selbstbewußtsein eines Mannes, der seine Schwierigkeiten überwunden hatte. Das Leben mit Frieda und die Literatur haben zu dieser Heilung beigetragen, vor allem auch der Roman »Sons and Lovers«, über den er an Garnett schrieb:

»Dies ist das Thema: eine gebildete Frau von Charakter heiratet unter ihrem Stande und findet keine Befriedigung im Leben.... als ihre Söhne heranwachsen, sieht sie in ihnen ihre Geliebten, erst in dem ältesten, dann in dem zweiten. Diese Söhne werden durch die Liebe der Mutter ins Leben geschleudert ... Aber als sie zu Männern herangereift sind, können sie nicht lieben, denn ihre Mutter ist die stärkste Kraft in ihrem Leben, und die hält sie fest. Es ist wie bei Goethe und seiner Mutter und Frau von Stein und Christiane. – Sobald die jungen Männer mit Frauen in Berührung kommen, gibt es einen Riß. William verfällt einem oberflächlichen Geschöpf, und die Mutter beherrscht seine Seele. Dieser Zwiespalt vernichtet ihn, denn er weiß nicht, wo er hingehört. Der andere Sohn bekommt eine Frau, die um seine Seele kämpft gegen seine Mutter. Der Sohn liebt die Mutter – alle Söhne hassen den Vater und sind eifersüchtig auf ihn. Die Mutter und das Mädchen kämpfen weiter um den Sohn. Nach und nach wird deutlich, daß die Mutter stärker ist, wegen der Bande des Blutes. Der Sohn will nun der Mutter die Macht über seine Seele lassen und wie sein älterer Bruder die Lust woanders suchen. Er findet die Lust. Aber fast unbewußt wird der Mutter klar, wie es um ihn steht, und sie wird krank. Der Sohn macht Schluß mit der Geliebten und pflegt die sterbende Mutter. Am Ende steht er da, von allem entblößt, mit dem Trieb zum Tode ... Es ist eine große Tragödie, und glauben Sie mir, ich habe ein großes Buch geschrieben.«

Diese Inhaltserzählung in psychoanalytischer Begrifflichkeit, die damals, in den Gründungsjahren der Psychoanalyse, vielleicht aktuell wirkte, erscheint heute, jedenfalls in den Formulierungen des Briefes, als ein abgenutztes, klapprig gewordenes Erklärungsschema. Lawrence benutzt es hier wie etwas frisch Adaptiertes, das noch nicht wirklich zum eigenen Besitz geworden ist. Zwar hat die Psychoanalyse, die er durch Frieda von

Richthofen kennenlernte, sicher dazu beigetragen, daß er die lebensgeschichtlichen Erfahrungen, die er in seinem Roman verarbeitete, genauer sah und besser konturieren konnte, doch seine gedrängte, auf Begriffe gebrachte Inhaltsbeschreibung vermittelt keinen Eindruck von der Nuanciertheit und intimen Genauigkeit der Erzählung. Lawrence schreibt nicht weitschweifig und schon gar nicht in deskriptiver Pedanterie. Die Lebendigkeit und die Leichtigkeit seiner Prosa verdankt sich dem inneren Fluß seiner Vorstellungen, dem er keine methodischen oder stilistischen Zwänge auferlegt. Er schreibt spürbar spontan und fügt ganz nach der Logik der dargestellten Momente Dialogstücke, fragmentarische Gedanken, aufkommende und wieder vergehende Stimmungen und immer wieder starke Natureindrücke zu einer schwingenden Lebensbewegung aneinander, durch deren Lücken, in deren Pausen man in eine unformulierte Tiefe blickt.

So zum Beispiel in den tastenden Gesprächen, die Paul und Miriam auf Spaziergängen oder während der Kirschernte oder in einem Unterschlupf während des Regens miteinander führen, Szenen, die im Roman zu einer einzigen großen Sequenz zusammenwachsen, in der die beiden versuchen, ein Problem zu lösen, das sie nach den langen Jahren ihrer unbefangenen Jugendfreundschaft inzwischen miteinander haben: Sie sind, jedenfalls was ihr Alter angeht, erwachsene Menschen geworden. Paul ist vierundzwanzig, sie dreiundzwanzig Jahre alt, und sie müssen ihre Beziehung neu definieren. Vor allem Paul hat den Wunsch, sich aus der Symbiose mit seiner Mutter zu lösen und endlich die Erfahrung der körperlichen Liebe zu machen. Miriam, die vertraute Jugendfreundin, ist zunächst die einzige Frau, an die er dabei denkt.

Doch das ist ein nahezu abstraktes Vorhaben und psychologisch außerordentlich schwierig. Beide werden sie sich fremd, wenn sie sich nahezukommen versuchen. Es hat etwas Gezwungenes, das ihnen Angst macht. Sie wirken wie Schauspieler, die ihre Rollen nicht richtig kennen und schon gar nicht verstanden haben. Paul sagt, daß er sie heiraten will, aber daß es nicht möglich sei, weil er kein Geld habe. »Aber ich will jetzt heiraten«, fährt er metaphorisch fort. Er meint damit, sie sollten sich lieben, als ob sie verheiratet wären. Er fragt, ob sie ihn verstehe. Doch sie versteht nur die Worte und nicht das, wovon auch er nur reden kann wie von einem abstrakten Projekt. Ein qualvoller, hilfloser Dialog beginnt, in dem er ihrer Weigerung auf den Grund zu gehen versucht. Er argumentiert. Aber eigentlich hofft er auf eine vitale Zuwendung, die ihn von seiner Hemmung befreit. »Er konnte ihren Blick nicht aushalten. Vor ihren dunklen, ernsten, forschenden Augen, die so voller Liebe waren, mußte er den Blick senken.«

»›Irgend etwas verkehrtes in unserer Seele‹, sagte er, ›läßt uns gerade das, was wir wollen, nicht wollen, hält uns fern von ihm. Dagegen müssen wir ankämpfen.‹

›Ja‹, sagte sie und fühlte sich wie betäubt.«

Es ist hoffnungslos. Denn es gibt nichts Verkehrteres in dieser Situation als solche didaktischen Erläuterungen. In der Dunkelheit schien es ihm einfacher zu sein, weil sie sich dann nicht sahen. Sie lagen beieinander in einer Scheune, in die sie vor dem Regen geflüchtet waren.

»›Willst du mich einmal?‹ fragte er leise, verbarg sein Gesicht an ihrer Schulter. Es war so schwer.

›Nicht jetzt‹, sagte sie.

Seine Hoffnungen und sein Mut zerbrachen. Trauer überkam ihn.« ... »Jeder Versuch war zwecklos. Zwischen ihnen würde es nie zu einem Gelingen kommen.« Auch ihre Geduld, mit der sie auf ihn wartet, ist eine unüberwindliche Mauer. Allmählich beginnt er Miriam zu hassen, weil er sich von ihr wie eine schwierige psychologische Aufgabe betrachtet fühlt. Er knüpft jetzt eine engere Beziehung zu Clara an, der verheirateten Frauenrechtlerin, die Erfahrung und keine Hemmungen hat und älter ist als er, genau das, was er eigentlich braucht. Doch auch dieses Verhältnis versandet, und Paul zieht sich erneut zurück in das einzig Gewisse: in seinen Ursprung, die Nähe seiner sterbenden Mutter, der er versichert, daß Miriam und Clara für ihn nichts mehr bedeuten. Sie möchte es gerne glauben. Immer noch denkt sie, daß sie ihn vor fremden Frauen beschützen muß, bei denen es ihm nicht gutgehen wird, wenn sie nicht mehr lebt.

Ihr langsames Sterben ist für Mutter und Sohn eine innige Liebeszeit. Lawrence schildert das als eine gespenstische Zeremonie schmerzlicher Zärtlichkeit.

»Er setzte sich neben das Bett, war voller Sorge. Wie ein Kind lag sie zusammengekauert auf der Seite. Über dem Ohr hing lose das graubraune Haar. ›Kitzelt dich das nicht?‹ fragte er und strich es leicht zurück.

›Doch‹, erwiderte sie.

Sein Gesicht war dem ihren nahe. Ihre blauen Augen lächelten in die seinen wie die eines Mädchens – warm, lachend vor zärtlicher Liebe. Vor Angst, Qual und Liebe verging ihm fast der Atem. ›Muß dir das Haar flechten‹, sagte er, ›lieg mal ganz still!‹

Er trat hinter sie, löste sorgfältig ihr Haar, bürstete es aus. Es war wie schöne, lange, braune und graue Seide. Warm lag der Kopf zwischen den Schultern. Während er ihr Haar vorsichtig bürstete und flocht, biß er sich auf die Lippen, hatte ein Gefühl, als wäre er betäubt. Alles schien so unwirklich, und er konnte es nicht begreifen.

Abends arbeitete er oft in ihrem Zimmer, blickte von Zeit zu Zeit auf. Und jedesmal sah er, daß ihre blauen Augen ihn ansahen. Und wenn ihre Blicke sich begegneten, lächelte sie.«

Nach dem Tod der Mutter versinkt er in eine Depression. Todeswünsche wandeln ihn an, als bedeute sein Tod eine imaginäre Vereinigung mit der Mutter. Clara hat sich inzwischen wieder ihrem Mann zugewandt. Und irgendwann trifft Paul zufällig Miriam, die für einen Tag zu ihrer Kusine nach London gekommen ist, wo er im Vorort Croydon eine Anstellung als Lehrer hat. Sie sind beide einsam, haben beide Zeit. Er lädt sie in seine Wohnung zum Essen ein. Sie reden behutsam miteinander, ohne Aggression, und sie gibt ihm zu verstehen, daß sie bereit sei, einen neuen Anfang zu machen. Eigentlich könnten sie jetzt heiraten.

»›Ich glaube kaum‹, sagte er langsam, ›daß Heirat viel nützen würde.‹

›Ich denke nur an dich‹, erwiderte sie.«

Es ist ein Bekenntnis, mit dem sie sich ihm preisgibt. Und doch ist es falsch.

Er gibt ihr eine Antwort, die verwirrend und zerstörerisch ist: Er wisse, sie liebe ihn so sehr, daß sie ihn ganz für sich haben wolle. Und das würde ihn ersticken.

Die alte Lähmung ist wieder da, der Bann der toten Mutter, den er immer noch in sich trägt als ein Liebesverbot. »Und ohne Ehe geht es nicht?« fragt er schüchtern. Und sie, immer noch gezeichnet vom Schock ihrer verzweifelten Liebesversuche, antwortet leise: »Nein, ich glaube nicht.«

Als Miriam ihn verläßt, weiß er, daß er sie um ihr Leben betrogen hat. Aber er kann nicht anders. Er muß sich erst der Leere aussetzen, die der Tod der Mutter in ihm hinterlassen hat, bevor etwas Neues in seinem Leben beginnen kann. Es ist eine Szene, die an den Besuch der gealterten Madame Arnoux bei Frédéric Moreau erinnert, in der die letzte Chance, die sich dem verhinderten Liebespaar bietet, an der seelischen Lähmung des Mannes scheitert. So wie Madame Arnoux ihren Abschied ankündigt und Frédéric damit noch eine letzte Möglichkeit gibt, die Situation zu wenden, sagt auch Miriam leise: »Ich glaube, ich muß jetzt gehen.« Er begleitet sie zur Wohnung ihrer Kusine und plaudert, während sie sich wie tot fühlt. In ihrer Not lehnt sie sich an ihn, aber er kümmert sich nicht darum. Als sie sich beim Haus ihrer Kusine verabschiedet haben, überkommt ihn das Gefühl, daß er seinen letzten Halt verloren hat, und er erlebt, in der Nacht zu seiner Wohnung zurückkehrend, lange Augenblicke einer kosmischen Einsamkeit. Wimmernd ruft er nach seiner Mutter. Aber sie ist nicht mehr da und schützt ihn nicht mehr vor der schweigenden Leere, die ihn umgibt, und er muß sich wahrnehmen als etwas Verlorenes: »ein kleiner Funken in einer ungeheueren Dunkelheit, der bald erlöschen wird«. Das ist die Erkenntnis der Condition humaine, die ihm die Mutter durch ihre besitzergreifende Fürsorge ersparen wollte. Nun muß er sich ihr stellen und erwachsen werden. Dafür steht am Schluß des Romans ein von Balzac entliehenes Bild: »Er wollte nicht in die Dunkelheit ... Schnell schritt er auf die leise summende, funkelnde Stadt zu.«

Lawrence hat diese schwierigen Prozesse einer verzögerten, beinahe scheiternden sexuellen Individuation mit subtiler

Meisterschaft und tiefer Menschenkenntnis dargestellt. Wie bei allen seinen vorher und nachher geschriebenen Büchern hat er dabei, mit einigen fiktionalen Lizenzen, doch in einem noch enger autobiographischen Sinn als beispielsweise Tolstoi die eigene Lebensgeschichte verarbeitet. Jessie Chambers, seine Jugendfreundin, die das Vorbild für die Gestalt der Miriam war, fühlte sich allerdings verletzt, als Lawrence ihr seinen Roman »Sons and Lovers« schickte. Sie fand den Roman indiskret, und es ärgerte sie, daß Lawrence die Realität in einigen Szenen zu ihrem Schaden und zu seinen Gunsten verändert hatte. Das entspricht genau den Beschwerden, die Kestner und Lotte an Goethe richteten, als sie seine Darstellung der gemeinsamen Wetzlarer Zeit in den »Leiden des jungen Werthers« gelesen hatten. Jessie Chambers schrieb später ein Buch, um die Darstellung von Lawrence zu korrigieren. Für ihn war der Roman »Sons and Lovers« die Schlußakte seiner schwierigen Jugend. Als der Roman 1913 erschien und ihn zu einem berühmten Autor machte, waren dem zwei wichtige Ereignisse vorausgegangen. 1911 hatte er, an Tuberkulose erkrankt, seinen Beruf als Lehrer aufgeben müssen. Und 1912 lernte er seine spätere Frau Frieda von Richthofen kennen, die nach dem Tod seiner Mutter sein Leben bestimmte. Zu ihr sagte er Jahre später, als er wieder einmal lebensgefährlich erkrankt war: »Wenn ich sterbe, war nichts von Belang außer dir, gar nichts.«

Zwei Jahre nach dem Tod von Lawrence hat Frieda beschrieben, wie sie ihn kennengelernt hatte. Sie lebte damals in Nottingham, seit Jahren verheiratet mit Professor Weekley, einem bekannten Anglisten, bei dem Lawrence studiert hatte, und sie war Mutter von drei kleinen Kindern. Richard Aldington schildert sie als eine schöne, große, lebensvolle Frau. So erscheint sie auch auf Fotos aus ihren Ehejahren in Nottingham. Und man erschrickt, wenn man sie auf Fotos aus den zwanziger Jahren als eine plumpe formlose Matrone wiedersieht und neben ihr den überaus mageren, hochgeschossenen, bärtigen Lawrence, der mit seinem steilen Kopf und seinem fanatischen Gesicht ein idealer Darsteller von Don Quijote hätte sein können. Die beiden waren äußerlich gesehen ein groteskes Paar. Aber sie sind die Akteure einer der leidenschaftlichen Liebesgeschichten im Lebenshintergrund der Geschichte der Literatur.

Richard Aldington meint, Frieda, die nur die gesellschaftlichen Verhältnisse der deutschen Universitäten kannte, habe sich von der vergleichsweise bescheidenen Existenz eines englischen Professors an einer durchschnittlichen Universität wie Nottingham kein rechtes Bild gemacht, als sie heiratete, und habe aus Langeweile Abwechslung in häufigen Flirts mit Dozenten und Studenten ihres Mannes gesucht. Auch Lawrence kam als ehemaliger Schüler ihres Mannes ins Haus, weil er hoffte, mit Hilfe einer Empfehlung von Weekley ein Lektorat für Englisch an einer deutschen Universität zu bekommen. Ein Jahr zuvor war sein erster Roman »The White Peacock« erschienen, aber er war noch ein fast unbekannter Autor. Friedas Neugier erweckte er vor allem durch seine genialische Verschrobenheit, mit der er sich auffallend von den Menschen ihrer Umgebung unterschied. So nahm er sich heraus, sie in der für ihn typischen proletarischen Arroganz zu kritisieren, weil sie, die mit Personal aufgewachsen war, den Gasofen in ihrer Küche nicht anzünden konnte. Vermutlich muß man diese forcierten Absonderlichkeiten als den Ausdruck einer überkompensierten Scheu des unerfahrenen jungen Mannes verstehen, der sich der vitalen, lebenskundigen Frau nicht ebenbürtig fühlte und sich deshalb vor ihr aufspielte.

Genau nach diesem Muster der Überbietung oder der Flucht nach vorn reagierte er auch, als Frieda an einem Sonntag, an dem ihr Mann verreist war, zu ihm sagte: »Bleib heute nacht bei mir.« Das war ein Vorschlag, dem er sich auf Grund seiner bisherigen sexuellen Erfahrungen wohl kaum gewachsen fühlte. Doch er gab seinem Zögern eine grandiose Pointe, indem er antwortete: »Nein, nicht im Hause deines Mannes, während er fort ist. Aber du mußt ihm alles sagen, und wir gehen zusammen fort, denn ich liebe dich.« Der erste Teil seiner Antwort klingt ehrsam und hört sich wie eine Ausflucht an. Aber der zweite Teil war schlechthin phantastisch. Er muß für Frieda völlig unerwartet gewesen sein. Aber noch phantastischer ist es, daß sie darauf einging. Sie verließ den Mann und drei kleine Kinder, um mit einem Mann durchzubrennen, den sie als

Person kaum kannte und schon gar nicht intim. Es war nicht die Folge einer Leidenschaft, sondern ein vorauseilender Entschluß, der so vollkommen dem Bild einer großen Leidenschaft entsprach, daß er sie auch erzeugte.

Sie fuhr mit Lawrence zunächst nach Metz, damals eine deutsche Garnisonsstadt, in der sie ihre Jugend verbracht hatte, weil ihr Vater dort als preußischer Gardeoffizier stationiert war. Als sie ankamen, wurde gerade das 50jährige Dienstjubiläum ihres Vaters gefeiert. Musikkapellen brachten ihm Ständchen, während für sie immer wieder Telegramme aus England eintrafen, die sie zurückriefen. Friedas Vater war entsetzt über ihren leidenschaftlichen Entschluß, den er vulgär und atavistisch fand. Doch er sprach väterlich mit ihr: »Mein Kind, was tust du? Ich habe dich immer für vernünftig gehalten. Ich kenne die Welt.« Frieda, die ihren Vater liebte und sehr vertraut mit ihm war, antwortete: »Ja, das mag sein; aber das Allerbeste hast du nie kennengelernt.« In ihren Erinnerungen fügte sie hinzu: »Und ich wollte das Allerbeste kennenlernen.«

Das bedeutete für sie: ein gewagtes, kreatives Leben mit einem genialen Menschen, der sie brauchte, um das Allerbeste aus seinen Gaben machen zu können. Sie brachte ihm das größte denkbare Geschenk, indem sie alles, was sie war und was bis dahin ihr Leben ausgemacht hatte, den ungewissen Möglichkeiten eines gemeinsamen Lebens opferte und blind alle Erfahrungen in Kauf nahm, die wahrscheinlich damit verbunden waren: Armut, Isolation und die belastenden Bizarrheiten von Lawrence's widerspruchsvollem Charakter. Sie muß in diesem Augenblick gespürt haben, daß sie genug Kraft hatte, um etwas Größeres, Abenteuerlicheres zu wagen als ein konventionelles Leben. Und es überzeugte sie, daß er an diese große phantastische Möglichkeit gedacht hatte, als sie ihm das begrenzte und daneben schäbig erscheinende Risiko eines kleinen Seitensprungs vorschlug. Er hatte die Tür zu einer anderen Zukunft aufgestoßen. Und deshalb war er grundsätzlich der richtige Mann für sie, was auch immer für unabsehbare Probleme sie mit ihrer Auslieferung an seine Person in Kauf nehmen mußte. Sie hatte verstanden, daß die Grandiosität und der erotische Zauber dieses gemeinsamen Ausbruchs in seiner

Bedingungslosigkeit lag und Lawrence ihr aus einem tiefen Instinkt heraus diesen phantastischen Vorschlag gemacht hatte. Es war, sie muß es geahnt haben, die Formulierung seiner Liebesbedingung, die durch seine vorausgegangene, totale Bindung an seine Mutter vorgeprägt worden war und in dieser neuen Phantasie aufgehoben und überboten wurde. Nur so konnte seine unsichere Männlichkeit sich festigen. Er brauchte die totale Bestätigung durch eine Frau, die alle Brücken hinter sich abbrach, um zusammen mit ihm ein symbiotisches und extravagantes Leben zu führen, und er hat diesen Ausnahmezustand immer wieder eingefordert.

Ein unerwartetes Ereignis trennte sie kurz. Lawrence war bei einem Spaziergang auf den Befestigungsanlagen von Metz als englischer Spion verhaftet worden, wurde auf Intervention von Friedas Vater wieder freigelassen, mußte aber Metz verlassen. Er fuhr ins Rheinland, wo er Verwandte hatte, wartete dann in München auf sie. Trotz aller Ermahnungen ihrer Eltern und der Bittbriefe und Telegramme aus England kam sie. Ihre erste gemeinsame Woche verbrachten sie in einem Gasthof im Isartal und besuchten dann Friedas Schwester in Wolfratshausen. Im August zogen sie nach Mairhofen im Zillertal und machten von dort eine Fußwanderung bis zum Gardasee, wo sie sich für den Winter in Gargano einquartierten. Es war der Beginn eines unruhigen Wanderlebens, das sie nach Ceylon, Australien, Mexiko und in die USA und in viele europäische Länder führte, vor allem aber immer wieder an wechselnde Orte in Italien und in Südfrankreich. Lawrence bevorzugte wegen seiner Lungenkrankheit, die sich wieder zu einer Tuberkulose auswuchs, die wärmeren Klimazonen und schrieb dort am liebsten im Freien, neben seinen Romanen viele inspirierte Reiseberichte und Landschaftschilderungen, die einen bedeutenden zweiten Strang seines Werkes bilden, das bei seinem frühen Tod mit 44 Jahren zum Umfang eines beachtlichen Lebenswerkes angewachsen war. Es war zeitweise ein geselliges, auf lange Strecken aber ein zurückgezogenes Leben, das er mit konzentrierter Arbeit ausfüllte, bis irgendein Unbehagen, eine wachsende Unruhe ihn zu einem neuen Ortswechsel zwang.

Frieda hatte anfangs große Schwierigkeiten, den kleinen Haushalt zu führen, denn sie hatte nie irgendeine häusliche Arbeit gelernt und nie so wenig Geld zur Verfügung gehabt. Aber Lawrence, der seiner Mutter oft im Haus geholfen hatte, machte alle diese Arbeiten gerne und brachte sie ihr allmählich bei. Er war der perfekte Hausmann, kochte und putzte gern und hatte auch Handarbeiten gelernt. Er strickte, garnierte Friedas Hüte kunstvoll mit Blumenschmuck und arbeitete mit ihr zusammen an komplizierten Stickereien nach etruskischen Bildmotiven. Andererseits aber entwickelte sich seine Ehe mit Frieda nach dem Modell der Ehe seiner Eltern. Frieda hatte die Mutter entthront und alles auf sich gezogen: die zärtliche Liebe des Sohnes und die Herrschsucht und Gewalttätigkeit des Mannes. Lawrence verlangte von ihr Bewunderung, mütterliche Fürsorge und Unterwerfung und konnte rasend werden, wenn sie ihm seiner Meinung nach etwas schuldig blieb. Da er nicht fähig war, seine Gefühle zu beherrschen, schlug er sie auch. Die Schriftstellerin Katherine Mansfield hat eine solche Szene geschildert:

»Er schlug sie – er schlug sie, als ob er sie umbringen wollte – auf das Herz, das Gesicht, die Brust; er raufte ihr das Haar aus ... Ich werde nie vergessen, wie L. aussah. Er war so weiß – fast grün, und er schlug auf die große, üppige Frau ein.«

Später sanken dann beide in einen Sessel, und nach einiger Zeit begannen sie wieder miteinander zu sprechen. Nicht über das, was geschehen war, sondern über etwas Beliebiges und Belangloses. Am nächsten Morgen brachte Lawrence seiner Frau das Frühstück ans Bett und putzte ihr als Versöhnungsgabe einen Hut auf. Das ist eine Szene aus dem Jahre 1916, als es dem Paar sehr schlecht ging. Lawrence's neuer Roman »The Rainbow«, eins seiner Meisterwerke, war von der Kritik verrissen und wegen einiger als obszön bezeichneter Textstellen verboten worden. Der Verleger fügte sich dem Verdikt, und das Buch wurde eingestampft. Lawrence reagierte mit einem allumfassenden Haß: »Ich kann nur sagen, daß ich alle verfluche, mit Leib und Seele, Wurzel, Stamm und Blatt in alle Ewigkeit.«

Frieda und er gerieten in bittere Armut und waren froh, daß der Romanschriftsteller J.D. Beresford ihnen sein kleines

Haus an der Küste von Cornwall zum Wohnen anbot. Der Erste Weltkrieg stand auf dem Höhepunkt. Frieda und Lawrence waren ein Paar, das gegnerischen Nationen angehörte, und ihr Geburtsname »von Richthofen« war der weit bekannte Name des berühmtesten deutschen Jagdfliegers. Beide wurden sie verdächtigt, deutsche Spione zu sein. Wenn Frieda draußen Wäsche auf die Leine hängte, unterstellte man, daß sie deutschen U-Booten, die im Kanal manövrierten, Signale gab. Aus Trotz sangen die beiden abends deutsche Volkslieder. Auch bei einem Nachbarn, den sie besuchten, sang Lawrence laut und provozierend deutsche Lieder, worauf andere Nachbarn die Militärpolizei riefen. Schließlich wurden Frieda und Lawrence aus Cornwall ausgewiesen und mußten ins Landesinnere nach Berkshire ziehen. Sie waren bettelarm. Lawrence besaß nur noch eine Hose, trug Schuhe mit Bastsohlen ohne Strümpfe und einen verbeulten Hut, und Frieda ging es nicht besser. Trotz seiner jähzornigen Ausbrüche, die sich vor allem gegen Besucher richteten und ihre Vereinsamung verschärften, hielten sie zusammmen, und Lawrence schrieb unbeirrt weiter. Als sie im November 1919 neue Pässe bekamen, wanderten sie in die USA aus, er in der Absicht, nie mehr nach England zurückzukehren.

Nicht nur während der Kriegsjahre, sondern immer wieder war die Liebesgemeinschaft von Lawrence und Frieda auch eine Notgemeinschaft, die sich in schwierigen und teilweise äußerst harten Lebenssituationen bewähren mußte, ohne daß dabei die Impulse und das Glück ihres Anfangs verkümmerten. Was sie gewagt hatten – Frieda, indem sie, ohne für andere verstehbare Gründe, von heute auf morgen ihren Mann und ihre kleinen Kinder verließ, und Lawrence, indem er, ohne etwas Reales in der Hand zu haben, sie dazu überredete –, war ein Projekt, mit dem sie nicht scheitern konnten, ohne als Personen von Grund auf widerlegt zu sein. Es war aber längere Zeit das, was alle erwarteten. Doch zwei so leidenschaftliche Charaktere wie sie konnten nicht zulassen, daß das bürgerliche Denken, mit dem sie so kühn gebrochen hatten, am Ende gegen sie recht behielt. Recht behielten sie schließlich deshalb, weil ihr abenteuerliches Außenseiterleben die Basis und die Anregung für die immense Produktivität von Lawrence wurde.

Es war ein dramatisches Leben mit Krisen und heftigen Auseinandersetzungen wie dem erschreckenden Gewaltausbruch, der die anwesenden Zeugen, Katherine Mansfield und ihren Mann Murry, tief befremdet hat, auch wenn sie vielleicht verstehen konnten, daß es dafür auch strukturelle Gründe gab: Lawrence und seine Frau waren auf Gedeih und Verderb miteinander verbunden, so daß ein reizbarer Mensch wie er wenig Toleranz für Gegensätze und Unstimmigkeiten aufbringen konnte. Was er forderte, war die vollkommene Symbiose, so wie er sie mit seiner Mutter erlebt hatte. Und gemessen daran konnten geringe Abweichungen im Verhalten oder in den Äußerungen, die anderen Menschen nicht besonders auffielen, ihm schon als schwere Verstöße gegen das gemeinsame Lebenskonzept erscheinen. Denn immer stand für ihn alles auf dem Spiel, und das einzig Richtige war umgeben vom Falschen. So stellte es sich ihm immer wieder dar. Auch deshalb reisten sie ständig von Ort zu Ort.

Menschen, die wie Lawrence und Frieda in einer gesellschaftlichen Außenseiterposition leben, müssen ihre private Beziehung und ihr Verhältnis zur der sie umgebenden Außenwelt immer wieder neu justieren, und es liegt nahe, daß sie das in scharfer, oft ideologisch anmutender Gegenüberstellung der beiden Bereiche tun. Das hat im Werk von Lawrence seinen Niederschlag gefunden. In immer neuen Variationen stellt er der kapitalistischen industriellen Zivilisation, die ihm, im Einklang mit vielen Zeitgenossen und nicht zuletzt unter dem Eindruck des Ersten Weltkrieges, als eine abstrakte, mechanisierte Todeswelt erschien, die Erfahrung erfüllter Sexualität gegenüber, überzeugt davon, daß nur in der lebendigen Beziehung zum anderen Geschlecht der Mensch zu einem wirklichen Menschen werden kann. Sexualität wurde für ihn das Tor zum Sein. Das ist schon deshalb eine so fundamentale Gewißheit für Lawrence, weil er, befreit durch Friedas rückhaltlose Zuwendung, aus schweren anfänglichen Verstörungen zu dieser Erfahrung gelangt war. Es war ein weltliches Erweckungserlebnis, zugleich sinnlich und spirituell. So wurde er als Autor ein Bahnbrecher der beginnenden sexuellen Revolution.

Das Thema durchzieht alle Romane von Lawrence seit »Sons and Lovers«. Doch in seinem meistgelesenen Roman »Lady Chatterley's Lover« (1928), von dem er drei Fassungen schrieb, ist das sexuelle Begehren, seine Verstörung und seine glückliche Erfüllung, das zentrale Motiv. Nach eigenem Bekunden schrieb er den Roman, um das sexuelle Leben als dichterisches Thema zu rehabilitieren, was dem Buch durch seine thematische Gedrängtheit etwas Bekehrungshaftes gibt. Er wollte das immer noch geltende Darstellungsverbot durchbrechen, das in seinen Augen der Ausdruck einer lebensfeindlichen, heuchlerischen Gesellschaft war, und er handelte sich damit die prompte Beschlagnahmung des Buches ein. Im Grunde leistete er aber mehr als die literarische Rehabilitierung des Geschlechtslebens. Er intonierte das Thema und setzte seiner Darstellung gleich neue Maßstäbe durch die Sensibilität und Differenziertheit und die poetische Suggestivität, mit der er sexuelle Vorgänge und Gefühle beschrieben hat.

Der Roman »Lady Chatterley's Lover« ist in seiner dramaturgischen Inszenierung auf Kontraste angelegt. Das zeigt sich am deutlichsten darin, daß die weibliche Hauptfigur Constance, die meistens Connie genannt wird, mit einem Mann verheiratet ist, der durch eine schwere Kriegsverletzung impotent geworden ist und mit gelähmtem Unterleib im Rollstuhl sitzt. Sir Clifford Chatterley ist eigentlich eine glänzende Partie. Er ist der Besitzer von großen Kohlengruben in den Midlands und hat in der Nähe einen herrschaftlichen Landsitz, zu dem ein großer Park und ein daran anschließender Wald gehören, hinter dem die rauchende Industrielandschaft beginnt, in der Lawrence aufgewachsen ist. Unter diesem Wald kann man sich den Wald vorstellen, den Lawrence auf seinem Weg zur Chambers Farm durchqueren mußte, wenn er seine Freundin Jessie besuchte. Historisch ist der Wald ein Rest des ehemals riesigen Sherwood Forest bei Nottingham, in dem einst der legendäre Räuber Robin Hood mit seinen Getreuen hauste und reiche weltliche und geistliche Herren in der Umgebung überfiel und seine Beute an die Armen verteilte, also ein mythisches Gelände. Jetzt wohnt dort in einer Jagdhütte ein Angestellter von Clifford, der Wildhüter Mellors, ein geschiedener, auf sich selbst zurückgezogener Mann, der in seiner Erscheinung und seinem Wesen unverkennbar ein Selbstporträt von Lawrence ist. Mellors ist eine pastorale Existenz und lebt ein einfaches, auf das Nötigste beschränktes Leben, im Unterschied zu dem komfortablen Milieu von Wragby Hall, in dem Clifford und Connie leben. Auch Mellors ist seelisch verletzt, aber in seiner Vitalität ungebrochen, im Gegensatz zu Clifford, dem entmannten Krüppel, der gesellschaftlich gesehen sein Herr ist. Mellors wird der Geliebte der frustrierten Lady Chatterley werden, nicht weil er um sie geworben hat, sondern weil sie ihm einfach zuläuft und ihn fortan heimlich immer wieder besucht, durchaus zunächst so, als benutze sie ihn, um sich zu holen, was ihr fehlt, in einer wachsenden Leidenschaft, die der Ausdruck ihres Verlangens nach einem ungeschmälerten Leben ist. Sie entwickelt sich zu einer Frau, die in der unbedenklichen Radikalität, mit der sie ihrem Begehren folgt, Frieda ähnelt.

Doch der Roman reproduziert das autobiographische Material, das sich überall erkennen läßt, nicht identisch, sondern verändert, mit vielfältigen Verschiebungen und Überlagerungen. Über Connie erfahren wir, daß sie vor dem Krieg, zusammen mit ihrer älteren Schwester Hilda, in Dresden Kunst studiert hat. Es war eine muntere Zeit im jugendbewegten Studentenmilieu. Damals machte sie ihre ersten sexuellen Erfahrungen. Aber das ist lange vorbei und verblaßt. Sie hat ihren schwer verletzten Verlobten Clifford aus moralischem Anstand geheiratet und kümmert neben ihm dahin. Einmal hat sie eine Affäre mit Michaelis, einem zweitrangigen, aber sehr erfolgreichen Bühnenautor, der einige Zeit als Gast in Wragby Hall wohnt, weil auch Clifford angefangen hat, Bücher zu schreiben, geschickt und gekonnt geschriebene Bücher, aber ohne persönliche Substanz. Das ist im Wertsystem von Lawrence eine seelische Impotenz, die untergründig mit der sexuellen Impotenz zusammenhängt. Cliffords Geist war hohl wie die Gespräche der Herrenrunde, die sich gelegentlich in Wragby Hall traf. Es ging keß und aufgeklärt dabei zu, vor allem, wenn sich das Gespräch um Sexualität drehte, zum Beispiel wie folgt:

»– Wir haben die Freiheit, mit jedermann zu sprechen, warum sollten wir also nicht die Freiheit haben, mit der Frau zu schlafen, auf die wir gerade scharf sind?

– Da spricht der laszive Kelte.

– Lasziv! Na schön, warum nicht? Ich sehe nicht ein, wieso ich einer Frau Schlimmeres antue, wenn ich mit ihr schlafe, als wenn ich mit ihr tanze – oder nur mit ihr über das Wetter rede. Es ist nichts weiter als ein Austausch von Sinnesempfindungen statt von Gedanken. Also warum nicht?

– Jeder mit jedem, wie die Kaninchen!

– Warum nicht? Was hast du gegen Kaninchen? Sind sie schlimmer als eine neurotische revolutionäre Menschheit voll nervösem Haß?

– Aber wir sind schließlich keine Kaninchen.

– Völlig richtig. Ich habe meinen Geist. Ich habe bestimmte Berechnungen auf bestimmten astromomischen Gebieten anzustellen, die mir fast wichtiger sind als Leben und Tod. Manchmal plagt mich eine Verdauungsstörung. Hunger würde eine verheerende Wirkung auf mich haben. Und ebenso plagt mich der Hunger nach dem Weib. Was soll ich also machen?

– Ich hätte gedacht, sexuelle Verdauungstörungen infolge Überfütterung würden dir mehr zu schaffen machen.

– Durchaus nicht! Ich überfresse mich nicht, und ich überficke mich nicht. Es steht einem schließlich frei, zuviel zu essen oder nicht. Aber du willst mich unbedingt verhungern lassen.«

Und so weiter. Lawrence ist ein Meister der diskreten Satire durch den Dialog, wie schon dieser kleine, um die Namen der Sprecher gekürzte Ausschnitt zeigt. Es ist das intellektuelle Geschwätz, das über alles, auch die Fundamentalien des menschlichen Lebens, locker verfügt, ohne etwas verstanden oder gar empfunden und erlebt zu haben. Wie selbstläufig reihen sich flotte Formulierungen aneinander, in denen sich unüberhörbar das Ego der Sprecher spreizt. Vielleicht spielen sie sich auch auf, weil Connie mit einer Handarbeit dabeisitzt. Es ist das Ende der zwanziger Jahre. Da wird unter Intellektuellen auch in Anwesenheit einer Dame frei gesprochen. Das ist die aufgeklärte Art, ihr Respekt zu zollen. Es gehört sich allerdings, daß man einigermaßen abstrakt bleibt. Sie hört dem Palaver der Männer zu, die über Dinge reden, die auch sie beschäftigen, doch so oberflächlich, so pseudohaft, daß sie nicht davon berührt wird. Alles bleibt in ihr stumm. Sie fühlt sich verloren und ohne Halt. »Wie ein Span auf einem trüben Teich kam sie sich vor.«

Mit Michaelis, dem von Clifford und wohl auch von seinen Freunden mit abschätziger Arroganz betrachteten gesellschaftlichen Emporkömmling, verhält es sich etwas anders. Connie spürt, daß er etwas mit sich herumträgt – die Verletztheit und die Gier des Außenseiters, die durch eine vorsichtige Unterwürfigkeit gebändigt wird. Das war anders als der Lebenshaß von Clifford, den er unter einer Schutzschicht von Gleichgültigkeit sogar vor sich selbst verborgen hatte. Michaelis suchte etwas. Seine Augen folgten ihr. Sein Blick war desillusioniert, scheu und verlangend wie der Blick eines geprügelten Hundes, und sie konnte sich ihm nicht entziehen. »Sie spürte ein reißendes Verlangen von ihm zu ihr hinüberfluten, das ihr fast den Boden unter ihren Füßen wegriß.« Während sie mit ihm spricht, nun schon ein wenig persönlicher, merkt sie, daß sie atemlos wird, und er wendet den Blick ab, als erlaube er sich nicht, ihren Zustand wahrzunehmen. Als er sich ihr wieder zuwendet, fragt er unvermittelt: »Darf ich einen Augenblick ihre Hand haben?« »Ein Verlangen ging von ihm aus, das sie direkt in den Schoß traf. Sie starrte ihn an, betäubt und gebannt, und er kam zu ihr und kniete neben ihr und nahm ihre beiden Füße fest in seine beiden Hände und vergrub sein Gesicht in ihren Schoß. Sie war völlig empfindungslos und betäubt, sah erstaunt auf die sehr sanfte Wölbung seines Nackens nieder, fühlte, wie sein Gesicht sich an sie preßte. Sie konnte nicht anders, sie mußte trotz aller brennenden Bestürzung die Hand auf die schutzlose Wölbung seines Nackens legen, zärtlich und voll Mitleid, und er zitterte, und ein tiefer Schauer durchrann ihn. Dann sah er sie an, mit diesem furchtbaren Verlangen in den großen glühenden Augen. Sie war völlig unfähig, sich ihm zu widersetzen. Aus ihrer Brust flutete die Antwort ungeheurer Sehnsucht zu ihm. Sie mußte ihm alles geben, alles.«

So wird sie seine Geliebte, noch während er Gast in Wragby Hall ist. Später treffen sie sich in London. Endlich in ihrer Sexualität wahrgenommen zu werden ist eine große Erleichterung für Connie. Deshalb geht sie auch darüber hinweg, daß er ein schlechter Liebhaber ist, und findet eine Möglichkeit, sich daran anzupassen. Die Schilderung dieses sexuellen Verhältnisses bildet im Roman zwar nur ein Vorspiel zu Connies späterer großer Leidenschaft für den Wildhüter Mellors, ist aber trotz ihrer Skizzenhaftigkeit einer der meisterhaften Beiträge von Lawrence zur erotischen Literatur. Er begreift die defizitäre Sexualität des Paares als ein charakterologisches Problem. Die Partner sind zu verschieden und können die Kluft, die sie trennt, nur notdürftig überbrücken:

»Er gehörte zu den bebenden, erregten Liebhabern, deren Höhepunkt schnell erreicht und vorüber ist. Er hatte etwas merkwürdig Kindliches und Schutzloses. Sein ganzer Schutz lag in seinem Verstand und in seiner Gerissenheit, in seinem Instinkt für Gerissenheit, und wenn er damit nicht recht durchkam, schien er doppelt nackt zu sein und wie ein Kind von unfertigem zarten Fleisch und hilflos zappelnd.

Er entfachte in der Frau wildes Mitleid und Sehnsucht und eine rasende, verzehrende, körperliche Gier. Diese körperliche Gier befriedigte er nicht. Er kam immer sofort und war schnell fertig, kuschelte sich an ihrer Brust zusammen und gewann sich seine Unverschämtheit zurück, und sie lag da, benommen, enttäuscht, verloren.

Doch bald lernte sie, ihn zu halten, bei sich zu halten, auch wenn sein Höhepunkt vorüber war. Und plötzlich war er großmütig und seltsam potent; er blieb fest in ihr, ihr hingegeben, und sie war tätig – wild, leidenschaftlich tätig, bis sie zu ihrem Höhepunkt kam. Und wenn er die Wildheit spürte, mit der sie sich ihrem Orgasmus näherte, ihrer Befriedigung an seiner harten, aufgerichteten Passivität, durchströmte ihn ein sonderbares Gefühl des Stolzes und der Genugtuung. ›Oh, wie gut!‹ flüsterte sie und wurde ganz still und klammerte sich an ihn.« ...

»So ging es eine Weile fort: sie schrieben einander und trafen sich in London. Noch immer begehrte sie die physische, sexuelle Erregung, die sie sich aus eigener Kraft von ihm holte, wenn sein kleiner Orgasmus vorüber war.« Es ist ein Ritual der Einsamkeit, in dem die Frau den Mann vergewaltigt, um so heftiger und rücksichtsloser, je mehr es zur Routine wird. Sobald er sich nicht mehr rührte, »mußte sie fortfahren im wilden Tumult und Auf und Ab ihrer Hüften, während er sich heroisch aufrecht und bereit in ihr hielt, mit seiner ganzen Willenskraft und dem Wunsch, sich ihr hinzugeben, bis sie unter geisterhaften, kleinen Schreien zu ihrem Orgasmus kam«.

Aber eines Tages, als sie sich wieder auf seinem unterworfenen Körper ausgetobt hat, beschwert sich Michaelis: »Du kannst nie gleichzeitig mit dem Mann da sein, nein! Du mußt dich selber so weit bringen! Natürlich mußt du immer alles dirigieren!«

Connie ist so erschüttert, daß sie glaubt, ihn nicht richtig verstanden zu haben.

»Was meinst du?« fragte sie.

Verbittert antwortet er: »Du weißt ganz gut, was ich meine. Du bleibst noch stundenlang dabei, wenn ich schon da war. Und ich muß die Zähne zusammenbeißen und stillhalten, bis du dich durch deine eigenen Anstrengungen soweit hast.«

Connie ist fassungslos über diesen Vorwurf, der für sie eine ungeheuere Brutalität ist. Denn sie hat sich in seinem Einverständnis aufgehoben gefühlt. Mehrmals fragt sie: »Aber du willst doch, daß ich auch meine Befriedigung habe?«

Damit rührt sie jedoch auch an seine Wunde. Für ihn stellt das sexuelle Ritual, das Connie als eine Kompromißlösung für ihr gemeinsames Problem entwickelt hat, eine ständige Verletzung seiner Selbstachtung dar. So antwortet er wieder in dem Tonfall mühsam angehaltener Wut: »Oh, bitte! Ich bin sehr dafür. Aber der Teufel soll mich holen, wenn es für einen Mann ein Spaß ist, stillzuhalten und zu warten, bis die Frau endlich soweit ist ...«

Diese Worte beenden abrupt ihr Verhältnis. Connie erkennt, daß ihre Leidenschaft für Michaelis nur ein Konstrukt war. Aber die Affäre hatte ihrem Leben Auftrieb gegeben. Nun bleibt ihr nur die Tretmühle des öden Zusammenlebens mit Clifford. »Das große Nichts des Lebens hinzunehmen, schien der einzige Zweck des Lebens zu sein.«

Aber sie sucht weiter nach dem richtigen Leben. Es ist ihr nicht unbedingt bewußt, was sie umtreibt während ihrer langen Spaziergänge durch den Wald. Sie lernt den Waldhüter Mellors kennen, der gerade eine wildernde Katze erschossen hat, und zwischen ihnen herrscht eine kühle Distanz. Bei der zweiten Begegnung kommt sie mit einem Auftrag von Clifford anstelle eines erkrankten Dienstboten zu Mellors und entdeckt ihn hinter der Hütte vor einer Schüssel mit seifigem Wasser, in das er seinen Kopf eintaucht und mit dem er sich wäscht. Sein nackter Körper fasziniert sie: »... auf seltsame Weise war es ein traumhaftes Erlebnis; es hatte sie mitten in den Leib getroffen. Sie hatte gesehen, wie die plumpe Hose niederglitt über die reinen, weißen Hüften, an denen ein wenig die Knochen hervortraten, und das Gefühl der Einsamkeit hier, das Gefühl, ein Geschöpf in reiner, tiefer Einsamkeit vor sich zu haben, überwältigte sie. Vollendete weiße, einsame Nacktheit eines Wesens, das allein ist, auch innerlich.« Sie phantasiert davon, die Konturen dieses fremden Leibes zu berühren. Doch zugleich denkt sie, daß sich der Mann bestimmt mit einer schlecht riechenden Seife wäscht und ist verärgert, in dieser vulgären, intimen Situation auf ihn zu treffen. Heimlich zieht sie sich zurück und kommt später noch einmal zur Hütte, um ihren Auftrag zu erledigen. Mellors wirkt unbefangen und höflich, aber sie fühlt sich von ihm mit besonderer Aufmerksamkeit angesehen. Der tiefe Eindruck, den er auf Connie gemacht hat, zeigt sich darin, daß sie sich zu Hause in ihrem Zimmer auszieht und im Spiegel ihren Körper betrachtet. Sie glaubt zu sehen, daß ihr einst blühender, üppiger Körper schwer und trüb geworden ist. »Alt durch Vernachlässigung und Verschmähung.« Und »eine jähe Welle wütenden Hasses überspülte sie – dieser Schwindel!«

Das ist ein Wendepunkt in ihrem Leben. Sie wird Mellors' Geliebte.

Doch eigentlich muß man es umgekehrt formulieren, denn die Initiative geht von ihr aus. Ihre häufigen Besuche in der Jagdhütte und das zunehmende, offensichtliche Interesse, das sie an seinem Leben nimmt, locken ihn allmählich aus seiner Reserve hervor. Sie will das Leben spüren. Mellors hat eigentlich damit abgeschlossen, nachdem er von seiner Frau betrogen und verlassen worden ist. Auch Connies Annäherung an den verschlossenen Mann geschieht nicht ohne Scheu, aber in wachsender Faszniertheit durch die lautere, natürliche Ausstrahlung seiner Person. Als sie allerdings zum ersten Mal sexuell zusammen sind, macht sie eine ähnliche Erfahrung wie mit Michaelis: auch Mellors erreicht seinen Höhepunkt, ohne daß sie ihm folgen kann. Aber sie unternimmt keine Anstrengungen, um zu ihrer eigenen Befriedigung zu kommen, sondern liegt still in seinen Armen, während ihr die Tränen in die Augen steigen und über das Gesicht laufen. Das ist eine viel innigere Nähe als die gewaltsam erzwungene, die sie mit Michaelis erlebt hat. Doch auch bei ihrer nächsten Begegnung erkennt sie, daß sie ihre eigene Befriedigung nicht durch eigene Anstrengungen erzwingen kann. »Sie konnte nur warten, warten und stöhnen, als sie spürte, wie er sich zurückzog, sich aus ihr zog, sich zusammenzog und es zu dem schrecklichen Augenblick kam, da er ganz aus ihr gleiten und fort sein würde. Während doch ihr Schoß offen war und weich und sanft und nach ihm schrie – wie eine Seeanemone unter der Flut, nach ihm schrie, daß er wieder zu ihr komme und ihr Erfüllung bringe. Bewußtlos vor Leidenschaft, klammerte sie sich an ihn, und er glitt nie ganz aus ihr, und sie fühlte, wie seine weiche Knospe sich in ihr regte und seltsame Rhythmen sie durchspülten, mit seltsamer, rhythmischer, wachsender Bewegung, schwollen, schwollen, bis sie ihr ganzes klaffendes Bewußtsein überfluteten, und dann begann wieder die unsagbare Bewegung, die keine wirkliche Bewegung war, sondern reiner, immer tiefer sprudelnder Wirbel des Empfindens, tiefer und immer tiefer trichterten sie sich durch ihr ganzes Gewebe und ihr Bewußtsein, bis sie ein einziges, sattes, konzentriertes Fließen des Gefühls war, und dalag und schrie, in unbewußten, unartikulierten Schreien. Die Stimme aus der tiefsten Nacht, das Leben! Fast scheu hörte es der Mann unter sich, als sein Leben in sie überfloß. Und als es versiegte, versiegte auch er und lag ganz still, nichts mehr wissend, und langsam löste sie ihre Umklammerung und ruhte reglos. Und sie lagen da und wußten nichts mehr, nicht einmal einer vom andern, ganz verloren. Bis er endlich zu sich kam und seine schutzlose Nacktheit gewahrte, und sie sich bewußt wurde, daß sein Leib sich der engen Nähe zu ihr entzog. Er löste sich von ihr; aber tief in sich spürte sie, daß sie es nicht ertragen könnte, wenn er sie unbedeckt ließe. Er mußte sie nun für immer bedecken.«

»Diesmal waren wir zusammen da«, sagt er, und er fügt hinzu: »Die meisten Menschen lassen ihr Leben dahingehen und lernen es nie kennen.« Später einmal wird er ihr, weil sie danach fragt, von seinen früheren sexuellen Erfahrungen mit verschiedenen Frauen erzählen. Es ist zum größten Teil die Geschichte der Frustrationen und Verstörtheiten, die man aus »Sons and Lovers« kennt.

Mellors und Connie sind nun ein glückliches Paar. Ihre Leidenschaft wird sinnlicher, wilder und schamloser. Sie sprechen direkter, obszöner oder auch spielerischer miteinander, und sie treiben eine Art Persönlichkeitskult mit ihren Geschlechtsorganen, die sie John Thomas und Lady Jane nennen. Die Erregung ihrer Vereinigungen, mal draußen im Wald, mal in der Hütte, reißt sie immer wieder fort, und vor allem Connie gerät dabei in Ekstase: »Wellen unaussprechlicher Lust spülten über sie hin.«

In Wragby Hall wird Clifford von seiner neuen Hausdame Mrs. Bolton umsorgt, verwöhnt und mit intimer Zärtlichkeit rasiert, und was zwischen ihnen geschieht, ist wie eine regressive Parodie der Leidenschaft zwischen Connie und Mellors. Clifford wurde »wie ein Kind Mrs. Bolton gegenüber. Er hielt oft ihre Hand und legte den Kopf an ihre Brust, und wenn sie ihn dann behutsam küßte, sagte er: ›Ja! Küssen Sie mich! Bitte, küssen Sie mich!‹ Und wenn sie seinen großen, blonden Körper wusch, sagte er dasselbe: ›Küssen Sie mich!‹ Und sie küßte zart seinen Körper überallhin, halb spöttisch. Und er lag da mit sonderbar leerem Gesicht wie ein Kind, ein wenig mit der Verwunderung eines Kindes ... Es war reine wohlige Erschlaffung für ihn, alle seine Männlichkeit aufzugeben.« So wird er zum Gegensatz der rauhen Männlichkeit des Wildhüters. Allerdings entwickelt er eine geradezu visionäre Geschäftstüchtigkeit, die ihn immer reicher macht – in den Augen von Lawrence eine weitere negative Entwicklung seiner Person.

Das sind Konturierungen, die dem Roman tendenziell etwas Traktathaftes geben, das durch die lebendigen Schilderungen von Szenerien, Menschen und Gefühlen zwar immer wieder aufgelöst wird, doch zum Schluß in einem exemplarisch zusammengereimten Happy-End wieder durchschlägt. Connie erwartet ein Kind von Mellors. Sie wollen heiraten, sobald sie beide geschieden sind. Dann wollen sie eine kleine Farm erwerben und dort von ihrer Hände Arbeit leben. Während sie bis zur Geburt des Kindes bei ihrem Vater wohnt, arbeitet Mellors auf einer Farm, um die Landwirtschaft zu lernen. Von dort schreibt er ihr einen langen geschwätzigen Brief, der eigentlich nicht zu seiner Person paßt. Doch Lawrence will zum Schluß noch einmal seine Ansichten über die vom Geld regierte und zum Untergang bestimmte industrielle Zivilisation loswerden und die ehrliche, naturnahe Arbeit auf dem Land als das eigentlich Wahre verklären. So endet der Roman mit einem schwadronierenden Schluß, einschließlich eines langen überraschenden Lobes der Keuschheit, das wie folgt beginnt: »So liebe ich denn jetzt die Keuschheit, weil es der Friede ist, der dem Ficken entspringt. Ich liebe es, keusch zu sein. Ich liebe es, wie Schneeglöckchen den Schnee lieben. Ich liebe diese Keuschheit, die die friedvolle Pause unseres Fickens ist und jetzt zwischen uns steht wie ein Schneeglöckchen aus züngelndem weißen Feuer ...«

Das hört sich nach Erschöpfung an. Eigentlich wollte Mellors gar nicht heiraten und schon gar nicht Vater werden. Er war zufrieden gewesen in der beschaulichen Einsamkeit und Stille seiner Waldhüterexistenz. Aber Connie, die lebensgierige junge Frau, hat ihn da herausgeholt. Das ist nicht die von Lawrence gewollte offizielle Lesart des Romanschlusses, aber ein möglicher Subtext. Lawrence ist ungefähr vierzig Jahre, als er ihn schreibt, genauso alt wie Mellors, sein anderes Ich, das so beschrieben wird, wie man Lawrence von den Fotos seiner letzten Jahre kennt. Er steht in dieser Szene in einem Maleratelier – ein Fremdling, der nicht weiß, was er hier soll: »Mellors stand sehr groß und schmal und abgezehrt da und sah mit einer flakkernden Teilnahmslosigkeit, die ein wenig vom tanzenden Flattern einer Motte hatte, auf die Bilder.«

Diese Schilderung hat mehr Wahrheit als der optimistische

Romanschluß. Lawrence's letzte Jahre waren überschattet von Krankheit, häufigem Streit mit Frieda, zunehmender Eigenbrötelei und verstiegenen Welterrettungsphantasien und ständiger Unruhe, die ihn von Land zu Land und von Ort zu Ort trieb, immer auf der Suche nach der Idylle des geglückten Lebens in einem ländlichen Paradies. 1926 übersiedelten sie in die Villa Mirenda in der Nähe von Florenz. Lawrence schrieb die letzte Fassung der »Lady Chatterley«. Wie immer arbeitete er zwischendurch trotz ärztlichen Verbotes im Garten und verrichtete die Hausarbeiten. An einem schwülen Julitag brachte er Frieda einen Korb Pfirsiche ins Haus und ging dann in sein Zimmer. Kurze Zeit danach hörte sie, daß er mit gurgelnder Stimme nach ihr rief. »Ich lief zu ihm und fand ihn auf seinem Bett liegen. Er sah mich mit verstörtem Blick an, während ein langsam fließender Blutstrom aus seinem Mund quoll. ›Sei still, sei ruhig!‹ sagte ich zu ihm. Ich hielt ihm den Kopf, doch das Blut floß langsam und beängstigend weiter aus seinem Munde. Ich konnte nichts weiter tun, als ihn zu halten und zu versuchen, ihn zu beruhigen und nach Dr. Giglioli zu schicken.«

Sechs Wochen dauerte es, bis er reisefähig war und mit Frieda nach Baden-Baden fahren konnte, um einen berühmten Lungenspezialisten zu konsultieren. Den nächsten Blutsturz hatte er im Oktober 1928, einen Tag nachdem er die abfälligen und höhnischen Kritiken der nach Verbot und Beschlagnahmung nun endlich erschienenen »Lady Chatterley« gelesen hatte. Er lebte noch zwei Jahre und schrieb, wissend, daß ihm nicht mehr viel Zeit blieb, einige Gedichte über den Tod. Das schönste hat den Titel »Bayerische Enziane«. Es ist in seinem schubweisen Voranschreiten typisch für die beschwörende Schreibweise von Lawrence auch in den poetischen Passagen seiner Prosa. Ich zitiere einige Zeilen aus dem Anfang:

Nicht jeder hat Enziane in seinem Haus,
im milden September, zur traurig verrinnenden Michaeliszeit.

Bayerische Enziane, dunkel und voll, unnennbar dunkel,
den Tag wie Fackeln verfinsternd mit qualmender Bläue,
Plutos dunkelnder Trübsinn;

Geädert und Fackeln gleich, dunkle Glut verschüttend,
daß Bläue den Boden fleckt, niedergeweht vom Anhauch des weißen Tages;
Fackelblume aus blau rauchender Finsternis, Plutos
dunkel blauendes Blendwerk,
schwarze Lampen aus den Hallen der Götter, dunkel und blau brennend,
Dunkelheit spendend, blaue Dunkelheit wie
Demeters fahle Lampen Helle verschwenden;
Führt mich denn, weist mir den Weg.

Henry Miller ist nach Lawrence der zweite der beiden großen Schriftsteller, die die Sexualität als die elementare Gegenkraft zum Zweckrationalismus der modernen Zivilisation zum zentralen Thema der Literatur machten und dabei mit beispielloser Direktheit alle Darstellungsverbote beiseite schoben. Beide Autoren waren höchst verschiedene Menschen, und man kommt in ganz verschiedene Lebenswelten, wenn man ihre Bücher liest. Der Pansexualismus von Lawrence ist naturnah, einsiedlerisch und monogam. Er wurzelt in dem Liebes- und Lebensbündnis mit einer einzigen Frau, die ihm den Zugang zu einem Leben eröffnete, das mit seinen wechselnden, meist südlichen Szenerien als eine ständige Suche nach einem erträumten Arkadien erscheint. Ein abseits gelegenes ländliches Haus, umgeben von einem blühenden Garten, stellt das Urbild des Glücks und des einfachen naturnahen Lebens dar. Das ist so mythisch wie die Figur des Wildhüters, in dessen Hütte Connie, die Frau des im Krieg entmannten Schlotbarons Clifford, ihre sexuelle Erfüllung erlebt. Unübersehbar ist auch die Paradiessymbolik der biographisch überlieferten Szene, in der Lawrence mit einem Korb frisch gepflückter Pfirsiche aus dem Garten kommt, um sie Frieda zu bringen. Lawrence arbeitete gerne im Garten, obwohl die Ärzte ihm das verboten hatten. Diesmal mußte er mit einem schweren Blutsturz dafür bezahlen, weil er sich überanstrengt hatte und zu lange in der Sonne geblieben war. Der Tod war als unheilbare Lungenkrankheit anwesend in seinem Leben von Jugend an. Er war eine ständige Herausforderung der brennenden Energie, mit der er seine Bücher schrieb, und der treibende Grund seiner Suche nach Lebensfülle und Seinsnähe, die er als Grenzerfahrungen des aus dem Paradies verstoßenen Menschen in der Sexualität und in der Natur für Augenblicke wiederzufinden vermochte.

Henry Miller war im Unterschied zu Lawrence ein Mann von robuster Gesundheit. Als er mit 88 Jahren starb, glaubte er an die Wiedergeburt und spielte mit der Phantasie, in einer neuen Existenz seiner ersten Liebe – der Mitschülerin Cora Seward – wieder zu begegnen, die für ihn ein entrücktes seraphisches Idol geblieben war. Die irdische Liebe hatte er als Junge bei seiner Klavierlehrerin kennengelernt, und die Initiative war in noch fast kindlich wirkender Dreistigkeit von ihm ausgegangen. Mit achtzehn Jahren hatte er eine zwanzig Jahre ältere Witwe als Geliebte, eine rothaarige Frau mit dem Körper einer Venus, die ihn laut seinen Schilderungen ohne Umschweife in alle Formen der körperlichen Liebe einführte. Die Direktheit der Annäherung und des Zugriffs wird bei seinen unzähligen sexuellen Begegnungen sein erotischer Stil bleiben. Der junge Henry Miller erfuhr seinen Körper als Instrument der Lust und als das persönliche Konzentrat seines Daseins in der Welt. Eine feste Erektion pflegte er einen »persönlichen Ständer« zu nennen. Aus einem Gefühl des vitalen Überflusses und nicht ohne narzißhaften Stolz trainierte er als junger Mann seinen Körper durch athletischen Radsport, und noch im hohen Alter spielte er leidenschaftlich Tischtennis. »Ich war so zum Platzen mit Energie geladen, daß ich hätte aus der Haut fahren mögen.« Sein Freund Carl sagte später in Paris mit einem Unterton von Mißbilligung zu ihm: »Ich brauche nur etwas von einer Mahlzeit zu sagen, dann strahlst du.« Millers Kommentar im »Wendekreis des Krebses«: »Das stimmt. Allein schon der Gedanke an eine Mahlzeit – eine weitere Mahlzeit – verjüngt mich. Eine Mahlzeit! Das bedeutet etwas, um weiterzumachen – ein paar solide Arbeitsstunden, möglicherweise eine Erektion. Ich leugne es nicht, ich besitze Gesundheit, gute, solide, animalische Gesundheit. Das einzige, was zwischen mir und der Zukunft steht, ist eine Mahlzeit, eine weitere Mahlzeit.« Manchmal nämlich hatte er nur Schulden und mußte hoffen, daß irgend jemand ihm Geld lieh, damit er sich wieder einmal satt essen konnte.

Auch diese Not schärfte seine Instinkte. Es war eine klare vitale Situation, unterhalb oder besser außerhalb moralischer Konzepte. Der Hunger, das sexuelle Verlangen trugen, wie das ganze vitale Leben, ihren Sinn in sich selbst.

Zwei Jahre lebte er mit der Witwe zusammen. Er hatte das College verlassen, weil er das Leben nicht auf abstrakte Weise kennenlernen wollte, sondern indem er lebte. Als sein Vater ihm Geld für ein Studium an der Cornell-Universität gab, nahm er es an und brannte mit seiner Geliebten in den Westen der USA durch. In San Diego in Kalifornien hatte er 1913 ein Erlebnis, das er später mehrfach als »die wichtigste Begegnung seines Lebens« bezeichnet hat. Er hörte mehrere Vorträge der aus Rußland stammenden, führenden amerikanischen Anarchistin Emma Goldman. Der Anarchismus wurde das emotionale Grundmuster für sein Verständnis des Lebens. Anarchismus ist für den auf gesellschaftliches Handeln angewiesenen Menschen eine praktisch unlebbare Philosophie, stellt aber die radikalste Position individueller Freiheit dar. Dahinter verbarg sich eine aggressive Allmachtsphantasie, die im Bombenattentäter oder im alle Regeln sprengenden poetischen Genie ihre exemplarischen Figuren hatte. Die Sprengung der logischen, zweckrationalen und sozialen Zusammenhänge wurde als Voraussetzung einer radikalen Neuschöpfung gefeiert. Für einen leidenschaftlichen jungen Menschen, der sich gegen die Fesseln seiner Herkunft wehrte, weil er in sich den mächtigen Drang nach einer totalen Erfahrung des Lebens spürte, mußte diese Botschaft eine Offenbarung sein. Sie wurde darüber hinaus zu einer wesentlichen Anregung für sein offenes, improvisierendes Schreiben, in dem sich allein nach subjektiver Evidenz drastische Realitätsschilderungen und rauschhafte poetische Aufschwünge in großen flutenden Rhythmen miteinander verbinden. Die Formfindung ging von der existenziellen Erfahrung aus. Deshalb empfindet man die rapiden Stilwechsel auch nicht als Beliebigkeiten, sondern als die Logik der spontanen persönlichen Faszination.

Miller sah sich als Aussteiger, brüderlich verbunden mit Rimbaud oder den bizarren Figuren aus Hamsuns ersten Romanen.

Und was immer er weiterhin las, man kann bei ihm ohne Übertreibung auch sagen verschlang – Nietzsche, Thoreau, Blake, Stirner, Bakunin, Oswald Spengler, Rabelais, Whitman, Dostojewski, Strindberg, Theodore Dreiser, Sherwood Anderson, Robert Frost, Dos Passos, Breton, Pound, Proust, Giono, Céline, Cendras und vor allem D. H. Lawrence (1952 hat er in »The books in my life« die hundert wichtigsten Titel seiner Lektüre benannt) – schlug sich in diffusen Vermischungen im anarchischen Grundmuster seines Denkens nieder. Auch Mystik und Mythos, Okkultismus, Astrologie und ZEN-Buddhismus wurden wie anregende, verführerische Aromen gierig aufgesogen. Sie versetzten ihn in den Schwebezustand eines Menschen, dessen Geist, vorübergehend ohne Bodenhaftung und ohne Ziel, sich durch die kaleidoskopischen Verwandlungen wechselnder imaginärer Räume bewegt. Unversehens landet man dann wieder in einer realen Szene. Man kann bei Miller abheben, aber nie ganz verlorengehen. Plötzlich, wie ein kurzer Rempler, trifft einen ein vulgäres Wort, und man ist wieder unter realen Menschen, die im Jargon ihres alltäglichen Lebens miteinander reden. Doch es ist nicht banal, nur eben alltäglich. Es geht um Geld, um Schulden, um Jobs, einen weiteren Drink, die nächste Mahlzeit, um Lebensgier oder Lethargie, und die Phantasie, ein Buch zu schreiben, und immer wieder um Sex. Und in allem spürt man die Faszination des Autors und den elektrisierenden Reiz des Zeitalters, seine Freiheit und seine Energie zur Improvisation, die vor allem im Jazz ihren mitreißenden Ausdruck gefunden hat.

Trotz aller Zivilisationskritik blieb Miller ein Großstadtmensch. Die große Stadt mit ihren durcheinanderwirbelnden Menschenmassen und der unübersehbaren Vielfalt individueller Existenzen stellte für ihn das große objektivierte Phantasma des Lebens dar. New York und Paris waren die Hauptszenerien seiner langen vorliterarischen Entwicklungsphase und des eruptiven Beginns seiner schriftstellerischen Entfaltung. Er war ein berühmter Autor geworden, als er später, mit 56 Jahren, an der kalifornischen Felsenküste Big Sur ein Haus erwarb. 1963 zog er dann in den Prominentenort Pacific Palisades um, wo auch Thomas Mann, Millers bürgerlicher Antityp, während seiner amerikanischen Emigrationsjahre von 1942 bis 1952 lebte. Miller starb dort am 7. Juni 1980 – weltberühmt, aber nicht mehr im Zentrum des öffentlichen Interesses und auch in schroffer Distanz zu den sexuellen Turbulenzen vor allem seiner New Yorker und seiner Pariser Zeit.

Zunächst aber noch einmal zurück an den Lebensanfang. Miller hat in nachträglicher Selbstmythisierung geschrieben: »Ich war bereits ein Philosoph, als ich noch in den Windeln lag. Ich war aus Prinzip gegen das Leben.« Damit meinte er das Leben, in dem er sich vorfand und aus dem er sich mit zunehmender Aufsässigkeit als junger Mensch löste.

Er war 1891 als einziger Sohn einer deutschstämmigen Familie in einem Viertel von Brooklyn geboren worden, in dem hauptsächlich deutsche Einwanderer wohnten. Sein Vater betrieb eine schon vom Großvater begründete Schneiderwerkstatt und seine Mutter, eine dominante, von puritanischen Normen und Moralvorstellungen geprägte Frau, versuchte Henry nach ihren Prinzipien zu erziehen. Das trieb ihn von früh an zur Rebellion. Auch hierin war er das genaue Gegenteil von Lawrence. Miller verfluchte seine Mutter, sah in ihr ein Lebenshindernis. »Es wäre besser gewesen, wenn meine Mutter am Morgen des 25. Dezember auf der Treppe ausgeglitten wäre und sich das Genick gebrochen hätte: Das hätte mir wenigstens einen guten Start verschafft.« »... der Dämon der Empörung hatte schon früh von mir Besitz ergriffen. Meine Mutter war es, die ihn mir einpflanzte. Gegen sie, gegen alles, was sie verkörperte, richtete ich meine zügellose Energie. Bevor ich fünfzig wurde, habe ich nicht ein einziges Mal liebevoll an sie gedacht. Obwohl sie niemals meine Absichten wirklich vereitelte (nur aus dem Grunde, weil mein Wille der stärkere war), fühlte ich ständig, wie ihr Schatten über meinem Weg lag. Es war ein Schatten der Mißbilligung, schweigsam und hinterhältig, wie ein Gift, das einem langsam in die Adern geträufelt wird.«

Natürlich war Henry in den Augen seiner Mutter beruflich und moralisch eine Enttäuschung, ganz besonders als der Vater krank wurde und er, der einzige Sohn, die Leitung der Schneiderwerkstatt übernehmen sollte, von der die Familie lebte. Das

Handwerk hatte er ohnehin nicht erlernt. Aber er vernachlässigte auch die ihm anvertrauten organisatorischen und geschäftlichen Aufgaben. Wenn er mit dem Stoffmusterbuch einen Kunden besuchte, konnte es passieren, daß er sich in stundenlange Gespräche verstrickte, mit dem Kunden den Abend verbrachte und schließlich erst am nächsten Vormittag in die Werkstatt zurückkam. Auch in der Schneiderwerkstatt entwickelte sich zwischen den Kunden und Henrys Freunden und Zufallsbekanntschaften und vermutlich auch den Angestellten in stundenlangen Plaudereien und fröhlichem Zuspruch zu mitgebrachten alkoholischen Getränken eine heitere Baratmosphäre, die schließlich den kranken Vater nötigte, die Zügel wieder in die Hand zu nehmen.

Henry war schon früh seine eigenen Wege gegangen. Das drückt sich auch in den selbst für einen amerikanischen Lebenslauf ungewöhnlich zahlreichen Gelegenheitsjobs aus, mit denen er nach seinem Scheitern im Geschäft seines Vater seinen Unterhalt verdiente. Er arbeitete als Geschirrwäscher, Servierkellner, Zeitungsausträger, Botengänger, Totengräber, Plakatanschläger, Hotelpage, Barkellner, Stenotypist, Hilfsbibliothekar, Versicherungskassierer, Hilfskraft in einem statistischen Büro, Mechaniker, Müllkutscher und Billettlocher. Er war Schreibkraft bei einem Prediger, Hafenarbeiter, Straßenbahnschaffner, Turnlehrer und Milchkutscher. Er arbeitete als von Tür zu Tür ziehender Buchverkäufer, und er war im illegalen Alkoholgeschäft tätig. Meistens waren das kurzfristige Beschäftigungen. Aber als er 1917 die Pianistin Beatrice Sylvas Wickens heiratete, die dann auch ein Kind von ihm bekam, bemühte er sich um feste Anstellungen – einmal im Kriegsministerium, wo er Post sortierte und Artikel schrieb, und ein anderes Mal in einem Bureau of Economic Research. Beide Male wurde er rausgeworfen und mußte wieder Gelegenheitsjobs annehmen. Nur einmal hatte er eine Anstellung von nahezu fünfjähriger Dauer bei der Western Union Telegraph Company, wo er bald vom einfachen Telegrammboten zum Leiter des Einstellungsbüros aufstieg und im Laufe der Jahre über das Schicksal von Tausenden von Arbeitssuchenden zu entscheiden hatte, die vor seinem Schreibtisch erschienen. Später, im »Wendekreis des Steinbocks«, schrieb er über diese Zeit: »Ich nannte mich Personalchef einer Telegrafen-Gesellschaft und ließ die Flut der Menschheit wie große schaumgekrönte Wogen über mich hinwegbrausen.«

Durch seine zahlreichen Gelegenheitsjobs und vor allem die fünfjährige Arbeit bei der Telegrafengesellschaft hat Miller viele der kuriosen, plastisch porträtierten Menschen und die verrückten oder tragischen Existenzen kennengelernt, die seine Bücher bevölkern. So wie sie in seinem Leben auftauchten, konnte er sie auch in seinen Romanen erscheinen lassen. Er konnte sie alle gebrauchen, da er nie Romane mit einem Thema, einer Handlung und einem entsprechend begrenzten, aufeinander bezogenen Personal geschrieben hat. Und er konnte auch nicht schreiben, solange ihm dieses dramaturgische Modell vor Augen stand. Schließlich begriff er, was er später so formulierte: »Ich bin ein Mench, der die Geschichte seines Lebens erzählt, ein Prozeß, der, je mehr ich in ihm fortschreite, immer unerschöpflicher wird.« Das ist ein einfaches Prinzip: Alles, was dem erzählenden Ich begegnet oder zustößt oder durch den Kopf geht – die Personen, die Ereignisse, die Gedanken und Gefühle –, kann in dem Buch Platz finden und jederzeit wieder daraus verschwinden. Es ist ein Kommen und Gehen, meist vom Zufall gesteuert oder von beiläufigen Motiven, die nichts weiter in Gang bringen, außer vielleicht ein Gespräch, eine Sauferei oder einen Sexualakt, der in der Regel keine persönlichen Konsequenzen hat, auch dann nicht, wenn es bei Gelegenheit wieder einmal dazu kommt. »Immer gehen, wohin kein Wegweiser zeigt«, hat Miller dieses Prinzip zielloser Spontaneität genannt, das die Zeit in eine lose Abfolge von Gegenwarten verwandelt, deren dynamisches Zentrum, die vitale Präsenz, der Icherzähler Henry Miller ist. Alle als Romane bezeichneten Bücher – »Wendekreis des Krebses« (1934), »Wendekreis des Steinbocks« (1939), die Trilogie »Sexus«, »Plexus«, »Nexus« mit dem Obertitel »The Rosy Crucifixion« (1945–1959), aber auch Erzählungen wie »Stille Tage in Clichy« (1940) oder der späte autobiographische Text »Insomnia oder die schönen Torheiten des Alters« (1974) – kann man als Fortsetzung eines einzigen Buches lesen, ein Lebenswerk, das in seiner ichzentrierten Weiträumigkeit an die »Recherche« von Marcel Proust erinnert, allerdings roher und additiver geschrieben ist und zwischen der Vulgärsprache vom unteren Rand der Gesellschaft und einem hohen rhapsodischen Ton immer wieder impulsiv hin und her springt. Daß die Bücher als Romane bezeichnet wurden, ist einerseits als eine marktgängige Benennung zu verstehen, andererseits sichert sich der Autor damit alle fiktionalen Lizenzen für Umgestaltungen und Veränderungen des Lebensstoffes, ohne daß er den deutlich betonten Anspruch aufgibt, die Wahrheit über sein Leben zu schreiben, wenn auch nicht unbedingt eine in allen Punkten dokumentarisch beglaubigte Wahrheit. Die in den Büchern auftretenden Personen sind zwar meistens identifizierbar. Aber sie tragen als Ausweis ihrer literarischen Existenz andere Namen, was angesichts der rüden und intimen Szenen, in denen sie erscheinen, einen minimalen Schutz für sie und den Autor darstellt. Wie schockierend seine aus dem Leben gegriffene, radikale Darstellung sexueller Vorgänge wirkte, drückt sich unter anderem darin aus, daß alle seine Romane in den USA und in England zunächst einmal verboten wurden.

Eine solche ekstatische und schamlose Phase seiner Lebensgeschichte ist seine Trennung von seiner ersten Frau, die unter dem Namen Maude in mehreren seiner Bücher auftritt (vor allem im »Wendekreis des Steinbocks« und in »Sexus«). Henry Miller erscheint unter dem Namen Val. Sie haben zwar ein Kind miteinander, aber die Ehe ist innerlich an ihr Ende gekommen. Und Henry, immer auf der Suche nach neuen erotischen Erfahrungen, hat in einem New Yorker Tanzpalast June Smith kennengelernt, eins der dort beschäftigten Taxigirls, die gegen an der Kasse erwerbbare Chips mit den Gästen tanzen und sie zum Trinken und gelegentlich auch zu mehr animieren. June, die in den Büchern mal Mona, mal Mara heißt, wird die wichtigste Frau seines Lebens, nicht nur, weil er ihr sexuell verfällt, sondern auch, weil sie an seine schriftstellerische Berufung glaubt und ihn zum Schreiben bringt. June ist eine Phantastin mit literarischen Interessen, die für Dostojewski und Strindberg schwärmt und die Bewunderung für diese Autoren auf Henry überträgt. Er soll ein vergleichbares Werk schreiben. Im Gegensatz zu seiner abschätzig von ihm denkenden, sein Wesen und seine Person mißbilligenden Mutter ist June eine Frau, die an ihn glaubt. Sie veranlaßt ihn, bei der Telegrafengesellschaft zu kündigen und sich von seiner Frau zu trennen. Sie ziehen in das Künstlerviertel Greenwich Village und eröffnen in ihrer Dreizimmerwohnung – es ist Prohibitionszeit – eine Nachtbar mit illegalem Alkoholausschank, die allerdings wegen unprofessioneller Geschäftsführung bald wieder schließen muß. Die Gäste waren hauptsächlich Freunde, die oft kein Geld bei sich hatten und anschreiben ließen. Als juristische Konsequenzen drohten, brach Henry, der in einer Person Geschäftsführer, Kellner und Hausmädchen gewesen war, zusammen mit seinem Saufkumpan Joe O'Reagan zu seiner Tramptour in den Süden der Staaten auf, um einige Zeit unerreichbar zu sein. Er war 35 Jahre alt und schrieb, ermutigt von seinen Freunden und unterstützt von June, an einem Roman. June wollte, daß er sich ganz dieser Arbeit widmete, und erzählte ihm folgende Geschichte: Sie habe einem reichen Verehrer, den sie Pap nannte, Teile eines Romanmanuskripts von ihm gegeben und sich als die Autorin ausgegeben. Pap, der begeistert von dem Manuskript sei, habe sich bereit erklärt, sie gegen Vorlage weiterer Teilskripte mit Geld zu versorgen, bis der Roman fertig sei. Ob an dieser Geschichte etwas Wahres dran war, muß man bezweifeln. Das Geld, das June herbeibrachte, nachdem sie und Henry verheiratet waren, bekam sie vielleicht für andere Dienste, die sie lieber verschwieg. Aber sie hielt Henry auf diese Weise zur regelmäßigen Arbeit an, auch wenn das, was er produzierte, noch nicht Teil seines späteren Werkes wurde. Das erste Werk, das zählte – den »Wendekreis des Krebses« –, schrieb er erst in Paris, wohin er für ein Jahr zusammen mit June auf deren Drängen gefahren war und wo er blieb, als sie wieder in die USA zurückstrebte.

Mit 78 Jahren gab Miller seinem französischen Übersetzer Georges Belmont ein langes Interview, in dem Belmont ihn auch zu seiner Ehe mit June befragte. Er wollte wissen, ob sie für ihn »der Ausdruck der Liebe« geblieben sei. Miller bejahte das und fügte hinzu: »Ja. Und in jeder Hinsicht. Denn sie ist manchmal Gott und Teufel zugleich. Sie verkörperte ... die ganze Skala. ... Ja. Welch großartige Verbindung! Der Masochist und der Sadist. Was für eine Ehe! ... Eine Ehe, in der nur Harmonie herrscht, ist meiner Ansicht nach noch keine Ehe. Es muß dieser Konflikt und diese Tortur zweier Wesen hinzukommen.«

Wenn man die Begriffe übernehmen will, dann war in dieser leidenschaftlichen und dramatischen Beziehung Miller der Masochist, denn er war emotional, sexuell und finanziell von June abhängig und wurde von ihr nach Belieben manipuliert. Sie beherrschte und kontrollierte sein Leben. Doch was sie selber tat, während er zu Hause auf sie wartete, vor allem wie sie mit ihren sogenannten Gönnern und Verehrern umging, die sie immer wieder mit Geld versorgten, verbarg sie vor ihm. Sie behandelte ihn als einen naiven, genialen Menschen, dessen Lauterkeit und dessen Begabung sie vor der Wirklichkeit schützen mußte, um ihm dann gleichzeitig zärtlich zu versichern, daß alles ganz harmlos sei. »Du vertraust mir doch«, sagte sie einschmeichelnd und nötigte ihm ein stummes Nicken ab, ein blindes Glaubensbekenntnis zur Erhaltung ihrer Gemeinsamkeit mit allen unabsehbaren Randbedingungen, die sie seinem Blick entzog. Wie alle Phantasten log sie so überzeugend, weil die Tatsachen sich ihr beim Reden sofort verflüchtigten und sie selbst an ihre Lügen glaubte. Jede Lüge versteckte sie hinter neuen Lügen, so daß alles immer verwirrender und undurchdringlicher wurde. Wenn er sie einmal mit einem unwiderleglichen Beweis konfrontierte, daß sie ihn belogen und hintergangen hatte, brach sie in einen langen unbeherrschten Lachanfall aus und erstickte alle weiteren Einwände mit neuen Lachsalven, als habe er den besten Witz der Welt gemacht. Sie hat beispielsweise vorgegeben, sie sei bei ihrer Mutter gewesen, als sie eine Nacht lang nicht nach Hause gekommen ist. Miller, der Junes Mutter noch nicht vorgestellt worden ist, ruft die Mutter unter fremdem Namen an, um sich nach June zu erkundigen. Die Frau reagiert aufgeregt, denn sie hat seit einem halben Jahr nichts mehr von ihrer Tochter gehört und will wissen, wo June sich aufhält. Als Miller June mit dieser Auskunft konfrontiert, bricht sie erneut in wilde Lachkrämpfe aus, die ihn erschauern lassen, und sagt, das müsse eine Tante gewesen sein, denn sie habe ja überhaupt keine Mutter. Auch das ist natürlich kein haltbares Alibi, sondern die übliche Kulissenschieberei vor dem Bodenlosen. Plötzlich wird sie dann ernst und droht, sie werde ihn sofort verlassen, wenn er noch einmal versuche, Kontakt zu ihrer Familie aufzunehmen. Damit hat sie erneut gewonnen. Er gibt klein bei. Er, der von seiner Mutter nie anerkannt worden war, braucht diese Frau, die seinen Wunschtraum, Schriftsteller zu werden, unterstützt, auch wenn sie ihn ihrer eigenwilligen Regie unterwirft und ihn mit ihrem Lügennetz fesselt. Er muß ihre Bedingungen akzeptieren, muß sogar hinnehmen, daß sie ihre Freundin Stasia, mit der sie eine lesbische Beziehung hat, in die gemeinsame Wohnung aufnimmt. Man fühlt sich durch die Beschreibung dieser Lebensverhältnisse an die Albertine-Geschichte von Proust und Marcels Eifersucht auf Albertines Freundinnen erinnert, nur daß alles viel direkter, wilder und chaotischer ist.

Und auch theatralischer. June, Stasia und Miller waren eng aneinander gekettet und führten ein absurdes Stück auf, in dem sie wechselseitig ihre Rollen definierten. Miller hatte die Rolle des hörigen Mannes, und June/Mona war die hurenhafte Königin, um deren Gunst er buhlte und die er idolisierte, um die Erregung ihres Zusammentreffens ins Phantastische zu steigern. Nacht für Nacht geht er in den Tanzpalast. Denn dort hat er sie auf sich zukommen sehen, eine Frau unbestimmten Alters mit blauschwarzem Haar und weißem Gesicht, die ihm ein Lächeln zuwirft: »ein wissendes, geheimnisvolles, flüchtiges Lächeln – das plötzlich wie ein Windstoß aufsprang.« Immer wieder wartet er auf sie. Diesmal steht er auf der Straße: »Plötzlich fühle ich sie kommen. Ich wende den Kopf. Richtig, da kommt sie, mit vollen Segeln und leuchtenden Augen. Zum ersten Mal nehme ich nun ihre Haltung wahr. Sie kommt heran wie ein Vogel, ein menschlicher, in einen großen weiten Pelz gehüllter Vogel. Kommt mit Volldampf daher; ich möchte schreien, ein Signal hinausschmettern, das die Welt die Ohren spitzen läßt. Was für ein Gang! Es ist kein Gehen, es ist ein Gleiten. Groß, majestätisch, in der Fülle ihres Fleisches ... Ein Hauch von Reichtum und Glanz umgibt sie: es ist Amerika, gut oder schlecht, auf beiden Seiten eingerahmt vom Meer. Zum ersten Mal in meinem Leben trifft mich der ganze Kontinent mit voller Kraft, wie mit einem Schlag zwischen beide Augen. Ja, es ist Amerika, mit und ohne Ziel, Amerika, das Schleifrad von Hoffnung und Enttäuschung. Alles, was Amerika gestaltet hat, hat auch sie gestaltet: Knochen, Blut, Muskeln, Augapfel, Gang, Rhythmus, Haltung, Zuversicht, eherne Stirne und leeres Innere. Sie erdrückt mich fast mit ihrer Hoheit, das volle Gesicht schimmert wie Kalzium. Der große weiche Pelz gleitet von ihrer Schulter. Sie beachtet es nicht. Es scheint ihr gleichgültig zu sein, ob ihre Kleider von ihr abfallen. Sie kümmert sich um nichts. Das ist Amerika, das wie ein Blitz in das Glaswarenhaus der rotblütigen Hysterie niederfährt.... Ich zittere. Etwas kommt auf mich zu, und es gibt kein Ausweichen. Sie kommt, man sieht ihren vorgeschobenen Kopf durch die Spiegelscheibe. Wenn sie nur eine Sekunde stehenbleiben, mich nur einen Augenblick sein lassen wollte. Aber nein, sie gewährt mir keinen Augenblick. Rasch, unbarmherzig, gebieterisch wie das Schicksal selber ist sie bei mir, ein Schwert, das mich durch und durch spaltet. Sie hat mich an der Hand ergriffen, die sie festhält. Ich gehe ohne Furcht an ihrer Seite. In mir funkeln die Sterne ...«

Das ist ein Text hysterischer Unterwerfung, die den Gegenstand des Begehrens mit der prunkenden Macht bekleidet, der man sich bedingungslos ergeben möchte. Was Miller – oder sein literarisches Double Val – in der Beziehung zu June/Mona sucht, ist eine tiefere Selbsterfahrung im Selbstverlust. Das hat er auch als ein verschobenes Bekenntnis seinem mürrischen Kumpan, dem Frauenjäger Van Norden, in den Mund gelegt. Der beklagt, daß die meisten Frauen Masochistinnen seien. Er findet das langweilig und banal und antwortet auf die Frage: Aber was willst du dann von den Weibern? »Ich will fähig sein, mich einer Frau freiwillig zu ergeben. Ich will, daß sie mich meinem Selbst entreißt. Aber um das fertigzubringen, muß sie besser sein als ich; sie muß ein Gemüt haben und nicht nur eine Möse. Sie muß mich glauben lassen, daß ich sie brauche.«

So läßt sich auch das sexuelle Verhältnis von Miller und June oder, wie sie in seinen Büchern heißen, von Val und Mona verstehen. June ist Millers komplementäre Person. Sie hat sein verborgenes Bedürfnis, sich ihr auszuliefern, sofort erspürt und durch ihren Auftritt geweckt, und damit das Grundmuster ihrer Beziehung geschaffen. Obwohl er immer wieder dagegen revoltierte, behielt June in der Regel die Oberhand. Denn Miller, der noch nicht im Leben Fuß gefaßt hatte, nicht in dem Leben, das er sich wünschte, brauchte sie. Seine Abhängigkeit untergrub seinen Widerstand und degradierte ihn zu dem Ritual einer verzögerten Unterwerfung, aus dem sie beide immer wieder ein hohes Maß an sexueller Spannung aufbauten. In der Sexualität konnte sich dann alles wieder umkehren. Sieben Jahre blieben sie zusammen. Miller löste seine Abhängigkeit von June erst nach ihrer Rückkehr in die USA, als er allein in Paris lebte und über sein Verhältnis zu ihr zu schreiben begann. Einmal besuchte sie ihn noch in Frankreich, und die Leidenschaft flammte sofort wieder auf, doch begleitet von heftigen Streitereien, mit denen sie sich schließlich trennten. Obwohl June zweifellos die größte Obsession seines Leben war, hat Miller vergleichsweise wenig und auch weniger genau, als er es sonst zu tun pflegte, über sein sexuelles Verhältnis zu ihr geschrieben. Er beschreibt sie wie ein Frauenbild von Edward Munch in dem pathetischen Kontrast blauschwarzer Haare zu einem kreideweißen Gesicht mit üppigen Lippen – eine halluzinierte Maske weiblicher Dämonie. Millers sexueller Verismus, durch den er berühmt wurde, entwickelte sich eher in der Darstellung von Beziehungen, die weniger komplex waren.

Ein Beispiel ist eine Episode aus der Zeit seiner ersten Ehe, die er im »Wendekreis des Steinbocks« dargestellt hat. Sie zeigt Millers Drastik und herausfordernde Vulgarität bei der Beschreibung sexueller Vorgänge. Der Tabubruch liegt weniger in der Benennung der Sexualorgane im Jargon der Inschriften in öffentlichen Toiletten als in der isolierten und obszönen Übertreibung der körperlichen Reaktionen, mit der Miller deutlich über D. H. Lawrence hinausgeht. Sexualität erscheint in dieser wie in vielen anderen Szenen als ein animalischer Vorgang, der mit instinkthafter Zielstrebigkeit abläuft. Man findet zueinander, ohne daß ein Wort gesprochen wird. Weit unterhalb aller personalen Eigenschaften verschafft man sich gegenseitig die

Ekstase, mit und durch den anderen nur noch ein lustvoll sich verausgabender Körper zu sein.

Millers Partnerin war eine junge Frau, die abends, wenn seine Frau als Pianistin unterwegs ist, herunterkommt, um nach dem Kind der Millers zu sehen. Sie war eine einfältige Person, der er zunächst keine Beachtung schenkte. »Aber wie alle anderen hatte sie eine Mimi, eine Art von unpersönlicher persönlicher Mimi, derer sie sich unbewußt bewußt war. Je öfter sie zu uns herunterkam, desto bewußter wurde sie sich ihrer in ihrer unbewußten Art. Eines Abends, als sie im Badezimmer herumwirtschaftete, brachte sie es fertig, nachdem sie es eine verdächtig lange Zeit ausgehalten hatte, daß in mir gewisse Gedanken erwachten. Ich beschloß, einen Blick durch das Schlüsselloch zu werfen und selbst nachzusehen, was los war. Und siehe da, steht sie nicht vor dem Spiegel und streichelt und schmeichelt ihre kleine Mieze?! Sie hielt beinahe Zwiesprache mit ihr. Ich war so aufgeregt, daß ich zunächst nicht wußte, was ich tun sollte. Ich ging ins große Zimmer zurück, knipste das Licht aus und legte mich auf den Diwan und wartete, bis sie herauskam. Wie ich so dalag, konnte ich noch immer diese buschige Mieze und die daran herumspielenden Finger sehen. Ich knöpfte meinen Latz auf und ließ meinen Piephahn in der Kühle der Dunkelheit herumzwitschern. Ich versuchte sie vom Sofa aus zu hypnotisieren. ›Komm her, du Weibstück‹, sagte ich immer wieder zu mir selbst, ›komm her und stülpe diese Mieze über mich‹. Sie muß diese Botschaft sofort aufgefangen haben; denn, eh' ich mich versah, hatte sie die Tür geöffnet und tastete im Dunkeln herum, um das Sofa zu finden. Ich sagte kein Wort, machte keine Bewegung. Ich hielt nur meine Gedanken auf ihre sich ruhig wie eine Krabbe im Dunkeln bewegende Mieze gerichtet. Schließlich stand sie neben dem Sofa. Auch sie sprach kein Wort. Sie stand nur still da, und als ich meine Hand zwischen ihren Beinen hochschob, bewegte sie ein wenig den Fuß, um die Spalte ein bißchen weiter zu öffnen. Ich glaube nicht, daß ich je in meinem ganzen Leben die Hand in eine so nasse Spalte steckte. Es lief wie Kleister ihre Beine herab, und wenn Plakate zur Hand gewesen wären, hätte ich mindestens ein Dutzend ankleben können. Nach ein paar Augenblicken beugte sie sich ebenso natürlich, wie eine Kuh den Kopf zum Grasen senkt, über mich und nahm ihn in den Mund. Ich hatte meine ganzen vier Finger in ihr drin und schlug Schaum. Ihr Mund war gestopft voll, und der Saft lief ihr die Beine herunter. Wie gesagt, keiner von uns beiden sprach ein Wort. Wir waren nur eben ein Paar stiller Besessener, die wie Maulwürfe im Dunkeln arbeiteten. Es war ein Fickparadies, und ich wußte es und war bereit, nur allzu bereit, mich, wenn nötig, um den Verstand zu vögeln. Sie war vermutlich der beste Fick, den ich je hatte. Nicht ein einziges Mal machte sie ihre Klappe auf, nicht in dieser, auch nicht in der nächsten oder sonst einer Nacht. Sie schlich sich im Dunkeln herunter, sobald sie mich dort allein witterte, und nahm mich ganz in ihre Mimi auf. Es war auch eine riesige Mimi, wenn ich daran zurückdenke. Ein dunkles, unterirdisches Labyrinth, ausgestattet mit Diwans und gemütlichen Ecken, Gummizähnen und Spritzen, sanften Ruheplätzen, Eiderdaunen und Maulbeerblättern. Ich bohrte mich wie der Einsiedlerwurm hinein und verkroch mich in einer kleinen Ritze, wo es vollkommen still und so weich und friedlich war, daß ich wie ein Delphin auf den Austernbänken dalag. Ein kleiner Ruck, und ich befand mich meine Zeitung lesend im Pullman oder aber in einer Sackgasse, wo es bemooste Kiesel und kleine weidengeflochtene Gattertüren gab, die sich automatisch öffneten und schlossen. Manchmal war es, als fahre man in der Rutschbahn, es ging tief hinunter, und dann kam ein Sprühregen von prickelnden Seekrabben, die Binsen wiegten sich fieberhaft, und die Kiemen kleiner Fische legten sich an mich an wie das Register einer Mundharmonika. In der riesigen dunklen Grotte spielte eine liebliche Orgel eine raubtierhafte, düstere Musik ...«

Das ist ein charakteristischer Ausschnitt aus dem tendenziell endlosen Strom erzählerischen Monologisierens, das wie eine weiträumige Wellenbewegung Millers Wendekreis-Romane durchzieht. Die Welle baut sich auf mit der Erzählung des sexuellen Geschehens. Dann bricht sie und löst sich in einen Metaphernschaum auf, der sich nicht selten – wie auch bei dem zitierten Text – über viele Seiten ergießt und in einer unerschöpflich erscheinenden Paraphrase immer neue Nuancen des Gefühls und der Empfindung beschwört. Der drastische Naturalismus des Anfangs spiritualisiert sich. Der Schleier der Normalität wird weggezogen, und dahinter öffnet sich ein Fächer phantastischer Bilder. Die Obszönität vermittelt zwischen beiden Welten. Ihr Schock sprengt die Sicherheiten der Gewohnheit und leitet über in die Ekstase, in der sich wie in den alten Mysterienkulten die Tiefenschichten des Seins enthüllen. Miller schreibt dazu: »Wenn es überhaupt etwas gibt, das obszön genannt zu werden verdient, ist es diese mit brechendem Blick erlebte Gegenüberstellung mit den Geheimnissen, dieses Bis-an-den-Rand-des-Abgrunds-Gehen, wobei man alle Ekstasen des Schwindelanfalls genießt und sich noch weigert, sich dem Unbekannten hinzugeben. Das Obszöne hat alle Eigenschaften eines verborgenen Zwischens. Es ist unermeßlich wie das Unbewußte selbst, und formlos und fließend wie der Grundstoff des Unbewußten. Es ist das, was als fremd, berauschend und verboten an die Oberfläche kommt und uns festhält und lähmt, wenn wir uns in Gestalt des Narcissus über unser Bild, im Spiegel unserer eigenen Bosheit, beugen.«

Miller berührt sich hier mit den Thesen von Georges Bataille, eines wenig jüngeren französischen Autors, der, ausgehend von den Untersuchungen des französischen Soziologen und Anthropologen Marcel Mauss, seine in einigen Prosatexten ausgelebte Lust an Vorgängen regressiver Selbstauflösung in ein theoretisches Konzept gebracht hat. Mauss hatte in seinem 1923/24 erschienenen Werk »Essai sur le Don« (deutsch 1968 unter dem Titel »Die Gabe«) dargestellt, daß ökonomische Systeme nicht nur im Stil der protestantischen Ethik auf Sparsamkeit und Berechnung, sondern auch auf Verschwendung beruhen können. Verschwendung hat vielfache Formen. Sie reicht von archaischen Opferfeiern für die Götter und für die sich unendlich verschwendende, Leben erzeugende Sonnenenergie, über mittelalterliche Narrenfeste und feudalistische Feuerwerke bis zu dem »Potlatsch« genannten Brauch der nordwestamerikanischen Indianer, bei dem die Souveränitätsgeste verschwenderischen Schenkens zu einem destruktiven Wettbewerb demonstrativer Zerstörung wertvoller eigener Besitztümer gesteigert worden ist. Laut Bataille sind im Ritual der zerstörerischen Verschwendung Lebenstrieb und Todeswollust zu einer einzigen

Energie verschmolzen. Er erkennt sie wieder in allen Exaltationen, die die Grenzen der praktischen Vernunft und des Anstandes überschreiten – so in der Gewalt, im Wahnsinn, im hemmungslosen Gelächter, im Taumel der Selbstauflösung, in der Trunkenheit, in der obszönen Entblößung und Entäußerung und in den Ausschweifungen einer über alle Grenzen hinausdrängenden Sexualität. Sie ist als Gegenkraft zu den Ordnungen der homogenen, rationalen Welt in seinen Augen das eigentliche revolutionäre Potential. Doch im Unterschied zu den reglementierten, sadomasochistischen Ausschweifungen, die die systematische Phantasie de Sades entworfen hat, sind Batailles phantasierte Ausschweifungen häßlich, haltlos, ungeformt, durchnäßt von infantilen Ängsten, Horror der Schwarzen Romantik im Todesgeruch der Verwüstung und des Verfalls. Sartre hat angewidert von Batailles »glitschenden Sätzen« gesprochen. Es sind aber simple Protokollsätze, denen solche sinnlichen Ausdrucksqualitäten fehlen, wie auch in dem folgenden Zitat aus dem Text »Der Tote«:

»Marie pißte immer noch.

Auf dem Tisch, inmitten der Flaschen und Gläser, goß sie den Urin mit beiden Händen über sich.

Sie näßte sich die Beine, den Arsch und das Gesicht.

– Schau her, sagte sie zu dem Monstrum, ich bin schön.

Hockend, die Möse in Höhe seines Kopfes, öffnete sie schauderhaft die Schamlippen.«

Der letzte Satz könnte die komische Pointe einer parodistischen Überbietung pornographischer Texte sein. Aber so ist er nicht gemeint. Bataille versucht im Kult der Häßlichkeit und der Entblößung die Sensation des Realen zu erneuern, ein Vorhaben, dem er schriftstellerisch nicht gewachsen ist. Seine Personen sind abstrakte Spielfiguren, und wenn er sie in ein wildes sexuelles Getümmel schickt, geschieht das in gestanzten Sätzen, die wie Fertigteile aneinandergesetzt sind und nicht selten von einem bedeutungsvollen Wort abgeschlossen werden, in dem sich das theoretische Konzept des Textes zu erkennen gibt, im folgenden Zitat das Herzstück der Schwarzen Romantik: der Zusammenhang von Wollust und Tod: »Der Ephebe wütete wie ein Stier: der Graf erleichterte ihm das Eindringen des Gliedes.

Das Opfer erbebte und schlug um sich: Körper an Körper in unerhörtem Haß. Die anderen schauten zu, mit trockenen Lippen, überwältigt von dieser Raserei. Die Körper, durch Pierots Riemen aneinandergefesselt, wälzten sich kämpfend auf dem Boden. Am Ende bäumte sich der Knecht auf, um sich zu entladen. Atemlos schreiend verlor er seinen Geifer. Marie antwortete mit einem Todeskrampf.«

Auch Henry Miller geht manchmal auf schmalem Grat, bedroht, in banale Kruditäten oder in poetischen Bombast abzustürzen. Doch im Unterschied zu Batailles abstrakt wirkenden sexuellen Phantasien merkt man Millers Texten die Erfahrungsnähe an. Er mag flunkern, übertreiben, retuschieren, aber er schöpft aus dem Vollen seines gelebten Lebens. Und er spricht von Menschen mit individuellen Eigenschaften und besonderen Erfahrungen, die sich in konkreten Situationen begegnen. Alle Szenen erscheinen ganz nah, mit der Frische und rohen Wildwüchsigkeit eben erst erlebter Gegenwart. Die Unbefangenheit, in der er schreibt, verdankt er seinem vitalen und narzißhaften Naturell, dem seine Auffassung entspricht, daß die frei gewählte, angstlos genossene sexuelle Lust der Inbegriff des wahren Lebens sei. Doch seine Utopie ist, naiv rousseauisch, das Paradiesbild eines unbeschränkten natürlichen Lebens, in dem es keine Tabus und keine Konventionen mehr gibt. In seinem autobiographischen Essay »Die Welt des Sexus« schreibt er: »Unsere Träume liefern uns ... einen Schlüssel zu den Möglichkeiten, die vor uns liegen. Im Traum kommt der adamitische Mensch zum Leben, der eins ist mit der Erde ...« Dieser Mensch – eine anthropologische Fiktion – ist laut Miller identisch mit unserem wahren Selbst, das aus tiefer Vergangenheit ein Licht in die Zukunft wirft. Miller beschreibt ihn als ein moralisch ungebrochenes Naturwesen vor dem Sündenfall, das alles auslebt, wovon wir allenfalls träumen. »Er schläft mit seiner Mutter so natürlich wie mit irgendeiner anderen. Wenn er mit einem Tier des Feldes seine Lust befriedigt, fühlt er kein Widerstreben. Er kann seine eigene Tochter mit gleicher Wonne und Befriedigung nehmen.«

Im 1934 erschienenen »Wendekreis des Krebses«, dem Buch seines Durchbruchs zu sich selbst, mit dem er seinen Stil findet und sein eigenes Leben als das Thema seines Schreibens entdeckt, hat er die Fiktion des adamitischen Menschen, der ohne die inneren Umzäunungen und Verbotsschilder der bürgerlichen Moral lebt, als die im Körper fortlebende Wahrheit der menschlichen Existenz beschrieben, für die er einstehen will: »Früher glaubte ich, menschlich zu sein sei das höchste Ziel, das ein Mensch sich stecken könnte, aber ich sehe jetzt, daß es dahin führte, mich zu zerstören. Heute bin ich stolz darauf zu sagen, daß ich unmenschlich bin, daß ich nichts mit Glaubensbekenntnissen und Grundsätzen zu tun habe. Ich habe nichts mit der knarrenden Maschinerie der Humanität zu tun – ich gehöre der Erde! Ich sage das auf meinem Kopfkissen liegend und kann die Hörner aus meinen Schläfen sprossen fühlen. Ich kann um mich alle meine verrückten Ahnen ums Bett tanzen sehen, wie sie mich trösten, mich anfeuern, mich mit ihren Schlangenzungen anpeitschen, mit ihren bleckenden Schädeln angrinsen und anblecken. Ich bin unmenschlich! Ich sage es mit einem verrückten, verzückten Grinsen und will nicht aufhören es zu sagen, auch wenn es Krokodile regnet.«

Miller bezieht sich mit dieser Ahnenbeschwörung nicht auf die menschliche Geschichte, die, trotz aller Schrecknisse, vom abendländischen Denken als Heilsgeschichte oder profaner als Geschichte der Humanität und, für Millers Perspektive noch abscheulicher, als zivilisatorischer Fortschritt interpretiert worden ist. Denn dies ist für ihn eine Geschichte der Verkrüppelung und der Kastration. Er setzt dagegen auf das Erbe der tierischen Ahnenreihe, das er als vitale Evidenz in sich spürt und von dem er sich getragen fühlt, hinweg über alle Zwänge und Anstandsvorstellungen seiner kleinbürgerlichen Herkunft und der puritanischen Moral seiner Mutter. Noch immer ist er der revoltierende Sohn, der nun allerdings, nicht ohne die Absicht zu schockieren, die Vision einer fundamentalen Seinsverbundenheit gegen die Welt der bürgerlichen Zivilisation ins Feld führt. »Und ich vereine meinen Schleim, meinen Kot, meine Verrücktheit, meine Ekstase mit dem großen Kreislauf, der durch die unterirdischen Gewölbe des Fleisches fließt.«

Man kann diesen Versuch, die Dinge auf einen harten Kern der inneren Gewißheit zurückzuführen, als einen vitalistischen

Existenzialismus bezeichnen, doch so schwungvoll und persönlich Miller seine pathetischen Tiraden vorzutragen versteht, er ist nur eine Stimme im großen Chor der zeitgenössischen Zivilisationskritik. Es war eine in den Präfaschismus hinüberreichende Zeitstimmung, die ihn bestätigte und zu seinem Ruhm beitrug, wie es beispielsweise auch bei Lawrence, Hamsun, Giono und Benn der Fall war. Der nonkonformistische Impuls drückt sich bei Miller vor allem in seiner Darstellung der Sexualität aus. Sexualität ist das Zentrum seiner Faszinationen und das Probierfeld seiner Philosophie der freien Selbstentfaltung – die große, elementare Selbstverschwendung des Lebens.

Die meisten Sexszenen in Millers Büchern schildern die anarchische Freiheit, die er beschwört, stehen aber zugleich im Widerspruch zur paradiesischen Idylle unbeschränkter Lust. Denn die Tabus werden in ihnen keineswegs aufgehoben, sondern bilden die erregende Voraussetzung für eine extreme Steigerung der Lust. Miller verschärft die Szenen bis zur skandalösen Anstößigkeit. Er fickt die ältere Schwester seines Freundes mit dessen Einverständnis und in dessen Anwesenheit und treibt sie zu schreiender Exaltation. Er steigt, gerade jung verheiratet, mit seiner Schwiegermutter ins Bett, kaum daß seine Frau die Wohnung verlassen hat. Und er treibt es in der schon zitierten Episode mit dem Nachbarsmädchen, das im Auftrag seiner Frau abends nach dem Kind schaut. In der Übergangszeit, in der er sich von Maude, seiner ersten Frau, trennt, um zu June, seiner großen Leidenschaft, zu ziehen, flammt auch in der längst versandeten Ehe die Leidenschaft wieder auf, heftiger, als sie je gewesen ist. Er schreibt gerade einen Liebesbrief an June, als Maude dazukommt und ihn argwöhnisch fragt, an wen er schreibe. Unverzüglich gesteht er ihr alles, auch, daß er sie verlassen wird. Und er schiebt alle ihre Einwände beiseite:

»Daraufhin ließ sie den Kopf hängen. Sie sah unbeschreiblich traurig und müde aus, wie ein an einem Fleischerhaken hängendes menschliches Wrack. Ich blickte zu Boden, unfähig, ihren Anblick zu ertragen. So saßen wir einige Minuten lang, keiner von uns wagte aufzublicken. Ich hörte einen Schluchzer, und als ich aufsah, sah ich, wie ihr Gesicht vor Leid zuckte. Sie legte die Arme vor sich auf den Tisch und ließ weinend und schluchzend den Kopf darauf sinken, ihr Gesicht auf die Tischplatte gepreßt. Ich hatte sie schon oft weinen sehen, aber diesmal war es die schrecklichste, widerstandsloseste Art von Preisgabe. Es ging mir auf die Nerven.«

Aus Ratlosigkeit macht er nun alles falsch. Er streichelt wie abwesend das Haar der weinenden Frau und murmelt: »Komm, komm, davon wird es doch auch nicht besser.« Denn für ihn steht alles schon fest. Sein Denken ist zielgerichtet. Sobald Maude ins Bett gegangen sein wird, will er ein Postskriptum unter seinen begonnenen Brief an June setzen: »Es ist vorüber.« Er ist weit von der unglücklichen Frau entfernt. Während er ihren Körper unter seiner Hand zucken spürt, sagt er sich, daß sie sich spätestens eine Woche nach seinem Fortgehen beruhigt haben wird. Bring es hinter dich, denkt er. Vermutlich hat er sie dabei gerüttelt, um seinen Gedanken Nachdruck zu verleihen, »denn in diesem Augenblick richtete sie sich plötzlich auf, sah mich mit wilden, hoffnungslosen, tränenfeuchten Augen an, warf ihre Arme um mich und zog mich in einer ungestümen, rührseligen Umarmung an sich. ›Du willst mich doch nicht sofort verlassen?‹ schluchzte sie und küßte mich mit salzigen, gierigen Lippen. ›Bitte, leg deine Arme um mich. Halte mich fest! Mein Gott, ich fühle mich so verloren.‹ Sie küßte mich mit einer Leidenschaft, die ich nie vorher an ihr gekannt hatte. Sie legte Leib und Seele hinein – und den ganzen Kummer, der zwischen uns stand. Ich schob meine Hände unter ihre Achseln und zog sie sanft hoch. Wir waren einander so nah, wie es Liebende nur sein können, schwankten, wie nur das Menschentier schwanken kann, wenn es sich einem anderen ganz hingibt. Ihr Kimono klaffte auf. Ich ließ meine Hand über ihren Rücken gleiten, über ihre plumpen Hinterbacken, zwängte meine Finger tief in den großen Spalt, drückte sie an mich, saugte an ihren Lippen, biß in ihre Ohrläppchen, in ihren Nacken, leckte ihre Augen und ihre Haarwurzeln. Sie wurde schlaff und schwer, schloß die Augen, hörte auf zu denken. Sie sackte zusammen, als sei sie im Begriff, zu Boden zu sinken. Ich fing sie auf und trug sie durch die Diele die Treppe hinauf und warf sie aufs Bett.

Wie betäubt fiel ich über sie und ließ sie meine Sachen abstreifen. Ich lag auf dem Rücken wie ein Toter, das einzige Lebendige an mir war mein Schwanz. Ich fühlte ihren Mund sich über ihm schließen und den Socken an meinem linken Fuß langsam heruntergleiten. Ich strich mit den Fingern durch ihre langen Haare, legte sie um ihre Brüste, knetete ihren Bauch, der weich und elastisch war. Sie machte eine Art von kreisender Bewegung im Dunkeln. Ihre Beine kamen über meine Schultern herab, und ihr Schlitz war an meinen Lippen. Ich hob ihren Hintern über meinen Kopf, so wie man einen Milchkübel hochheben würde, um seinen Durst zu stillen, und trank und kaute und schlemmte wie ein Raubvogel. Sie war so sehr in Hitze, daß ihre Zähne gefährlich um die Eichel meines Pints geschlossen waren. In dieser hemmungslosen, von heißen Tränen befeuerten Leidenschaft, in die sie sich hineingesteigert hatte, mußte ich fürchten, daß sie ihre Zähne tief in ihn hineinschlagen und sein Ende glatt abbeißen würde. Ich mußte sie kitzeln, damit sie ihre Kiefer lockerte. Danach war es schnelle, saubere Arbeit, kein Liebesgetue, kein Versprich mir dies und jenes. Leg mich auf den Fickblock und fick mich! Das war's, was sie wollte. Ich legte mit kaltblütiger Raserei los. Dies war vielleicht der allerletzte Fick. Sie war bereits eine Fremde für mich.«

Die leidenschaftliche sexuelle Vereinigung bringt keine Problemlösung, schon gar nicht im Sinne einer Versöhnung. Sie hat eher etwas von einer Strafaktion. Für beide ist sie die letzte gemeinsame Sprache und eine spontan gewählte Zuflucht. In ihr werden die Spannungen des ungelösten Konfliktes in die Erregungen einer letzten vertragslosen Nähe zweier Einsamkeiten verwandelt. Wie das Schluchzen und Weinen ist in dieser Begegnung die sexuelle Leidenschaft eine an die Körper delegierte Antwort auf Fragen, die wegen der daran haftenden Widersprüche praktisch nicht mehr zu beantworten sind. Und indem alles Unbeantwortbare diesem Feuer übergeben wird, lodert es besonders hell auf. Das fortschreitende Außersichsein geht über in Entselbstung. Die Frau, die weiß, daß sie schon verlassen ist, verwandelt sich in ein Opfertier: »Sie kauerte auf allen vieren nieder wie ein weibliches Tier, bebend und wiehernd vor unverhohlener Lust. Kein menschlicher Laut kam von ihr, sie schien nur dieser Sprache fähig und keine andere zu kennen.« Das ist in der Unterwerfung gleichzeitig gebieterisch, indem es dem Mann die Richtung des Begehrens vorschreibt als eine Transzendenz nach unten in einer neuen, radikalen Gemeinsamkeit. Ihre Schreie sind Anweisungen, ihr zu folgen. Beide verschmelzen, so uneins sie als Personen sind, zu einer Gemeinschaft der Begierde. Ohne Vorbehalt willigen sie ein in den Prozeß ihrer Fleischwerdung, in dem sie sich wechselseitig weitertreiben, um sich aneinander, unterhalb oder außerhalb ihrer Personalität, als lustvolle Körper zu erleben. »Das Erblühen des Fleisches, eins gegen das andere gedrückt«, ist laut einer Formulierung Sartres in »Das Sein und das Nichts« »das wirkliche Ziel der Begierde«. Doch darin wird in der beschriebenen Szene vor allem von der Frau die Erlösung von Entfremdung und Konflikt gesucht. Es ist eine verzweifelt angestrebte Illusion, die sie von dem Mann, der sie für immer verlassen will, für schwindelnde Augenblicke einfordert. Die ausgetauschten Liebkosungen sind die Währung von Betrug und Selbstbetrug, gemeinsam hochgesteigert zum höchsten Wert, um dann plötzlich zu verfallen.

Der Wendepunkt ist der Orgasmus. Wie immer, wenn er sich nähert, löst sich Millers Sprache aus der Darstellung des körperlichen Geschehens und schwingt sich zu phantastischer Metaphorik auf, diesmal allerdings nur kurz, als Ankündigung eines paradiesischen Moments, der sofort in Ernüchterung und Distanzierung übergeht. Alles ist zu Ende. Der Mann hat sich mit der betrügerischen Währung momentaner Leidenschaft freigekauft. Aber die Frau hat es wohl gewußt und hat aus Verzweiflung die kurze illusionäre Betäubung als Abschlagszahlung angenommen. Am Ende, als die Hitze verflogen ist, ist sie schon nichts mehr wert:

»Bald würden wir aus dem vollen schöpfen, ein einziger Orgasmus, wo es Pflaumen und Aprikosen vom Himmel regnete. Der letzte Stoß, eine Kaskade erstickter, weißglühender Asche – und dann zwei nebeneinander liegende Holzstämme, die auf die Axt warten. Ein schönes Finish: Royal flush. Ich erkannte sie, und sie erkannte mich. Es wird wieder Frühling werden und Sommer und Winter. Sie wird in eines anderen Armen schwanken, blind drauflosficken, wiehern, einen Orgasmus haben, sich hinkauern und ducken – aber nicht mit mir. Ich habe meine Pflicht getan, die letzten Runden mit ihr gemacht. Ich schloß die Augen und spielte tot für die Welt.«

Die Energie ist erloschen, die emotionale Temperatur abgesunken, und die Welt wirkt auf einmal trostlos, abgenutzt und schäbig. Sieht man sie jetzt richtig? »Es ist manchmal seltsam, wie man mit Liebschaften Schluß macht«, schreibt Miller. »Man glaubt immer, man werde das letzte Wort mit einem schwungvollen Schnörkel ins Hauptbuch eintragen. Man rechnet nie mit dem Automaten, der das Konto abschließt, während man schläft.« Etwas ist zu Ende, als wäre es nicht gewesen, und die Ernüchterung, die seelische Erschöpfung ist so tief, daß im Augenblick auch das neue Leben, dem man entgegenfieberte, als eine vorbeirasende Illusion erscheint. Es bleibt nur die Gewißheit, daß nach jedem Ende alles weitergeht: »Die Axt fällt. Ein letztes Grübeln. Flitterwochen-Expreß und alle an Bord: Memphis, Chattanooga, Nashville, Chickamauga. Vorbei an schneeigen Baumwollfeldern ... Alligatoren gähnen im Schlamm ... die letzte Aprikose verfault auf dem Rasen ... der Mond ist voll, der Wassergraben tief, die Erde finster, finster, finster.«

Doch die Trennung von Maude ist damit noch nicht endgültig vollzogen, denn vorläufig leben sie noch in der gemeinsamen Wohnung zusammen. Das ist eine zweideutige Situation, aus der sich auf Initiative der Frau infantile Spiele einer erneuten Annäherung entwickeln. Die beschlossene Trennung wird zwar nicht in Frage gestellt, aber durch vorgetäuschte, scheinbar unverfängliche Motive umgangen. Maude gibt vor, sie mache sich Sorgen wegen einer Prellung an ihrem Oberschenkel und einer unebenen Stelle in ihrer Scheide, und er geht in gespielter Sachkundigkeit darauf ein und schlägt vor, sie solle sich nackt auf den Küchentisch legen, damit er sie besser untersuchen könne. Schließlich will er auch untersucht werden, während er gleichzeitig sie weiter untersucht; und so, unter einem gemeinsam aufrechterhaltenen Etikettenschwindel, gleiten sie in den Sexualakt hinein. Es ist ein Ritual zur Verleugnung der Situation, in das sich der Mann von der Frau hineinziehen läßt, obwohl er längst leidenschaftlich mit einer anderen Frau verbunden ist, die er nach der Scheidung heiraten wird. Aber die Sexualität ist ein plastisches Medium, das auch einander fremde und gegensätzliche Bedürfnisse in einer ekstatischen Vereinigung verschmilzt, ohne daß das eine dauerhafte Bedeutung hätte. In der Ekstase zeigt sich manchmal der ungelöste Gegensatz zweier ineinander verklammerter Einsamkeiten, und die Leidenschaft nimmt die Züge einer wilden, verzweifelten Aggression an:

»Plötzlich zog sie meinen Kopf herunter und begann mich leidenschaftlich zu beißen – die Lippen, Ohren, Wangen und in den Hals. ›Du willst das, nicht wahr?‹ zischelte sie. ›Du willst es ... du willst es ...‹ Ihre Lippen verzerrten sich obszön. ›Du willst es ... du willst es!‹ Und sie hob sich in ihrer Hemmungslosigkeit ganz vom Boden ab. Dann ein Stöhnen, ein Krampf, ein wilder, gequälter Blick, als werde ihr Gesicht unter einem Spiegel mit einem Hammer zertrümmert. ›Zieh ihn noch nicht heraus!‹ stöhnte sie.« Es ist die immer wieder im Bewußtsein der bevorstehenden Trennung ausgestoßene Beschwörungsformel gegen das unvermeidliche Ende.

Das ist keine Szene aus dem erträumten Paradies des adamitischen Menschen, in dem jeder mit jedem unschuldige und folgenlose Lust genießen kann, sondern ein Strindbergsches Drama, ausgetragen auf dem Schlachtfeld der Sexualität. Sexuelle Erfüllung ist die flüchtigste Form des Glücks und erinnert im Scheitern des Verlangens nach Dauer an die Endlichkeit der menschlichen Existenz. So ist jede endgültige Trennung eines Paares, das sich geliebt hat oder das erst im Abschied imaginiert, immer auch ein Sterben. Laut dem Mythos vom Sündenfall ist das Wissen, daß man sterben muß, der Preis der Menschwerdung. Damit endet die paradiesische Unschuld des vormenschlichen, bewußtlosen Daseins, das nichts anderes kennt als Gegenwart. Auch Miller, der unbekümmerte Erbe der sinnlichen Lebenslust von Sallust, Petronius, Boccaccio und Rabelais, kann nicht dahin zurück.

Doch am Ende seines Romans »Plexus«, der auf »Sexus« folgte und »Nexus« vorausging und mit ihnen zusammen eine Trilogie bildet, hat er sich vorgestellt, der Weltenschöpfer würde ihn fragen: »Hast du Gefallen gefunden an deinem Aufenthalt auf Erden?« Darauf wollte er antworten: »Mein Leben war eine einzige, lange rosafarbene Kreuzigung.« Und so lautet auch der Titel der Trilogie, in der er, in Fortsetzung der beiden Wendekreis-Romane, sein Leben erzählt hat. Er hat ihn wie folgt gedeutet: »Leiden ist unnötig. Aber man muß leiden, ehe man erkennen kann, daß das so ist. Zudem wird erst dann die wahre Bedeutung des menschlichen Lebens klar. Im letzten verzweifelten Augenblick, wenn man nicht mehr leiden kann – geschieht so etwas wie ein Wunder. Die große offene Wunde, aus der das Lebensblut floß, schließt sich, der Organismus blüht auf wie eine Rose.«

Dieses blumige Resümee wird konkreter, wenn man es durch einen Text aus dem »Wendekreis des Krebses« ergänzt, in dem Miller über sein Verhältnis zu Frauen spricht und sich Gedanken über seine Getriebenheit macht: »Flugs gehe ich noch einmal die Frauen durch, die ich gekannt habe. Es ist wie eine aus meinem eigenen Elend geschmiedete Kette. Jede mit der anderen verbunden. Eine Angst, allein zu leben, so zu bleiben wie bei der Geburt. Die Pforte des Schoßes immer nur eingeklinkt. Furcht und Sehnsucht. Tief im Blut die Lockung des Paradieses. Das Jenseits. Immer das Jenseits. Es muß mit dem Nabel angefangen haben. Man schneidet die Nabelschnur durch, gibt einem einen Klaps auf den Hintern und presto! Du bist auf der Welt, dir selbst preisgegeben, ein Schiff ohne Steuer. Du siehst die Sterne und dann deinen Nabel. Dir wachsen überall Augen – in den Achselhöhlen, zwischen den Lippen, an deinen Haarwurzeln, an deinen Fußsohlen. Was fern ist, wird nah; was nah ist, fern. Inwendig-auswendig, ein ständiger Fluß, ein Hautabstreifen, ein Innen-nach-außen-Kehren. So wird man Jahre um Jahre getrieben, bis man in den toten Mittelpunkt gelangt und dort verfault, langsam verfällt und wieder aufgelöst wird. Nur der Name bleibt übrig.«

Vielleicht nicht mal das.

Henry Millers Leben ist gekennzeichnet durch den auffallenden Gegensatz einer weiträumigen schöpferischen Orientierung und der sprunghaften Diskontinuität eines Lebens von

Tag zu Tag und Augenblick zu Augenblick. Er hat in der Abfolge seiner Bücher mehr oder minder an einem einzigen Projekt, dem Buch seines Lebens, gearbeitet und hat andererseits, vor allem in der ersten Hälfte seines Lebens, in den Tag hineingelebt, Jobs und immer wieder die Frauen wechselnd – ein Abenteurer, der sich nahm, was der Zufall ihm bot. Das hing in seinen New Yorker und in seinen Pariser Jahren eng mit seiner Armut zusammen. In Paris, wo er 1931 bis 1939 die beiden Wendekreis-Romane und einige kleinere Werke schrieb, lebte er von kümmerlichen Autorenhonoraren und las Korrekturen für die Pariser Ausgabe der »Chicago Tribune«. Das waren dürftige und unregelmäßige Einkünfte, vor allem als er den Job als Korrektor schon nach einem halben Jahr wieder verlor. Sein Freund Alfred Perlès, der mit ihm in Clichy in einer Zweizimmerwohnung zusammenlebte, hat dazu bemerkt: »Die Wahrheit ist, daß Henry eigentlich keine Arbeit wollte.« Das allerdings ist kein Wunder angesichts der rauschhaften Arbeitswut, mit der Henry Miller seine Bücher schrieb, seit er seine Spur gefunden hatte. Dazu hatte entscheidend seine Bekanntschaft mit der amerikanischen Schriftstellerin Anaïs Nin beigetragen, deren monumentales intimes Tagebuch ihn darauf brachte, sein eigenes Leben als sein literarisches Thema zu sehen. Es war bizarr und abenteuerlich genug, gerade in seiner schäbigen Alltäglichkeit, und es wurde durch das Schreiben zugleich eine Suche nach Wahrheit. Oft hatte er kein Geld für die nächste Mahlzeit und mußte versuchen, sich welches zu pumpen. Doch wenn er wieder einmal Geld hatte, gab er es in souveräner Verachtung bürgerlichen Sicherheitsdenkens aus. So schenkte er einmal einer Prostituierten, deren Liebeskünste ihm besonders gefallen hatten, in einer spontanen Anwandlung sein ganzes Geld und spürte erst danach, daß er quälenden Hunger und Durst und keinen Sou mehr in der Tasche hatte. Die Angst, verhungern zu müssen, war lange Zeit ein Zwangsgedanke, der ihn erst verließ, als sich der große Erfolg einstellte. Bis dahin hatte er oft improvisieren müssen, um über die Runden zu kommen. Einmal prellten er und sein Freund Carl eine Prostituierte, indem sie ihr das Honorar für ihre Liebesdienste heimlich wieder aus ihrer Handtasche stahlen.

Seit June/Mona in die USA zurückgekehrt war, wurde der Sex mit ständig wechselnden Frauen, meistens Prostituierten, die Hauptattraktion in Millers Pariser Leben. Der erste literarische Text, mit dem er auf sich aufmerksam machte, war die Kurzgeschichte »Mademoiselle Claude«, das Porträt einer Prostituierten. Die Hure war für ihn ein Urbild der Weiblichkeit – Zauberin, Priesterin, allempfangender, Erlösung spendender Mutterschoß jenseits der bürgerlichen Moral, eine sakrale, erdhafte Göttin eines ersehnten Matriarchats, dem er sich unterwerfen wollte. Zugleich waren die Huren, die er auf dem Straßenstrich oder in den einschlägigen Lokalen aufgabelte, gewöhnliche »Schnallen« und – »Pritschen«, wie das im Jargon seiner Freunde hieß, geldgierige, manchmal auch einfältige Frauen vom unteren Rand der Gesellschaft, die mehr oder minder gut ihre Arbeit taten und denen er sich verwandt fühlte und in einem grundsätzlichen Einverständnis verbunden war. »Manchmal wünschte ich mir«, so schreibt er in seinem Pariser Erinnerungsbuch »Stille Tage in Clichy«, »ich wäre eine Frau wie sie und besäße weiter nichts als eine anziehende Möse. Wie wundervoll, seine Möse zur Arbeit und seinen Verstand zum Vergnügen zu verwenden.« Manchmal hatte er auch eine länger anhaltende Beziehung zu einer Prostituierten, die ihm besonders gefiel. Andere kamen nur einmal in die Zweizimmerwohnung in Clichy und später in Millers Pariser Wohnung im Künstlerquartier der Villa Seurat. Da ging es dann oft hoch her, ohne Scham und Eifersucht, mit Parallelsex und Partnertausch, aber auch mit Essen und Trinken und geselligem Reden, gemäß einem anderen Bekenntnissatz aus »Stille Tage in Clichy«, den er von einer intelligenten Prostituierten übernommen hatte: »Ein gutes Essen, ein gutes Gespräch, ein guter Fick – wie konnte man denn einen Tag besser verbringen?« Das hört sich fast an wie die Verwirklichung der paradiesischen Utopie. Oft ging es wohl trivialer zu, wie in der folgenden Episode aus dem »Wendekreis des Krebses«, die allerdings den Charme vitaler Unschuld hat:

»Der Morgen des ersten Weihnachtstages brach an, als wir von der Rue d'Odessa mit zwei Negerinnen von der Telegrafengesellschaft heimkamen. Das Feuer war erloschen, und wir alle waren so müde, daß wir mit den Kleidern ins Bett krochen. Die, die ich hatte, die sich den ganzen Abend wie ein reißender Leopard gebärdet hatte, fiel in tiefen Schlaf, als ich sie bestieg. Eine Weile arbeitete ich auf ihr herum, wie man an einem Menschen herumarbeitet, der ertrunken oder mit Gas vergiftet ist. Dann gab ich es auf und schlief selbst tief ein.«

Henry Miller war ein kumpelhafter, geselliger Freund, ganz im Gegensatz zu dem schroffen, sich abgrenzenden Individualismus von D. H. Lawrence, und er bewunderte und verehrte mit geradezu kindlicher Naivität die großen Schriftsteller, die seine Vorbilder waren. Er war vollkommen entsetzt und fühlte sich in seinen Gefühlen verletzt, als er auf einen bewundernden Brief an Knut Hamsun einen kleinkrämerischen und gestelzten Antwortbrief erhielt, in dem Hamsun ihn dazu anwarb, sich um den besseren Absatz von Hamsuns Büchern in den USA zu kümmern. Miller hängte diesen Brief an der Wand seines Zimmers auf, ein Anlaß zum Gelächter für alle seine Besucher. Dann las er noch einmal Hamsuns Bücher und war verwirrt, weil ihm bei manchen Stellen immer noch Tränen der Erschütterung kamen.

Miller war ein Gefühlsmensch, der sich leicht hinreißen ließ und anfällig für Illusionen war. Das spielte auch mit bei der Wahl seiner Frauen. Alle fünf Ehen scheiterten mit der Zeit nach vermutlich illusionärem Beginn. Die Pianistin Beatrice Sylvas Wickens, im Roman Maude genannt, von der er eine Tochter hatte, war die Wahl eines jungen Mannes, der noch dabei war, sich von seinem Elternhaus zu lösen, und nicht wußte, wer er selber war. Je mehr er zu sich selbst fand, um so fremder wurde ihm seine Frau.

Wachsende Enttäuschungen und Konflikte machten ihn empfänglich für die nächste Illusion – das Taxigirl June Smith, das in jeder Hinsicht das Gegenteil seiner ersten Frau war. June inspirierte ihn, aber er mußte wegen seiner Armut und Erfolglosigkeit zu ihren, ihn demütigenden Bedingungen leben, weil er ihr verfallen und von ihr abhängig war. Als sie sich in Paris vorübergehend trennten, entdeckte er sein Thema und seinen Stil. Dann kam sie zurück, und es begannen wilde, sexualisierte Machtkämpfe, wilder und hysterischer noch als die zitierten

Szenen während seiner Trennung von seiner ersten Frau, bei denen June im Hintergrund schon auf ihn wartete und ihre suggestive Macht ausübte. Jetzt mußte er seine eben erst gewonnene Selbständigkeit gegen June verteidigen, die er in der Sexualität zunächst wieder an sie verlor. Es kam zu zermürbenden Streitereien, in denen sie, weil sie sich krank fühlte und schwere Durchfälle bekam, ihn verdächtigte, daß er sie vergiftet habe. Er konnte das nicht widerlegen. Schließlich sagte er sich, wenn sie das glaubt, wird sie jedenfalls nicht zu mir zurückkehren, und dieses Kalkül ging auf.

Die nächste Eheschließung im Dezember 1944 mit der jungen Polin Janina M. Lepska geschah unter äußerlich wesentlich besseren Bedingungen. Miller hatte Erfolg und Geld und erwarb an der kalifornischen Küste Big Sur ein schönes Haus. Doch es war von Anfang an eine Streitehe mit infernalischen Szenen, wofür Henrys alter Freund Alfred Perlès den großen Altersunterschied von fast dreißig Jahren und die gegensätzlichen Charaktere verantwortlich machte. Jedenfalls entnahm er Henrys an sich zurückhaltenden Briefen, »daß er kein glücklicher Mann war«. Ein besonderer Streitpunkt war sicher auch ein obskurer und höchst anspruchsvoller Dauergast, der französische Okkultist Paul Moricand, der sich auf Einladung Henrys im Haus der Millers eingenistet hatte und mit parasitärer Arroganz ständig neue Ansprüche stellte, ohne daß ihm Miller Grenzen setzte. Außerdem war es Janina wohl auch langweilig in dem abgelegenen Haus, weil Miller, getragen vom wachsenden Welterfolg, sich ein riesiges Arbeitspensum aufgeladen hatte und ständig schrieb – Bücher, die ihr vermutlich völlig fremd blieben. Die Ehe wurde auch nicht besser, als zwei Kinder geboren wurden, die Miller sehr liebte, denn nun stritten sich Millers erbittert über ihre gegensätzlichen Erziehungskonzepte. Schließlich zog Janina mit den Kindern nach Los Angeles.

Und 1952 wurde die Ehe geschieden. Noch im selben Jahr lernt Miller Eve McClure, eine dunkelhaarige üppige Schönheit, kennen, die seine vierte Frau wird. Mit ihr begibt er sich auf eine lange Europareise, bei der er alte Freunde und alte Stätten besucht. In den Augen von Perlès sieht Miller, der 61 ist, alterslos und körperlich unverändert aus, wirkt aber wie ein etwas vergammelter, leicht überspannter Tramp mit Neigung fürs Übersinnliche. Auch diese Ehe scheitert. Eve hat Depressionen – für einen eher manischen Menschen wie Henry Miller ein schwer zu verkraftender Gegensatz. Außerdem entwickelt sie sich zu einer Trinkerin. Sie trennen sich, und die Ehe wird geschieden. Eve trinkt sich in Big Sur, wo sie allein zurückbleibt, zu Tode.

Der alternde Miller erlebt neue Verliebtheiten, manchmal mehrere nebeneinander. Zuletzt vernarrt er sich in die 50 Jahre jüngere Hoki Tokuda, eine kleine, kindlich wirkende japanische Barsängerin vom Tingeltangel-Typ, die kein Interesse an ihm hat, sich aber zur Hochzeit mit Miller entschließt, als die amerikanische Einwanderungsbehörde ihre Aufenthaltsgenehmigung nicht verlängern will. Miller reist nach Japan und stellt sich ihrem Vater vor. Die Ehe des ungleichen Paares wird ein Thema der Regenbogenpresse, sehr zuungunsten von Miller. Und wieder, wie einst bei June Smith, bricht bei ihm, dem in der Kindheit von seiner Mutter verprügelten und ständig gerügten Sohn, die fatale Neigung zum Masochismus durch, der die Kehrseite seiner Rebellion war. Auf groteske, selbstzerstörerische Weise übernimmt er die lächerliche Rolle des ausgebeuteten und abgewiesenen alten Mannes, der von Eifersucht gequält wird und vergeblich um ein bißchen Liebe bettelt. Hoki Tokuda ist längst wieder aus der gemeinsamen Wohnung ausgezogen, da schleicht er sich gegen ihren Willen immer noch Nacht für Nacht in die Bar, um im dunklen Hintergrund schmachtend ihre Lieder zu hören und zu beobachten, wie sie sich den Gästen präsentiert und von ihnen einladen läßt. Da er nicht mehr schlafen kann und nur gegen Morgen mit Hilfe von Tabletten in eine dumpfe Betäubung versinkt, malt er in seiner nächtlichen Einsamkeit serienweise kindlich bunte Aquarelle, die er ihr schenken will, und schreibt Briefe an sie, die in ihrem Schematismus aus einem simplen Musterbuch für unbeholfene Briefschreiber stammen könnten. So zum Beispiel am Samstag, den 25. Mai 1968: »Liebe Hoki Bellissima! Die letzten Fotos, die Du geschickt hast, sind wahrhaft überirdisch! Ist es möglich, daß ich eine so schöne Frau habe? Besonders Deine Augen sind so verträumt, so sanft und seelenvoll, und Dein Mund ist einfach vollkommen. Dein Gesicht sieht schmaler aus, gut, und die Frisur steht Dir hervorragend. Bravo! Komm so heim, und ich bin Dein ergebener Sklave.« Er liebt besonders ihre Lieder, in denen ein Lächeln vorkommt, und versucht ständig zu lächeln, als wäre er glücklich. So erzählte er es später in einem kleinen Buch mit dem Titel »Insommnia oder Die schönen Torheiten des Alters«. Dort heißt es: »Manchmal lächelte ich so viel, daß ich nicht aufhören konnte, wenn ich zu Bett ging. Dann lag ich mit geschlossenen Augen da und lächelte zurück. Und hin und wieder stand ich auf und machte eine tiefe Verbeugung – die Verbeugung äußerster Unterwürfigkeit.«

Vielleicht mußte Miller erst die äußerste Stufe der Unterwürfigkeit erreichen, ehe er sich von Hoki löste mit einem Brief vom 4. Januar 1969, den er ihr nach Hawaii schickte, wo sie, wer weiß mit wem, jedenfalls ohne Miller, Urlaub machte. Er schrieb: »Liebe Hoki San, ich habe mich endlich zu dem Entschluß durchgerungen, daß unser Zusammenleben als Mann und Frau sinnlos geworden ist. Wir sind im wahren Sinne des Wortes noch nie Mann und Frau gewesen. Du hast mir nie Liebe oder Zuneigung gezeigt. Wenn ich auf Dich zugehe, läufst Du davon – als wäre ich ein Ungeheuer. Du scheinst Dich nur für Dich und Deine eigene Sicherheit zu interessieren. Wir leben wie zwei Fremde nebeneinander her. Während dieser beiden kurzen Jahre unserer Ehe hatte ich darauf gehofft, daß Du Dich eines Tages ändern würdest, doch offensichtlich kannst oder willst Du das nicht ...«

Das sind klare Worte. Die Phase »äußerster Unterwürfigkeit« ist vorbei, und die fünfte und letzte Ehe Henry Millers wird geschieden. Die närrische Episode erinnert an die viel zitierte Äußerung Goethes, daß geniale Naturen eine wiederholte Pubertät erleben. Und an Goethes späte Verliebtheit in die achtzehnjährige Ulrike von Levetzow hat Miller zur Rechtfertigung seiner eigenen Gefühle auch oft gedacht. Im Rückblick betrachtet sieht Millers ganzes Leben wie eine anschauliche Bestätigung von Goethes These aus. Die Leichtigkeit, mit der er sich nach Trennungen neu orientierte, bedarf aber noch einer genaueren Interpretation. Miller war ein ausgeprägter Narziß auf dem physischen Fundament einer robusten, antriebsstarken

Vitalität. Für ihn gab es trotz seiner erst vagen Phantasie, Schriftsteller zu werden, einen unbedingten Vorrang der Gegenwart gegenüber der Vergangenheit und der Zukunft. Vor allem in seinen anarchischen New Yorker und Pariser Jahren wurde sein alltägliches Verhalten von Gedanken an die nächste Mahlzeit und den nächsten Fick bestimmt. Er war sozusagen immer auf der Jagd, was eine mit ihm konspirierende Freundin von June zu der Bemerkung veranlaßte: »Du bist völlig treulos und wahrheitsliebend. Es ist eine unwiderstehliche Kombination.« In den Trennungsphasen trieb er in der Regel ein doppeltes Spiel, zum Beispiel, als er von Maude zu Mona wechselte und das Feuer eine Weile auf beiden Seiten schürte. Er war zwar oft abhängig, aber nicht wirklich bindungsfähig. Wenn er sich umschaute, hatte er immer noch die Wahl und konnte einem erotischen Bann zumindest durch Treulosigkeit entfliehen. Was ihm auf jeden Fall blieb, war er selbst und sein immenser Appetit auf das Leben, der wohl auch immer ein Verlangen nach neuer Selbstbestätigung war. Das Neue war in seinem Empfinden der überlegene Feind des Alten.

Das drückt sich auch in einem Gedankenspiel aus, mit dem er, nach einer wilden Nacht mit Maude und deren junger Freundin Elsie, zu Mona zurückkehrte und sich beruhigte:

»Was war«, so beginnt seine Phantasie, »wenn ich so lange leben sollte, bis ich hundertfünfzig, ja hundertfünfundneunzig Jahre alt wäre? Wie würde dieser kleine Vorfall, den ich zu verheimlichen suchte, ... im Licht von hundertfünfzig Jahren Erfahrung dastehen? Was würde es dann noch bedeuten, wenn Mona mich verließ? Was würde es in drei Generationen ausmachen, wie ich mich in der Nacht vom Soundsovielten benommen hatte?« Bis hierhin ist das noch ein normaler Gedanke. Dann aber hebt er wieder ab in einen narzißtischen Allmachtstraum: »Angenommen ich war mit fünfundneunzig noch potent und hatte den Tod von sechs oder acht oder gar zehn Frauen überlebt? ... Ich würde wahrscheinlich die Namen der meisten meiner Frauen vergessen haben, ganz zu schweigen von den Eintagsfliegen.« Er fügt hinzu: »Ich war in äußerst gehobener Stimmung, als ich zu Hause ankam.«

Hier lernt man verstehen, daß Narzißmus lebensverlängernd sein kann. Miller wurde jedenfalls 88 Jahre alt. In seinem Buch »Schwarzer Frühling« steht der für ihn bezeichnende Satz: »Es steckt so etwas wie ein Wahnsinniger in mir und hackt nur so drauflos bis zur Enddissonanz.« Das galt bei ihm fürs Leben und fürs Schreiben. Doch in den letzten Lebensjahren verlor er, gequält von den Schmerzen einer Polyarthritis, den Geschmack am Leben und das Interesse an der Welt. Er, der Bücher hungrig wie gute Mahlzeiten verschlungen hatte, las nur noch wenig und kaum noch etwas Neues. Mehr und mehr spann er sich in okkulte Gedanken ein. Und als ein journalistischer Besucher ihn als den Bahnbrecher der sexuellen Weltrevolution ansprach, reagierte er schroff. Er wollte nichts mehr damit zu tun haben. Mit dem Blick auf den aktuellen Pornomarkt sagte er: »Oh, ich bin der Meinung, es war ein Verhängnis für uns, daß wir diese Dinge in die Welt setzten. Allen Ernstes, ich bin fassungslos und angeekelt.« Nein, so hatte er sich das nicht gedacht.

Wenn man sich vergegenwärtigt, daß Millers große Bücher zunächst in der gesamten englischsprachigen Welt und »Sexus« sogar in der ganzen Welt verboten wurden, während heute viel schärfere Texte den Markt überschwemmen, dann kann man ermessen, was sich seitdem gesellschaftlich im Sinne einer diffusen Toleranz verändert hat. Allgemeines Aufsehen erregende und Entrüstung hervorrufende literarische Skandale gibt es nicht mehr. Den letzten rief Vladimir Nabokov mit seinem zunächst auch verbotenen Roman »Lolita« hervor. Die für die Moderne typische Dialektik des vermarktbaren Skandals, die mit dem Prozeß gegen Flauberts »Madame Bovary« begann, funktionierte bei Nabokovs Roman noch einmal und produzierte prompt einen Welterfolg.

»Lolita« ist die Geschichte einer sexuellen Besessenheit, in der das klassische Thema der tragischen und lächerlichen Liebe eines älteren Mannes zu einer viel jüngeren Frau zum Tabubruch verschärft ist, denn die Geliebte ist ein zwölfjähriges Mädchen. Der Roman wird erzählt in der Form eines umfassenden Bekenntnisses, das Humbert Humbert – so der selbstgewählte Monstername des so sensiblen wie ironischen

Verfassers – noch vor seinem plötzlichen Tod in der Untersuchungshaft geschrieben hat. Ihm drohte ein Prozeß durch ein Geschworenengericht, weil er aus Rachsucht seinen Rivalen Quilty erschossen hat, zu dem Lolita nach zweijähriger Gefangenschaft geflohen war. Das Vorwort des Herausgebers, eines Dr. phil. John Ray jr., gibt sich spätestens mit dem letzten Satz als Parodie jener moralisierenden Appelle zu erkennen, mit denen üblicherweise Zeugnisse bedenklicher menschlicher Verirrungen der verständnisvollen Verantwortung der erwachsenen Leser ans Herz gelegt werden: »Lolita sollte uns alle – Eltern, Fürsorger, Erzieher – dazu veranlassen, sich mit noch größerer Wachsamkeit und Hellsicht der Aufgabe zu widmen, eine bessere Generation in einer weniger unsicheren Welt großzuziehen.«

Die klischeehafte Sprache fingiert als ein deutlich gesetztes Ironiezeichen Distanz zum nachfolgenden Lebensbericht von Humbert Humbert und täuscht damit, in der Staffelung der Fiktionen, dessen dokumentarische Authentizität vor. Die stets durchschaubare Fiktion des Realen setzt sich fort in der psychologischen Unterbauung der Leidenschaft und kriminellen Entgleisung Humbert Humberts durch eine entsprechende Vorgeschichte, wie es bei solchen Falldarstellungen üblich ist. Er, ein stattlicher und hochgebildeter Mann Mitte Vierzig, mit überzeugender maskuliner Ausstrahlung, hatte immer schon eine fatale sexuelle Neigung zu kindlichen jungen Mädchen, die er durch unbefriedigende Affären mit erwachsenen Frauen und eine ebenfalls unbefriedigende Kompromißehe mit der Kindfrau Valeria zu beherrschen versuchte. Wie im Märchen oder im Trivialroman wird die elende Stagnation schließlich durch eine reiche Erbschaft beendet, die Humbert Humbert verpflichtet, in die USA zu ziehen, patenterweise ohne seine frustrierte Frau, die lieber in Europa bei ihrem Liebhaber bleibt.

In dem kleinen New-England-Städtchen Ramsdale wird er Untermieter im Haus der Witwe Charlotte Haze. Während sie ihn durch ihr Haus führte, war er angesichts der spießigen, mittelständischen Wohlhabenheit der Einrichtung, vor allem aber wegen seines Eindrucks, daß die Frau ein spontanes Interesse an ihm gefunden hat, schon entschlossen gewesen, gleich wieder zu gehen. »Denn es war mir durchaus klar, daß sie, wenn ich aus irgendeinem fürchterlichen Grunde doch ihr Mieter werden würde, methodisch vorzugehen beabsichtigte, um das aus mir zu machen, was sie wahrscheinlich von vornherein unter einem ›Mieter‹ verstand, und ich wäre wieder einmal in eine dieser langweiligen Affären verwickelt, die ich nur zu gut kannte.« Nur aus Höflichkeit geht er mit Charlotte noch in den Garten. Da sieht er Charlottes zwölfjährige Tochter Dolores, genannt Lolita, halbnackt, in einem Teich von Sonnenlicht auf einer Matte kniend und sich ihm auf den Knien zuwendend, und er ist gebannt. Denn sie ist das genaue Abbild seiner ersten Jugendliebe, von der er erotisch geprägt worden ist. »Es war dasselbe Kind – dieselben zarten, honigfarbenen Schultern, derselbe biegsame, seidige, nackte Rücken, derselbe kastanienbraune Haarschopf. Ein weißgepunktetes, schwarzes Tuch, um ihre Brust geknotet, verbarg meinen alternden Affenaugen, nicht aber den Blicken lebendiger Erinnerung, die jugendlichen kleinen Brüste, die ich eines unvordenklichen Tages liebkost hatte.« Humbert Humbert, der gerade noch gehen wollte, entschließt sich zu bleiben.

In den nächsten Tagen beobachtet er Lolita heimlich aus allen möglichen Blickwinkeln und sucht immer wieder ihre Nähe. Vom Badezimmerfenster aus schaut er zu, wie sie im Garten Wäsche von der Leine nimmt. »Jede Bewegung, die sie in den Sonnensprenkeln machte, zupfte an den infamsten Stellen meines Körpers.« »Als sie aufstand, um die Wäsche hineinzutragen, hatte ich Gelegenheit, die abgewetzte Sitzfläche ihrer aufgerollten Jeans anzubeten.« Er ist bezaubert von Lolitas kindlich schlenkrigem Gang. Und als er hört, wie sie sich über den Zaun mit dem Nachbarsmädchen unterhält, ist er »unendlich ergriffen von dem Jargon der Kleinen, von ihrer grellen hohen Stimme«.

Vor allem dieses Detail zeigt mehr als alles andere Humbert Humberts Besessenheit, denn die Schrillheit dieser kleinmädchenhaften Stimme wäre für andere Ohren wohl eher unangenehm oder zumindest fad und belanglos. Er aber ist ein erotischer Spezialist, fixiert auf die für ihn unwiderstehlichen Reize des Unfertigen. Die zwölfjährige Lolita hat keinen frühreifen

Körper, der ein späteres venushaftes Erblühen etwa in Art ihrer Mutter Charlotte ahnen läßt. Im Gegenteil, sie ist, als Humbert Humbert sie sieht, laut einer Messung ihrer Mutter, die ihm später in die Hände fällt, gerade mal 1,50 Meter groß und wiegt 37 Kilogramm – ein weiblicher Kobold von auffallender körperlicher Geringfügigkeit. Und gerade das ist es, was ihn, einen großen, athletischen Mann mit breiten Schultern, kantigen Kinnbacken und wollig behaarter Brust, fast um den Verstand bringt.

Humbert Humbert versucht in seiner Lebensbeichte, in der er wiederholt das Geschworenengericht anspricht, seine abwegige Leidenschaft zu erläutern. Und Nabokov, der seinem unglückseligen Helden stets mit Sympathie beiseite steht, mag dabei auch schon an die zu erwartende Entrüstung der Zensoren seines Romans gedacht haben. Doch ironischerweise läßt er Humbert Humberts Rechtfertigungsversuche immer nur zu erneuten Demonstrationen seiner anstößigen Begierden geraten:

»Meine Damen und Herren Geschworenen, die Mehrzahl der Sexualverbrecher, die sich nach einer zuckenden, süßstöhnenden, physischen, wenn auch nicht notwendig coitalen Beziehung zu einem kleinen Mädchen sehnen, sind unschädliche, passive, schüchterne Fremdlinge, die die Gesellschaft nur um eins bitten, nämlich zuzulassen, daß sie ihrem tatsächlich harmlosen, sogenannt anomalen Benehmen, ihren heißen, feuchten, verschwiegenen kleinen Sexualverwirrungen nachgeben dürfen, ohne daß die Polizei und die Gesellschaft über sie herfallen. Wir sind keine Sexualteufel. Wir vergewaltigen nicht, wie gute Soldaten es tun. Wir sind unglückliche, sanfte, hundsäugige Gentlemen, die sich gut genug angepaßt haben, um in Gegenwart Erwachsener ihren Drang zu beherrschen, aber bereit sind, Jahre um Jahre ihres Lebens hinzugeben für die Chance, ein Nymphchen zu berühren.«

Ja, es sind armselige Vergnügungen, die sich Humbert Humbert im ersten Monat seines Lebens als Untermieter im Haus von Lolitas Mutter Charlotte Haze heimlich verschafft. »Bettlerseligkeiten« nennt er sie selbst. Einmal betrachtet er, in einem Schaukelstuhl sanft hin und her wippend, mit einer Zeitung auf dem Schoß seine Erregung verbergend, den kindlichen Körper der sich sonnenden Lolita. Das zarte Nympchen liegt neben ihrer »Seehundmama«, wie er Charlotte wegen ihrer voll erblühten Weiblichkeit abfällig nennt, bäuchlings mit aufgestützten Ellbogen auf einer Matte und liest Comics. Allein der Anblick ihrer Schulterblätter, ihres kleinen straffen Hinterns und ihrer Schulmädchenschenkel bringt ihn schon dem Orgasmus nahe. Er will sich nur noch beherrschen, bis sie sich bewegt, sich zum Beispiel gedankenverloren am Rücken kratzt, um seiner drängenden Erregung nachzugeben, »aber die dicke Haze verdarb plötzlich alles, indem sie sich mit der Bitte um Feuer an mich wandte und eine sogenannte Unterhaltung über das verlogene Buch eines gerade in Mode gekommenen Schwätzers anfing«.

Im Nausikaa-Kapitel des »Ulysses« von James Joyce gibt es eine vergleichbare Szene, auf die Nabokov, der Joyce bewunderte und in einer seiner berühmten Vorlesungen an der Cornell University interpretierte, vermutlich mit seiner Version der Szene geantwortet hat. Auch im »Ulysses« handelt es sich um ein erotisches Begehren aus der Distanz. Doch es bleibt nicht bei dem verstohlenen Begehren einer Person, von dem das Objekt ihrer Begierde nichts weiß, sondern es kommt zu einem Blickkontakt zwischen einem Mann mittleren Alters und einem jungen Mädchen, die spontan ihre wechselseitige Begierde erkennen und aufeinander reagieren, obwohl sie einander fremd sind. Der Mann ist Leopold Bloom, das Alter ego von Joyce und Hauptfigur des »Ulysses«. Aber das erfährt man erst später, wenn die Szene zu Ende geht. Zunächst ist er nur ein namenloser Exhibitionist, der sich bei einem öffentlichen Fest am Meeresstrand in die Nähe einer Gruppe von jungen Mädchen geschlichen hat. Gerty McDowell, eine zarte irische Schönheit mit üppigem dunkelbraunen Haar, ist mit zwei Freundinnen, die kleine Kinder bei sich haben, hergekommen, um sich ein Feuerwerk anzusehen. Sie sitzt erhöht auf einem Felsen, während die Freundinnen mit den auf dem Strand spielenden Kindern beschäftigt sind. Gerty McDowell ist bei weitem die hübscheste Person in dieser Gruppe. Sie hat soeben ihren Hut abgenommen, um ihr Haar zu ordnen, da begegnet sie Blooms inständigem Blick, sieht seine dunklen, anbetenden Augen. »Wenn je unverhohlene

Bewunderung in eines Mannes leidenschaftlichem Blick lag, so konnte man das klar auf dem Gesicht dieses Mannes sehen.« Die Freundinnen, die sich schon weiter entfernt haben, rufen sie, aber sie bleibt sitzen, gebannt von dem unverhüllten Verlangen des Mannes. »Die Augen, die sie nicht losließen, jagten ihr das Blut durch die Adern. Sie sah einen Augenblick hin zu ihm, begegnete seinem Blick, und ein Leuchten brach über sie her. Heißglühende Leidenschaft war in jenem Gesicht, Leidenschaft so still wie das Grab.« Dann sieht sie, was er macht: Während er sie unverwandt anstarrt, befriedigt er sich selbst. Doch sie entrüstet sich nicht, geht nicht weg, sondern kommt seinem Verlangen entgegen, indem sie ihn unter ihre Röcke blicken läßt. Und der Stromkreis der Erregung umschließt sie beide in einer imaginären Vereinigung. »Seine Hände und sein Gesicht arbeiteten. Sie lehnte sich weit zurück, sah hinauf nach dem Feuerwerk und umfaßte das Knie mit den Händen, damit sie nicht nach hintenüber fiel, wenn sie in die Höhe sah, und es war niemand außer ihr und ihm zu sehen, als sie so ihre schönen, schlanken Beine mit den leichten Rundungen enthüllte, und sie glaubte das Klopfen seines Herzens zu hören, weil sie Bescheid wußte über die Leidenschaft so heißblütiger Männer.« Sie hat darüber einiges von einer Freundin gehört und ist vorbereitet auf den ekstatischen Moment einer plötzlich sich vollziehenden Verschmelzung zweier bedürftiger, einander fremder Einsamkeiten. Während das Feuerwerk den Himmel illuminiert, zeigt sie sich ihm immer rückhaltloser, läßt ihn alles sehen, weil auch sie außer sich ist und ihrem Höhepunkt entgegentreibt, in dem Haben und Nichthaben ineinander übergehen und verlöschen werden wie die am Abendhimmel explodierende Rakete.

»Gern hätte sie ihn gerufen, aber sie erstickte fast, hätte ihre schneeweißen schlanken Arme nach ihm ausgestreckt, seine Lippen auf ihrer weißen Stirn gefühlt, es wäre der Schrei junger Mädchenliebe gewesen, ein kleiner erstickter Schrei, der sich ihr entrungen hätte, derselbe Schrei, der durch alle Zeiten klang. Und dann flog eine Rakete hoch, und ein heller Knall und O! – dann barst die Leuchtkugelröhre und alles seufzte O! und jeder schrie O! O! voller Begeisterung und aus ihnen heraus barst ein Strom goldenen, haarfeinen Goldregens und sie teilten sich und ah! jetzt waren es lauter grünliche, tauähnliche Sterne, die herabfielen mit goldenen O! so herrlich! A! so weich, süß und weich!

Dann verging alles tauähnlich in der grauen Luft: alles war still. Ah! Sie blickte hin zu ihm, als sie sich schnell nach vorne beugte, ein pathetischer, kleiner Blick jämmerlichen Protestes, scheuen Vorwurfs, unter dem er wie ein Mädchen errötete. Er lehnte sich gegen den Felsen.« Gerty McDowell will ihren Freundinnen folgen, und in einer plötzlichen Aufwallung von Sympathie und Einverständnis winkt sie dem fremden Mann mit einem kleinen Fetzen weißer Watte, den sie zufällig in ihrer Tasche findet. Bloom, der ihr nachblickt, sieht betroffen, daß sie hinkt. Sie ist eine beschädigte, wenn nicht gar eine verkrüppelte Schönheit. Plötzlich versteht er sie, während er beobachtet, wie sie forthinkt. »Armes Mädchen! Deshalb blieb sie liegen, als die anderen fortliefen. Dachte es mir doch gleich, daß etwas nicht stimmte.«

Der verflogene Rausch geht über in Ernüchterung. Doch Blooms Erkennen von Gertys Beschädigung ist nicht ohne Wärme und Sympathie. Auch er ist nämlich verletzt, denn er ahnte, als er am Strand herumirrte, daß er zur gleichen Zeit von seiner Frau Molly mit einem ihrer Liebhaber betrogen wurde. Der Hahnrei und das gezeichnete junge Mädchen haben aus ungestillter Sehnsucht zueinander gefunden und sich miteinander für ihre Leiden entschädigt, wenn auch nur für das Scheinglück eines kurzen illusionären Moments.

Im Vergleich zu Gerty McDowell ist Lolita ein kaltes oberflächliches Biest ohne jede menschliche Tiefe, was Humbert Humbert, ihren heimlichen Lover, zu einem perversen Narren macht. Er ist in der schwierigen und verzerrenden Situation, sein Begehren doppelt verbergen zu müssen – vor Lolitas Mutter Charlotte, die immer deutlicher ihr eigenes Interesse an ihm zeigt, aber eine moralisch konventionelle Frau ist, und vor Lolita selbst, dem oberflächlichen kindlichen Nymphchen, dem er sich nur unauffällig, in vorgetäuschter, altherrenhaft gezähmter Freundlichkeit nähern kann als ein im Zweideutigen agierender erotischer Schmarotzer. Das ist eine ebenso jämmerliche wie quälende Rolle für einen vor Leidenschaft glühenden Mann. Er ist ein armseliger Nutznießer verschwiegener Gelegenheiten, der sich mit achtlos gewährten erotischen Almosen abfinden muß und dabei immer abhängiger, immer verdrehter wird.

Einmal, als Charlotte zum Einkaufen gefahren ist, findet er Lolita im Badezimmer, wo sie vergeblich versucht, einen kleinen Fremdkörper aus ihrem Auge zu entfernen. Sie bittet ihn, ihr zu helfen. Und der listige Humbert Humbert bemerkt in pseudohafter Sachlichkeit, spanische Bauern pflegten dazu ihre Zunge zu benutzen. Obwohl sie es befremdlich findet, läßt sie es geschehen, daß er ihr in erregter, aber verleugneter Zudringlichkeit die Augenränder mit seiner Zungenspitze näßt. Einen größeren Erfolg erringt er an einem Sonntagvormittag, als Charlotte wie gewöhnlich am Gottesdienst der Gemeindekirche teilnimmt. Eben erst aufgestanden, schlüpft Humbert Humbert in seinen lilaseidenen Schlafrock und macht sich summend auf die Suche nach Lolita, die ihre Mutter nicht begleitet hat und sich im Wohnzimmer zu ihm auf das Sofa setzt. Einen angebissenen Apfel in der Hand, durchblättert sie ein buntes Magazin, weil sie ihm das »Bild der Woche« zeigen will. Weil er vorgibt, dies sei ein obszönes Bild, inszeniert er ein Gerangel um das Heft, bei dem es zu Boden fällt und sie sich, wieder freigelassen, in die Sofaecke kuschelt. »Und dann streckte das unverschämte Kind mit vollkommener Selbstverständlichkeit seine Beine über meinen Schoß. Ich war jetzt in einem Zustand der Erregung, der an Wahnsinn grenzte; aber ich hatte auch die Schläue eines Wahnsinnigen. Auf dem Sofa sitzend, gelang es mir dank einer Reihe verstohlener Bewegungen, meine verborgene Lust mit ihren arglosen Gliedern in Einklang zu bringen.« Durch übermütiges Hopsen und gemeinsames Singen eines Schlagers lenkt er sie ab, immer in der heimlichen Absicht, »die zauberhafte Reibung« der Gliedmaßen und der Körper zu verbessern. Ein blauer Fleck auf ihrem Schenkel führt seine streichelnde Hand an ihrem Bein hoch, wobei er mit knappem Atem, aber beschwörender Stimme murmelt, »Sieh nur, was du gemacht hast, was du dir da getan hast, ach, sieh doch nur«, und sein Daumen beinahe ihre Leiste erreicht. Da kehrt sie sich, mit schriller Stimme »ach, das ist gar nichts« rufend, halb von ihm ab und wirft dabei ihren Kopf zurück. Und »mein stöhnender Mund – meine Herrn Geschworenen – erreichte fast ihren Nacken, während ich die letzte Zuckung der längsten Ekstase, die Mensch oder Monstrum je erfahren hatte, an ihrer linken Gesäßhälfte verebben ließ«.

Die Beschreibung dieses Vorgangs erstreckt sich über mehr als dreieinhalb Buchseiten und ist zweifellos ein Meisterstück frivoler Literatur. Es zeigt in seiner Detailfülle die überscharfe, fokussierte Sicht des Besessenen, der zwanghaft, aber in vollkommen intuitiver Zielstrebigkeit handelt und beide Körper, seinen und den seines immer noch ahnungslosen Opfers, in ein doppeldeutiges Spiel verwickelt, bis ihre plötzlich schrill werdende Stimme und sein verhaltenes Stöhnen die Überquerung der Ziellinie anzeigen. Obwohl Humbert es sich zugute hält, Lolitas Unschuld nicht angetastet zu haben, hat er sie durch das erotische Doppelspiel dieser Szene schon auf den Weg zu jener kalten kleinen Hure gebracht, die ihn später für alle beiläufig gewährten Liebesdienste erpressen wird.

Doch zunächst einmal ist er frustriert, denn Lolita muß an einem sommerlichen Feriencamp ihrer Schulklasse teilnehmen, und er ist der bedrängenden Weiblichkeit von Charlotte ausgesetzt. Ihm bleibt allein sein Tagebuch, dem er seine Gefühle anvertraut. Dann allerdings geschieht etwas, womit er in seiner Fixiertheit überhaupt nicht gerechnet hat: Charlotte schreibt ihm einen Brief, in dem sie ihm ihre Liebe erklärt und daran den Vorschlag knüpft zu heiraten. Für Humbert Humbert ist das ein Fluchtgrund, obwohl er anerkennt, daß Charlotte eine hübsche, räsonable und wohlhabende Frau ist. Aber er denkt besorgt an »ihre schweren Hüften, runden Knie, reifen Brüste« und alles andere, »woraus diese jämmerliche, langweilige Sache besteht: eine hübsche Frau«. Er ist eben wirklich ein sexueller Spezialist. Doch dann sagt er sich, daß er das Haus verlassen muß, wenn er Charlottes Vorschlag ablehnt, während er andererseits durch die Ehe eine verlockende dauerhafte Perspektive hätte: Er würde zu Lolitas Vater werden und das Recht zu täglichen vertraulichen Zärtlichkeiten erhalten. Und so entschließt er sich, nicht ohne Sorgen, wie er sexuell mit den Anforderungen des neuen Status zurechtkommen soll, zum Opfergang einer Ehe mit Charlotte.

Es glückt ihm einigermaßen, denn er hat in Charlotte eine Frau, die nicht gleich gereizt reagiert, wenn er sich gelegentlich seinen ehelichen Pflichten geschickt entzieht. Charlotte, die planvoll Handelnde, ist damit beschäftigt, das Haus neu einzurichten. Für ein Leben zu dritt, wie er denkt. Da allerdings hat er ihre besitzergreifende Weitsicht unterschätzt, denn sie hat sich entschlossen, Lolita in ein fernes Internat zu verbannen. Humbert Humbert ist schockiert. Er sitzt in der Falle, einer ihm quälend vertrauten, frustrierenden Situation. Doch seine vom Lustverlangen inspirierte Phantasie flüstert ihm augenblicklich eine Lösung ein: Er wird Charlotte umbringen, um als der angeheiratete Vater Lolita ganz für sich zu haben.

Die Ausführung stellt er sich als perfektes Verbrechen vor. Er, ein hervorragender Schwimmer, will mit der mäßigen Schwimmerin Charlotte, die aber gewohnt ist, vertrauensvoll an seiner Seite zu bleiben, bis in die Mitte ihres Badesees schwimmen, wo man sie von den Ufern nicht mehr genau beobachten kann. Dann will er untertauchen und die vom Schock gelähmte, Wasser einatmende Frau an den Beinen in die Tiefe ziehen und dort festhalten, bis sie sich nicht mehr rührt. Vor den herbeigewinkten Rettern will er den verzweifelten Mann spielen, dem aus unbekannter Ursache – einem Krampf, einem Herzstillstand – die Frau ertrunken ist. Denken und Handeln sind jedoch bei einem Intellektuellen wie Humbert Humbert zweierlei Dinge. Als er sich mit Charlotte in der Mitte des Sees befindet, bringt er es nicht über sich, sie zu ertränken, und schwimmt mit ihr zum Ufer zurück. Dort wartet eine Freundin Charlottes auf sie, die sie die ganze Zeit mit dem Fernglas beobachtet hat.

Nabokov folgt einer Überraschungsdramaturgie, die die Widersprüche zwischen der Enge des menschlichen Bewußtseins und der uneinholbaren Komplexität der Wirklichkeit szenisch auskostet und in ihnen die tiefgründige Absurdität und Amoralität des Lebens feiert. Die äußerste Pointe dieser Sicht ist erreicht, wenn am Tiefpunkt seiner Hoffnungen der Zufall Humbert Humbert zu Hilfe kommt und ihn mit der optimalen Lösung seiner Probleme beschenkt. Charlotte hat aus Neugier oder Argwohn in seiner Abwesenheit die verschlossene Schublade des Schränkchens erbrochen, in der er sein intimes Tagebuch verbirgt, und weiß nun alles über seine sexuelle Gier nach Lolitas Nymphchenfigur und daß er sie, seine Frau, in seinen Aufzeichnungen »das Hazeweib, die dicke Hure, die alte Katze, die widerwärtige Mama« genannt hat. Mit Tränen in den Augen schleudert sie ihm entgegen, »Du bist ein hassenswerter, abscheulicher, verbrecherischer Schwindler«, und schickt ihn aus dem Zimmer mit der Androhung: »Du wirst das erbärmliche Balg nie, nie wiedersehen.«

Der konsternierte Humbert Humbert überlegt, was er tun kann, um die Situation zu retten und Lolita nicht zu verlieren, und verfällt auf die Idee, Charlotte zu erklären, seine Aufzeichnungen seien das Manuskript eines entstehenden Romans, in den er aus Bequemlichkeit vorerst ihren und Lolitas Namen eingesetzt habe.

Aber als er mit zwei Whiskys in Charlottes Zimmer zurückgeht, ist sie nicht mehr da. Sie ist wie von Sinnen mit eilig geschriebenen Briefen aus dem Haus gelaufen, hingestürzt und von einem Auto, das einem Hund ausweichen wollte, überfahren worden. Ohne an ihrem Tod schuld zu sein, ist Humbert Humbert am Ziel seiner Wünsche. Und während er in äußerster Kaltblütigkeit vor Nachbarn und Freunden die Rolle des geschockten Ehemanns spielt, denkt er nur eins, »daß Lolita warm, braunhaarig und mein, mein, mein, in wenigen Stunden in meinen Armen sein würde, Tränen vergießend, die ich schneller, als sie quellen konnten, wegküssen durfte«.

Das ist die Taille des Romans. Der Zufall hat die Bedingungen für die Erfüllung eines Traums geschaffen, den Humbert Humbert so schrankenlos nie geträumt hatte. Lolita ist nun allein in seine Obhut und damit auch in seine Hand gegeben, und in seiner triebhaften Ungeduld zögert er nicht, davon Gebrauch zu machen. Wie ein Tier, das seine Beute in ein Versteck schleppt, löst er Lolita aus ihrem Leben in Ramsdale und in der Schule heraus. Das Lustprinzip, dem er nun folgen will, ist völlig unvereinbar mit der gesellschaftlichen Realität, und so muß er sie und sich, das zarte Nymphchen und den liebestollen Mann, den neugierigen, vielleicht bald schon argwöhnischen Blicken der Nachbarn und alten Freunde Charlottes entziehen. Unter dem Vorwand, er wolle sie vor traumatischen Erschütterungen bewahren, verschweigt er ihr den Tod von Charlotte und läßt sie während der Beerdigung in ihrem Feriencamp. Und nachdem er seine Aussagen gemacht und die Beerdigung in glaubhafter Trauerhaltung überstanden hat, holt er Lolita im Camp ab, um mit ihr zu verreisen. In dem Gasthof, in dem sie absteigen – der Vater mit seiner kleinen Tochter –, mietet er nicht ohne Befangenheit ein Einzelzimmer. Lolita, »mit ihren zärtlichen, geheimnisvollen, unkeuschen, gleichgültigen Zwielichtaugen – wie die billigste aller billigsten Hürchen«, findet nichts dabei.

Der zartfühlende Humbert Humbert aber hat sich geschworen, das begehrte Mädchenkind nicht zu gewaltsam zu bedrängen, sondern auf Umwegen seine Befriedigung zu suchen. Sein Plan ist folgender: Er will Lolita mit einer Schlaftablette betäuben, um ungestört den zauberhaften Anblick ihres Körpers genießen zu können und schließlich durch eine kurze innige Anschmiegung an das zarte Idol zu seinem Orgasmus zu kommen. Das szenische Konzept erinnert in seiner bewußt angestrebten Ähnlichkeit an die poetische Beschreibung der schlafenden Albertine in Prousts »Recherche« und an Marcels seltsame erotische Gewohnheit, sich seine Lust durch die heimliche Annäherung an den Körper der Schlafenden zu holen. Humbert Humbert ist nicht minder entzückt vom Anblick der schlafenden Geliebten. Doch Nabokov verändert den sublimen Wunsch nach zärtlicher Berührung ins Groteske, indem er ihn durchkreuzt. Die garantiert wirksamen Tabletten, die sich Humbert Humbert einst von seinem Arzt hatte verschreiben lassen, um bei einer sich bietenden erotischen Gelegenheit mit der kleinen Tochter die hinderliche Charlotte auszuschalten, sind anscheinend wirkungslose Placebos. Lolita hat einen leichten Schlaf, aus dem sie bei jedem vorsichtigen Annäherungsversuch von Humbert Humbert sofort hochschreckt. Schmachtend, in geringer, aber nicht zu überwindender Distanz zu seinem Liebesobjekt verbringt er die Nacht, bis er gegen Morgen in einen bleiernen Schlaf fällt: Geweckt wird er von einer ausgeschlafenen Lolita, die ihn ohne Umstände und Hemmungen verführt. Denn sie weiß schon alles, hat es mit einem älteren Jungen ausprobiert.

Als sie am Vormittag weiterfahren, geht es Lolita nicht gut. Sie hat Schmerzen, sie blutet. Und ihm wird klar, was er getan hat. Dreimal ist der schwere athletische Mann mit der Heftigkeit seiner aufgestauten Gier über das Kind hergefallen. Lolita, die bei einer Tankstelle ausgestiegen ist, will ihre Mutter anrufen. Er sagt ihr, das ginge nicht. Sagt ihr, daß die Mutter tot ist. In der nächsten Stadt kauft er viele Geschenke, um sie zu trösten und abzulenken. »Im Hotel hatten wir getrennte Zimmer, aber mitten in der Nacht kam sie schluchzend zu mir, und wir versöhnten uns sanft. Sie hätte ja auch sonst nirgends hingekonnt.«

Und jetzt beginnt die lange Reise des ungleichen Paars von Motel zu Motel kreuz und quer durch die USA, ein Roadmovie der besonderen Art: Vater und Tochter, der Wüstling und das verdorbene Kind, immer auf der Flucht vor eingebildeten Verfolgern, in fürchterlicher Isolation aneinandergefesselt durch das unheilbare Verlangen des Mannes und kindliche Abhängigkeit. Humbert Humbert versucht sich die zunehmend lustlose und launische Lolita gefügig zu machen, indem er ihr ständig vor Augen hält, daß ihm zwar das Gefängnis, ihr aber die keineswegs angenehmere Besserungsanstalt für gefallene Mädchen drohe, wenn man ihrem »unzüchtigen Konkubinat« auf die Spur komme. Und damit sie sich mit ihrer Isolation und seinen sexuellen Wünschen weiterhin abfindet, verwöhnt er sie in jeder Hinsicht und versucht sie Tag für Tag abzulenken mit allen möglichen konfektionierten Vernügungen, die ihm selbst erheblich auf die Nerven gehen.

»Kaum waren wir in einem der einfachen Rasthöfe angekommen, die unser gewohnter Unterschlupf waren, als sie schon den elektrischen Ventilator zum Schwirren brachte oder mich so lange mürbe machte, bis ich einen Vierteldollar in den automatischen Radioapparat steckte; oder sie machte sich daran, alle Ankündigungen zu lesen und quengelnd zu fragen, warum sie nicht an dem annoncierten Bergritt teilnehmen oder zum Schwimmen in das am Ort befindliche warme Mineralbad gehen dürfe. Sehr häufig warf sie sich in der latschigen, gelangweilten Manier, die sie sich angewöhnt hatte, der Länge nach und abscheulich begehrenswert in einen roten Sprungfederstuhl oder auf eine grüne Chaiselongue oder einen Liegestuhl aus gestreiftem Leinen mit Fußstütze und Baldachin oder in eine Hollywood-Schaukel oder auf irgendeinen anderen Gartenstuhl unter einem Sonnenschirm auf dem Patio, und es bedurfte stundenlangen Umschmeichelns, vieler Drohungen, Versprechungen, bis sie mir in der Verschwiegenheit des Fünf-Dollar-Zimmers ein paar Minuten lang ihre braunen Glieder lieh, bevor sie wieder etwas anderes unternahm, das sie meinen armseligen Freuden entzog.«

Es ist ein Martyrium für beide. Für sie, das sexuell mißbrauchte Kind, ist diese ziellose Reise ein Zustand anhaltender Bodenlosigkeit, in dem sie sich, Halt suchend, durch jeden Schwindel, jeden billigen Ersatz bestechen läßt, während Humbert Humbert versucht, seine kindliche Gefährtin »von Kuß zu Kuß bei leidlich guter Laune zu halten«. »Wenn eine Reklame am Straßenrand sagte: ›Besichtigen Sie unsere Geschenkartikel!‹, mußten wir sie besichtigen, mußten wir indianische Kuriositäten, Puppen, Kupferschmuck, Eukalyptusbonbons kaufen.« Und für ihn, den Narren seiner sexuellen Obsession, der ein gebildeter Intellektueller ist, besteht das Martyrium in dem immer schärfer hervortretenden Widerspruch, daß die begehrte Nymphe, die zarte, zaubrische Elfe, »geistig ein schrecklich banales kleines Mädchen war«. Nur die Faszination der weiten amerikanischen Landschaften kann ihn eine Weile von seinem Dilemma ablenken, bis Lolita ihn bei einem neuen Reklameschild zu halten zwingt.

Lolita ist leicht zu manipulieren, aber nicht nachhaltig. Ständig fürchtet Humbert Humbert, daß sie ihm, trotz oder wegen der strengen Kontrolle, die er über sie ausübt, plötzlich wegläuft, wie es am Ende auch geschehen wird. Lolitas sexuelle Gefangenschaft und ihre schließliche Flucht entsprechen genau der Albertine-Geschichte von Proust und lassen den zweiten Teil von Nabokovs Roman als deren ins Groteske gesteigerte amerikanische Variante erscheinen. Daß Humbert Humbert nach Jahren depressiver Niedergeschlagenheit Lolitas Adresse ausfindig macht und die inzwischen Sechzehnjährige als eine verheiratete schwangere Hausfrau wiederfindet, die nicht mehr mit ihm fliehen will, sondern dankbar ein Geldgeschenk für ihre knappe Haushaltskasse annimmt, ist eine ironische Revision des Traums vom isolierten weltflüchtigen Liebesglück. Humbert Humbert, der Narr der unangemessenen Begierde, akzeptiert melancholisch diesen Sieg des Realitätsprinzips über die Phantasie, um dann zu einer letzten Pathoshandlung aufzubrechen. Er wird seinen Nebenbuhler Quilty, einen pompösen, impotenten Bühnenautor, zu dem Lolita damals von ihm aus geflohen ist, nach der Vorlesung eines Todesurteils in Gedichtform mit mehreren Schüssen aus einer kleinkalibrigen Pistole exekutieren. Es ist eine grandiose Slapstickszene von schauriger Komik, die, historisch gesehen, der Literatur der großen tragischen Leidenschaften als Satyrspiel folgt.

Man kann die Szene symbolisch auch als einen am Doppelgänger verübten Selbstmord verstehen, denn Quilty trägt im Sterben denselben lilaseidenen Schlafrock, den Humbert Humbert bei seiner ersten erfolgreichen Annäherung an Lolita getragen hat. Humbert Humbert hat seine letzte Kugel auf einen schon waidwund geschossenen Quilty abgefeuert, der sich in kindlicher Angst in sein Bett geflüchtet hatte, und ist dann nach unten gegangen, wo eine Party im vollen Gang ist und seine Mitteilung, er habe soeben Quilty erschossen, als Witz aufgenommen wird. (»Ausgezeichnet«, sagte der blühende junge Mann, der dem älteren Mädchen eines der Gläser reichte. »Das hätte längst jemand tun sollen«, bemerkte der Dicke.) Dann hören sie ein seltsames Geräusch, und Humbert Humbert und Tony, ein smarter junger Mann, der schon ein wenig ärgerlich auf Quilty wartet, gehen zusammen in die Halle, um zu sehen, was los ist.

»Es war Quilty und kein anderer, dem es gelungen war, auf den Treppenabsatz hinauszukriechen; wir konnten ihn dort sehen, mit den Flügeln schlagend, keuchend, und dann, diesmal für immer, zu einem violetten Haufen zusammensackend.

›Beeil dich, Q‹, sagte Tony und lachte. ›Ich glaube, er ist immer noch ...‹ Er ging in den Salon zurück, Musik übertönte seine Worte.«

Ende eines Leidenschaftsdramas am Rande einer Amüsiergesellschaft, für die es den Tod nicht gibt.

Der Schluß des Romans zeigt noch einmal die inspirierte Souveränität und Leichtigkeit, mit der Nabokov die Valeurs seiner Prosa mischt und in der Ironie den Ernst, in der Groteske die Tragik, und im Alltäglichen die Poesie erscheinen läßt. Humbert Humbert geht zu seinem fast zugeparkten Auto, das er mühsam aus der Enge herausmanövriert, um dann in einem trägen Tempo, im gleichen Maße der Welt schon enthoben wie selbstgewiß gegenwärtig, gewissermaßen als Identitätsbehauptung, auf die falsche Straßenseite zu wechseln. Oder wie er es nonchalant formuliert: »... einfach als neue Erfahrung –, daß ich auch die Verkehrsregeln mißachten könne, wenn ich schon alle Gesetze der Menschlichkeit übertreten hatte.« Gelassen, ohne jede Ausweichbewegung, bleibt der Geisterfahrer in der einmal gewählten falschen Spur, ringsum Chaos und Panik erzeugend, in der Unbeirrtheit eines glücklichen, in sein Allmachtsgefühl eingekapselten Kindes, das alles, was es anrichtet, wahrnimmt, ohne es ernst zu nehmen: »Ein Rotlicht zu durchfahren, war wie ein Schluck verbotenen Burgunders in Kindertagen.« Doch dann sieht er vor sich eine Straßensperre der Polizei, und wie in einem Actionfilm bekannter Machart, doch »mit graziösem Schwung« reißt er das Lenkrad herum, fährt hopsend, zwischen zwei grasenden Kühen hindurch, einen Abhang hoch und kommt »zu einem leicht schaukelnden Stillstand«. Er fühlt sich so ergeben und am Ende, daß er sich auf die festen Griffe der Polizisten und Ambulanzleute freut, die seiner Schlaffheit einen »absolut sicheren Halt« geben würden. Und während er auf seine Festnahme wartet, hat er eine letzte visionäre Erinnerung an die verlorene Lolita, in der das Wunderbare und die Hoffnungslosigkeit seiner Liebe enthalten sind. Einige Tage nach ihrem Verschwinden hatte er bei einer Autofahrt auf einer einsamen Bergstraße einen Anfall von Übelkeit gehabt und war ausgestiegen, um sich zu übergeben und einige Schritte zu gehen. Ein Stück abseits der Straße war er an einem abschüssigen Hang stehengeblieben und hatte auf die Dächer, Straßen und Baumkronen einer kleinen Bergwerksstadt geblickt, die von einem geschlängelten Fluß durchzogen wurde und von einem unregelmäßigen Flickenteppich kleiner Gärten und Felder umgeben war. Leben war nicht wahrzunehmen. Aber dünne Klänge wehten aus dem Ort zu ihm herauf, und verzögert begriff er, daß es die Stimmen spielender Kinder waren. Verzaubert lauschte er. Die Luft war so klar, daß er dann und wann auch den Ausbruch eines hellen Gelächters oder einzelne Rufe vernahm. »Und dann wußte ich, daß nicht das Fehlen Lolitas an meiner Seite das trostlos Erschütternde war, sondern das Fehlen ihrer Stimme in dieser Harmonie.«

Nabokov wollte eine amour passion unserer Zeit schreiben, die Geschichte einer unmöglichen, an der Gesellschaft und ihren Konventionen und Verboten scheiternden Liebe. Da aber die bürgerliche Ehe seit den Ehebruchsromanen des 19. Jahrhunderts eine angefochtene, brüchig gewordene Institution geworden war und wie ein normaler Vertrag durch persönliche Entscheidung, am besten beider Partner, jederzeit aufgelöst werden kann ungeachtet der dadurch entstehenden, vom fortschrittlichen Vernunftdenken marginalisierten Leiden – hat Nabokov für seine Geschichte eine hochtabuisierte Situation gewählt: die leidenschaftliche sexuelle Liebe eines Erwachsenen zu einem minderjährigen Kind. Seit Kinder nicht mehr wie in vormodernen Zeiten als kleine Erwachsene gelten, sondern die Kindheit als eine eigene, empfindliche menschliche Entwicklungsphase betrachtet wird, ist der Schutz des Kindes und der Kindlichkeit außerordentlich verstärkt worden. Ihre Verletzung gilt als abscheuliches Verbrechen.

Nabokov riskierte viel, als er dieses Thema wählte. Und vielleicht wäre er heute im Zeitalter der Kinderpornografie auch davor zurückgeschreckt. Ein Wagnis war es aber auch zu seiner Zeit, wie der Skandal beweist, den das Buch auslöste. Nabokov schrieb den Roman im Bewußtsein seiner subtilen, ironischen Differenzierungskunst, und er tat es in dem Wissen, daß früher, vor allem in feudalen Zeiten, Kinderehen und Kindfrauen normale Erscheinungen waren: Dantes Beatrice war dreizehn Jahre alt, Poes Frau, seine Kusine Virginia, vierzehn Jahre.

Allerdings hat Poe die sehr geliebte Frau nie berührt. Auf beide Fälle spielt Nabokov in seinem Roman an.

Aus dem Zwiespalt zwischen dem sexuellen Verlangen des Mannes und seiner Scheu, die Kindlichkeit der Geliebten anzutasten, ist bei Nabokov Humbert Humberts abstruse Idee entstanden, Lolita mit einer Schlaftablette zu betäuben, um sich dann in erschlichener Nähe die ersehnte Lust zu stehlen, worauf als aktuelle Pointe die sexuell schon eingeweihte Zwölfjährige den frustriert in Schlaf gefallenen Mann verführt. Lolita ist ein schillerndes Wesen, halb zauberische Elfe, halb eine banale Göre, naives Kind und berechnende Hure, die raffiniert, aber lustlos den ihr verfallenen Mann mit kurzen sexuellen Zwischenspielchen abfindet und sich dafür mit Geschenken entschädigen läßt. Und so ist in diesem seltsamen, unglückseligen, aber durchaus modernen Paar die alte Konstellation der herrischen Dame und des ergebenen, Minnedienst leistenden Knappen oder Troubadours in närrischer Verzerrung wiedererstanden, albern, rührend und tragisch zugleich.

Es ist ein brillantes Buch, das als ein artistischer Solitär quer zur Zeit und ihren bekennerischen Direktheiten steht. Denn Nabokov läßt sich nicht in die Karten gucken. Er spielt ein Spiel, und wir können nur vermuten, daß es aus persönlichen Faszinationen entstanden ist. Seine Einfühlung in die abseitigen Wünsche und das Verhalten seiner Hauptfigur ist außerordentlich nuanciert, aber das Geschehen wird sprachlich und formal vollkommen beherrscht. Nie beherrscht der Stoff den Autor. Und so wird auch der Leser auf dem hohen, niemals ins Vulgäre abgleitenden Differenzierungsniveau des Textes festgehalten. Es handelt sich also um das Gegenteil von Pornografie.

Trotzdem wurde Nabokov mit »Lolita« in die stolze Reihe der abgelehnten oder verbotenen Schriftsteller eingegliedert, zu der auch Joyce, Lawrence und Henry Miller gehören. Lolita erschien 1955 mangels eines anderen Verlages in der Pariser Olympia Press, einem Verlag für pornografische Literatur, bevor drei Jahre später der Verlag Putnam in New York das Buch in sein Programm aufnahm. Sieht man einmal ab von der umfassenden Unterdrückung nonkonformer Literatur im Machtbereich der faschistischen und stalinistischen Diktaturen, dann läßt sich sagen, daß die Ablehnung von Nabokovs erotischem Roman durch die angesehenen literarischen Verlage das letzte prominente Beispiel der versuchten Verdrängung als anstößig empfundener Literatur war.

Danach änderte sich alles. Die Erfahrung, daß alle Versuche, den in immer neue exterritoriale Bereiche des menschlichen Lebens vordringenden literarischen Erkundungsprozeß zu stoppen, regelmäßig ins Gegenteil umschlugen, weil sie die Neugier des internationalen Lesepublikums gewaltig anheizten, hat im Rahmen einer allgemeinen Enttabuisierung dazu beigetragen, die Zensur zu entmutigen und durch eine nahezu grenzenlose Toleranz oder Unempfindlichkeit zu ersetzen. Von manchen Autoren wurde das als kränkende Nichtbeachtung erlebt, vor allem, wenn es für sie mit Erfolglosigkeit verbunden war. Sie reagierten darauf durch politische Radikalisierung oder trotzig durch elitäre Isolation und in jüngerer Zeit durch weitere Verschärfung der literarischen Motive. Vor allem durch die extensive und intensive Darstellung pathologischer Verzerrungen der Sexualität versuchen die Autoren im Nebel der Toleranz die Schmerzgrenze zu erreichen, wo die Gesellschaft Wirkung zeigt. Daß dies auch eine Nebenabsicht des bis dahin in seinem amerikanischen Exil wenig erfolgreichen Vladimir Nabokov gewesen ist, als er sich entschloß, einen Roman über das leidenschaftliche Verhältnis eines erwachsenen Mannes mit einem zwölfjährigen Mädchen zu schreiben, kann vermutet, aber nicht bewiesen werden. Das Ergebnis war jedenfalls hochwillkommen: »Lolita« wurde ein Welterfolg.

8. Glücksucher und Verlierer

Updike: Ehepaare. Selbst-Bewußtsein · Houellebecq: Ausweitung der Kampfzone. Elementarteilchen · Brodkey: Unschuld · Jelinek: Die Klavierspielerin · Ellis: American Psycho

Die Ablösung der puritanischen, auf die lebenslange monogame Ehe zugeschnittenen Sexualmoral durch ein individualistisches, auf Selbstverwirklichung und Lustgewinn ausgerichtetes Lebenskonzept, zu dem wesentlich, man kann auch sagen zwingend, die sexuelle Entfaltung gehört, wird gewöhnlich pathetisch als »Sexuelle Revolution« bezeichnet. Es handelt sich aber um einen langfristigen, über mehrere Generationen sich erstreckenden und in unterschiedlichen Milieus sich verschieden schnell durchsetzenden Wandlungsprozeß, der sich in der ständigen Wechselwirkung von praktischer Lebenserfahrung und sich verschärfendem kritischen Bewußtsein vollzogen hat. Die Literatur hat maßgeblich daran mitgewirkt, indem sie wesentliche Stationen dieses Prozesses exemplarisch dargestellt und aus der Unauffälligkeit des einzelnen privaten Lebens ins allgemeine Bewußtsein gehoben hat, so zum Beispiel die tragisch endenden Ausbruchsversuche frustrierter Frauen aus der Zwangsgemeinschaft stagnierender oder unerträglich gewordener Ehen oder die exzessiven Entdeckungszüge Henry Millers in das lange Zeit im dunkeln belassene und sorgsam umgangene Territorium einer enthemmten, dem puren Lustgewinn gewidmeten Sexualität.

Die Sprengkräfte, die in diesen Büchern sichtbar wurden, verleihen dem Schlagwort der »Sexuellen Revolution« eine gewisse Berechtigung. Man spürt das Umstürzlerische der Leidenschaften, das Risiko bei der Überschreitung der gesellschaftlich kontrollierten Grenzen der Moral und des Anstandes und die erregenden Sensationen des Ausnahmezustandes. Um so seltsamer fühlt man sich berührt, wenn man danach ein Buch liest, in dem promiskuitive Sexualität als ein mehr oder minder anerkannter gesellschaftlicher Normalzustand dargestellt wird, wie in John Updikes umfangreichem Roman »Couples«, der 1968 in den USA und schon ein knappes Jahr danach unter dem Titel »Ehepaare« in Deutschland erschienen ist. Was ist da geschehen? Ist die sexuelle Revolution umgeschlagen in das frivole Einverständnis eines neuen Ancien régime?

John Updike hat mit diesem Roman eine Phänomenologie der modernen Ehe geschrieben, so wie er sie in einem ausgewählten, aber typischen sozialen Terrain beobachtet hat. Zehn verheiratete Paare, die in einem Villenviertel einer kleinen, am Atlantik gelegenen Stadt mit dem Namen Tarbox wohnen und alle miteinander bekannt und zum Teil befreundet sind, bilden das Personal des Romans. Bei dem Ort handelt es sich vermutlich um ein modellartig vereinfachtes Abbild der Stadt Ipswich in Massachusetts, in der Updike siebzehn Jahre gelebt hat. Es ist ein unspezifisch gezeichneter Ort, der zahllosen anderen kleinen Städten in den Vereinigten Staaten gleicht und allein daran identifizierbar ist, daß er wie Ipswich nahe der Einmündung eines kleinen Flusses in den Atlantik liegt. Übersichtshalber ist auf dem Vorsatzpapier des Buches ein vereinfachter Stadtplan abgebildet, der den Verlauf der wichtigsten Straßen und die Lage der öffentlichen Gebäude zeigt, und, farblich hervorgehoben als das eigentlich Wichtige, die Lage der Wohnhäuser der Romanpersonen, die jeweils paarweise neben ihren Wohnhäusern vermerkt sind. Diese anschauliche Variante der Namensverzeichnisse alter personenreicher Romane macht in Bestätigung des Romantitels sofort deutlich, daß es sich in diesem Buch ausschließlich um Menschen einer in Ehen oder Kleinfamilien organisierten Gesellschaft handelt, die in ihren eigenen Häusern leben. Der Plan zeigt auch gleich das räumliche Beziehungsnetz und erklärt die daraus entstehenden Zufälle, Gewohnheiten und Gelegenheiten. Vom Grundstück des Ehepaars Hannema aus kann man sehen, wenn sich bei sommerlichem Wetter Bekannte und Freunde am Swimmingpool von Ben und Irene Saltz treffen. Und wenn man Lust hat, kann man einfach mal hinübergehen. Ebenso kann Georgene Thorne, eine ehemalige Geliebte von Piet Hannema, bei ihren täglichen Spaziergängen feststellen, daß Piets Wagen neuerdings häufig vor dem Haus des Ehepaars Whitman parkt, immer dann nämlich, wenn Ken Whitman beruflich abwesend ist. Die räumliche Nähe, die sowohl freundschaftliche Vertrautheit als auch gegenseitige Kontrolle ermöglicht, erleichtert aber nicht nur die Beziehungen, sondern ist schon vorweg Ausdruck der sozialen Homogenität. Die Grundstückspreise haben bestimmt, wer in diesem Viertel, dieser kleinen Stadt lebt: Es ist der gehobene Mittelstand, Leute mit Collegebildung oder Universitätsabschluß, die ungefähr im gleichen Alter sind. Die Männer arbeiten in angesehenen Berufen als Architekt, Bauunternehmer, Pilot, Zahnarzt, Börsenmakler, Bankprokurist, Biochemiker oder Kernphysiker, einer entwickelt Miniaturgeräte für Satelliten. Die Frauen sind in der Regel nicht berufstätig, sondern haben kleine Kinder, kümmern sich um vorschulische Erziehung und Landschaftsschutz und pflegen ein Hobby wie Weben, Malen, Gitarrespielen, nehmen Ballettunterricht, und einige gehen zwei- bis dreimal in der Woche zu ihrem Psychotherapeuten. Enger an das Haus und das Wohnviertel gebunden als die berufstätigen Männer, stellen vor allem sie das unruhige Element dieser Gesellschaft dar, und häufig geht von ihnen die erotische Initiative aus, die das konventionelle gesellschaftliche Beziehungsnetz von Nachbarschaft und Freundschaft durch Querbeziehungen unterläuft, ohne daß es davon schon zerrissen wird. Für die Menschen der Gesellschaft, die Updike schildert, bilden Ehe, Familie, Wohlstand und gesellschaftliche Anerkennung das Muster des richtigen und wünschenswerten Lebens. Doch obwohl, von außen betrachtet, alle Voraussetzungen eines guten Lebens optimal erfüllt sind, erscheinen fast alle Ehen als defizitär. Wie eine schleichende Krankheit hat sich ein Ungenügen ausgebreitet und ist so allgemein geworden, daß es nur noch oberflächlich vertuscht, aber nicht mehr grundsätzlich geleugnet werden kann. So bietet diese Gesellschaft der Erfolgreichen ein zweideutiges Bild. Gute Laune, gutes Aussehen, seelische Stabilität sind Bedingung, wenn man dazugehören und an den gemeinschaftlichen Vergnügungen des Bekanntenkreises teilnehmen will, doch um als Person anerkannt zu werden und Vertrauen zu erwerben, muß man nebenher zu verstehen geben, daß man weiß, was hinter den Fassaden geschieht. Man ist ein Mitglied einer Gesellschaft, die im Zustand einer latenten Krise existiert, und es gehört zur Lebenskompetenz eines erwachsenen Menschen, das auch selbst erfahren zu haben.

Woher die Mangelgefühle kommen, ist nicht so ganz klar. Denn man muß ja davon ausgehen, daß die durchschnittliche bürgerliche Ehe in der Eltern- und Großelterngeneration sehr viel rigider und entbehrungsvoller war als das Leben ihrer erfolgreichen, verwöhnten Nachkommen in ihren komfortabel eingerichteten Häusern. Ist es also vielleicht ein Sinnproblem? Alle haben akzeptiert, daß die Ehe ein krisenanfälliger und kündbarer Lebensbund zweier unterschiedlicher Personen ist, die lernen müssen, miteinander umzugehen, und deshalb keine dauerhafte Sicherheitsgarantie bietet, sondern bei ernsthaften Störungen und Konflikten gleich auf dem Prüfstand steht. Sofort tauchen dann neue und alte Fragen auf. Lohnt es sich für beide Partner zusammenzubleiben? Hat ihre Beziehung Entwicklungschancen? Kann man ihr zuliebe Zugeständnisse machen? Oder ist sie unzumutbar geworden?

Wie diese Fragen beantwortet werden, hängt nicht nur von den Personen ab, sondern entscheidender noch von dem Werthintergrund, vor dem sie gestellt werden. Updikes Roman spielt hauptsächlich in den sechziger Jahren des zwanzigsten Jahrhunderts, in einer Zeit tiefgreifender gesellschaftlicher und mentalitätsgeschichtlicher Veränderungen. Anfang der sechziger Jahre kam die Anti-Baby-Pille auf den Markt, durch die die Sexualität, einfacher und radikaler als durch die bis dahin gebräuchlichen Verhütungsmittel, von der Fortpflanzung abgekoppelt wurde. In Updikes Roman wird darauf Bezug genommen. Bevor man mit einer Frau zum erstenmal schläft, vergewissert man sich, ob sie auch die Pille nimmt. Sex ist nun eine Sache für sich, die als sogenannter »elaborierter Sex« über die natürlichen Abläufe hinaus, im Sinne einer modernen Ars amandi, gestaltet werden muß. Daß es dabei große Unterschiede gibt, konnte man aus den einschlägigen Erhebungen der beiden Kinsey-Reporte oder des Masters-Johnson-Reports erfahren, die in statistischer Genauigkeit über die Häufigkeit und Dauer des ehelichen oder außerehelichen Geschlechtsverkehrs, über die dabei erreichte Orgasmushäufigkeit und die angewendeten sexuellen Praktiken Auskunft geben. Das waren gierig aufgesaugte Auskünfte, die der Optimismus ihrer Autoren vielleicht für befreiend hielt, doch die wohl genauso oft einschüchternd wirkten, wie in den »Ehepaaren« ein Ausschnitt aus einem langen Gespräch zwischen Piet Hannema und seiner Frau Angela zeigt, die offenbar beide solche Statistiken und Tabellen studiert haben:

»›Du bist also der Meinung, bei uns stimmt es nicht im Bett?‹ fragte er.

›Es ist furchtbar. Grauenhaft. Du weißt es doch.‹

Er wollte es genau wissen. ›Angenommen, es gäbe eine Skala von eins bis zehn – wo würdest du uns einstufen?‹

›Bei zwei.‹

›Nun hör aber auf, so schlimm ist es doch wirklich nicht. Du kannst phantastisch sein.‹

›Aber wie selten. Und nie benutze ich meine Hände oder meinen Mund. Oder sonstwas. Ich bin krank. Ich brauche Hilfe, Piet. Ich mache aus dir ein Großmaul und einen Blender und aus mir eine alte Jungfer, von der jeder sagt, ihr glaubt nicht, wie schön die mal war.‹«

Was der Grund ihrer Entfremdung ist, wissen die Hannemas beide nicht. Und es ist offensichtlich auch kein Einzelfall unter den Ehepaaren des Viertels. Die sexuelle Frustration zu Hause und in anderen Häusern hat Piet zu einem begehrten Mann gemacht. Er hatte oder hat Verhältnisse mit Bea Guerin, deren Mann homosexuell ist, mit der dominanten, aber vernachlässigten Georgene Thorne und zur Zeit vor allem, aber nicht nur, mit der schwangeren Foxy Whitman, weil er als Architekt das Haus der Whitmans renoviert. Und dieser Vertrauensbruch gegenüber dem Auftraggeber, dem angesehenen Wissenschaftler Ken Whitman, wird Piets Ruf ernsthaft schädigen und dazu beitragen, daß sich sein Geschäftspartner Matt Gallagher von ihm trennt. Der große rothaarige und sommersprossige Piet ist der Platzhirsch des Viertels, wegen seiner jungenhaften, vitalen Spontaneität, die er außerhalb seiner eigenen Ehe zeigt. Aber nicht er ergreift die Initiative, sondern die lebenshungrigen, in der Ehe zu kurz gekommenen Frauen, und Piet, der ebenfalls mit seiner eigenen Frau nicht mehr gut zurechtkommt, ist süchtig nach der Anerkennung, die für ihn in seinen außerehelichen Affären liegt.

Die unruhige Promiskuität, die in Tarbox herrscht, hat jenseits der individuellen Motive auch noch eine normale und banale Ursache in der mit den Jahren nachlassenden sexuellen Spannung des alltäglichen Ehelebens – eine Erfahrung, die Schiller in seinem lehrhaften »Lied von der Glocke« noch als ein Daseinsgesetz formuliert hat, mit dem sich junge Eheleute von vornherein vertraut machen müssen. Es tönt ihnen mit der ehernen Autorität eines Glockenschlags in die Ohren: »Die Leidenschaft flieht! Die Liebe muß bleiben, die Blume verblüht, die Frucht muß treiben.« Doch in der Gesellschaft, die Updikes Roman beschreibt, reimen sich diese Veränderungen nicht, sondern werden unter dem Eindruck der herrschenden Glücksideologie und durch die zunehmende Aufmerksamkeit, die die Sexualität in der Öffentlichkeit findet, als eine krisenhafte Erfahrung empfunden, gegen die man sich mit allen Kräften sträubt. Fast alle Frauen, aber auch viele Männer laborieren an dem Widerspruch zwischen ihrem Verlangen nach einem neuen Impuls für ihr stagnierendes Leben, vor allem neuer sexueller Intensität, und der einmal gefundenen Lebensordnung, die man nicht leichtsinnig gefährden will. Als Ausweg bietet sich der gelegentliche Seitensprung an oder auch der dauerhafte Ehebruch. Es ist eine Lösung, die an die alte feudale Trennung von Ehe und amour passion erinnert, die aber unter dem moralischen Konzept der bürgerlichen Liebesehe oft tragisch verlief. In Tarbox ist man aufgeklärter oder resignierter. Man weiß Bescheid und kann versuchen, darüber hinwegzusehen, weil es offenbar anders nicht geht. Der Seitensprung und das außereheliche Verhältnis sind informelle, mehr oder minder als notwendig anerkannte Bestandteile des gesellschaftlichen Systems.

So hat sich bei Frank und Janet Appleby und Harold und Marcia Smith, zwei miteinander befreundeten Paaren, als Ergänzung ihrer stagnierenden Ehen eine sexuelle Überkreuzbeziehung entwickelt. Sie haben sie bisher der Form halber oder aus Verlegenheit voreinander verleugnet, bis bei einem gemeinsamen Skiausflug des erweiterten Freundeskreises Frank, der robustere, vielleicht auch wahrheitsliebendere der beiden Männer, abends im Hotel vor dem Schlafengehen die Maske fallen läßt:

»Beide Paare hatten ihre Zimmer im Obergeschoß des Haupthauses. Frank und Harold lauschten auf das Gurgeln der Wasserleitungen und knipsten die letzte Lampe aus. Abermals räusperte Frank sich, aber er sagte nichts. Oben im Flur mit den aneinandergereihten Zimmertüren fühlte Harold eine Hand auf seinem Arm. Er hatte das erwartet. Frank flüsterte heiser, in tödlicher Verlegenheit: ›Bist du sicher, daß wir uns nicht in den Zimmernummern irren?‹

Harold sagte schnell: ›Wir haben neun, ihr elf.‹

›Ich meine, was hältst du davon, wenn wir tauschen, du und ich?‹

Harold war versucht, sich von der Höhe seines überlegenen Wissens herabzulassen und diesen täppischen, vor Begierde winselnden Mann zu bedauern. Kapriziös bedachte er sich, dann schlug er vor: ›Sollte man nicht erst die Damen konsultieren? Ich zweifle, ob sie einverstanden sind.‹

Eine einzige Birne brannte im Korridor, das Nachtlicht, und Franks vorgereckter Kopf sah in dieser Beleuchtung aus, als werde er gleich gesprengt von all dem, was sich in ihm staute. Frank flüsterte feucht: ›Das geht schon in Ordnung. Janet hat oft genug gesagt, sie fühle sich von dir angezogen. Nimm sie. Meinen Segen habt ihr. Was soll's denn, verdammt noch mal. Es lebe der Beischlaf!‹

Harold tat, als sei er vom Donner gerührt. ›Und Marcia? Will sie dich denn?‹

Frank nickte kläglich, eifrig. ›Das geht schon in Ordnung.‹

Die Türen zu Nummer 9 und 11 standen beide einen Spalt offen.«

Harold zögert noch, obwohl er längst entschlossen ist, auf den Handel einzugehen. Undeutlich empfindet er, daß das Ritual des wechselseitigen Betrugs sensibler war als dieser kaltschnäuzige Partnertausch. Doch von Frank bedrängt, gibt er nach. Es gibt dafür auch geschäftliche Gründe, weil »Frank, der Bankprokurist, dem Börsenmakler Harold unzählige Courtagen zugeschanzt hatte«. Hinter der einen Tür lag Marcia, »mit der er

Nacht für Nacht das öde Lager teilte; hinter der anderen Janet, deren Körper eine Truhe voller Düfte war«. »Mir soll's recht sein«, sagt Harold, »aber sei zart.«

Die Frauen reagieren unterschiedlich. Frank wird von Marcia zärtlich empfangen, weil sie ihn erwartet hat. Janet aber ist entsetzt, als sie Harold im Dunkel erkennt: »Du? Was ist? Doch nicht jetzt! Mein Gott, das geht nicht!«

Für sie ist das Arrangement ein Verrat an der Intimität. Aber es gelingt ihm, sie zu beruhigen, und sie verhält sich willfährig und mütterlich, doch so, als ob sie ein wenig abwesend sei. Am nächsten Tag bricht ein fürchterlicher Streit zwischen den beiden Frauen aus, den die Männer nicht schlichten können. Zum Schluß hat Marcia, die gebildetere der Frauen, einen vulgären Ausbruch, der sich erst gegen Janet, dann auch gegen die Männer und die Inszenierung der vergangenen Nacht richtet. Trotzdem wiederholt sich das Arrangement noch mehrere Male, und Janet, die verletzlichste Person in diesem Viererbund, der die tragische Schicksalsdramaturgie von Goethes »Wahlverwandtschaften« in eine zwanghafte groteske Farce verwandelt, muß schließlich Hilfe bei einem Psychotherapeuten suchen.

Das wiederum ist der Ausgangspunkt für das bereits zitierte Gespräch von Piet und Angela über das Desaster ihrer eigenen Ehe. Angeregt durch Janet, will Angela nun auch eine Psychoanalyse machen. Piet aber ist dagegen, weil er glaubt, daß das in der Gesellschaft von Tarbox seinem Ansehen als Mann schaden würde. Später aber macht er sich auf einer Tanzparty an Janet heran und fragt sie nach ihrer Analyse aus. Für ihn ist das eine Unterhaltung von kryptischer Intimität, da eine Frau, die eine Therapie macht, in seinen Augen öffentlicht zu erkennen gibt, daß sie sexuelle Defizite hat, und was ihn bei Angela stört, erscheint ihm bei Janet reizvoll und als ein Grund, sich in sie zu verlieben.

So knüpfen die Gespräche aneinander an und durchziehen den personenreichen, aus lauter Episoden bestehenden Roman mit einem thematischen Netz. Man redet übereinander, weiß eine Menge übereinander und konstruiert einen gesellschaftlichen Zusammenhang im Code einer trivialisierten Psychoanalyse. Es ist ein labiles, schillerndes Gesamtbild aus wechselseitig durchschauten, individuellen Physiognomien. Doch weil es über jeden etwas Problematisches zu sagen gibt, relativieren sich die individuellen Macken und Defizite, und man kann weiter locker miteinander umgehen, in ironischem Einverständnis und unterhaltsamem Dissens. Die Atmosphäre ist auf spitzzüngige Weise freundschaftlich. Jeder bekommt Gelegenheit, sich beim Sport, bei Tanzereien oder einem intellektuellen Ratespiel, vor allem aber beim Small talk als Mitglied einer Gruppe von selbstbewußten und erfolgreichen Menschen zu beweisen, die noch im Gegensatz und im Streit und selbst in erotischen Konkurrenzen zusammengehalten werden durch das gemeinsame Bewußtsein, gesellschaftlich privilegiert zu sein. Man kann allerdings genauso sagen, daß die Gruppe nur deshalb nicht kollabiert, weil sie ständig, vor allem im Bereich der Erotik, interne Krisen produziert, die Aufregung erzeugen und Interpretationen herausfordern und so dem Gruppenleben Spannung und Gehalt geben, individuelles Leiden mit eingeschlossen. Es ist eben ein Milieu, eine in sich kreisende, geschlossene Welt. Probleme und Themen der Außenwelt werden zwar ständig hineingetragen, aber vom Geplauder der Gruppe leichthin assimiliert.

Auf einer Party, die stattfindet, während im Fernsehen die Beerdigung des ermordeten Präsidenten Kennedy übertragen wird, geht der Small talk weiter. Das Nötige zu dem Attentat wurde schon Tage vorher gesagt. Inzwischen ist Kennedys Tod ein Motiv für spielerische Geistreicheleien. Carol fragt Frank, den Shakespeare-Kenner, nach einem passenden Zitat zu Kennedys Tod. Angela sagt: »Gute Nacht, mein Fürst!« Frank, der ein konservativer Republikaner ist, bringt ein schroffes Wort aus »Julius Caesar«: »Die Ehrsucht hat gebüßt.« Das bringt Harold darauf, einen Satz aus der Antoniusrede zu variieren: »Und Oswalt ist ein ehrenvoller Mann.« Er erntet damit einen Lacherfolg.

Eddie Constantine, der Pilot, unterhält sich mit seinem homosexuellen Nachbarn, Roger Guerin, und versucht ihn durch drastisch erzählte Schlafzimmergeheimnisse zu schockieren: »Du Roger, soll ich dir sagen, was Carol, dieses verrückte Weib, letzte Nacht gemacht hat? Wir waren ... du weißt schon ... auf meinem Schoß, aufrecht ... mit dem Rücken zu mir ... und was macht das Luder – schwingt doch tatsächlich ihr eines Bein nach hinten und stopft mir ihren Fuß in den Mund! Es war phantastisch, ich hätte beinahe gekotzt. Bring Bea dazu, daß sie es auch mal probiert.« Roger lacht bei Eddies groben Witzen »überlaut aus seinem winzigen Mund, wie jemand, der erst spät im Leben das Lachen gelernt hat«. Piet, der dabeigestanden hat, entfernt sich, um nach Foxy Ausschau zu halten. Vorhin hat er mit Rogers Frau Bea gesprochen, die einmal seine Geliebte war und sich ihm mit der uneindeutigen Eindeutigkeit des Flirts wieder anbietet: »Ich könnte dich lieben, wenn du mich ließest.« Es schmeichelt ihm, aber er ist nicht motiviert, darauf einzugehen. Foxy ist wohl nicht gekommen, wegen der Beerdigung des Präsidenten. Er wird sie also heute nicht mehr sehen. Georgene, die Gastgeberin, unterhält sich mit ihm und äußert sich abfällig über andere Partygäste, die ihrer Meinung nach ihre Affären schamlos in die Öffentlichkeit tragen. Sie ist für Diskretion. Er sagt mit der Routine spielerischer Herausforderung:

»Liebste Georgene, was fängst du nur mit all deiner Diskretion an, jetzt wo du mich nicht mehr hast?«

Ebenso flapsig antwortet sie: »Ach, die Männer geben sich nur so die Klinke in die Hand. Ich habe schon gar keinen Überblick mehr. Sie haben einen Weg getrampelt zwischen den Bäumen. Interessiert es dich?«

»Natürlich. Du warst herrlich für mich.«

»Und was ist geschehen?«

»Ich bekam es mit der Angst. Ich spürte, daß Freddy es wußte.«

»Und wenn schon. Ich bin immer fertig geworden mit Freddy.«

»Vielleicht bin ich gerade nicht ganz ehrlich.«

»Natürlich nicht. Das bist du nie.«

Der kurze Dialog hat es auf den Punkt gebracht: die Scheinhaftigkeit und Unverbindlichkeit seiner Existenz. Piet, der sympathiebedürftige, vitale und innerlich diffuse Mann, der von den Frauen herumgereicht wird und es mit keinem der Männer verderben möchte, weiß das längst. Seit Jahren flattert er in diesem Netz herum. Jeden Versuch, Klarheit in sein Leben zu bringen, hat er mit neuen flüchtigen Erlebnissen unterlaufen, während oder weil seine Ehe mit Angela allmählich erstarrt ist. Aus Angst vor unabsehbaren Verlusten möchten sie beide ihre Ehe wiederbeleben, aber sie wissen nicht wie. Es müßte ja eigentlich spontan und von innen her geschehen und nicht, wie Angela es versuchen will, durch eine langwierige Analyse. Und inzwischen ist etwas Neues geschehen, das ihn beglückt und beängstigt. Piet liebt Foxy, die Frau von Ken Whitman, die gerade ein Kind bekommen hat: eine große, kräftige, unbefangene Frau, nicht so schön, nicht so apart wie Angela, aber mit einer Ausstrahlung ungebrochener, souveräner Selbstgewißheit, die sie von allen Frauen des Kreises unterscheidet. Es ist genau das, was er braucht und nun zu verlieren fürchtet. Hat er überhaupt noch eine Perspektive? Die Leute beobachten ihn, und Marcia sagt zu ihm, während sie innig mit ihm tanzt: »Du würdest ja umkommen ohne Angela.« Das ist üblich in diesem Kreis: Man sanktioniert die Liebschaften, aber man stützt die Ehen. Nur durch Angela ist er ein Mitglied des Kreises geworden, hat ein schönes Haus und Kinder, lebt, trotz mäßiger Einkünfte als Renovierer von alten Häusern, auf gehobenem Niveau. Denn Angela hat ein Vermögen geerbt. Sozial wäre er ohne diesen Hintergrund nichts. Aber das alles spielt keine wirkliche Rolle mehr. Er muß immer an Foxy denken, als sei sie seine Rettung.

Die Whitmans sind nun doch noch gekommen. »Foxy betrat das Zimmer mit Ken. Sie trug ein trägerloses silbernes Kleid. Ihre Brüste strotzten vor Milch. Als sie sich umwandte und Piet zu erspähen suchte inmitten der irrwitzigen Schatten, hatte ihr Oberkörper etwas vom langsamen, strahlenden Spreizen eines Gefieders. Die Ankunft der Whitmans, das Öffnen und Schließen der Eingangstür, hatte die Luft im Haus in Aufruhr versetzt: die Kerzenflammen wehrten sich gegen den Zugwind, und die Möbel und Wände schienen zu taumeln und zu wogen.« Und Piet, der dies alles so heftig erlebt, denkt, daß sie seinetwegen gekommen ist. »Sie hatte ihr Haus, ihr tröstliches Kind in dieser Nacht der Trauer nur deshalb verlassen, weil sie in Sorge um ihn war, weil sie ihn behüten wollte vor dieser verkommenen

Gesellschaft.« Nun tanzen sie alle in diesem schummrigen Kerzenlicht: Piet mit Georgene, Roger mit Carol, Ken mit Janet, Freddy mit Angela und Ben mit Foxy. Nach einiger Zeit sind Ben und Foxy verschwunden, und Piet, verrückt vor Eifersucht, sucht Foxy und findet sie im oberen Stockwerk im Badezimmer.

»Mein Gott«, sagt er, »ist das eine Wohltat, dich allein zu sehen. Wann können wir uns endlich wieder treffen?«

Sie antwortet, daß sie sich nicht sicher gewesen sei, ob er es überhaupt noch wolle. Er sei so weit weg gewesen. Und er gesteht ihr seine Unsicherheit, seine Angst, daß es wegen des Babys mit ihnen zu Ende sei, und seine tiefe, schon lange anhaltende Verwirrung:

»Die Wahrheit ist, daß ich schon den ganzen Herbst über Angst gehabt habe. Vor dem Tod, vor meiner Arbeit, vor Gallagher, vor meinen Kindern, vor den Sternen. Es war grauenvoll.... Mein Leben kommt mir wie ein ununterbrochenes langes Fallen vor.«

»Aber das stimmt doch nicht. Du hast ein gutes Leben. Deine reizende Familie, dein schönes, solides Haus, mich, wenn du mich haben willst. Wir können hier nicht reden. Ruf mich am Montag an. Ich bin wieder allein.«

Foxy ist seelisch standfester als er, und umsichtiger. Und ihre Stärke löst einen Anfall von Regression in ihm aus. Als sie ihm sagt, daß sie spätestens in einer Stunde weg muß, um ihr Baby zu stillen, und dabei sein bedrücktes Gesicht sieht und gerührt die ersten grauen Haare bei ihm entdeckt, sagt er in Liebesbedürftigkeit und infantiler Eifersucht: »Still mich.« »O mein Liebling, nein«, antwortet sie. Aber er fleht sie wieder an und kniet sich vor ihr auf die Fliesen, und in mütterlicher Großzügigkeit erfüllt sie ihm seinen Wunsch. Ihre Hand schmiegt sich um seinen Hinterkopf, und beide werden sie zu einem mythischen Bild, bis ein Klopfen an der Badezimmertür sie erschreckt. Angela steht draußen und möchte herein.

Das ist ein zugespitzter Moment. Die mythische Situation geht plötzlich über in eine Urszene des galanten Romans. Die ahnungslose Ehefrau, das erschreckte Liebespaar, der Liebhaber, der sich verstecken oder fliehen muß, bilden diesmal die so pikante wie triviale Konstellation. Foxy ruft »Einen Augenblick bitte« und betätigt die Wasserspülung, Angela ruft »O pardon, Foxy, lassen Sie sich Zeit«, und Piet klettert aus dem Fenster und springt dreieinhalb Meter tief in den Garten hinunter, direkt vor die Füße von Ben Saltz und Bea Guerin, die sich auch vorübergehend von der Party entfernt haben, also Komplizen sind.

»Piet, was bist du doch für ein Angeber«, sagt Bea. Und Ben fügt hinzu: »Tolle Leistung. Bin beeindruckt.« Diese Reaktion entspricht dem lockeren ironischen Stil, der in der Gruppe gepflegt wird. Man läßt sich so schnell nicht verblüffen und hebt erst recht nicht den moralischen Zeigefinger. Automatisch, doch ebenso clever, fragt Piet, während er sich den Staub der Dachziegel von seinem Anzug klopft: »Was macht ihr beide eigentlich hier draußen?« Bea antwortet, Ben habe ihr einen Satelliten zeigen wollen, in dem eines seiner kleinen technischen Wunderwerke mitfliegt, sie hätten aber nur einen Meteor gesehen. Und sie schildert den Meteor, den sie einen Kometen nennt. Ben korrigiert sie, fügt weitere Erläuterungen hinzu. Bea bewundert sein Wissen, und erst dann wendet sie sich wieder an Piet: »Aber jetzt sag uns, was ihr beide eigentlich angestellt habt, du und Foxy.« »Wieso Foxy?« fragt er zurück. Betont harmlos, aber mit süffisantem Unterton, sagt Bea: »Wir haben gesehen, wie sie das Fenster schloß. Du nicht?« Ben tut so, als wolle er vermitteln: »Ich dachte, Angela sei es gewesen.« Aber das ist absurd. Denn warum ist Piet aus dem Fenster gesprungen? Er fühlt sich in die Enge getrieben und reagiert wütend. »Ihr seid ja übergeschnappt.« Als Antwort gibt ihm Bea in aller Ruhe zu verstehen, daß so gut wie alle über sein Verhältnis zu Foxy Bescheid wissen. »Wir finden es nett«, fügt sie hinzu. Und wie zum Trost sagt sie und weist dabei noch einmal auf sein groteskes Verhalten hin: »Wir sagen es auch niemandem, daß du aus dem Fenster gesprungen bist. Außer Roger und Irene.« »So, und wem soll ich sagen, daß du hier draußen mit Ben herumknutschst?« fragt Piet zurück. »Einem Menschen darfst du es erzählen, das sind die Spielregeln. Aber bitte nicht Angela, denn die erzählt es Freddy Thorne, und dann weiß es jeder.«

Zu dritt gehen sie in das Haus zurück. Angela kommt gerade die Treppe herunter. Sie hat die Stimmen der drei unten im

Garten gehört, aber anscheinend nichts verstehen können. Sie scheint ein wenig betrunken zu sein. »Mit den Händen einen unsichtbaren Vorhang teilend, schwebte sie an ihm vorbei.« Piet sucht Foxy und findet sie in der Küche, zusammen mit Janet, die aber beschäftigt ist. So kann er sich leise mit Foxy verständigen. »Alles in Ordnung?« »Natürlich.« Sie schaut sich um, ob niemand sie belauscht, und spricht leise weiter: »Du warst so kopflos, das Ganze hatte etwas von einer Stummfilmszene. Ich wollte dir sagen, du sollst nicht verrückt sein und dein Leben aufs Spiel setzen, aber wir durften ja nicht sprechen, und zudem warst du offenbar ganz vernarrt in die Idee, aus dem Fenster zu springen.« Dann sagt sie noch: »Du hattest Angst vor Angela. Warum eigentlich? Ihr Mann war mit einer anderen im Badezimmer – na und? Davon geht die Welt nicht unter.« ... »Ich versuchte, im letzten Augenblick deine Hand zu greifen, aber da ließest du schon los.« Ihr Lächeln wird künstlich und leblos. »Wir hören jetzt besser auf. Freddy Thorne hat schon ein Auge auf uns, und da kommt Harold.«

Die Unerschrockenheit, mit der Updike ein so klischeehaftes Versatzstück aus der trivialen galanten Literatur wie das beinahe ertappte Liebespaar und den rettenden Sprung aus dem Fenster in seinen Roman aufnimmt und mit dem Geschehen verwebt, ist ein Zeichen seiner dramaturgischen Meisterschaft und seiner psychologischen Intuition. Piets kopflose Reaktion ist vorbereitet durch die Darstellung seiner labilen Verfassung, denn durch die Liebschaft mit Foxy hat sich die Krise seiner Ehe vertieft. Von außen gesehen erscheint er auf der Party noch als der Mann, mit dem die Frauen flirten und dabei an gemeinsame sexuelle Erfahrungen anknüpfen. Doch das ist nur noch eine gesellschaftliche Routine. Innerlich ist er fast ausgehöhlt von der Angst, Foxy würde nicht kommen, die sich schon in die größere Angst verwandelt, daß er sie verlieren wird. Wie bedürftig er nach ihr ist, zeigt sich, als sie in einem gestohlenen und bedrohten Moment im Badezimmer zusammenkommen und er, der Frauenheld, der er gerade für die anderen noch gewesen ist, zum Säugling wird, der von der Geliebten gestillt werden möchte. Daß sie darauf eingeht und ihm seinen seltsamen Wunsch erfüllt, macht sichtbar, was ihn an diese Frau bindet: Es ist ihr spontanes Verstehen seiner seelischen Not, das ihm jede Scham erspart und ihm die zärtliche Zuwendung gibt, die er so dringend braucht. Angelas Klopfen an der Tür erwischt ihn im Zustand wehrloser Aufgelöstheit und löst seine panikartige Flucht aus. Als er sich unten im Garten aufrappelt und in Ordnung bringt, wird er durch Bea und Ken gleich wieder mit der gewohnten Libertinage der Gesellschaft konfrontiert und in das Beziehungsnetz der durchsichtigen Geheimnisse und des ironischen Bescheidwissens eingeordnet, ob er will oder nicht. Wieder im Haus, begegnen ihm die beiden Frauen: Angela, die gerade die Treppe herunterkommt, ist offensichtlich ahnungslos und wirkt ruhig und vornehm, aber wie betäubt, Foxy dagegen ist wach und komplizenhaft. Sie beruhigt ihn, alles sei gutgegangen. Doch bei ihrer raschen, flüsternden Verständigung deutet sie an, wie absurd und unnötig sie seine panische Flucht gefunden hat. Das ist eine Kritik, mit der er nicht gerechnet hat. Sie waren doch so unvergleichlich intim miteinander gewesen, bevor sie plötzlich getrennt wurden. Er ist noch ganz erfüllt davon. Und nun, da sie der Gefahr, entdeckt zu werden, durch seinen gewagten Fenstersprung glücklich entgangen sind, will er diese Nähe wieder spüren und erwartet, daß sie ihn liebevoll und besorgt empfängt. Statt dessen sagt sie: »Du hattest Angst vor Angela. Warum eigentlich?« Sein Verhalten hat ihr jedenfalls nicht gefallen.

Etwas später, als er sie zum ersten Mal wieder in Abwesenheit ihres Mannes in ihrem Haus besucht und sie begehrlich umarmt und sie nicht richtig darauf reagieren kann, kommt sie auf sein damaliges Verhalten zurück. Man merkt ihren Worten an, daß sie weiter darüber nachgedacht hat und zu einer bestürzenden Erkenntnis gelangt ist: Er ist immer noch an Angela gebunden und kann sich nicht von ihr lösen. Zu ihr kommt er nur, um mit ihr Sex zu machen. Der problematische Dialog hat mit ihrer Frage begonnen, ob er eigentlich jemals Lust habe, mit ihr zu reden, oder immer nur komme, um mit ihr ins Bett zu gehen. »Bitte, Fox, rede nicht solchen Unsinn«, antwortet er. Darauf hat sie einen Ausbruch: »Ich laufe in diesem Haus herum und sage ›Piet, Piet‹ zu diesem unschuldigen Kind. Ich habe den armen

Ken auf diese gräßliche Party geschleift, nur um dich zu sehen, und du riskierst lieber dein Leben, als mit mir ertappt zu werden.« Er antwortet: »Du übertreibst, so gefährlich war es nun wieder nicht.« Aber das trifft überhaupt nicht ihr Problem. Auch nicht das, was er hinzufügt – er habe es nicht nur für sich, sondern auch für sie getan. Denn nun gesteht sie ihm, daß ihre Ehe mit Ken längst unlebendig und leer ist und dies durch das späte Kind, das sie nach vielen, frustrierenden, dem beruflichen Aufstieg von Ken gewidmeten Ehejahren noch bekommen haben, nicht mehr geändert werden kann. In einem sie plötzlich überkommenden Gefühl ihrer Verlorenheit klammert sie sich an Piet: »Verlaß mich nicht ganz und gar. Du bist das einzig Wirkliche, das ich habe. Ken ist unwirklich. Die Marsch da draußen ist unwirklich. Ich selber komme mir unwirklich vor, ich bin nur dazu da, dies Kind hier am Leben zu halten, nur deshalb existiere ich, und das macht mich wütend.« »Sei nicht wütend«, bittet er sie in seiner Hilflosigkeit. Aber auch er empfindet Zorn, »weil er so niedergeschlagen und verloren war und ihm keine Kraft mehr blieb, ihr zu erklären, daß es unrecht sei, wenn sie sich weiterhin sähen«. Denn deswegen war er gekommen. Er hatte noch einmal mit ihr schlafen wollen, um es ihr dann zu sagen. Nun weiß er, was sie auch erkannt hat: Er kann sich von der einen Frau nicht lösen und von der anderen nicht lassen.

Erst nach langen Umwegen und Zwischenstationen, zu denen auch die heimliche Abtreibung eines Kindes gehört, das Foxy von Piet empfangen hat, kommt es zu einer Lösung. Georgene, die sich durch Piet gekränkt fühlt, gibt Ken einen Wink und nimmt ihm, der sich, ohne die Probleme seiner Frau wahrzunehmen, in introvertierter Abgeschiedenheit seinen Forschungen gewidmet hat, die Binde von den Augen. Und Ken handelt sofort. Im Unterschied zu Piet wird er nicht durch widersprüchliche Gefühle gelenkt. Gewohnt, sich nach Kriterien zu richten, beschließt er, sich scheiden zu lassen. Er gibt seinen Entschluß in einer Art Sitzung zu viert bekannt, zu der er Piet und Angela in sein Haus eingeladen hat. Er spricht kaltblütig und klar, ein Mann der rationalen Entschlüsse mit dem unanfechtbaren Gefühl, im Recht zu sein.

Foxy ist die einzige Person, die nicht schockiert ist. Sie scheint sogar heimlich zu frohlocken. Piets Reaktion ist undurchsichtig und zweideutig, aber nicht, weil er sich verstellt, sondern weil er konfus ist und hin und her schwankt. Mal sagt er, unter diesen Umständen müsse er Foxy wohl heiraten, und gleich danach bemüht er sich, den Eindruck zu verwischen, indem er Ken beschwört, sich alles noch einmal zu überlegen. Ken, der bis dahin wie ein Richter, der ein Urteil spricht, aufrecht vor den anderen gestanden hat, setzt sich, bevor er antwortet: »Die Sache ist nur die, sie bereut nicht.« Übereifrig sagt Piet, natürlich bereue sie. Er solle sie doch ansehen, solle sie fragen. Sanft, als wolle er sie aufwecken, fragt Ken: »Fox, stimmt das? Bereust du es?« In ironischer Anspielung auf die biblische Sünderin Maria Magdalena gibt sie ihm eine Antwort, so hart wie eine Ohrfeige: »Ich werde dir jeden Abend die Füße waschen und anschließend das Wasser trinken.« Dann steht sie auf, das Baby auf dem Arm haltend, und sagt, sie habe keine Lust mehr, sich wie einen Gegenstand behandeln zu lassen, entschuldigt sich bei Angela und äußert sich verächtlich über »diese Männer«, ihr »Wetteifern in Selbstmitleid«.

Angela ist am tiefsten getroffen. Sie hat sich in ihrer Ehe an alle Situationen angepaßt, weil sie trotz bitterer Erfahrungen nie glauben wollte, daß ihr Lebensmuster mit Mann, Kindern und Haus irgendwann zerfallen könnte. Noch immer hofft sie, daß das Ganze nur ein Alptraum ist. Doch Schritt für Schritt vollzieht sich die Veränderung. Ken hat Foxy das Haus überlassen. Aber sie ist mit dem Baby zu ihrer Mutter nach Kalifornien gereist. Angela und Piet bleiben noch eine Zeitlang zusammen, als sei alles wieder in Ordnung, bis sie ihm eines Tages unvermittelt sagt, daß sie nicht mehr länger mit ihm leben wolle. Er wehrt sich dagegen. Es macht ihm angst, sie zu verlieren. Er sagt, er wolle sich bessern und Schluß machen »mit dem Herumgeschlafe«, wie er es nennt. Aber sie läßt sich nicht mehr auf ihn ein. Sie trennen sich höflich und freundlich. »Piet, mein Liebling, sei tapfer«, sagt sie, als er geht.

Eine Zeitlang lebt er allein. Hin und wieder spricht er eine seiner verflossenen Freundinnen aus dem alten Kreis an. Aber er weiß nicht recht, was er will. Er telefoniert mit Bea und fragt:

»Würdest du – hättest du Lust, mich zu sehen? Einfach nur zum Tee, irgendwann nachmittags?« Sie antwortet: »Oh, Liebling, ich glaube nicht. Wirklich. Ich glaube, du hast genug Frauen, die dir Scherereien machen.« Sie reden. Er gewinnt seine Routine zurück. Sie sagt: »Lieber süßer Piet, sag mir, du hast mich doch nie sehr real gesehen, nicht wahr?« Das könnten vielleicht noch andere Frauen aus dem Tarboxer Bekanntenkreis sagen. Ihr Abschied ist betont virtuell. »Kuß«, sagte er. »Kuß«, erwiderte Bea leise. »Kuß Kuß Kuß Kuß.«

Da er sich manchmal mit seinen Töchtern trifft, sieht Piet auch Angela wieder, und ihr Verhalten scheint ihm darauf hinzudeuten, daß sie bereit ist, »ihn wieder zu Hause aufzunehmen«. Heimlich hofft er jetzt, es möge nicht so sein. Dann kommt eine kurze Nachricht von Foxy. Sie kündigt ihren Besuch in der Stadt an und schlägt vor, daß sie sich treffen. Von ihr erfährt er, daß ihr Angela in einem Telefongespräch gesagt hat, sie solle kommen und ihn holen. Er zögert, sich darauf einzulassen, findet, daß sie gealtert ist und durch die Schwangerschaft plump und beinahe häßlich geworden ist. Den Vergleich mit Angela hält sie jedenfalls nicht aus. Und so antwortet er auf ihre Frage, warum er nicht mehr mit Angela zusammen ist: »Sie will nicht.« Vorübergehend verhält er sich wie Frédéric Moreau in Flauberts »Lehrjahren des Gefühls«, der beim Besuch der heißgeliebten Madame Arnoux vor deren weißen Haaren zurückscheut und die Gelegenheit verstreichen läßt. Aber Foxy läßt sich nicht entmutigen, und im Bett gewinnt sie ihn zurück. Piet ist ein unfertiger, im Kern kindlich gebliebener, kontaktfreudiger, kontaktbedürftiger Mann von unbändiger Vitalität, der es gern hat, wenn die Frauen die Initiative ergreifen und über sein Leben bestimmen. Im Unterschied zu einem Mann wie Ken, der sein Leben einem abstrakten Konzept unterwirft und zielstrebig langfristige Pläne verfolgt, ist er ein verführbarer Mensch, der leicht der Suggestion des Augenblicks erliegt und durch den Zickzackkurs der Gelegenheiten schlingert. Sexualität bedeutet für ihn konzentrierte Gegenwart, Angekommensein im Mittelpunkt des Lebens. Dies macht unter anderem seine Anziehung auf selbstbewußte Frauen aus.

Als Foxy neu in die Tarboxer Gesellschaft kam, spielten die Männer Basketball, und Piet tat sich dabei durch seine rauhe Heftigkeit hervor. Angela erklärte Foxy, wer die einzelnen Personen waren. Über Piet sagte sie: »Der große rothaarige Kraftprotz ist mein Mann.« Sie ahnte nicht, daß sie eine Empfehlung aussprach.

Foxy ist zweifellos die Frau, die Piets Naturell besser entspricht. Angela ist für ihn zu komplex, nach außen zu geschlossen und perfekt und zu sehr nach innen, ihren eigenen Dunkelheiten zugewandt. Doch in der schmerzlichen Phase ihrer Trennung sagt sie etwas sehr Schönes und Trauriges zu Piet: »Ich werde so allein sein. Du bist der einzige Mensch, der je versucht hat, sich zu mir durchzukämpfen.« Sie selbst muß während der Trennung und in der Zeit danach einen weiten Weg zurücklegen, um zu sich selbst zu finden, und es ist eine letzte Äußerung ihrer langen Verbundenheit mit Piet, daß sie ihn schließlich an Foxy weitergibt. Piet heiratet am Ende Foxy, oder vielleicht sagt man es besser umgekehrt.

Als ein Happy-End kann man den Schluß des Romans nicht bezeichnen. Oder nur in dem bescheidenen Sinn, daß nach den voraufgegangenen Lebenswirren wieder eine Ordnung für das Leben gefunden worden ist. Sie sieht aber in Updikes knappem Bericht weniger nach gesichertem Glück als nach grauem Alltag aus: »Piet ist jetzt im Raum Boston-Worcester für Bauvorhaben der öffentlichen Hand zuständig und hat vorwiegend mit Kasernen zu tun. Ihm gefällt die Ordnung bei der Behörde, die geregelte Arbeitszeit. Die Hannemas leben in Lexington und haben inzwischen einen Kreis gefunden, der zu ihnen paßt und sie als neues Paar akzeptiert.«

Updike verabschiedet hier seine Figuren, als wolle er ihnen sagen: Nun macht allein weiter.

Daß er das Leben als einen Prozeß des Werdens und der Verwandlung versteht, hat Updike umfassend in dem literarischen Langzeitprojekt seiner vier, in großen Zeitabständen und auf jeweils neuen Erfahrungsstufen geschriebenen Rabbit-Romane dokumentiert, die die Lebensgeschichte seines Helden und Alter ego Harry Angstrom – erkennbar ein naher Verwandter von

Piet Hannema - von der Jugend bis zu seinem Tod verfolgen. Er hat dieser großräumigen Erforschung des menschlichen Lebens ein Wort von Pascal vorangestellt, das als ein Hinweis auf die Bedingtheiten der menschlichen Existenz auch eine Erkennungsmarke für sein ganzes literarisches Werk ist. Es lautet: »Die Bewegungen der Gnade, die Härte des Herzens, die äußeren Umstände.« Menschen sind exzentrische Wesen, widersprüchlich und gemischt in ihren Eigenschaften, getrieben von ihren Bedürfnissen, geleitet von Träumen, in vielfacher, nie zur Ruhe kommender Wechselwirkung mit anderen Menschen, immer auf dem Weg von sich fort und zu sich selbst. So hat Updike sie dargestellt, auch in den »Ehepaaren«. Und in seinem autobiographischen Buch »Selbst-Bewußtsein« aus dem Jahre 1989 hat er seine persönliche Lebensgeschichte im Rückblick auf ihre früheren literarischen Erscheinungsformen erneut reflektiert. Unter den alten, inzwischen überschrittenen Verkörperungen seines Ichs, die er dort beschreibt, erkennt man wie einen Schatten neben Harry Angstrom auch Piet Hannema wieder - ein liebeshungriger Hans im Glück und ein egomanischer Ehrgeizling, einfacher gestrickt, doch aus der gleichen Substanz gemacht wie der Autor selbst, der allerdings im Schreiben weit über ihn hinausgewachsen ist.

»Unsere Ichs sind nicht nur bedingt, sie sterben auch. Jeden Tag erwachen wir ein wenig verändert«, schreibt Updike und weist auf den zunehmenden Abstand zu den vergangenen Lebensstadien hin. »Es ist sogar möglich, seine alten Ichs nicht zu mögen, diese Wegwerf-Vorfahren unserer selbst.« Mit Befremden schildert er sein High-School-Ich als eine unangenehme, indezente und bizarre Person: »dürr, schuppig, verkichert, schwatzhaft, wild darauf aus, bemerkt zu werden, gequält genug, um selbst Quälgeist zu sein, rücksichtslos seine Cartoons und Poster, seine lauten Witze und pseudoraffinierten Gedichte der hilflosen Schule aufdrängend.« Doch er weiß, daß er dem »wütenden Ehrgeiz« dieser befremdlichen Person seinen Aufstieg an die Universität Harvard verdankt. Nicht minder disharmonisch und bizarr ist auch sein sogenanntes »Ipswich-Ich«, die dem Roman »Ehepaare« zugeordnete Autorenperson in der Stadt, die in dem Buch »Tarbox« genannt wird, »wo meine relative Stellung ... aufgewertet war durch einen Hauch von Wohlstand und Berühmtheit und ich ein Mini-Mailer war in unserem kleinen Salzwasserpfuhl, ein veritabler Bock in der Hausfrauenherde, gefallsüchtig, boshaft, gierig erpicht auf meinen Anteil an den Freuden des Lebens, ein zerstreuter, mediokrer Vater und noch schlechterer Ehemann, das ist ein ebenso unangenehmer Angeber, habgierig, hinterlistig und skrupellos seinem Ego frönend. Aber bin ich ihnen denn in irgend etwas außer an Vorsicht und Jahren überlegen, und wie kann ich ihn verleugnen, ohne auch seine nützlichen Werke zu verleugnen, für die ich noch immer Tantiemen beziehe? ... Und wenn ich mich mit diesen zerzausten, rotgesichtigen, überreizten, strapaziösen Kerlen in Gedanken befasse, bin ich auf einmal zärtlich eingenommen von ihrem Eifer, ihrer Zuversicht, ihrer Fähigkeit, allen Widrigkeiten zum Trotz eine Strategie zu entwerfen und daran festzuhalten. Also ist es vielleicht doch nicht möglich, sie nicht zu lieben.« Haben Angela und Foxy und all die anderen Frauen nicht ähnlich gedacht?

»Ein Selbst, für immer« hat John Updike dieses Kapitel seiner Autobiographie genannt – ein starkes Bekenntnis zu sich selbst und seinem produktiven Leben. »Nachbilden bedeutet preisen«, hat er dort gesagt. »Im Beschreiben äußert sich Liebe.« Er fährt fort: Ich »habe mich ermächtigt gefühlt, das Leben zu beschreiben, so genau ich konnte, unter besonderer Berücksichtigung menschlicher Erosionen und Verrätereien. Das bißchen Glauben, das ich habe, hat mir gegeben, was ich an künstlerischem Mut habe. Meine Theorie war, daß Gott schon alles wisse und nicht erschüttert werden könne. Und nur die Wahrheit ist nützlich. Nur auf die Wahrheit kann man bauen. Von einem höheren, unmenschlichen Standpunkt aus gesehen, ist nur die Wahrheit heilig, wie unangenehm sie sein mag. Die hergestellte Wahrheit der Poesie und Prosa schafft einen Unterschlupf, in dem ich mich sicher fühle, geschützt im Wahrscheinlichkeitsgeflecht der Darstellung einer realen Welt, für die ich nicht verantwortlich bin«.

Das ist die privilegierte Sicht eines erfolgreichen Menschen, der trotz schwerer Handikaps – seinem Stottern, seiner Schuppenflechte – auf ein grandios gelungenes Leben zurückblickt. Er ist dankbar für das Gelingen, das er zwar zu einem großen Teil seinem Talent und seiner Energie verdankt, aber auch äußeren Bedingungen, die seine Entwicklung herausgefordert und seine Lebensleistung begünstigt haben, nicht zuletzt auch dadurch, daß sie ihn vor selbstzerstörerischen Ressentiments bewahrt haben. Er ist robust genug, sein Ausnahmeglück zu genießen. Denn er weiß, jeder Augenblick des Lebens ist kostbar, weil das Leben vergänglich ist. Darin ist er schließlich allen Menschen gleich. Doch der vom Glück Begünstigte kann dem »tragischen Einmal-und-nie-wieder« der condition humaine noch eine Vertiefung seiner Zustimmung zum Leben abgewinnen.

Ganz anders sieht es für den aus, der sich vom Leben ausgeschlossen fühlt. Sterbenmüssen, ohne wirklich gelebt zu haben und ohne von anderen Menschen in seinem Dasein bestätigt worden zu sein, ist ein Grund zu der Verzweiflung, die Hegel das »Unglückliche Bewußtsein« und Kierkegaard die »Krankheit zum Tode« nennt. Kierkegaard beschreibt diesen Zustand als eine »Selbstverzehrung der Seele«. Es kann keine treffendere Bezeichnung geben für die desolate, selbstzerstörerische Verfassung, die der französische Autor Michel Houellebecq in seinem ersten Roman »Die Ausweitung der Kampfzone« mit einem kalten, grausamen Fatalismus dargestellt hat.

Der Icherzähler, ein fiktionales Double des Autors, ist ein Informatiker, der für eine Pariser Software-Firma arbeitet, daneben aber auch skurrile Geschichten schreibt. Eine handelt beispielsweise von einem Schimpansen, der von einer Storchenherde gefangengenommen wird, eine verwirrte Verteidigungsrede hält und dann von den Störchen mit ihren spitzen Schnäbeln kastriert und hingerichtet wird, weil er die Weltordnung in Frage gestellt habe. Der Erzähler kommentiert den schrecklichen Vorgang mit der Bemerkung: »Das war wirklich nur allzu verständlich.« Die Erzählung und ihre zynische Pointe sind charakteristisch für den abgründigen Fatalismus des Autors. Er ist ein Einzelgänger, der außerhalb seines Berufes kaum noch menschliche Kontakte hat, vor allem keine sexuellen. »Am Wochenende verkehre ich in der Regel mit niemandem. Ich bleibe zu Hause, räume ein wenig auf, kultiviere eine kleine Depression.« Als ihn jemand auf seinen Zustand anspricht, weiß er nicht, was er dazu sagen soll. Er hat den Eindruck, »daß alle so sind«.

Das ist eine ihn bezeichnende Art zu denken. Er ist ein depressiver Narziß, der seinen Zustand verallgemeinert, allerdings mit dem Vorbehalt, daß die meisten Menschen ihr Elend nicht zugeben oder gar nicht erkennen, weil sie sich bedingungslos den herrschenden Normen von Tüchtigkeit, Erfolg und Glück unterwerfen, um weiterhin funktionieren zu können. Auch er tut das, hat es getan. Er hat erfolgreich studiert und ist eine mittlere Führungskraft in dem EDV-Dienstleistungsbetrieb, zuständig für die Einführung neuer Software bei den auswärtigen Kunden. Doch seine Motivation ist gering, und er hat aufgehört, sich am täglichen Konkurrenzkampf zu beteiligen. Während die Teilnehmer einer Konferenz im Agrarministerium, an der er als Vertreter seiner Firma teilnimmt, voreinander posieren und wichtigtuerische Gespräche über die »Transparenz der Informationsgesellschaft« und die »Vervielfachung der Freiheitsgrade« führen, gehen seine Gedanken andere Wege. Er beobachtet Catherine Lechardoy, die Sachbearbeiterin des Ministeriums, mit der er wegen der Einführung der neuen Software in Kontakt ist. Sie ist eine unattraktive Frau, hat sich aber auffällig erotisch zurechtgemacht, und während er sieht, wie sie beflissen einem der Wortführer der Diskussion zustimmt, fühlt er »eine Welle schmerzlichen Mitleids« in sich aufsteigen. In einer Konferenzpause tritt sie dicht an ihn heran. Er fühlt sich keineswegs zu ihr hingezogen, glaubt aber wahrzunehmen, daß sie das starke Bedürfnis hat, von ihm »vernascht zu werden«. Auch er hat schon lange keinen Sex mehr mit einer Frau gehabt. Er ist statt dessen Kettenraucher und Onanist. Doch »nach dem dritten Glas hätte ich ihr beinahe vorgeschlagen, zusammen hinauszugehen, um in irgendeinem Büro zu vögeln; auf dem Schreibtisch oder auf dem Teppich, egal; ich fühlte mich bereit, die notwendigen Handlungen zu vollziehen. Aber ich sagte nichts; und eigentlich denke ich, daß sie nicht einverstanden gewesen wäre; oder ich hätte sie zuerst umarmen, ihre Lippen mit einem zarten Kuß streifen und ihr ins Ohr flüstern müssen, daß sie schön sei. Nein, es gab wahrhaftig keinen Ausweg. Ich entschuldigte mich kurz und ging auf die Toilette kotzen.«

Hier spätestens weiß man, daß man es mit einem schwer gestörten Menschen zu tun hat. Er ist zwar sehr intelligent, aber mutlos und vital blockiert, ein Mensch, der sich durch seinen Negativismus systematisch vom Leben abschneidet und seine Selbstachtung zerstört, ein vereinsamter, depressiver Verlierertyp.

Journalisten, die Michel Houellebecq besuchten und ein Interview mit ihm hatten, haben seine Person genau in diesem Sinne beschrieben: als einen kaputten, heruntergekommenen Menschen am Rande des Zusammenbruchs. Emily Eakin, eine amerikanische Journalistin und Mitarbeiterin der »New York Times«, hat ihn für ein Wochenende in seinem irischen Domizil in Dublin besucht und darüber in der »Frankfurter Allgemeinen Zeitung« (vom 19.9.2000) einen erschreckenden Bericht veröffentlicht, der wie folgt beginnt: »Anomie ist eine Krankheit, an der viele französische Romanciers leiden und litten. Doch selbst nach französischen Maßstäben ist Michel Houellebecq ein besonders krasser Fall. Er ist die größte literarische Sensation Frankreichs seit zwanzig Jahren – und er leidet enorm. Ein Wochenende in seiner Gesellschaft zu verbringen heißt zwangsläufig, an einem Experiment in Stimulanzienabbau teilzunehmen. Alle Außenreize werden auf ein Minimum reduziert. Körperliche Bewegungen gelten als unangemessen, ebenso Reden, Essen und jegliche andere Aktivität, die vom großen Ziel ablenken könnte, die Zeit vom Samstagmorgen bis zum Sonntagabend mit geringstmöglicher Bewußtheit durchzustehen.« »Als ich im Juni an der Tür seines Vororthauses klingelte, war ich die erste, die das seit geraumer Zeit getan hatte. Houellebecq öffnete die Tür, stand ohne Schuhe da, blinzelte mit den traurigen braunen Augen und wies mich ins Wohnzimmer. Mit einem Päckchen Silk Cuts und einer Flasche Jim Beam rollte er sich in einem Sessel zusammen, um sich dann das ganze Wochenende kaum mehr zu bewegen. Er murmelte höflich, wenn ich ihn etwas fragte, doch schien es oft über seine Kräfte zu gehen, einen begonnenen Satz auch zu beenden. Was er an Energie besaß, wurde anscheinend zum größten Teil von der stummen Anstrengung aufgezehrt fortzuexistieren.« Am Abend des Besuches war Michel Houellebecq betrunken und völlig erschöpft. Essen konnte er nicht mehr. »Sein Kopf landete schließlich neben einem Streifen Mayonnaise auf dem Teller.«

So etwas erfindet keine renommierte Journalistin, die einen international berühmten Schriftsteller zu Hause besucht, um ihn persönlich kennenzulernen und über ihn zu schreiben. Es sind natürlich einseitige Eindrücke. Sie hat Houellebecq nicht bei der Arbeit erlebt. Trotzdem kommt man um das detailreiche Bild nicht herum, das sie von ihm gezeichnet hat. Es übererfüllt geradezu die durch seine Bücher erweckten Erwartungen, hinter dem Pessimismus der Texte einen depressiven Autor zu entdecken. Doch Houellebecq hat seine beiden Bücher – »Die Ausweitung der Kampfzone« und »Elementarteilchen« – als Romane bezeichnet, was bedeutet, daß er bei aller Nähe der Bücher zu seiner eigenen Lebensgeschichte die fiktionalen Lizenzen der Erfindung und Veränderung in Anspruch nimmt. Das ist bei »Elementarteilchen« offensichtlich, weil das Buch einen Science-fiction-Schluß hat und die erkennbar autobiographische Geschichte des Icherzählers von »Ausweitung der Kampfzone« hier in die gegen Ende kontrastierenden Biographien der Halbbrüder Bruno und Michel aufgespalten worden ist. »Ausweitung der Kampfzone«, das von der Zeit handelt, als Houellebecq als angestellter Agrartechniker und Computerfachmann arbeitete und mehrfach wegen Depressionen und schwerer Angstzustände in der Psychiatrie landete, ist nicht im strengen dokumentarischen Sinne autobiographisch, weil es zwei aufeinanderfolgende Lebensphasen zu einer zusammenzieht. Sicher ist jedoch, daß beide Bücher aus lebensgeschichtlichen Hintergründen ihre Brisanz beziehen. Sie sind das Zeugnis einer tiefen seelischen Verletzung und einer daraus hervorgegangenen Kampfansage an die moderne libertäre Gesellschaft, ihren Individualismus und ihre emanzipatorischen Ideen, als deren Opfer er sich sieht.

Houellebecq, der 1958 auf Réunion vor der Küste Madagaskars geboren wurde, ist der vernachlässigte Sohn von Hippie-Eltern, die sich, jeder für sich, um es im zeitgenössischen Jargon zu sagen, ihrer »Selbstverwirklichung« widmeten und für das Kind nicht verantwortlich fühlten. Die Mutter hatte ständig wechselnde Verhältnisse mit jüngeren Männern und gab das traumatisierte Kind bei der in der Nähe von Paris lebenden Großmutter ab, ohne sich je wieder darum zu kümmern. Als Emily Eakin Houellebecq interviewte, wußte er nicht, ob seine Eltern noch lebten. Er hatte nichts mehr von ihnen gehört. Dafür gibt es in den »Elementarteilchen« einen Ausbruch Brunos gegen die an Krebs erkrankte, sterbende Mutter, eine Phantasieszene von unausgelebtem, nachgeholtem Haß:

»Bruno ließ sich auf einen Stuhl neben dem Bett fallen. ›Du bist eben eine alte Schlampe ...‹, sagte er in didaktischem Ton. ›Du verdienst zu verrecken.‹ Michel setzte sich ihm gegenüber ans Kopfende des Bettes und zündete sich eine Zigarette an. ›Du willst eingeäschert werden?‹ fuhr Bruno fort. ›Sobald es soweit ist, wirst du eingeäschert. Was von dir übrig ist, kommt in einen Topf, und jeden Morgen, wenn ich aufwache, pisse ich auf deine Asche.‹ Er nickte befriedigt; Jane gab einen heiseren kehligen Laut von sich.« Es ist auch noch ein schwarzhaariger Hippie anwesend, ein junger Mann, wohl einer der letzten Liebhaber der sterbenden Mutter und wahrscheinlich auch ihr Erbe, der die beiden Brüder bewirtet. Er war hinausgegangen, kommt aber wieder herein, vermutlich, weil er Brunos Gebrüll gehört hat. »›Wollt ihr etwas trinken?‹ stieß er in eisigem Ton hervor. ›Was glaubst du denn, Alter!‹ brüllte Bruno. ›Wie kann man nur so eine blöde Frage stellen! Mach schon die Pulle auf, du Arsch!‹«

Dieser Haß wäre, so ungeformt, wie er in dieser Szene erscheint, nur eine blind ausagierte, primitive Emotion, die in sich selber verpufft. Doch für Houellebecq wurde er zur Energiequelle eines grundsätzlichen Protestes gegen den rücksichtslosen Individualismus und die sexuelle Enthemmung der 68er-Generation, der seine Eltern angehörten. Als eine vom Wohlstand und dem höheren Bildungsniveau kultivierte Variante des moralischen Niedergangs hätte für ihn wohl auch schon die promiskuitive Gesellschaft gegolten, die Updike in seinem Roman »Ehepaare« geschildert hat. Werden uns spätere Generationen überhaupt noch verstehen, hat sich Updike in seinem autobiographischen Buch »Selbst-Bewußtsein« gefragt. Werden sie verstehen, was uns die Sexualität bedeutet hat? Houellebecq ist der Schriftsteller, der diese Frage berechtigt erscheinen läßt. Die Befreiung der Sexualität aus dem bürgerlichen Moralkorsett, das der Stützung der lebenslangen monogamen Ehe diente, und ihre Anerkennung als autonome Lustquelle und Medium der Selbsterfahrung, Prozesse also, die dem aufgeklärten Bewußtsein als ein über Generationen erkämpfter Fortschritt galten, werden von diesem eigenwilligen Außenseiter als ein Absturz in eine darwinistische Barbarei beschrieben. Das ist eine Umwertung der modernen emanzipatorischen, inzwischen durch allgemeinen Konsens bestätigten Werte, zu der wohl nur jemand fähig war, der sich von ihnen von Beginn seines Lebens an beschädigt und unerträglich benachteiligt fühlte. Houellebecqs Gedanke war ein Tabubruch. In ihm kehrten uralte Ängste vor der zerstörerischen Macht ungezähmter Sexualität zurück. Doch sie waren in Analogie zur Kritik an den zerstörerischen Wirkungen des ungebremsten Wirtschaftsliberalismus neu formuliert worden. Das verstärkte beträchtlich ihre aktuelle Wirkung und begründete Houellebecqs Erfolg.

»Der Sex«, so schrieb er, »stellt in unserer Gesellschaft eindeutig ein zweites Differenzierungssystem dar, das vom Geld völlig unabhängig ist; und es funktioniert auf mindestens ebenso erbarmungslose Weise. Auch die Wirkungen dieser Systeme sind genau gleichartig. Wie der Wirtschaftsliberalismus – und aus analogen Gründen – erzeugt der sexuelle Liberalismus Phänomene absoluter Pauperisierung. Manche haben täglich Geschlechtsverkehr; andere fünf- oder sechsmal in ihrem Leben, oder überhaupt nie. Manche treiben es mit hundert Frauen, andere mit keiner. Das nennt man das ›Marktgesetz‹. In einem Wirtschaftssystem, in dem Entlassungen verboten sind, findet ein jeder recht oder schlecht seinen Platz. In einem sexuellen System, in dem Ehebruch verboten ist, findet jeder recht oder schlecht seinen Bettgenossen. In einem völlig liberalen Wirtschaftssystem häufen einige wenige beträchtliche Reichtümer an; andere verkommen in der Arbeitslosigkeit und im Elend. In einem völlig liberalen Sexualsystem haben einige ein abwechslungsreiches und erregendes Sexualleben: andere sind auf Masturbation und Einsamkeit beschränkt.«

Das ist der Befund, den Houellebecq, vor allem in »Ausweitung der Kampfzone«, erzählerisch entfaltet. Der Icherzähler wird zusammen mit seinem Kollegen Tisserand in die Provinz geschickt, um ein neues EDV-Programm einzuführen und die Mitarbeiter der Kundenfirma zu trainieren. Tisserand ist ein freundlicher Kollege. Aber sein Problem ist seine Häßlichkeit. »Er hat exakt das Aussehen einer Büffelkröte – fleischige, grobe, breite, deformierte Züge, das genaue Gegenteil von Schönheit. Seine glänzende Akne-Haut scheint ständig ein fettiges Sekret auszuschwitzen.« Und da seine Unterhaltung ohne Witz und Charme ist, hat er keinen Erfolg bei Frauen. Er ist achtundzwanzig Jahre alt und hat noch nie mit einer Frau geschlafen. Das macht ihn zu einem gehetzten Menschen, der ständig Kontakte sucht und immer abgewiesen wird.

Dem Icherzähler geht es ähnlich. Er ist vor zwei Jahren von seiner Freundin verlassen worden. Doch im Unterschied zu Tisserand sagt er nichts darüber, sondern trinkt und raucht nur eine Zigarette nach der anderen, wenn sie abends ausgehen. Sie sind zwei beruflich einigermaßen erfolgreiche Männer, aber sexuelle Verlierer. Tisserand, der das nicht wahrhaben will, nähert sich bei der Arbeit einer jungen hübschen Teilnehmerin ihres Kurses, und der Icherzähler, selbst ein resignierter, unbefriedigter Voyeur, beobachtet den Vorgang: »Sie ist wirklich reizend, sehr üppig, very sexy; sie trägt einen schwarzen Spitzen-BH, ihre Brüste bewegen sich leicht unter dem Stoff. Jedesmal, wenn Tisserand sich der armen kleinen Sekretärin nähert, verkrampft sich ihr Gesicht zu einem Ausdruck unwillkürlicher Abneigung, ja von Ekel. Das Schicksal ist unerbittlich.«

Einmal gehen sie abends in ein Studentencafé, wo viele attraktive und kontaktbereite junge Frauen an den Tischen sitzen und sich amüsieren wollen. Aber Tisserand ist mutlos geworden und nahe daran zu weinen. Der Icherzähler schweigt. Es gibt sowieso nichts zu sagen. Schließlich brechen sie früh auf und gehen in ihr Hotel. In Rouen, wo sie einen weiteren Kurs leiten, geht der Icherzähler an einem freien Nachmittag in einen Pornofilm. Das Kino ist halb voll. Hier und da sitzt ein Pärchen, in einigem Abstand umgeben von zwei oder drei masturbierenden Exhibitionisten, die die Aufmerksamkeit des Paares auf sich lenken wollen. In der Nacht nach Heiligabend gehen die beiden Männer, in der Absicht, endlich etwas zu erleben, in eine um Mitternacht öffnende Disco in der Nähe der Dünen, die »Zwischenlandung« heißt. Sie wird vor allem von Fünfzehn- bis Zwanzigjährigen besucht: »Viele Miniröcke, tiefgeschnittene Mieder; viel frisches Fleisch.« Aber keine guten Chancen für Tisserand. Der Icherzähler geht an die Bar, um Bourbon zu trinken, und beobachtet Tisserands Kontaktversuche. Er hat sich eine vielleicht zwanzigjährige Brünette ausgesucht. Sie ist nicht besonders hübsch, signalisiert aber »durch ihre äußerst gewagte Kleidung ihre eindeutige Absicht, einen Sexualpartner zu finden«, also eine gute Wahl. Tisserand versucht auf der Tanzfläche an sie heranzukommen, wo sich jeder für sich bewegt.

»Einige Minuten lang tanzte Tisserand in ihrer Nähe, wobei er die Arme lebhaft nach vorne warf, um die Begeisterung anzuzeigen, die ihm die Musik einflößte. Zwei- oder dreimal schlug er sogar in die Hände, aber das Mädchen schien ihn überhaupt nicht zu bemerken. Er nutzte eine kurze musikalische Pause, um sie anzusprechen. Sie drehte sich um, warf ihm einen verächtlichen Blick zu und überquerte die ganze Tanzfläche, um sich von ihm zu entfernen. Das Urteil war unwiderruflich.«

Der Erzähler trinkt weiter Bourbon. Als er an den Tisch zurückkehrt, sitzt am Nebentisch ein einzelnes Mädchen, das seiner ehemaligen Freundin Véronique sehr ähnlich ist und ihn sofort in Bann schlägt. Ihr Körper, ihre Haltung, ihr volles unschuldiges Gesicht, alles erinnert ihn an die ehemalige verlorene Liebe, er braucht nur die Augen zu schließen. Doch da kommt Tisserand von der Tanzfläche zurück und fragt, ob er vorhabe, »etwas mit dem Mädchen anzufangen«. Das ist in dem Milieu eine normale und auch kollegiale Frage. Aber der Erzähler ist aus seinem Traum gerissen und konsterniert. »Ich verspürte ein Bedürfnis zu kotzen und bekam gleichzeitig einen Ständer.« Es scheint für ihn die Wiederholung seiner alten unbewältigten Niederlage zu sein. »Ich sagte: ›Entschuldige mich einen Augenblick‹, und durchquerte die Diskothek in Richtung der Toilette. Nachdem ich mich eingeschlossen hatte, steckte ich zwei Finger in den Rachen, aber es kam nur erstaunlich wenig heraus. Danach masturbierte ich ...« Als er zurückkommt, sitzt Tisserand am Tisch des Mädchens und unterhält sich mit ihr.

»Dieses Mädchen war ein wahres Wunder; aber das war jetzt egal, ich hatte schon masturbiert.« Um sich zu betrinken, kauft der Erzähler an der Bar eine ganze Flasche Bourbon. Auf dem Rückweg zum Tisch stößt er gegen eine Kellnerin und fällt hin. Haß erfüllt ihn, der Wunsch, mit einer Axt in die Beine der Tanzenden zu schlagen. Inzwischen haben sich Schulfreunde zu dem Mädchen gesetzt, und Tisserand ist aus der Unterhaltung hinausgedrängt. Eine Weile ist er erstarrt. Aber als eine Musikeinlage für Oldies kommt, eilt er wieder zur Tanzfläche. Er pflanzt sich vor einem hübschen, sehr jungen Mädchen auf und nötigt es, mit ihm Rock 'n' Roll zu tanzen. Mit zusammengebissenen Zähnen und bösartiger Miene »schleuderte er das Mädchen herum«, und »jedesmal, wenn er sie an sich zog, nutzte er die Gelegenheit, um ihr die Hand auf den Hintern zu pressen«. Gleich nach dem Tanz läßt das Mädchen Tisserand stehen und geht zu einer Gruppe von Gleichaltrigen, die prustend vor Lachen zu ihm herüberblicken. Inzwischen kommt das Mädchen vom Nebentisch mit einem schönen Mulatten von der Bar zurück. Als ein Slow aufgelegt wird und die beiden zur Tanzfläche gehen, stellt sich Tisserand dem Paar in den Weg, aber der Mulatte schiebt ihn sanft beiseite und geht mit dem Mädchen an ihm vorbei. Sie tanzen in dichter, inniger Umarmung, ein schönes Paar. Das ist der Endpunkt von Tisserands Niederlage. Wie hypnotisiert schaut er dem Paar beim Tanzen zu, während er an allen Gliedern zittert.

Und nun beginnt der Icherzähler, anscheinend weil es ihn in seinem Elend erleichtert, daß wieder einmal ein Mensch seine Hoffnungen verliert, mit kalter Zielstrebigkeit die Zerstörung von Tisserands Person.

»›Was soll ich bloß tun?‹ sagte er.

›Hol dir einen runter.‹

›Meinst du, es ist gelaufen?‹

›Natürlich. Es ist schon lange gelaufen. Du wirst nie einen erotischen Traum für junge Mädchen darstellen, Raphaël. Du mußt dich damit abfinden; diese Dinge sind nicht für dich. Auf alle Fälle ist es längst zu spät. Der sexuelle Mißerfolg, Raphaël, den du seit der Pubertät erfahren hast, die Frustration, die dich verfolgt seit du dreizehn bist, werden in dir eine unauslöschliche Spur hinterlassen. Selbst wenn du irgendwann einmal Frauen haben solltest, was ich ehrlich gesagt nicht glaube, wird das nicht genügen; nichts wird jemals genügen. Du wirst immer ein Waisenkind dieser Jugendlieben bleiben, die du nicht erfahren hast. Die Wunde in dir schmerzt; sie wird immer schmerzhafter werden. Eine schreckliche, unbarmherzige Bitterkeit wird am Ende dein Herz füllen. Für dich gibt es weder Erlösung noch Linderung. So ist das.‹«

Unüberhörbar spricht der Erzähler hier von sich selbst. Er projiziert seine eigene Hoffnungslosigkeit und seinen Negativismus auf einen anderen Menschen, der zu schwach ist, um sich zu wehren. Doch das genügt ihm noch nicht. Er will den anderen auch noch zum Vollstrecker seines Hasses und seines Rachebedürfnisses machen. Blutige, tödliche Rache an den Glücklichen und Bevorzugten zu üben, das korrigiert die Ungerechtigkeit der Weltordnung und ist die größte mögliche Genugtuung für einen chronischen Verlierer. Der Erzähler hat sich vor einigen Tagen in einem nicht deutlich bewußten Impuls ein Filetmesser gekauft. Jetzt weiß er, wozu es dienen kann. Er suggeriert Tisserand, dem Paar, das sicher gleich das Lokal verlassen und in die Dünen aufbrechen wird, heimlich zu folgen und es beim Geschlechtsakt mit dem Messer umzubringen. Tisserand unterwirft sich willenlos dieser Situation, kommt aber schließlich unverrichteter Dinge aus den Dünen zurück. Er hat den Liebesakt des Paares beobachtet und masturbiert. Zu mehr war er nicht imstande. Er gibt das Messer zurück. Noch in der Nacht fährt er mit seinem Wagen nach Paris zurück und kommt bei einem Verkehrsunfall um.

Von da ab geht es unaufhaltsam abwärts mit dem Icherzähler. Er kann nicht mehr schlafen. Wird auffällig im Betrieb und muß sich krankschreiben lassen. In einem wiederkehrenden Albtraum schneidet er sich mit einer Gartenschere sein Geschlecht ab. Er sucht einen Therapeuten auf, nimmt Beruhigungsmittel, landet schließlich in der Psychiatrie. Nach einiger Zeit wird er entlassen, aber er fühlt, daß er immer wieder und für immer längere Zeit dorthin zurückkehren wird. Für vom Leben Benachteiligte gibt es eben keine Rettung. Das ist der grausame Schluß.

Mit dem Blick auf die Verlierer hat Houellebecq das Glücks- und Erfolgsprogramm der herrschenden Kultur, das sich mit einem letzten Schub in den sechziger und siebziger Jahren auf breiter Front gegen die traditionelle bürgerliche Verzichtsmoral des 19. Jahrhunderts durchgesetzt hat, zu einer inhumanen Ideologie erklärt, die einen dunklen Untergrund von Unglück erzeugt und es zugleich hinter dem Talmiglanz einer umfassenden Selbstwerbung verbirgt. Die Botschaft, jeder könne glücklich sein, ist in seinen Augen nicht nur eine Lüge, sondern treibt die Menschen zu Anstrengungen, die nicht nur vergeblich, sondern sogar glücksverhindernd sind. Am Ende müssen sich die Verlierer auch noch als Versager fühlen. Das hat Houellebecq in »Ausweitung der Kampfzone« am Beispiel des unglücklichen Raphaël Tisserand beklemmend dargestellt, um es dann im unaufhaltsamen Zusammenbruch des Icherzählers ins Wahnhafte und Gespenstische zu steigern. In »Elementarteilchen«, Houellebecqs nächstem Buch, findet Bruno, einer der beiden Halbbrüder, in die der Autor sich aufspaltet, eine bequeme, aber auch defizitäre Lösung für sein Sexualproblem: er konsumiert anonymen Gruppensex in Kontaktclubs und bei Swinger-Partys. Aber auch er landet in der Psychiatrie, wo man ihn mit schweren Beruhigungsmitteln entsexualisiert. Michel, der andere Halbbruder, der den Vornamen des Autors trägt, hat sich traumatisiert vom Sex zurückgezogen, nachdem ihn seine Freundin auf einem Campingplatz verlassen hat und zu einem Beau und Pop-Sänger ins Nachbarzelt gezogen ist. Seitdem arbeitet Michel als Genforscher an dem Projekt der Abschaffung aller sexuellen Unterschiede, was nur bedeuten kann, daß jeder Kontakt beliebig wird. Denn mit den Ungleichheiten verschwinden zwar die Ursachen von Konkurrenz und die unterschiedlichen Glückschancen, aber auch alle Gründe der subjektiven Wahl, also Leidenschaft und Liebe. Jeder kann es nun mit jedem, aber wozu, wenn es immer dasselbe ist?

Ja, es geht um die Abschaffung der Sexualität, des Individualismus und die Überwindung der von Unmoral, Kampf und Unglück erfüllten bisherigen Menschheitsgeschichte durch die Schaffung einer genetisch stabilen Standardform des Menschen, für die es das alte Stirb und Werde der individuellen Entwicklung und der kollektiven Geschichte mit ihren Leidenschaften nicht mehr gibt. Diese genetisch begründete »Brave new world«, eine absurde Utopie, die Houellebecq als den großen menschheitsgeschichtlichen Paradigmenwechsel präsentiert, ist pure Science-fiction und kein realistischer Wunschtraum. Doch als groteske und polemische Wunschphantasie steht sie in einem engen Zusammenhang mit Houellebecqs literarisch und biographisch beglaubigtem Leiden an der menschlichen Ungleichheit. Identitätserfahrung ist kein Glückserlebnis, wenn sie sich angesichts des Glücks und des Erfolgs anderer aus wiederholten Niederlagen, Beschämungen und Frustrationen zusammensetzt.

In den Ehebruchsromanen lassen sich Verbote noch als Bedingung und Maß der Leidenschaft erkennen. Das Paar erfuhr in der riskanten, mit Schuld beladenen und mit sozialer Verstoßung bestraften Übertretung der geltenden Ordnung das heiße Glück einer eigenen, selbst gewählten Identität. Leidenschaft, das war eine im Ursprung unwillkürliche, dann aber rückhaltlos vollzogene Wahl, die alle anderen Kriterien außer Kraft setzte. Doch mit zunehmender Duldung mehr oder minder als privat empfundener Abweichungen verflachte das steile Glück und verwandelte sich mit dem Sieg der sexuellen Revolution in einen Sollzustand, der in zahllosen Aufklärungsschriften psychologisch, technisch, medizinisch und moralisch erläutert wurde: ein weitläufiger Gemeinplatz, auf dem sich alles traf. Man mußte sich nun voreinander und miteinander als glücksfähige Personen beweisen, um nicht als neurotisch und therapiebedürftig zu erscheinen. Sexuelles Glück wurde zu einer Leistungsnorm, die den Prozeß des Begehrens, das wechselseitig sich steigernde Hingerissensein zweier Liebender einer kritischen Kontrolle unterwirft und im schlimmsten Fall paralysiert. Psychotherapeuten sagen jedenfalls, daß dies die häufigste Ursache von sexuellen Störungen sei.

Angela und Piet Hannema in Updikes Roman »Ehepaare« haben dieses Problem. Sie haben ihre Unbefangenheit verloren und kontrollieren ihre Sexualität an abstrakten Maßstäben aus irgendwelchen Aufklärungsschriften mit für sie niederschmetternden Folgen. Die zentrale Norm, die auch schon bei Lawrence als Problem erscheint, ist der gleichzeitige Orgasmus des Paares und die Orgasmusfähigkeit überhaupt. In einer langen Erzählung mit dem irreführenden Titel »Unschuld« (denn es handelt sich eigentlich um Frigidität und orgastische Impotenz) hat der amerikanische Autor Harold Brodkey dargestellt, wie ein junger Mann in einer riesigen Kraftanstrengung und mit lehrbuchreifen manuellen, oralen und genitalen Aktionen versucht, eine sexuell blockierte Freundin zu ihrem ersten Orgasmus zu führen. Es ist, übrigens auch erzählerisch, eine tour de force, bei der er ganz allein auf sich selbst angewiesen ist, denn sie ist keine Partnerin, die in der Lage wäre, Verantwortung dafür zu übernehmen, wie es ihm dabei ergeht. »Sie war eine Frau, die in Ruhe gelassen werden wollte; sie hatte ständig Angst vor den Übergriffen auf ihr Leben« ... »und bei dem, was ich tat, war der Grat zwischen Liebe und Übergriff, Ausnutzung und idiotischer Angeberei sehr schmal. Ich konnte mir nicht einmal annähernd vorstellen, welche seelischen – oder auch körperlichen – Schmerzen sie erleiden würde, wenn ich versagte und mich obendrein wegen meines Versagens und ihrer und unserer Schmerzen auch noch emotional von ihr zurückzöge ...« Er muß also, in der Hoffnung, daß sich ihre Verkrampfung allmählich lösen wird, Sicherheit und Faszination vortäuschen. Doch er ist unsicher, denn er fühlt sich allein und sieht die passive Frau als eine ihm gestellte Aufgabe und sich selbst als Instrument.

»Es machte mir etwas aus, meiner und ihrer so bewußt zu sein; ich war von meiner eigenen, von jeder echten Sexualität abgeschnitten ...« Natürlich spürt sie das; und verzweifelt sagt sie: »Ich will nicht, daß du dich um mich bemühst«, während er weiter vorgibt, daß er alles nur seiner eigenen Lust wegen tut.

Jetzt spürt sie etwas, aber nur schwach, und weil sie sich wegen der unsicheren, fremden Empfindung vor ihm schämt, sagt sie: »Wie peinlich, Wiley, das ist mir so peinlich ... bitte hör auf.«

Aber er macht weiter, und allmählich glaubt er etwas wie Erfolg zu spüren: »Irgendein Element Finsternis floh aus dem Raum; irgendeine leichte Tönung körperlicher Erfülltheit legte sich über ihren Körper.« Sie ruft, vielleicht nur aus Dankbarkeit oder um ihm Mut zu machen: »Wiley, ich spüre so viel!« Und er antwortet: »Warum auch nicht?«, als wolle er sie bestärken, an ihrer Empfindung festzuhalten. »Aber ihre Erregung steigerte sich nicht mehr: Nach ein paar Sekunden wurde sie steif, fast wie ein Brett. Ich leckte sie so gut ich konnte, aber das Meer war ausgetrocknet: das Brett brach. Ich tat, als wäre ich sehr erregt; in Wirklichkeit war ich damit so beschäftigt, Sicherheit auszustrahlen, daß ich gar nicht wußte, was ich wirklich fühlte. Als sei ich viel jünger, als ich tatsächlich war, dachte ich: Mein lieber Mann, wenn das hier nicht hinhaut, bin ich am Arsch. Als sie, weil ihr Gefühl nachgelassen und sich die Empfindung, die ihr so angenehm gewesen war, verflüchtigt hatte, sagte: ›Wiley, ich kann nicht ... Das ist alles so blöd‹, antwortete ich aus purer Angeberei und um das Risiko zu vergrößern und anstatt einfach so zu handeln, als sei ich meiner selbst sicher ...: ›Halt den Mund, Orra, ich weiß, was ich tue.‹ Aber ich wußte es eben nicht.«

Und er hat sich auch im Ton vergriffen. Denn nun müßte er autoritärer, besitzergreifender handeln und sie unterwerfen. Aber das kann er nicht. Das ist nicht sein Stil. So sind sie wieder weit auseinander und müssen von vorne beginnen, eine neue Empfindung aufzubauen. Und erst nach langem Auf und Ab erreichen sie schließlich beide den Orgasmus und brechen erschöpft in Weinen aus.

Noch schwieriger und vertrackter ist der Weg zur sexuellen Befriedigung für die weibliche Hauptfigur von Elfriede Jelineks Roman »Die Klavierspielerin«, denn das ist eine Frau, die durch lebenslange kulturelle Dressur und Selbstunterwerfung emotional so erstarrt ist, daß nur noch die extremsten Reize und Inszenierungen Empfindungen in ihr erregen können. Deshalb schreibt sie an einen Schüler, den sie von sich abhängig gemacht hat, einen langen, von der Sucht nach emotionaler Erweckung diktierten Brief, in dem sie ausgeklügelte Mißhandlungen und Demütigungen beschreibt, die er an ihr vollstrecken soll. Die grausame, vollkommene Unterwerfung, vor der sie innerlich zittert, bedeutet für sie die einzige ihr noch verbliebene Hoffnung auf vorübergehende Erlösung von ihrer inneren Erstarrung. Sie will gezüchtigt und unterworfen werden. Und schreibt auch die Strafen für Ungehorsam ihrem Züchtiger vor: »Falls du Zeuge einer Übertretung wirst, rät sie Walter Klemmer, schlage mir bitte, auch mit dem Handrücken, fest ins Gesicht, wenn wir miteinander allein sind. Frage mich, warum ich mich nicht bei meiner Mutter beschwere oder zurückschlage. Sage solche Sachen bitte auf jeden Fall zu mir, damit ich meine Wehrlosigkeit so richtig fühle. Behandle mich bitte in allen Fällen so, wie ich es dir aufgeschrieben habe. Ein Höhepunkt, an den ich jetzt noch gar nicht zu denken wage, ist, daß du dich, von meinem Fleiß dazu herausgefordert, rittlings auf mich draufsetzt. Setze dich mit deinem ganzen Gewicht bitte auf mein Gesicht ...« Das ist ein Text aus der Hölle des Masochismus, der der leidenschaftliche Wunsch ist, daß jemand das abgestorbene eigene Fleisch durch Qual und Erniedrigung wieder zum Leben erweckt.

Von hier aus ist es nicht mehr weit zu dem perversen Serienkiller Patrick Bateman aus Bret Easton Ellis' Roman »American Psycho«, der ahnungslose, vertrauensselige Frauen in seinem Apartment mit einem Bolzenschußgerät auf dem Fußboden festnagelt, um sie dann langsam zu Tode zu foltern. Die Qualen des Opfers – erst dessen Angst, dann seine erstickten Schreie – sind für ihn Existenzbeweise: Ich bin es, der seine blutige Spur durch das leidende, fremde Fleisch zieht, ich, der Unversehrbare, bringe dem Tod ständig neue Opfer dar. Was ihn am wirkungsvollsten schützt, sind nicht seine Vorsicht und Umsicht, sondern die glatte Fassade seiner beruflichen und gesellschaftlichen Existenz und die Unvorstellbarkeit seiner Taten. Kein Mensch kann glauben, was er tut.

Der Mann ist auf den ersten Blick eine reine Kunstfigur, denn er ist außerhalb seiner Schattenwelt ein erfolgreicher Börsenmakler und ein absoluter Modefan, also wohl eine zugespitzte Erfindung eines Autors, der mit einer alles Bisherige überbietenden Schockwirkung einen Markterfolg anstrebte und sich dabei auch nicht verkalkulierte. Doch die Leichtigkeit, man möchte sagen die Eleganz, mit der der Täter zwischen den verschiedenen Bereichen seines Lebens hin und her wechselt, wie er aus der Helligkeit seines erfolgsverwöhnten Lebens in die Seelenfinsternis seiner einsamen Untat tritt und danach wie unberührt wieder aus dem Dunkeln auftaucht, das ist mehr als eine effektvolle Inszenierung, denn es zeigt in unverbrämter Nahsicht einen aktuellen Menschentyp, den man auch aus den Schreckenskammern der politischen Diktaturen kennt: eine Person ohne inneren Zusammenhang, einen gewissensresistenten, von seinen zwanghaften Ritualen abhängigen Egomanen mit gespaltenem Ich.

Gestern bin ich wieder an den Schaufenstern des Kaufhofs vorbeigegangen. Es war wieder Schlußverkauf. Doch eine so gewagte Inszenierung wie vor einem Jahr gibt es diesmal nicht. Männliche und weibliche Schaufensterpuppen stehen gruppenweise in steifen Posen da und präsentieren graue, braune und olivfarbene Kleidungsstücke zu herabgesetzten Preisen. Sie wirken so unauffällig wie die vielen Menschen, die sich durch die Straße schieben. Alle sehen aus, als stellten sie das alltägliche Leben dar. Oder täusche ich mich?

Dieter Wellershoff

»Was die subtile Darstellung latenter Spannungs- und Konfliktzustände betrifft, so kann kaum ein anderer Vertreter der zeitgenössischen Literatur Wellershoff das Wasser reichen.«
Markus Schwering, Kölner Stadtanzeiger

»Dieter Wellershoff zeigt, dass der Roman immer noch für die großen Gefühle taugt und Mitgefühl mobilisieren kann. Ein erzählerisches Meisterstück.«
Volker Hage, Der Spiegel

»...ein von der ersten bis zur letzten Seite fesselnder, ebenso gescheiter wie unterhaltsamer Roman von beeindruckender, fast bedrückender Intensität.«
Martin Lüdke, Literaturen

Der Liebeswunsch

Roman • Gebunden

»Ich habe selten erlebt, in unserer zeitgenössischen Literatur, dass Liebe so vergegenwärtigt wird... Mit 75 hat Dieter Wellershoff sein Meisterstück geschrieben!«
Marcel Reich-Ranicki im Literarischen Quartett

»Dieter Wellershoff meldet sich mit einem Meisterstück zurück, das bezwingt und überzeugt... Er schildert mit stilistischer Noblesse und sprachlicher Konkretion, die selten geworden sind.«
Katrin Hillgruber, Süddeutsche Zeitung

»Wellershoff kann erzählen, und er ist ein ausgefuchster Kenner der Literatur und ihres Handwerks. Sein Roman *Der Liebeswunsch* beweist das glänzend.«
Ulrich Greiner, Die Zeit

KiWi

Paperbacks bei Kiepenheuer & Witsch

Dieter Wellershoff
Zikadengeschrei
Novelle

KiWi 530

Die Geschichte einer erotischen Gratwanderung und der plötzlichen Wandlung eines Sommerurlaubs in Spanien zu einer Konfrontation mit dem Außerordentlichen.

»Wellershoff hat geradezu eine unheimlich leise Novelle geschrieben. Bei allem existentiellen Schwergewicht ist dieses kleine Buch eines großen Menschenkenners angenehm leicht zu lesen.«
Hajo Steinert, Der Spiegel

KiWi
Paperbacks bei Kiepenheuer & Witsch

Dieter Wellershoff
Die Körper und die Träume

Erzählungen

KiWi 331

»Sprachlich enorm differenziert, erweist sich Wellershoff als subtiler Seelenkenner und saugt den Leser in seine eigenartig fremden und doch so authentischen Geschichten förmlich hinein.«
Werner Schulze-Reimpell, Stuttgarter Zeitung

»Dieter Wellershoff führt in seinem bemerkenswerten Erzählungsband die Angst vor dem Leiden als Krankheit unserer Zeit exemplarisch vor.«
Werner Fuld, Frankfurter Allgemeine Zeitung

»Diese Erzählungen beglaubigen einmal mehr die theoretischen Ambitionen Wellershoffs: Vom Sog dieser Prosa einmal erfaßt, sieht man sich bald den eigenen Verstörungen gegenübergestellt.«
Holger Schlosser, Süddeutsche Zeitung

»Wellershoffs Geschichten sind spannendes Lesefutter, animierend im besten Sinne.«
Hans Stempel, Frankfurter Rundschau

Bibliographie: Dieter Wellershoff

Gottfried Benn – Phänotyp dieser Stunde, 1958/86
Der Gleichgültige. Versuche über Hemingway, Camus, Benn und Beckett, 1963/75
Ein schöner Tag. Roman, 1966/69/81
Die Schattengrenze. Roman, 1969/71/81
Literatur und Veränderung. Essays, 1969/71
Das Schreien der Katze im Sack. Hörspiele, 1970
Einladung an alle. Roman, 1972/86/88/93
Literatur und Lustprinzip. Essays, 1973/75
Doppelt belichtetes Seestück und andere Texte, 1974
Die Auflösung des Kunstbegriffs. Essays, 1976
Die Schönheit des Schimpansen. Roman, 1977/2000
Glücksucher. Vier Drehbücher und begleitende Texte, 1979
Die Wahrheit der Literatur. Sieben Gespräche, 1980
Das Verschwinden im Bild. Essays, 1980
Die Sirene. Novelle, 1980/82/92/96
Der Sieger nimmt alles. Roman, 1983/86/95
Die Arbeit des Lebens. Autobiographische Texte, 1985
Die Körper und die Träume. Erzählungen, 1986/89/93
Flüchtige Bekanntschaften. Drei Drehbücher und begleitende Texte, 1987
Wahrnehmung und Phantasie. Essays, 1988
Der Roman und die Erfahrbarkeit der Welt, 1988
Pan und die Engel, Ansichten von Köln, 1990/99
Blick auf einen fernen Berg, 1991/93
Das geordnete Chaos. Essays zur Literatur, 1992
Im Lande des Alligators. Floridanische Notizen. Ein Reisebericht, 1992
Zwischenreich. Gedichte, 1993
Tanz in Schwarz. Prosaminiaturen und eine Erzählung, 1993
Angesichts der Gegenwart. Texte zur Zeitgeschichte, 1993
Der Ernstfall. Innenansichten des Krieges, 1995/97
Inselleben. Zum Beispiel Juist, 1995
Zikadengeschrei. Novelle, 1995/99
Das Schimmern der Schlangenhaut. Frankfurter Poetikvorlesungen, 1996
Das Kainsmal des Krieges, 1998
Der Liebeswunsch. Roman, 2000
Der verstörte Eros. Zur Literatur des Begehrens. Essay, 2001
Werke, Bd. 1 bis 6, herausgegeben von Keith Bullivant und Manfred Durzak, 1996 f.